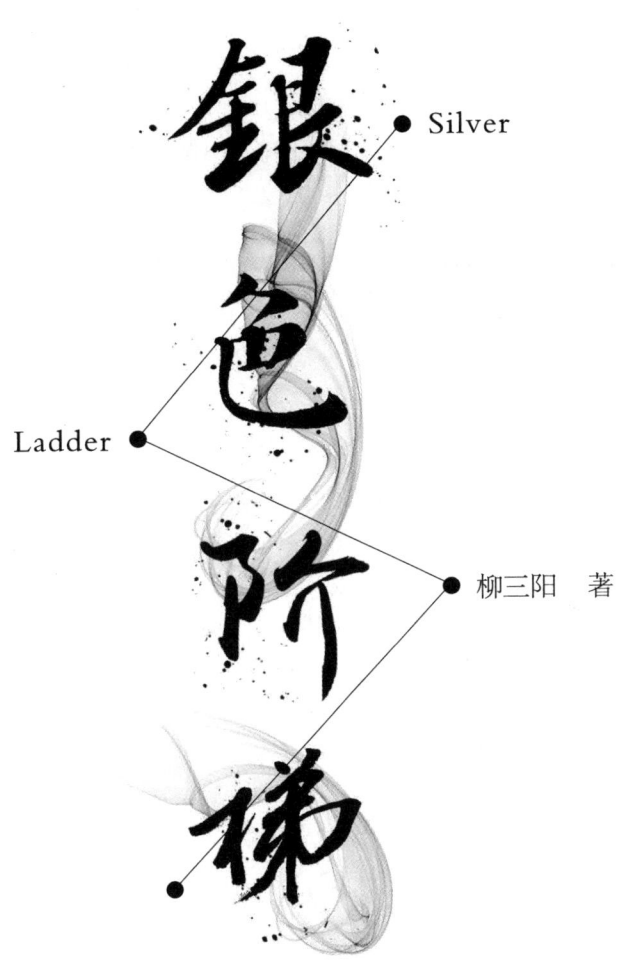

银色阶梯

Silver Ladder

柳三阳 著

当代世界出版社
THE CONTEMPORARY WORLD PRESS

图书在版编目（CIP）数据

银色阶梯 / 柳三阳著. —北京：当代世界出版社，2018.3

ISBN 978-7-5090-1340-3

Ⅰ.①银… Ⅱ.①柳… Ⅲ.①长篇小说—中国—当代 Ⅳ.①I247.5

中国版本图书馆CIP数据核字（2018）第024449号

书　　名：	银色阶梯
出版发行：	当代世界出版社
地　　址：	北京市复兴路4号（100860）
网　　址：	http://www.worldpress.org.cn
编务电话：	（010）83908456
发行电话：	（010）83908409
	（010）83908455
	（010）83908377
	（010）83908423（邮购）
	（010）83908410（传真）
经　　销：	全国新华书店
印　　刷：	北京盛彩捷印刷有限公司
开　　本：	710毫米×1000毫米　1/16
印　　张：	19
字　　数：	327千字
版　　次：	2018年3月第1版
印　　次：	2018年3月第1次
书　　号：	ISBN 978-7-5090-1340-3
定　　价：	49.80元

如发现印装质量问题，请与承印厂联系调换。
版权所有，翻印必究；未经许可，不得转载！

目 录

上篇

第一章	银行新秀	002
第二章	留洋镀金	006
第三章	惊心事件	011
第四章	结缘胶湾	014
第五章	办公室主任	017
第六章	高层博弈	024
第七章	坎坷上任	032
第八章	营销，营销	036
第九章	电视曝光	039
第十章	各路小鬼	046
第十一章	顺手牵羊	052
第十二章	催收欠息	055
第十三章	以赖治赖	059
第十四章	辞职风波	063
第十五章	老陆的心机	071
第十六章	压缩贷款	079
第十七章	清收捷报	082
第十八章	错失良机	086
第十九章	二次辞职	089

中篇

第二十章	新兴银行	092
第二十一章	遇程咬金	097
第二十二章	摩擦生变	102
第二十三章	搅局没商量	110
第二十四章	接任行长	115
第二十五章	绯闻事件	119
第二十六章	新旧搭档	126
第二十七章	苦苦等待	130
第二十八章	陷入低谷	134
第二十九章	心慈手不软	141
第三十章	酒品看人品	150
第三十一章	傍大客户	159
第三十二章	行使权力	162
第三十三章	专案组提示	165
第三十四章	调查询证	168
第三十五章	突破瓶颈	172
第三十六章	摘牌拿地	178
第三十七章	商会言商	187
第三十八章	绿色鸦片	192
第三十九章	危难之际	198
第四十章	抢滩计划	208

下篇

第四十一章	巴渝奇遇	214
第四十二章	双城模式	218
第四十三章	终有一别	220
第四十四章	情怀犹在	223
第四十五章	渐入佳境	230
第四十六章	反贪局专家	234
第四十七章	好花不常开	238
第四十八章	不该如此	241
第四十九章	"土八路"兄弟	245
第五十章	推行新政	252
第五十一章	正事正做	255
第五十二章	客户的叹息	259
第五十三章	诺言非戏言	262
第五十四章	再接再厉	266
第五十五章	银行要有文化	270
第五十六章	将才帅才	277
第五十七章	民营银行诱惑	282
第五十八章	梦在明天	293

银 色 阶 梯

上篇

第一章　银行新秀

柳东海太牛了!

一个初出茅庐的银行新人在全省业务技能比赛中脱颖而出，斩获三个奖项。全行瞩目，这个"笑面虎"，简直就是全能选手——英文打字进前三，获三级能手；行地国名获第二；出口审单第一，获二级能手。要知道，柳东海在中汇银行工作的几年里，就没人获得过出口审单一级能手的佳绩。

英文打字比赛前，在选手们乘坐的中巴车上，小柳调侃道："别紧张啊，一紧张手指就会出汗，发滑，一个劲儿往键盘缝里按是不会有好成绩的。"几位平时训练成绩斐然的女选手真被柳东海言中，乖乖让出了名次。可小柳是为了让大家心情放松啊！玩笑归玩笑，比赛要的是扎实的基本功和良好的心理素质。

世间自有公道，付出终有回报。这话，柳东海信。

柳东海的付出是巨大的。赛前近半年时间里，中午和晚上都是他练功的时间，凭着"学外语的就应该会打字"的执念，怀着"舍我其谁"的拼搏心志，吃鱼肝油、滴明目眼药水，胖嘟嘟的手指瘦成竹签，打字时常常按进键缝里。

每年年终召开全省行长会期间，省中汇银行都会举办业务技术比赛。小柳参加过使用机械打字机的英文打字比赛。比赛看上去像战争年代紧张忙碌的谍报员在争分夺秒发电报，不看键盘，只看文稿盲打。错一扣五，要在二十分钟内平均每分钟打两百七十个字符以上。

"行地国名"比赛，需要对英文的代理行、账户行、世界主要港口、国家名称死记硬背；还有"出口审单"比赛，要求按"单单一致、单证一致"的原则审核三套不同难度的包括海运提单、保险单、装箱单、原产地证明等在内的出口单据。日本和东南亚地区的单证相对简单，欧美地区的稍微复杂，最具挑战性的是中东单证，约束条款又多又麻烦。审核完，马上要用打字机打印"索汇单"，连寄送单据到国外银行的快递联都要打好。

二十世纪八十年代末，柳东海从京都外国语学院毕业到海西省省会鲁南市中汇银行工作。进中汇银行的初衷比较功利，就是为了出国工作，可以挣双份工资：国内的照发，国外的参照当地标准，收入高到令人羡慕。

啥时候能出国工作呢？这是东海无时无刻不在思索的问题。可急有什么用？慢慢等机会吧！

头几个月的新鲜感瞬息而过，柳东海在平凡枯燥的临柜外币兑换岗位做了半年。半年后，几件小事让他得到了展示个人所长的机会。

一天上午，军人出身、身材魁梧、面容严峻、说话轻微磕巴、喜欢背着手走路的行长尹光耀让人喊小柳到行长办公室。

"小柳，我这里有一份进口按摩器的说明书，英文的我看不懂，你帮我翻译一下。"

柳东海接过折页式说明书简单看了一下，感觉浅显易懂，轻松道："好的，我尽快。"

领导的事情必须快办。小柳中午没出去吃饭，在银行空闲的大会议室坐下来，逐行逐句开始翻译，因为都是"开关""振动""发热"之类的简单应用，所以不难，没到下午上班时间，完整版中文说明书就搞定了。

尹行长接过说明书，翻了翻译稿，满意地点点头道："嗯，能看明白。怎么这么快？"

"都是使用方法，确实比较简单。"

尹行长继而点点头道："不错，辛苦你了。"

银行现金出纳科有一台上级行拨下来的进口自动点钞机，普通点钞机都是卧式的，而它是立式的，更紧凑。平时试着能用，但因看不懂厚厚的外文说明书，始终无法放心投入使用。出纳科女科长听说小柳会外语，就把说明书连同机器一同交给他道："小柳，麻烦你给翻译一下，弄明白原理。有一点要注意，不能把机器带出银行大门。"

小柳仔细翻看说明书，其中至少有五种文字，只差中文，也就是说，需要翻译的内容并不多。

下班后，从五点到七点，保卫部的同事一直陪在旁边，柳东海按说明书说功能，张罗了几个人一起调试机器，弄清一项记录一项。嘿，可以踏踏实实使用了。

第二天上班，出纳科科长在看完小柳的示范又自己亲自用真钞验用后，兴奋地从一楼一路小跑上了四楼，找行长报喜。

"行长，那台英国进口点钞机好用了！"

"怎么回事儿？"

"小柳翻译了说明书，我们按说明试着用了，确实好用，可以正常使用了。"

英文这么好，在柜台上有些大材小用了。尹行长遂安排小柳进了省中汇银行国际结算处。

中汇银行是个有着国际风范的学习型单位，小柳又是勤奋好学的人去到那里错不了。那里的处长董姐脸黄心善，海西大学英语系毕业，曾在伦敦中汇银行工作过四年，在她手下，小柳悟懂了"有借必有贷，借贷必相等""一借多贷""一贷多借""多借多贷"等会计原理，他如鱼得水，每年都会在上海、北京等地的杂志上发表业务论文。

慢慢地，低调沉稳的柳东海成了尹行长眼里的红人，并很快进入自己曾羡慕不已的年轻科级干部行列。这个新提拔的副科长随后走在了其他同事的前面，科长、副处长一路小跑晋升。

当然，柳东海也经历过丢脸的事，但尹行长竟然一点儿不计较。行里很快给柳东海分了一套两居室房子。

这天，小柳拎了把笤帚，偷偷跑出去打扫卫生，同科室的小林气喘吁吁地跑来说尹行长有急事找他。

急匆匆地赶回行里，一进行长室，小柳看到除尹行长和信贷女科长外，还有几张陌生的面孔，其中有两个老外，听介绍才知道，这些人是中法合资企业的外方专家和中方管理人员，其中一名身着笔挺黑西装、头发油光的是香港翻译。

落座后，尹行长把柳东海介绍给客人："我们国际业务负责人——小柳，是京都外国语学院英语系毕业的。"

"太好了，那就请柳科长翻译好啦！"香港人说。

柳东海笑着点头之际，发现自己的裤腿、鞋面全是灰尘，猛然想起，头上脸上是不是也这样子？汗出来了，唉！事后他真不敢回忆这半个小时是怎么熬过来的。

尹行长可能只顾欣赏柳东海不假思索的翻译了，为此他有意无意多说了好多话。倒是信贷科长待客人走后提点道："东海，别怪大姐说你，怎么弄得灰头土脸的？高级翻译，农民形象。"

后来，柳东海跟着董姐参加瑞士通用公证行（SGS）招待分行国际结算业务负责人的宴会，瑞方代表举杯逐个敬酒，最后才轮到柳东海，人家说的是："最后敬一下司机先生。"

"这是我们的管理干部，不是司机。"董姐急忙解释。

宴会后，她批评柳东海过于随意的着装，是啊，工厂工人一般的制服，谁会想到是个银行业务负责人呢？

两次经历对柳东海触动很大，他的形象从此职业化了：皮鞋一尘不染，发型一丝不乱，西装领带，成职场典范了。

中汇银行总行评聘高级技术职称，小柳发表论文多、获奖多，还和其他人汇编过由经济出版社出版的《财政与金融概论》等书，又恰逢尹行长作为省分行副行长列席总行评聘会，在会上极力保荐，他顺利获评高级经济师。小柳却不以为意，常调侃自己是"不懂经济的专家"。

在中汇银行，柳东海是大家公认的"学习委员"，尹行长安排他去全国多个地方参加银行多方面的业务培训。在九河黄牛郡参加了为期一个月的"外派工作选训班"后，他作为首批见习工作的六人之一即将外派到新加坡工作一年。

中汇银行的惯例是先见习，达到驻外工作要求，然后派到首尔、法兰克福、伦敦、新加坡、东京、纽约等地工作，一般为期四年。如果得到重用，时间会更长，或转换到其他国家继续工作。

柳东海接到通知准备出国，办护照，办签证，报销置装费，考虑到新加坡地处热带，便买了一套浅灰色的薄西服。一切准备就绪，柳东海不免遐思浮想起来：那是个怎样的工作环境？要如何去适应？见习会对自己未来的发展帮助良多吗？

柳东海对前景充满期待。

第二章　留洋镀金

1994年3月，柳东海等六人集结北京，很快就从陌生人变成点头微笑，却又无话可聊的"团伙"。

出了樟宜机场，西服就成了收藏品，再也穿不上了，太热。这里一年到头只有旱季和雨季，好在是海洋气候，不那么干燥。

几个人被新加坡中汇银行派去的一辆面包车接到东海岸高档住宅区，周围都是别墅区。新加坡是岛国，环境潮湿，楼房的一层全是框架，二楼开始才是真正的住宅。

院子里的芒果树浓密、翠绿。

柳东海觉得在国内从没看过这么好的住宅楼，走廊过道全都贴着高档瓷砖，干净整洁。想想在国内自家也铺不到这个水平，可这里只是个走廊都装饰得这么体面。

躺到床上，他脑海中回想一路上的感受。从空中看，飞机飞过的是一片一片蔚蓝的海洋，中间有一些大大小小的岛屿，越飞越觉得孤独，仿佛是奔赴世界的尽头。离家来到这么遥远的地方，柳东海的心中空荡荡的，想媳妇、想孩子、想父母、想同事，平时不想的一路上竟然都想到了。

第二天，不给柳东海他们休息的时间，新加坡分行来人带他们去熟悉工作环境，而且没有车接，来人带着他们去坐公交车。

这是一个特别讲究人文关爱的国家。据说，新加坡航空公司的飞机出于安全考虑用够五年就卖掉，换新的。这里的公交车，无论哪条线路都是清一色的奔驰大巴。车内车外，满眼新奇，柳东海已是目不暇接。

到了新加坡的金融中心——巴特立路，柳东海突然觉得，周围这些楼怎么看不到顶？他不敢仰脖看得太久了，怕被人笑话。高楼大厦，鳞次栉比，高的有七十多层吧？大银行几乎都集中在这里。

中汇银行楼并不高，区区十七层。带柳东海他们去的人是从北京派来新加坡中汇银行的行长助理，他介绍说："别看咱这楼现在不高，但在五十年代是新加坡最高的建筑。"

新加坡的发展太神速了，在中汇银行的建筑后面仅仅十几米的距离，已挖好了基坑，准备建新大厦，规划高度是五十三层。

新加坡中汇银行离当地标志性建筑——鱼尾狮很近。旁边就是新加坡邮电局，柳东海常到那买邮票寄信。他喜欢和棕、黑、黄、白各色皮肤的人一起排队聊天，等排到自己的时候再跟卖邮票的人说英语。

新加坡中汇银行，一进走廊并排有三部电梯，吱吱嘎嘎直响，再加上里面的电风扇都是老式的，年代感十足——看来，是该盖新楼了。柳东海在新加坡见习的后期，专门用英文写了一篇关于新加坡中汇银行电梯的文章，描述最初的感受，用拟人的手法描摹新加坡中汇银行的历史以及对它未来的期待，并在新加坡中汇银行自己办的名为The voice of Singapore（新加坡之声）的杂志上发表，还得了四十几块新币的稿费。当时，一新币相当于六块多人民币，四十几块的新币真算一笔不小的财富了。

柳东海的见习工作是到外汇交易中心和国际结算部逐个岗位地去体验学习。

第一个岗位是进口业务的单据和账务处理，他的第一位老师叫陈美芳，以当地的标准，算是长得还不错。她说话细声细气，起初柳东海听不大懂，好奇心还强，常搬把椅子坐她旁边，她做什么，他看什么，特别是来电话的时候，他总想听清她都在说些什么，偏偏她又猫声猫气的，啥都听不到。她经常站起来说："Mr. Liu, I am going to copy some documents. Would you follow?"

于是，柳东海跟着她头回见到同时能复印双面纸的复印机，连书都可以自动翻页印，这让他的眼前为之一亮。她耐心地给他讲解应该如何操作。新加坡的电子化和网络化程度远远高于国内中汇银行，这也是柳东海最需要体验的。怎奈，信息量太大，看的时候明白，转身就忘了。柳东海不得不厚着脸皮请陈美芳过来再指点一二。

下午，陈美芳经常对柳东海说："Mr. Liu, I am going to do some credit (debit) accounting. Please follow me."（我去贷记、借记，去做账务处理，请跟我一起吧。）柳东海遂溜溜地跟着她，她做什么他就在一旁看。必须得仔细看，因为她只带三天，第四天，柳东海就要进入状态，独立操作了。

柳东海还特别关注电话，行里有规定，电话铃响不能超过三声，必须有人接。老师要是不在的话，电话一响，柳东海就紧张：第一，不知道对方找谁，柳东海也谁都不认识；第二，若涉及业务柳东海自然也不清楚，几乎就是两眼一抹黑。所以，陈美芳去哪他就跟屁虫一样黏着。

慢慢地，柳东海和周边的几个人熟悉了，也进入了业务状态，就知道如何应对了，再来电话也敢接了。一般对方都会说："Hello,can I speak to ×××？"

柳东海就说："Moment, please."随后，帮着找人。时间长了，他既熟悉了业务流程，也跟客户慢慢熟稔了。

这里的柜台下面是一个个像抽屉似的收纳格，客户虽在柜台外，但可以用钥匙打开收纳格，把单据放到里面，银行的人在里面不需要钥匙，直接可以拿。银行来了新面孔，客户一看，眼前一亮，这么高大的汉子在当地还真是少见，就一传十十传百，说中汇来了个General（将军），一见柳东海就大喊："General！"物以稀为贵，General越来越受欢迎了。

柳东海对第一个老师陈美芳印象深刻，跟她在一起工作了大概十几天。两周后，要换岗了，陈美芳还有点留恋，跟柳东海说："柳东海，周末如果没有什么特别安排，请你到我家去，吃我妈妈包的饺子。我妈妈会包中国饺子。"

柳东海说："我需要回去跟伙伴们商量一下，要去你家也不能我一个人去。我们有纪律，要求集体行动。"

陈美芳点点头："那也可以。"

柳东海回去一说，大家都说算了，别去了，这么多人一起去，陈妈妈得包多少饺子啊！

后来，陈美芳买了一套新加坡的纪念邮票，趁中午同事分批外出吃饭人少时对柳东海说："难得我们在一起工作，送你一个纪念品，还有两本书。"书是《图解老子说》，里面都是讲述人生哲理的，她在扉页上写了长长的一段话，柳东海就记住了一句："柳东海，您是我的欣赏对象。"新加坡女孩的中文差点意思，但柳东海明白，就是偶像呗！

和国内不同，这里没有食堂，没有餐厅，中午吃饭，要到外面解决。柳东海原想国内来的几个人搭个伴，一起出去吃，但不在一个部门，没有这个便利。索性跟当地人多接触一下，柳东海便跟工作搭档的伙伴一起去吃。

柳东海的第一顿工作餐是和部门副理一起吃的。黎副理很热情道："柳东海，您刚来，今天中午我请您去吃午饭。"

柳东海挺高兴，喜滋滋地跟他去了离单位不太远的一个叫Golden Shoe（金鞋子）的快餐厅，心里盘算着下班后和几位室友吹吹牛，多有面子啊！

餐毕，眼见黎副理买了单，可柳东海要走的时候，服务生却叫住他："先生，你还没买单。"

幸亏柳东海带钱了，诧异片刻，还是很快付了账。此事让柳东海久久不能释怀，再看到扁嘴的黎副理，总是心生不快。虽然，柳东海明白ＡＡ制是资本主义社会的文明习惯，可毕竟是第一次一起吃饭嘛，就不能给个适应的机会？到底也是黄皮肤黑头发，本是同根生嘛！

在新加坡，从来没人穿短袖衬衫，外面骄阳似火，办公室的空调却冷冷的。白领们每天都要换一条领带，柳东海带去的领带是在海西刘公岛上论斤卖的"韩国货"，实在拿不出手，只能咬牙到Sogo商场买了几条真丝绣花的领带——怎么也不能给中国人丢脸啊！

此外，行里还给他们请了一个英文老师，六个人只有柳东海是学英语的，但是要做长期国外工作培训的话，所有人的英语必须过关。领导问大家对老师有什么要求，答曰："第一，必须是纯正英语国家的人，英国、美国、加拿大、澳大利亚那样的地方；第二，必须是女的，要年轻漂亮！"行里果真尊重大家的意见，请了一个二十六岁的加拿大美女。每周一、三、五晚上，下班之后，大家坐车去Paradize Centre的一个培训中心上课。有时，六个人在课堂上会要求临时改变教学内容，因为他们的程度深浅不一，有的英语不怎么好，说得很离谱，老师也被逗得前仰后合。不过，大家还是很配合，尽量吭吭唧唧地说英语，老师也努力去理解，彼此相处得很好。但是美女老师设计的课程到最后也没讲完。西方人讲究契约精神，于是征求大家的意见，大家觉得也可以换个形式，比如请大家去看看电影，吃吃海鲜大排档什么的。美女老师也欣然应允，快乐地结束了他们的外语培训。

每逢周日，行里都安排专车，由一位行领导出面陪他们四处看看，去乌节路商业中心、圣淘沙、夜间动物园、环球影城、"牛车水"，就是新加坡唐人街，逛寺庙、购物、看电影、打保龄球、去八角楼吃南洋风味等。有时，还会请他们去喝酒，喝的是洋酒XO。中国人多数是因为好奇才喝XO。其实，按照外国人的喝法，这酒真的很好喝，杯底倒很少的酒，加冰块，抿到嘴里，酒液于口齿之间溢动，从舌尖到舌根余韵无穷。

有次，柳东海他们去吃台湾烤肉。把原料选好之后，递进烤肉房，烤肉师傅隔着玻璃板，当着你的面表演烤肉，菜盘肉碗翻飞自如，肉在烤台上嘶嘶作响，香雾飞扬，食客们看得过瘾，吃得尽兴。

要说此处的美食，真是不胜枚举，其中给柳东海留下特别美好印象的是一种美食酿豆腐。所谓酿豆腐实际是豆腐油炸之后做成的豆腐泡，加上其他蔬菜，画龙点睛之处是与成块烧得香喷喷的肉酿到一起，非常美味，不管啥时候想起来都让人垂涎欲滴。行领导也不吝啬，夸他们都是中汇银行的能工巧匠，能给行里赚很多钱，所以一定安排他们喝好吃好。

在此处待得久了，柳东海还有一点较深的感触，就是新加坡的法治严、治安好。海滨路两侧有好多椰子树、木瓜树，果实长得都很低，像柳东海这般个头，伸手就能够着。有时，他想，应该晚上出来摘几个。但没见有人动它们。街边卖榴梿的摊贩，到晚上收摊的时候，只是拿篷布一盖，边边角角拴上，防止被风吹跑，再就没有任何其他防护，根本就没人偷。如果犯法，当地有一种刑法叫鞭刑，那是很厉害的。新加坡的鞭刑相当有名，令人半趴着绑住，用鞭子抽打扒光的屁股，打得皮开肉绽，随后给人疗养的时间，恢复之后，还得接着把欠下的鞭数补上，再打开再养，直到将鞭刑执行完。想想真挺残酷的。

不过，柳东海的大部分时间还是在银行内度过的。银行等级观念非常明确。职员分两种，文员和高级文员。文员做的活儿，高级文员是不可以回头来做的；高级文员做的活儿，再高层级的人也是不允许做的。柳东海有时手头不忙，特别是实习到管理岗位时，就想帮人家打一打文件，却被义正词严地拒绝，帮谁打，被帮的那个人就是犯错，那是他或她分内的工作。柳东海是科长，在当地被称作"襄理"。襄理去帮高级文员和文员做业务，犯错误的却是后者，所以不能画蛇添足，砸了人家饭碗，这个界限是很分明的。

制度严谨、公私分明，每个人都有用，每个岗位都重要，这些企业文化深深影响了柳东海的工作态度和职业生涯。海外工作经历一下子把原来在国内银行做的业务立体化了。在国内，有权签字人分不同的业务类别、不同额度被赋予一定的权限，他们的签字由总行做成签字样本，印成图册。文件寄到国外，负责密押印鉴的人要按照图册核对寄来的东西是不是有权签字人签的，以此鉴别业务的真伪。

柳东海原来那些哥们儿姐们儿签出口文件寄到新加坡，在柳东海这里就当进口业务处理了，这样的操作就把过去做的业务完整化了。

在国外，培训学习和适应工作是自己的事情，不能适应工作，那他们就找能适应的人。相比之下，国内特别人性化，特别福利化。在国外，谁该干什么，就精准地做好这一部分，就像工厂流水线上的一个环节，更多的不必做。国内国外，大环境不同，做法有差异，但没什么对与错，不过是各有优劣。

第三章　惊心事件

　　风险无时不有，无处不在，风险管理是银行经营的核心内容。柳东海和一同在新加坡见习的同事经常有这样的交流。

　　他在鲁南中汇银行时，家离银行比较近。下班后喜欢去银行的前后院散步，和行里其他愿意在那儿逗留的同事聊天。

　　突然有一天，行里来了几个公安局的人，说刚刚接到报案，一个储户的五万元资金被盗取了。当时，还没有银行卡，客户只能用存折。用存折取款时，必须经过柜台，填写取款凭条。

　　公安局的人一直都没离开，等到下班，把行里所有涉及柜台业务的人都留下，集中到会议室，围成一圈，发给每人一个平时练习数字的小本，让大家反复在上面写阿拉伯数字0到9，之后再写大写的数字，用来核对笔迹。每人都要整页整页地写，以便看出写字的特征。

　　第二天下班后，又写，因为前一天的没比对出来。

　　第三天，继续。

　　连续写了一个星期。大家心里都特别压抑，柳东海下班后也不敢在银行周围逗留了，怕被当作坏人。

　　这期间，公安局检查发现储蓄专柜的宋主任此前丢了三本存折，竟然一次都没有上报。这是重要发现，遂对他进行了跟踪监听。行里保卫科的人说，宋主任和家人上班后，家里的电话座机就被安了监控、监听的一类东西。

　　公安局天天来，不但让大家下班写"作业"，中午休息也要写，然后轮流接受询问："发生盗取那天那个时间段，你都干了什么？"

　　当时，没有监控，回忆起来很困难，大家都深感郁闷。有的员工第二天早晨上班的时候甚至会跟家里人说："今天我有可能就回不来了。"

　　家里人问："钱是你偷的？"

　　他说："不是我。"

家人不解："不是你，为啥回不来啊？"

员工无奈道："赶上冤假错案也不是不可能啊！"

宋主任是重点审查对象，却也没有结果。他只是解释说："我是怕行里知道了处分我，没有别的原因。"没做出别的解释，疑点就更大，于是，他被拘留了一天一夜。

行内上下轰动，都在传这事儿就他干的，苦于没有证据，于是扩大了侦查范围。

为什么要扩大侦查范围？由于银行缺人手，正式员工换班吃午饭时，保安可以进来帮忙做业务。他们用的印章、公章都是行里员工的。公安局了解到这个情况后，就把侦察范围扩大了。

案子很快水落石出，这件事是一个保安做的。他事先偷了一本存折，就是宋主任丢的其中一个。如果宋主任当时上报的话，这些问题可能就避免了，存折上都有编号，一旦挂失，再拿来用就能被发现。保安偷了存折后，盖上了银行的印章，又趁替岗的时候把储蓄柜员的名章找机会盖上。最后，他让自己的女朋友填写了取款凭条。该女友不是本行的人，警察让本行人写再多的数字也是不可能对上的。

扩大范围一查，再加上审问，保安的心理防线就被突破了，宋主任也解脱了。行里没有免他的职，但进行了批评处分。

从那时起，柳东海也养成习惯，下班再也不去银行院内散步了。

二十世纪八九十年代的国内银行，下班后，正式员工都要轮流值夜班，柳东海也值过。银行当年的安全保卫也非常严格，但主要依靠人防，现在更多的是技防。保卫科的保卫干事每天晚上两个人守金库。金库分里外两道门，他们只负责金库，任何其他区域发生问题，都不归他们管。他们的责任就是看金库，被称作"守库"。柳东海他们属于值班干部，并给配枪，负责楼上楼下各个区域。讲真，柳东海值班时心情是相当紧张的。

配枪最好用不到，彼时的安全保卫形势比现在严峻。一次，行里安排柳东海跟保卫科和出纳科的两个同事一起去总行缴外币现钞，行里收到的外币美元、港币、日元都不能放在行内，放在行内既不能放贷款，也不生息，还要付客户利息，相当于赔钱。外币要送到总行，统一转到境外，或存到外资银行，有利息收入。他们的任务就是把外币送到总行。

柳东海他们带着介绍信，坐上火车卧铺就去了。当时，几个人都配了枪，给柳东海的是一把五四式手枪。他那时才发现，战争年代的战士手头真有劲，五四手枪的安全栓拉起来很吃力，虽然部队转业的保卫干事教他如何使寸劲儿，但还是挺费劲儿的。

　　躺在卧铺上，枪就没地方放了。柳东海抱着它不敢睡，放在腰上怕它响，放到枕头下怕它丢，就这么一整晚没合眼。到了总行把外币现钞上缴后，他们连逛街也不敢。飞机是不能坐的，路程又比较长，来回路上无不提心吊胆。有此经历后，柳东海就认定参加工作最好别动枪，小时候感觉当个解放军战士挺光荣，但真的拿枪了感觉却大相径庭。

第四章　结缘胶湾

"根据省行党委决定,任命柳东海为胶湾分行副行长。"

这一决定是人事处处长当着省行主管行长尹光耀的面儿宣布的。

柳东海内心不由自主地一阵悸动。

全省中汇银行系统最年轻的处级干部竟然是自己,这太意外了。

谈话之前,怎么也想不到自己由正科提升为副处。在柳东海的官场知识储备中,科级晋升处级是一道很难逾越的坎儿。当他按尹行长的指点,见了省分行一把手并当面致谢时,省行领导拍着他的肩膀说:"小柳,你够格儿,否则提拔你我们就错了;再说了,自己人啦,以后会有更多用得着你的地方!"

这些体己话让柳东海确信,自己的官真的做大了。

柳东海啊柳东海,三十岁出头,成了中汇银行全省最年轻的处级干部,正儿八经的县团级,何德何能?

柳东海是国际结算方面的精英,安排他到胶湾分行,当然是为了加强国际结算力量。海西省的外贸出口50%走胶湾口岸,中汇银行是外贸外汇专业银行,外汇结算100%在中汇银行。

胶湾地处半岛北端,三面临海,东面是黄海,北边一眼望去是内海浑黄,外海清澈,泾渭分明的黄渤海交汇处。胶湾一面靠山,三面环水,是一座冬无严寒、夏无酷暑的宜居城市。胶湾的美丽不胜枚举,一望无际的银沙滩海滨、抹香鲸海洋公园、获吉尼斯认定的三十八公里全球最长滨海路——海滨步行木栈道、日本风情街、俄罗斯风情街、巴黎风范的中都广场、列入全国十大海岛美景的养马岛,还有串珠般散落在百里近海的长崆峒岛、银狐岛、芝罘岛……

银狐岛给柳东海留下了美好而深刻的印象。其虽距胶湾陆地百里之外,但乘坐台湾造的高速客船单程耗时不过两个多小时。船窗外,陆地、近陆岛屿慢慢消逝,海面辽阔得让人心虚。柳东海第一次是和七八位朋友一起上岛的,岛上有一家闻名全国的以养殖海参、鲍鱼、虾夷贝等海珍品为主营业务的上市公司。公司老板的弟弟以朋友身份安排接待的。

上岛后第一项活动就是乘游艇钓海鱼。游艇配有电子探鱼器，显示屏上看得到在不同水深游来游去的鱼群。钓鱼用的是渔民称为"手把线"的钓具，线端拴着一根横着的粗铁丝，渔民们称为"天平"。天平上一列排开，系四只鱼钩，天平中间系一个铅坠。鱼饵用的是船上准备好的剪成小段的大鱿鱼须或小海虾。船行当中发现鱼群即会停住，不抛锚，保持船动力以维持稳定，船长一声令下："放线！"围在船四周的钓客即刻把天平抛进海里转动手里的线盘，鱼线迅速进入海底。这里的海域水深三十到五十米。铅坠带着"天平"触碰海底沙石，手中会有明显"断线"的感觉，依判断将"天平"提离海底，让挂饵的鱼钩随海流漂浮在海底上方半米到一米的位置。

来不及等待，有鱼咬钩，有掠夺感，好凶猛！手突然将渔线向侧上方拉甩一下，挂住鱼唇。第一条、第二条、第三条……起钩，三四条十四五公分长的黄鱼、黑鱼蹿出水面。手拎"天平"，鱼成串，扭摆抖动，好开心啊！

船东为柳东海和伙伴准备了五个大保温箱，不到半小时，大家便钓满了一箱。能想象品尝自己钓的鱼、自己捕的海鲜的兴奋和极致的鲜美吗？

银狐岛的夜空繁星密布，此时恰逢七夕，银河系浩瀚明亮如一条宽无边、长无尽头的大河，牛郎织女星清晰可辨。

夜空下，小街旁，坐着一排排默不作声、大脑慢速运转，呆呆度日的海岛村民。

胶湾的经济是海西省四个特大城市当中的排头兵，虽同是老工业基地，但它更早借地域优势，借十四个首批沿海开放城市的政策优势，率先焕发生机，港航、造船、机车、机床、钢铁、石化都成为它重要的工业支柱。在这里，金融行业从业人员超过六万，有银行的、保险的、证券的、信托的、期货的，城市管理者很早就提出了"建设东北亚国际金融中心"的口号。

胶湾是个让人愿意来，不愿意走，流连忘返的好地方。

一年不到，柳东海又面临一个重要的抉择。

由于工作调整，上级安排柳东海回鲁南市，去海西省中汇银行外汇资金处当副处长，主持工作，同时等待总行的长期出国工作安排，然而，柳东海并未回去。

本来他是要走的，临行前，朋友们一起吃饭，给柳东海送行。有同学办好了移民，劝柳东海也走这条路，可更多人说为了将来更好的发展应该选择留在沿海开放城市。朋友们的这些劝说让柳东海的内心波澜起伏。他不想离开,可不走的话,工作该怎么办?柳东海很纠结,口腔溃疡连续一个多月,喝口水都疼痛难忍。

恰在此时,柳东海在报纸上看到融商银行胶湾分行成立的招聘广告,同妻子一商量,决定把握机会,勇敢地"下海"闯一闯。

第五章　办公室主任

面试官就是后来分行的陈行长。他问柳东海为什么要来融商银行，答曰："我并不了解融商银行，可我想留在胶湾。"

面试官顺口说了一句："很实在嘛！"

柳东海报名国际结算岗，一共招了四个人。融商银行总行出题，要求用英文答卷，只有柳东海一人胜任，结果没人批得了卷子。

陈行长的儿子是同济大学经济类专业毕业的，在深圳一家基金公司做基金经理，老爸要他来帮忙阅卷。结果，柳东海在四人中排名第二。这结果不由让他疑窦丛生。按说，他是京都外国语学院毕业的，加之具备多年的国际业务经验，英文水准以及专业素养都比较高，没得第一实在说不过去。

这叫什么事儿呀！要求全英文应试，这本该是第一重要的，单凭这一条，柳东海也该是无可争辩的第一名，书写流畅、用词准确自不必说，答案也是不容置疑的。这不明摆着是鸟大不过笼子嘛！柳东海忿忿然，却无奈，和乘飞机的谈造飞机岂不枉然？不过，既然已经入围，也就不计较了吧！

为了留在胶湾，柳东海在1997年5月进了融商银行。他有一个十分有趣的想法，觉得去了融商银行就是"下海"了。在他眼中，中汇银行是铁饭碗，而彼时的融商银行资产规模全国才一千多个亿。柳东海当时想，如果月工资不少于四千元就去，在中汇银行挣得少，一个月才一千多。

陈行长是个生活简朴的人，从小在农村长大。融商银行开业的时候，跨行来的人都和柳东海一样，觉得有一种"下海"的感觉，进入一个新的环境无非是想多赚钱。但陈行长没把钱看得很重。刚开始工资体系还没有确定的时候，陈行长就和总行商量每月每人两千元的生活费，将来多退少补，他对收入没有太高的期望值，所以没说"少了今后补"，而说"多退少补"。

新开业的融商银行胶湾分行，起初国际业务并不多，陈行长就安排柳东海做营业部经理。刚做了一个月的营业部经理，又有了新的变化。

一天，行长找到柳东海，对他说："东海，你能不做营业部经理吗？"

柳东海说："那我做什么？"

行长说："你做办公室主任吧！办公室主任需要一个既懂业务，又会写东西的人，我看你材料写得不错，就来做办公室主任吧！"

当办公室主任？柳东海一阵惊愕。

"领导，这不合适吧？"

"我看过你过去在杂志上发表的文章，我看你行。"

柳东海一直把行政人员看成银行体系里的"外行"，从来没想过自己去做辅助性质的工作，那些迎来送往、点头哈腰、跑前跑后、起早贪黑写材料的事……不干！他心中拿定主意。

柳东海婉言回绝道："我没干过，肯定干不好。"

领导沉吟道："不愿意在我身边工作吗？"

"不是。"

"那就听我的，试试吧！放眼长远，肯定是好事。"陈行长的口吻不容置疑。

完蛋了！柳东海欲哭无泪。

就这样，柳东海开始了办公室主任的工作。股份制银行的办公室是个大综合，人力、行政、安全保卫、稽核都在一起。

其实，柳东海在参加总行工资体系培训会之前和其他人一样内心有些惶恐。但他在陈行长之前先了解了融商银行的工资体系，不再担心钱赚得少，也不再担心有地域差别，因为胶湾和深圳总部的工资标准是一致的。融商银行根据个人资历、学历等为参照，确定职级和薪资。柳东海在中汇银行时的技术职称是高级经济师，所以到融商银行的薪级起点定得比较高。

柳东海既然负责办公室，也管人力资源，薪酬方面自然先知道。他和会计部的经理一起到深圳开会，前半部分是财务和人力一起开会讲公司财务政策，然后财务人员退场，人力方面人员讲薪酬的具体安排。柳东海觉得很震撼，因为工资可以更高，绝不是一个四千元挡得住的。能挣到特区标准的工资，柳东海不免心中窃喜。

融商银行的工作风格就是玩命，废寝忘食，忘记一切。柳东海在深圳的时候已领略到了一些，中午吃饭不出屋，把饭菜端到会议室自助，二十分钟后接着开会，直到晚上九点。

此外，融商银行有一个很先进的管理体制：一个新分行开业，关键岗位都要安排专人进行辅导，保证启动的新分行符合融商银行统一的文化。

不过，胶湾分行的起步发展并没有达到总行的期望值。

胶湾分行成立时，从胶湾国民银行来了八个人。胶湾国民银行的副行长来做行长，总经济师做副行长，几个副处长做部门负责人。柳东海是唯一的外来户，做了办公室主要负责人，副手是原国民银行办公室副主任。所以，国民银行官本位文化对融商银行胶湾分行的影响很大，束缚也很多。

银行的人际关系有点复杂，复杂到什么程度呢？最开始筹建融商银行胶湾分行的时候，国民银行的总经济师蔡先夺是筹建的主要负责人，一直负责与融商银行总行联系。但等到胶湾分行真要成立时，国民银行安排陈副行长和蔡先夺一起坐飞机去深圳，研究敲定融商银行在胶湾开业的最终事项。

陈行长和蔡行长一高一矮，一个喜爱独自对着自动抛球机左推右挡打乒乓球，昂首挺拔，面部皮肤紧致淡然；另一个可能是喜好灯红酒绿歌舞升平的夜生活，背部微驼，眼光略微灰暗浑浊。

飞机上，蔡先夺还不知道陈行长是来做胶湾分行行长的，当时他仍笃定自己才是行长的唯一人选，遂埋下了矛盾的种子。到了深圳，与融商银行总行领导一交流，蔡先夺才发现自己失算了，白忙活这么久原来是为他人做了嫁衣裳。两人之间的矛盾就此发芽了。

作为办公室主任的柳东海，经历了两人斗法的全过程。

陈行长是一个特别节俭的人。招待客人喝酒也是拿矿泉水瓶灌着当地的土酒小烧，几块钱一斤。北方人对红酒没什么研究，只知道进口和国产、贵或便宜。陈行长既想省钱，还想要面子，就通过关系介绍胶湾外轮代理公司，让柳东海开着车去批发酒。去了之后，柳东海打电话告诉行长都有什么价格的，也不管什么品牌。然后，行长交代就买三十元左右的，批发是这个价格，放到市场上也就卖到七十多元。打这之后，柳东海常会开着金杯面包车，拉个七八箱酒，咣咣当当地在路上来回跑，还挺费油的。

无论招待什么客人，陈行长都会事先交代柳东海，点菜要控制，不能超过八百元，不讲人数，不讲客人层级档次。这就使得柳东海每次点了海参、鲍鱼之类的贵菜，就势必要点个麻婆豆腐、尖椒土豆片之类的来找找平衡。

深圳总部来客频繁，走的时候要给人家备礼，也不能带海鲜之类矜贵的，那得千元左右一份呢！陈行长还真是强，赛过诸葛亮，安排只给客人带黄瓜、西红柿这两样。每次来客,大概准备三十元左右,能装不小一箱。陈行长的理由是:在深圳买黄瓜,回家切的时候,屋里闻不到黄瓜味,而北方的黄瓜拿回家切,满屋都是黄瓜香;南方的西红柿吃起来没有味道,北方的西红柿吃起来有田园感。

深圳的客人,吃饭喝酒是一方面,他们还有另一方面的需求——出去玩耍。

陈行长看不惯这些活动,客人玩的费用行里也不给安排。副行长老蔡这方面是行家,但被陈行长限制得很死。有时客人来了,比较熟悉的就说,吃完饭出去坐一会儿?柳东海就把这些意思拐弯抹角地变成出去洗洗头。那时捏脚的比较少,只能说去洗洗头,还算是一种比较不错的消遣。

有一次,严控招待费这个怪圈被打破了。

总行一把手来胶湾,德高望重的改革家带着老婆孩子,当时这个一把手是融商局集团的副董事长,是融商银行的第一任行长。

到胶湾第一天的接待很简单,第二天早上按照预先安排由分行陈行长陪同他们去黄渤海分界线转一转,下一站是胶湾开发区。

陈行长对柳东海说:"你去开发区打前站,安排中午吃饭的地方。"

柳东海去了开发区最好的海鲜酒楼,点完菜和服务员说:"算一下多少钱?"

一共订了两桌,服务员报:"1800元!"柳东海想,也行吧!

过了一会儿,他又琢磨琢磨,总行一把手来,而且还有很多人陪着,人数不少,好像有点寒酸,虽然在当地也算是比较高的规格了。柳东海转了一圈返身和服务员说:"你把菜单拿来,我看一看再调整一下。"又加了葱油海螺之类的几个硬菜,柳东海又问:"再帮我算一下,多少钱?"结果一桌大概1500到1600,两桌3000元出头。柳东海心里想,应该没问题,就这样了。

服务员问柳东海:"喝什么酒?"

柳东海说:"不知道客人喝什么酒,等人来了再说。"

柳东海心想,这顿饭吃完,说不定陈行长会批评他。但转念一想,自己作为办公室主任,这也是为自己的行长争光。

陈行长带着领导一行人来吃饭,从第一道菜上桌直到最后,陈行长的表情一路放晴。当然,也可能是总行行长莅临,陈行长也有点紧张,但确实感觉这些菜不丢面儿。

落座后,陈行长问总行领导:"您想喝点什么酒?"

答:"红酒。"

陈行长对柳东海说:"东海,你看看都有什么红酒。"

柳东海招手道："服务员，把你们家好的红酒说一说。"

服务员先说了个最贵的，结果总行行长说："就喝这个吧，这个牌子我知道。"

那时，北方人喝红酒都要加些东西，所以柳东海就问："咱们是加点冰块，还是柠檬？"

答："怎么这么外行？喝红酒哪有添加那些东西的？红酒就是先开瓶，把酒倒进醒酒器醒一会儿，然后倒进杯子直接喝。"

于是，红酒就这么直接喝了，最后结完账，居然6000多元，因为红酒喝了好几瓶，价格完全超标了。客人走后，柳东海硬着头皮，心存忐忑地和陈行长说："行长，你猜昨天咱们一共花了多少钱？"

陈行长想想说："怎么也得两三千吧？"

柳东海深吸一口气说："我先打个预防针，您别生气，昨天两桌连菜带酒加到一起是6000元出头。"

出乎意料，陈行长挺淡定的，不像以前每次吃完都好奇地问问花销、具体什么情况。他直接把话题转到了别处。

从此，凡是总行来人，柳东海就不去特意和陈行长请示了，每次都会超标。陈行长的标准从此不存在了。

办公室主任大多是全才，能写、能说、能喝、能玩。胶湾流行一种娱乐方式叫"打滚子"，三副扑克牌混到一起，牌抓完后，每人手里都是厚厚的一沓，三副扑克在一起嘛，轮到自己出牌的时候把牌捻开，选出要打的牌，既比记忆力，又比技巧。这和平时一副牌四个人打升级原理是一样的。

柳东海也会玩，但在胶湾那么多年，他从没对"打滚子"产生过兴趣。这种打法需要熟能生巧，不常玩当然不熟练。一开始，柳东海对这个打法也不明白，在他眼里，一副牌也行，两副也行，三副也行，不知道都是至少三副牌，偏偏胶湾当地人十之八九都喜欢那种玩法。

柳东海喜欢的是麻将——国粹。

融商银行最初规模较小，总行开会叫"总分支行长会"。开会的时候，各地支行行长都有机会去参加。柳东海是分行办公室主任，自然也要去。分行的计划资金部老总也要去，大概有六七个人的样子。到了深圳蛇口总行培训中心，安顿下来后，陈行长说："小柳，你去买扑克，回来咱们'打滚子'。"

柳东海说："好的，我去买扑克，你们等我。"

出了培训中心楼，又跑出去好远，找到一个小卖铺，里面的扑克还都是香港生产的。柳东海心想：买一副不一定够，打旧了还得让我折腾，买两副吧！

买了两副扑克，柳东海一路小跑回来。把扑克拿出来之后，陈行长诧异道："怎么少一副？"

柳东海说："怎么少一副？这不多一副？"

陈行长说："你懂不懂业务？"

柳东海旁边的几个同事都笑得前仰后合。

陈行长也哧哧笑道："这种打法是三副扑克混在一起好不好。"

柳东海说："好，我马上再去。"

陈行长逗柳东海说："你这不耽误事嘛！"

经过那次之后，陈行长也知道，柳东海不研究、不喜好这些东西，以后再玩也不叫他了。这么多年了，柳东海虽然在胶湾，身边的人都喜欢玩"打滚子"，他却始终没参与进去。

如果从牌品看人品的话，只能说柳东海不善于溜须拍马。

融商银行总行的第十三届董事会在胶湾召开。柳东海负责筹备这事。十六位董事参加会议，住宿安排在五星级君悦大酒店。

柳东海问陈行长："按什么标准安排？我没有经验啊！"

陈行长说："你尽量省点。"

柳东海踌躇道："省点？他们住那儿就不便宜，不可能在那里一顿饭不吃。那地方一顿饭可真就得好几千。还有就是，开会的话，会场是否也安排在酒店里？"

陈行长问："酒店里安排会场得多少钱？"

柳东海答："每半天一万五。"

陈行长想了想，道："你这样办，餐饮标准尽量控制；车咱尽量借，别租。"

要知道，这些领导来回行动，无论是集体活动还是零散行动都是需要车的，这也是笔不小的开销呢。

柳东海问："那找谁借呢？得要好车啊，好车你给人万一刮了碰了多不好办，还是租好些。"

陈行长又说："租一部分借一部分。"

按照陈行长的办法，行里发动信贷员向客户借车，信贷员就各处去联系客户借奔驰、奥迪、考斯特。

回头陈行长又找到柳东海问:"酒店会议室的租金太贵了,你研究研究,能不能把会议室放在咱们分行?"

分行的楼整体结构一般,隔音效果不好。

柳东海说:"弄到分行的话有个问题,茶歇怎么办?要预备一些点心、水果、咖啡、饮品呀,咱出去买吗?这个东西自己人做是需要培训的,如果是酒店做,出了问题没人会计较,可咱自己做,万一出了什么问题,不太合适。"

陈行长有些不耐烦道:"你哪来那么多想法!就用咱自己的员工,买点水果切一切,买点饮料。"

柳东海哭笑不得,只能说:"那方案就这么定了,领导?"

陈行长拍板:"就这么定了!"

柳东海想,此事万不可怠慢,这是总行的人来开会,还是需要征求他们的意见的。于是,他给总行办公室的闫主任打电话。

闫主任说:"东海,你大概算一下,这些一共要花多少?"

柳东海答道:"大概六到十万的预算吧!"

闫主任问:"你们没办过这样的活动是不是?北京副部长是咱董事长,其他这些人也都是咱们的股东、咱们的老板,咱们是给谁干呢?你在这个基础上加十万再重新安排。"

得到这样的答复,柳东海就明白了。他去找陈行长汇报这个事情。

柳东海和陈行长一说,行长说:"那你研究研究怎么加吧?"

柳东海又请示:"饭呢,尽量在酒店吃。如果您非坚持让人到行里开会的话,那咱就让酒店人员带着酒店的东西,来给会议安排茶歇。我也和酒店商量了,酒店说你们别自己弄,他们也不是非要挣咱们这份钱,就为个茶歇折腾一趟也没什么可赚的,这算是酒店的增值服务吧!"

陈行长同意了。最后,开了半天的会,酒店收了5000元的茶歇服务费。酒店安排两个人到分行,送器具材料之类,会议现场布置得挺不错,两个工作人员也把茶歇安排得很妥当。会议进行得十分圆满。

这件事对柳东海触动很大,他开始明白,钱该什么时候花,该花给谁,这是很重要的。他从那个时候形成了一个新观念:不会花钱,就不会赚钱。花钱极度保守的人,肯定也不会广开财路。

不过,陈行长确是一直节俭到最后。

第六章　高层博弈

　　分行临近开业，接待压力骤至。总行派来辅导的八个人需要有人安排接待，陈行长派人叫蔡行长和柳东海到他办公室。开业初期，都还是临时租用的办公室，简陋到略显破败，这倒和中间秃顶周围头发凌乱的陈行长形象不谋而合。

　　陈行长问："总行来的八个人你怎么安排的？"

　　柳东海说："安排他们在胶湾上海路饭店吃住。"

　　那个饭店下面楼层是客房，顶层是餐厅，比较有特色。

　　"领导，正好我想问一下，晚上陪总行的人，您两位领导是不是都到？"

　　陈行长说："我'三高'，最近感觉不太好，老蔡，你去吧！"

　　蔡行长道："哎呀，我也有事，都安排完了，而且都约好了。"

　　柳东海为难道："总行来人中有国际部副总、总行办公室主任，您两位领导都不去的话，不太好吧！礼节上也过不去啊！"

　　两位领导面无表情互相看了看，陈行长说："东海，你就代表我们去安排吧！"

　　没办法，柳东海只能自己去了。他开着行里新买的金杯面包车，带着总行来的客人到了胶湾上海路饭店，让他们先到房间休息一下，他这边去餐厅安排饭菜，说安排好了再来请他们用餐。等柳东海都安排好，去请客人的时候，蔡行长带了分行小秦女士来了。

　　这两人一直被传有暧昧，实际上，两人确实暧昧。秦女士入行前在一家星级酒店公关部工作，生了一张漂亮妩媚的瓜子脸，言谈矜持，也许是内心狂热，但外表真的冷漠。蔡行长不管不顾地将这位女士的办公位放在自己的临时办公室内，根本不在意影响。

　　柳东海看到蔡行长来了，连忙说："太好了，蔡行长，您来了正好一起吃饭。"

　　蔡行长说："我不能在这吃饭。"

　　柳东海问："为什么？"

　　蔡行长道："我都约好人了，人家都等我呢，我就是来打个招呼。"

柳东海争取道:"您都来了,就吃点饭喝点酒再走吧,反正那边也是等您,就多等会儿呗!"

这时,总行办公室的闫主任说:"老蔡,你看你都来了,就待会儿再走吧,一块吃口饭。"

蔡行长看总行领导说话,就立刻答道:"您都这么留我了,我就在这吧!"

就这样,一行人到餐厅吃饭。深圳融商银行的人有一个特点,工作的时候忘我拼搏,休息的时候就疯狂放松。

柳东海提议:"咱们喝点酒吧,喝什么酒啊?喝点当地的酒吧!"

蔡行长爱面子,觉得当地酒不好,说:"当地没什么好酒,不喝当地的,看饭店有什么好酒。"

服务员回答:"比较好的那就是五粮液了。"

领导挺满意的,说:"那好,就喝五粮液吧!"

这一喝,蔡行长的话就多了:"一把手步子迈得小,就跟农村驾辕的马走得慢一样,我们走得快也没用!"这是影射陈行长出身农村,从县域国民银行后来转到市内,没见过世面,过于保守,不懂商业银行的业务,陈行长带头带得不好,他自己再明白也没办法。

在这样的场合下,柳东海是没有资格替哪位领导解释的,也不能顺着蔡行长的话说,就只能笑着劝道:"领导,下班了不谈工作,少说话多喝酒。"

没想到,蔡行长语气蛮横地说:"说说你,凭什么当办公室主任!"嗨,竟冲着柳东海发起火来,"要论办公室主任,小秦比你强!她比你强,比你强八百倍。"

小秦就是和他一起来的漂亮女生。

柳东海心里不舒服,脸上也有些挂不住,可毕竟蔡行长是领导,而且还当着多位总行领导的面儿,柳东海只能笑着圆场:"她是比我强,但她比我强一千倍也没有用,这个办公室主任还只能我当。"

蔡行长说过这些话之后,饭局气氛微妙,这顿饭吃得不太愉快。吃完饭,蔡行长带着女秘书走了。总行的闫主任对柳东海说:"东海,你到我房间来一下。"柳东海去了。

闫主任认真地跟柳东海说:"东海,我提醒你个事。你们这个行长口无遮拦,为人有问题。咱俩之间相处不长,但我看你为人踏实,才跟你说这个话。你不要介入他们领导之间的矛盾,跟他俩谁都不要走得近了。听话听音,我觉得都有些问题，可能蔡更过分些。他们这样干，在融商银行不会受欢迎的，你做好你的本职工作就好了。"

第二天晚八点左右，陈行长要和总行的客人见面，给柳东海打电话："东海，你开车到我家接我。"

柳东海开的是金杯商务面包车，陈行长每次坐柳东海的车，司机身后三排座都坐在中间的一排，怕柳东海开得不稳。柳东海总会开玩笑地说："您就不能往前坐坐吗？"陈行长也会逗趣："你开车谁放心？我怀疑你的驾照是买来的。"

快到胶湾上海路饭店的时候，陈行长看见路边的水果店，说："东海，你停一下，咱们买点水果，去看人家别空手。"

柳东海连忙回答："好的，这个我应该提前想到的，我这就去。"柳东海买完水果上车后，陈行长说："你先别开车，我跟你说几句话。昨天，老蔡去陪他们吃饭的时候是不是说我了？"

柳东海有点尴尬地回答："嗯……关系到您……"

陈行长反问道："没什么好话？"

柳东海诚恳回答："实打实说，没什么好话。"

陈行长气呼呼地坐在那里不再说话。柳东海继续开车，等到宾馆之后，见到总行的客人，陈行长的脸上又挂上了笑容。陈行长在这一点上还是很大气的，背后不议论别人。他带着柳东海每个屋子走了一圈，打了遍招呼。

两个领导之间的矛盾越发激化，柳东海夹在中间很尴尬，越来越不想当这个办公室主任。

陈行长安排行里只买了一台领导用的车，并且嘱咐到位，此车每天上下班接送完他，再去接送蔡行长。蔡行长当然不愿意，就自己在外面借了台车，还借了个司机，于是，这个司机和女秘书就成了他身边形影不离的人。行里除了一把手用的这辆轿车，柳东海手里还有辆金杯面包车，虽然不是什么好车，但没有安排车辆的蔡行长依然对此很不开心。

行里面有一些开销，陈行长给了会计部于总审批权，给了办公室主任柳东海审批权，就是没给蔡行长。蔡行长出去吃饭，回来要找柳东海帮忙报销，给行长们书架上买一些书，都要找柳东海安排。

蔡行长就跟柳东海抱怨过："我这个副行长当得都不如你这个办公室主任！你

这个办公室主任比我都好使!"

柳东海只能劝道:"领导,您别这么说,有啥事您就说,我都办!陈行长也说了,蔡行长的事,都办!"

实际上,陈行长并没有这样说过,但柳东海不能给两位领导激化矛盾,夹在中间的他只能帮着劝和。

两个行长之间的矛盾越来越不可调和,分行开业之初,经常有安排学习讨论制度规定的会议,两人就互相推脱,陈安排蔡牵头,蔡就推脱不做,最后就都安排到柳东海头上,让他带着大家学习,那时候,柳东海都当成半个行长来用。

融商银行总行开新的分行会派人辅导,半年之后再派专家组对管理和经营进行验收,这是规定动作。

胶湾分行验收专家组派来三个老总,战略发展部的赵总,原来是西南财经大学的教授;会计部的女老总徐丽荣,是曾做过银管会副主席的隋光平的研究生同学;办公室闫主任,从前是国家运输部行政司的干部。

实际工作交流并没有什么问题,最后晚上一起吃饭,却出了意外。

大家一起喝白酒。陈行长、蔡行长、胶湾分行会计部于总以及柳东海一起招待客人。

饭局中途,闫主任突然送出一句话:"老蔡呀,大家都知道你一直不服老陈,你不用辩解,你再不服气老陈也是一把手,总行安排他当行长,没安排你。"

蔡行长非常难堪,说:"我没不服气,我一直都很服陈行长的,反倒是总行领导有的水平真低,没几个像样的干部。"

闫主任又说:"你不用说怪话,也不用不服气,来,咱们一起喝一杯酒,这件事就算过去了。"

蔡行长也没再说什么,端起酒杯和闫主任喝了一杯。

这杯酒五味杂陈,老蔡强颜欢笑,心中非常郁闷。

闫主任紧接着又说:"老蔡,你再倒上一杯,和陈行长再单独喝一杯!"

陈行长说:"这就不用了吧?"

闫主任说:"用,一定要一起喝一杯!"

老蔡说:"我敬一下陈行长,该敬。"嘴上说着,心里却非常不痛快。

这顿饭吃得不欢而散。

柳东海心里清楚，闫主任不但没能使矛盾化解，反倒成了激化矛盾的助燃剂。

晚餐结束后，陈行长说："东海，你留下，安排一下领导们的休息，我们就先回了。"

会计部的老总于大姐说："东海，我留下在这儿和你一起安排。"

柳东海说："好的，好的。"

他们一起将领导送回房间，嘱咐他们多喝点水，冲个澡，早一点休息。

然后，柳东海和于总一起下电梯准备回家，下到了一楼刚出电梯就碰到折返回来的蔡行长。蔡行长不让柳东海和于总回家，他说："你们都先别走，我们现在上去安排领导们再出去坐坐！"

柳东海说："可领导们都休息了。"

蔡行长说："这么早休息什么啊！现在就上楼！"

柳东海和于总没有办法，只能跟蔡行长又上楼。在电梯里，蔡行长指着柳东海说："我一定要跟你好好算账！"

柳东海心中哭笑不得，只能说："哎呀，蔡行长，我什么时候得罪您了？长这么大我也没有机会得罪您啊。"

蔡行长气呼呼地说："你不用说别的。"

实际上，柳东海知道蔡行长不是和他生气，而是发泄心中对陈行长的积怨，他是气不过晚餐时发生的事情。

到了楼上，蔡行长将各位都喊了一遍，跟他们说换个地方再坐一会儿，这个大家都懂。

总行会计部的徐总说："我不和你们一起了，最近身体欠佳，今晚好好休息一下。"

总行的两位男老总和柳东海以及于总就被蔡行长带到当地一家夜总会，规模大，富丽堂皇。

蔡行长说："我们在这里再喝几杯。"他对柳东海说，"东海，你安排一下。"

柳东海并没来过这样连走廊过道都震耳欲聋的地方，也不知该如何是好，就对蔡行长说："领导，这里的业务我确实不太熟悉，您安排吧，我负责买单。"

蔡行长恨恨地看着柳东海，然后对服务员说："叫几个小姐进来！"

小姐们鱼贯而入，列成一队，蔡行长给每个人都挑选了一个小姐，又要了一瓶洋酒和几箱啤酒，大家就开始唱歌喝酒。

柳东海对这样的局面不知所措，只是靠着沙发，假装睡着了。这时候，就听见蔡行长在一旁骂他："就这样的水平还当办公室主任？早晚有一天，我要踹了他。"柳东海心里默默地想：你快早一点把我踹了吧！后来干脆溜到外面一个专设的等候区和司机抽烟喝啤酒打发时间。

会计部老总于大姐完全可以找个机会先走，但她从头到尾都和他们一起，一会儿和这个跳跳舞，一会儿和那个喝喝酒。蔡行长看她的眼神是厌恶的——是啊，多碍事啊！

玩也玩了，喝也喝了，大家都以为这件事就过去了。

半个月之后，总行传来了一份会议纪要，总行行长准确地说道："总行干部到分行去做指导，分行领导当着他们的面谩骂总行领导，他们却无动于衷，而且还一起参加不健康的娱乐活动。"

这是被人告状了。这件事之后，柳东海以办公室主任的身份去总行开会的时候就发现，总行变了。当初到胶湾验收的总行办公室闫主任被调整到蛇口培训中心当主任，总行战略发展部老总被调整到上海分行当副行长。虽然几年后他们又官复原职，但当时很是低迷，沮丧。

中午在总行食堂吃饭时，原总行办公室主任，眼下的培训中心闫主任看到柳东海道："一会儿你来我的房间，我有话对你说。"

柳东海去到房间后，闫主任跟他说："我们已经分析出来是谁告的状，知道这件事和你没关系，是那帮人分帮分伙做的事儿。在胶湾，你属于外来人，也没有什么关系。我就是想提醒你，你要想平平稳稳发展，就要做到简单，再简单。这些乱七八糟的事情不要和他们掺和，和他们保持距离，这个胶湾分行班子早晚要出问题。"

陈行长和蔡行长的矛盾影响了银行的业务发展，业务工作开展受阻，陈行长不熟悉市场和客户，蔡行长自身不带头，又对下级报送的业务横挑竖拣，批评指责。在全国各个分支机构中，胶湾分行业务起步困难，发展龟速。员工普遍感觉迷茫，看不到前景和未来。

融商银行总行见状，着手安排工作调整。总行的一位方副行长带着人事部老总许琪，到了胶湾。下飞机已是临近下班时间，和陈行长见面之后明确表示，他们这次来和人力调整有关，但具体工作安排不事先跟胶湾分行打招呼。

柳东海安排好住处，带着他们去看了当天傍晚进行的足球比赛。

胶湾是全国有名的足球城，民营企业亿广集团舍得投入，很多场比赛亿广集团老板任锡臣都拎着装钱的皮箱现场观战，比赛结束在球员更衣室当场发钱，五十万、两百万很平常。进球奖、助攻将、防守奖，大奖特奖，投入带来产出，胶湾队书写了神话，三十八场不败，空前绝后。

去看足球比赛的人特别多，坐在看台上，来回上卫生间都费劲，但禁不住强烈诱惑还是要去看。球场上人们挥舞双臂传递人浪，呐喊声、小喇叭声不绝于耳。

每次胶湾主场比赛，市民们要么买票现场观看，要么守在家中、或茶楼、或洗浴中心电视机前，街上行人骤然稀少。

比赛次日，连女白领们都会驻足路边报亭报摊买份《足球周报》之类的球评新闻。上班后，球迷们也会热烈侃球，人人都是行家里手，足智多谋。

看完比赛，众人到当地有名的海鲜酒楼"五彩渔港"就餐。陈行长是地道胶湾人，对海鲜很有研究。

柳东海点了道煮螃蟹，陈行长说："螃蟹是这么吃的吗？"

点了清蒸鲍鱼，陈行长说："鲍鱼这么吃了不是浪费吗？"

当着总行领导的面教训柳东海，柳东海心里哭笑不得，这饭店就这么做他也没办法。他只能顺着问："领导，那这个鲍鱼到底怎么吃才好？"

总行方行长打破尴尬，很讲究地跟大家讲："在香港，这都是要拿锅煲的，煲上好多天，有时要半个月，所有东西都入了味才吃。"

柳东海心里想，我怎么会懂这些？又不经意间探问并记住了陈行长的偏好。一晃，柳东海在陈行长身边当了半年多的办公室主任，再点菜，陈行长就没再挑过毛病，柳东海摸透了他的脾气喜好。

饭桌上，领导都没提人事工作的相关事情，而到第二天早上，他们到单位会议室坐定后，方行长才说："东海，你把陈行长请过来，你在场做一个见证人，我们和陈行长谈一下，之后进行工作。"

于是，柳东海把陈行长请过来，方行长开门见山道："我们这次来就是要免蔡行长的职务，总行已经开完党委会了，文件已经准备了。在实际免职之前还有民主调查的过程，这次来就是问问大家的意见，如果多数人说他好，那文件不能生效；多数说他不好，文件即可生效。"

总行工作作风如此雷厉风行使陈行长感到诧异，但他依然镇定地问："那好，需要我做什么？"

方行长说："不需要你做什么，我们就是挨个人谈话，最后和老蔡谈，东海就负责帮我们叫人。"

整整一天，柳东海按花名册上总行人随机圈定的名单挨个通知这些人分别和领导谈话，所有人都谈完后，就该跟蔡行长谈了。

方行长说："这最难啃的骨头还是要啃的。东海，你说说，咱们是在这儿谈，还是去他的办公室谈？"

柳东海回答："虽然您是总行领导，但这个事毕竟不是什么好事，咱们还是人性化一点，我建议去他的办公室谈。"

方行长答复："好，那你去通报一下吧！"

柳东海到蔡行长办公室说："蔡行长，两位领导已经和好多人谈过话了，现在要跟您谈了。"

蔡行长心事重重道："东海，他们都谈了什么玩意？"

柳东海回答："谈话的时候我没在屋里，不知道具体谈了什么。"

蔡行长有些困惑地感叹了一声："唉……"

柳东海问道："我把领导们请过来？"

蔡行长连忙起身，一边和柳东海一起走出去一边说："我跟你一起去请。"

他们一起把方行长和许琪总经理请到蔡行长的办公室后，柳东海就出去了。

分行的办公楼租用的是胶湾工业大学一幢临街三层楼房，老楼的棚顶都是木板的，屋子棚顶上面是通的，隔几个房间大声说话都能听见，就是能不能听清的问题。

行政办公室就在副行长办公室的隔壁，他们刚开始谈没几分钟，柳东海就感到隔壁房盖都要被掀起来，蔡行长大喊道："怎么能这样对待我！我没有功劳还有苦劳呢！"

事后，柳东海才知道，文件给蔡行长看后告诉他，从即日起给他每个月发1888元的待遇，除此之外什么都没有，如果还愿意在这干，就这样，不愿意就走人。换言之，这就是赶他走人，一个分行的副行长一个月就这待遇，任谁也不愿意，太丢人了。

复杂的人际关系斗争的第一阶段耗时大半年，以蔡行长的落败暂时告一段落。

第七章　坎坷上任

柳东海和陈行长提过，自己是业务干部，想去一线干业务。他在中汇银行的时候是国际业务副科长、科长、副行长，进口开证、付汇、出口审单、押汇、结汇、代理行印鉴、密押都干过，还有在中汇银行海外机构新加坡中汇银行的见习工作经历，国际业务干得还是不错的。

陈行长说："让你干啥你就干啥，你知道我怎么想的？"

柳东海答："不知道。"

陈行长道："那你就听我的，亏不到你。"

柳东海只能回答："那好吧！"

后来，柳东海犯了忌讳。

分行三楼有个吸烟室，这里本来是烧开水的地方，但大家没事在里面吸烟聊天，变成了吸烟室。柳东海不抽烟，但和兄弟们一起聊天，发了发牢骚："用人要用人所长啊，我的长处是做业务，做国际结算，可偏偏让我干行政。一天吃吃喝喝，迎来送往的，不够闹心的，太没意思了。分行开业跑一个营业执照，我光去工商局和市政府就跑了九次，真想干点别的，这一天从早到晚十件事有九件不是我发自内心想做的。"

果然，有人打小报告了。

第二天一上班，陈行长就很严肃地对柳东海说："东海，你到我办公室来一趟。"

柳东海去了，陈行长训了他两个多小时，主要意思就是他一直把办公室主任看得比别的职位更高，将来有好机会，提拔也是先提拔办公室主任，结果柳东海一心想做业务，陈行长觉得他太不识抬举了。

即使被批评，柳东海心里还是坚定一个信念，要到一线做业务。

柳东海对陈行长说："难得在您身边学习这么长时间，不过之后有新的支行开业，我还是想去支行做业务，到时候绝不给您丢脸。"

柳东海也不确定自己是否能做好，但是他表达了要做业务的决心。

蔡行长走后，总行想给胶湾分行带来些改变，安排总行计划资金部的干部段义到胶湾分行出任副行长。段义四十六岁，方头方脸。刚到分行工作时，除了与自己分管的计划资金条线偶尔班后聚餐，与其他人来往并不多，也没太引起陈行长的重视。说实在的，陈行长没太在意此人，只安排他住在分行附近胡同里一个小旅店的小标间，中午就餐在分行食堂，早晚自理。

段行长到胶湾三个月后恰逢中秋节，这天下班前，柳东海对国民银行来的办公室副主任老朱和另一位同样是国民银行来的人事干部冯静说："今天是中秋节，咱们买点月饼、水果去看看段行长吧？"

没想到，这一看看出了绯闻。

三个人买好礼品，拐弯抹角到了小旅店，进门到二楼靠里的房间，敲门。没反应，再敲。

"谁呀？"里面人问。

"我是东海。"

"是东海……"里面人向别人嘀咕。

这时候，走也不是，不走也不是。

稍后，门开了。原来有分行营业部的女经理周彦，表情复杂，脸上透出些慌乱。标准间内两张床，一张虽整理过但依然凌乱；另一张床头小柜上放着刚开始吃的几盘小菜，一瓶红酒分倒进两个杯子内，瓶中还剩了一半。

众人勉强搭讪几句，来人便逃离般撤退。一起来的三个人一路无语。柳东海心想，完蛋了，此事非被当故事传出去不可。

不出所料，几天后这想法就应验了。

分行开业刚满一年，胶湾分行就筹备两家支行开业事宜。按银管会规定，一家新分行要开支行的话，必须自身运营满一年，且每个年度最多限开两家支行。原本从国贷银行和农牧银行各物色了一名支行行长，但临近开业，农牧银行人选打了退堂鼓。此时，陈行长和柳东海一拍即合，柳东海圆了离开分行办公室到支行当行长的梦。

说实话，和陈行长在一起，柳东海还是学到了很多行政管理规范，比如公文管理。柳东海写文章文笔流畅，但过于口语化，对素材也做不好取舍。这个毛病就是陈行长纠正过来的。

到支行上任后，分行没有安排印名片的事，柳东海自己安排下属印了名片。两个新开业的支行都是副行长主持工作，但印名片都印的是行长而不是副行长。

一天，分行会计部于总打电话到支行："小柳，陈行长要找你说话。"

陈行长在电话里说："我就想问你一个问题，谁任命你当行长了？"

柳东海问："什么意思啊？"

陈行长说："谁告诉你名片可以印成'行长'的？"

柳东海说："印成'行长'是为了营销方便。我总不能挨个和人解释这个支行是我负责，我就是一把手吧！名片这么印就不需要解释了。"

陈行长接着说："那我们也不能这样，一就是一，二就是二。我今天打电话，批评的不光是你，涉及这个问题的都要批评。"

柳东海点头道："接受批评。印的名片都撕掉。"

陈行长说："你先留起来吧！"

放下电话，柳东海心里暗骂长了瓜条脸的于总，对陈行长倒没有一丝怨恨。

此事发生不到一个月，分行副行长老段打电话约柳东海吃饭。

柳东海问："为啥？"

老段说："有好事儿。"

柳东海说："你的好事，还是我的好事？"

老段说："你的好事儿。"

柳东海说："那我得谢谢你啊，我的好事你还请我吃饭。"

老段又说："我请客！"

段行长的脸长得白白方方的，武汉人。

坐下来，两人开始喝酒。

段行长贴着柳东海的耳朵说："我偷着告诉你是什么好事。你转正了，副行长改行长了。更重要的是，工资会涨不少。"

段副行长透露消息之后没过两天，陈行长打电话说要到支行来看看，告诉柳东海上午等他不要走动。

陈行长来了后，楼上楼下又转又看，最后到了柳东海的办公室，坐定后，让柳东海泡茶，手抚着茶杯外沿，缓缓说道："让你转正的事情已经上报总行得到批准了。"

柳东海说:"之前为什么不找我谈?不得征求一下我的意见吗?我要是不想干怎么办?"

陈行长说:"不干拉倒!"

柳东海笑着说:"之前怎么也得告诉我一声,我给你送两瓶茅台什么的。"

陈行长笑了:"就别搞那一套了,即使这个事定了,头一天晚上也不会和你讲。"

柳东海诚恳地说:"不管怎么说,我得感谢您,陈行长。"

"先别说谢,我倒是有个事儿和你说。蔡行长走了,他和小秦的关系大家都知道,她留在分行影响不太好,调到你这个支行吧?"

"不好吧?"

"东海,就算你替我分担好吗?"

"要这样说,那只好如此了。"

小秦成了支行现金柜员,柳东海成了小秦的直接上司。别说,她还真不省心。来支行不到两个月,分行在一天早上突击检查,发现她下班后未按规定把"现金收讫"章入库,明晃晃地放在操作台上。没啥好说的,她本人被罚款五百元,支行也一道受到通报批评。

第八章　营销，营销

柳东海去机车车辆厂做营销，对方是大户，拿下它既有经济效益又会在全行上下形成积极影响，但机车厂与其他银行关系已经维系多年，合作顺畅，很难有新突破。

柳东海很执着，一次次去看望机车厂的财务总监孟先生，前后去了三十多次，见着面的有十六次。他总给高度近视的孟总带去一些小礼物，像纪念币或是瑞士军刀之类的，每次都谈谈融商银行的全新体制、先进管理、优良服务。

久而久之，对方也被打动，跟柳东海说："小柳，别再给我带礼物了，这些我这好多呢，要不我送你一些？"

孟总监打开抽屉，柳东海看到好多未拆包装的纪念钞和纪念币。

"我最近抽空去你们银行看看吧！"

终于有一天，柳东海的银行来了一位客人。一楼保安带他到二楼柳东海办公室，柳东海惊喜地看到来的竟是孟总监。

从这之后，他们的关系越来越好。五十多岁的孟总监年轻时上山下乡在农村生活过六七年，吃过苦受过累，他很欣赏柳东海吃苦耐劳、不达目的不罢休的工作劲头。小柳持之以恒、对人真诚，当然也有为了业务指标的成分。

孟总监认可了柳东海，心甘情愿帮小柳。他的下属中有一名财务部的孙部长。孙部长生病住院了，柳东海和孙部长不熟，但孟总监让柳东海去自报家门看望一下，说这件事会对将来有帮助，以后他作为财务总监和孙部长提柳东海的业务的时候可以更顺利的执行。

柳东海去医院看望孙部长，对方很客气，聊了聊天，就这样开始交往了。从此，柳东海在机车厂有了两个熟人。机车厂的业务从开户少量存款到第一笔2600万贷款，由少到多，由小到大地做了起来。

柳东海带着支行公金部、个金部、办公室、营业部十七八位兄弟姐妹起早贪黑，想方设法拓展客户，联系存款，不管户大户小，一律规范周到的服务，同时安排吃喝联谊，竟也在不知不觉间，做到了存款五六个亿的规模，体验了经营一家银行的苦辣酸甜。

出于对工作的热爱，加之夏天昼长夜短，柳东海和办公室主任高运起、公金部经理史东、会计部经理吕华、个金部经理安利怡商量出了一个新的工作方式：借支行处于商业区和居民区汇集地的优势，利用支行门前的空地，在晚饭后到十点的时间内，搞几场"纳凉晚会"。

晚会目的是吸引周边居民和休闲逛街的市民对融商银行的关注，晚会内容以歌舞为主，演出人员是本行员工和邀来助演的分行其他单位朋友、同事。

每场晚会要提前两天散发传单预热，逐户走访高楼层居民，一为噪声扰民求得谅解，送上香皂、牙膏类的小礼品，同时发放业务宣传单，也做出积极邀请。

晚会前，支行同分行联系好，延长支行营业时间，允许支行现场办理开卡之类的非现金业务，准备价格不贵、质量上乘、数量众多的生活小用品，奖励晚会期间办理开卡的客户，甚至奖励进入营业大厅留下联系方式的客人。

柳东海和同事们的高涨热情得到了回报：每次晚会都会收获一两百人现场开卡，两三百人虽未开卡，但会走进银行并留下联系方式，这可是未来宣传业务、拓展客户的数据平台呀！

一晚，十点已过，柳东海突然接到公金部经理史东的电话："老大，报告一个好消息，我刚在外面喝完酒，朋友介绍了一家北京来的贸易公司的老总，谈得挺好，正好明天北京总公司要给这边打一笔款，1600万，说好存到咱家，哈哈，高兴死啦！"

"把你部门几个人都喊出来，加上高运起，咱们接着喝酒庆贺！"

"好嘞！"

小木桌，几个马扎子，一把把烤串，摆成排的啤酒瓶子。

喝酒中间，公金部那个从中商银行来到融商银行，个子不高、精神头十足的女客户经理于微一反常态，弱弱地说："老大，我也有个事儿，不敢说准了。这几天，市粮食储运公司有一批回款，汇票打款，哪天来了，您和我一起请公司总会计师喝酒行吗？"

"行，一言为定！即使不成，也不损失什么嘛。"

于微爽朗大方，上下班总是干练的运动装束。她的一个房地产开发公司客户账面经常有近千万资金沉淀，她总是把公司李老板称作"大李哥"。为了把存款变成自己的业绩，请客喝酒时会当着自己和李老板同事的面双手搂住李老板的脖子，双脚离地，夸张道："不答应存款我就不下来，不松手。"

李老板的虚荣心得到满足，总会笑嘻嘻地告饶："我存，我办，你说几百万吧！"

当支行行长，作为一方诸侯，要担待的事情不仅仅是业务一个方面。

柳东海作为支行行长的感受是：好心情时，抓紧做事，否则遇到烦心的麻烦事就顾不上常规工作了。

第九章　电视曝光

一天，柳东海出去跟客户经理做信贷调查、客户走访，行里却发生了一个事儿。

胶湾市东明区国税局到行里去查一个私人客户账户，该客户是给鲁南市世纪堂药业做销售代理的，账上有四十多万。按税务局的说法，该客户有偷逃税款的情况。

税务局的人在银行楼下的柜台先出示证件查了余额，随后就按照行里要求去支行二楼办公室，找办公室主任高运起办理冻结手续。

等他们办完手续，下楼要做冻结的时候，账上的钱已经不见了。原来是柜员偷偷打电话给客户，因为可以通存通兑，客户就在其他网点把钱转走了。

为此，税务局的人特别恼火。

但柳东海对此一点也不知晓，大家也没想到会有什么后果。

柳东海到行里上班，在办公室里正和两个客人聊天，突然，有人门都没敲，就推门进来了。

柳东海觉得很奇怪，问道："你找谁？怎么不敲门呢？"

"我是电视台的记者李长虹。"他随手托起胸牌给柳东海看了一眼。

柳东海说："即便是记者，是不是也该先敲门？另外，有什么事，你得有个程序打招呼啊！"

李长虹说："就在你办公室对面的那个小会议室里，现在有好多人等你，有税务局的、电视台的，你过去就知道了。"

客人一看，还有这等情况，就知趣地告辞了。

柳东海到了小会议室，看人家给他留了个座，没等坐下，长长的麦克就伸过来了，摄像机闪烁着瞄向自己。

柳东海问："你们这是干什么？"

李长虹针锋相对道："你们行有串通客户偷逃税款的情况，我们是来做实地调查采访的。"

柳东海说:"这么多人都贵姓啊?你们是做什么的?介绍信给我看一下呗,没有介绍信,有工作证也行。"

李长虹说:"我们这么多人,想假都假不了,你已经违法了,就别这么多要求了。"

柳东海说:"违什么法了?你告诉我。"

"你的银行串通客户偷逃税款,违反了税法。"

柳东海说:"你这话说得不对,这里没有你说的情况。你要记住,我这也是一家正规单位。你得有正常的程序,你得打招呼,就这么贸然闯入的话,咱有没有点秩序了?再说,我这是银行,银行对安全保卫的要求都是很严谨的。"

李长虹说:"你的话太多了,咱们还是说点正题吧!"

柳东海板着脸说:"如果这么不友好的话,我也没办法跟你们合作,不接受你们采访,不欢迎你们!我什么都不知道。再说,在我单位里,你们一点尊重的意思都没有,太不像话了!"

柳东海说完站起来就往外走,走到楼梯口,身后充斥着排山倒海刺激人的话。搞媒体的有经验,特别善于聚焦热点。结果,柳东海真就控制不住了。他气呼呼地对站在楼梯口的保安说:"我带着这些人下楼,下楼之后不经过我允许,任何陌生人不得上楼,如果有人胆敢闯入,可以用你的那个警棍电他。"又说,"咱们这是银行,不是什么人都可以随便出入的地方。"

柳东海气冲冲地走到一楼大门外,站定身体,努力平息心跳。

李长虹走到柳东海身边说:"柳行长,你别情绪激动,这都是公事。"

柳东海说:"公事也得有程序,有规矩。"

"那倒是,你抽支烟。"李长虹边说边掏出一盒红塔山,点燃一颗递给柳东海,自己也点一颗。

谁知,刚抽了两口,一个麦克风从柳东海身后伸过来了,另一个记者凑到他面前,摄像机也跑到对面拍。柳东海把烟往地上一扔,踩灭了,一转身回到营业大厅。记者和税务局的人呼地全跟进来。

李长虹追着柳东海说:"柳行长,你别这样了,你得配合。"

柳东海说:"配合是双方的,好吗?哪冒出你们这么一帮蛮横不讲规矩的人?你看看我们银行环境多优美!"说着,指了指ATM机,当年自助设备还是很少的,"设备多先进!"

柜员在里面坐成一排，六个储蓄、两个出纳、两个会计窗口。柳东海从这头走到那头，营业大厅是长条形的，柳东海走过去的时候，记者是跟他搂肩搭背一起走的。

"看看我们的优良服务吧！"柳东海的语气韧性十足，"你多宣传宣传我们这些好的方面，宣传宣传我们对客户多么负责任。维持良好的金融秩序，这是你们该做的。"

李长虹不依不饶："你们违反税法的事，咱是不是得谈一谈？"

柳东海说："你懂不懂银行法？"也是有点狡辩。

他们跟着拍了一道，柳东海一看来的人都跟着他，就转过身回来，跑上楼。他们没跟上去，两个保安真的在那个楼梯拐角处拿着电警棍，虎视眈眈的。

柳东海说："谁上电谁！"

这下，谁也不敢上了。另一个记者挤到前面说："你要是这个态度的话，我们就给你曝光了。"

柳东海扭头说："有本事你原汁原味给我曝光，你别剪，别切！"

这一天就这么结束了。记者们回去后都说："他也太嚣张了，咱得治他！"

大家相互商量道："现在有没有啥事？手头有没有什么活？没啥活的话，咱上融商银行采访去。"

第二天，柳东海听说来了两台摄像机。但支行办公楼前有大门，后面也有消防通道门，柳东海就从后门出去逛市场发宣传单去了。

走之前，柳东海说："他们来爱拍啥拍啥，任何人不要跟他们有接触，不接待，就说领导不在。楼下随便转，楼上不可以上。"

他们一走，柳东海就从后门又回来，接着工作。

柳东海坐在办公室，保安向他通报："来了两个客人，说是您朋友。"

柳东海说："什么朋友？请过来吧！"但人一进来，柳东海都不认识，结果又是两个记者。一个是新华社胶湾站的站长，名叫季小森；一个是《胶湾日报》的金融专栏记者。

他们在柳东海办公室坐下说："我们想对这个事件做一个深度跟踪调查。"

柳东海说："你调查啥？这个事我没亲身经历，我还在了解过程中，没了解完，不能跟你讲什么，我也讲不了什么。"

新华社季站长说："你知道新华社是做什么的吧？"

柳东海故意说:"不太知道。"

记者说:"我们是负责写内参的,我们写的内参中央首长都能看到。"

柳东海说:"你到我这里是没有用武之地的,你要真能把我写到中央首长那儿也行。"

半晌,记者说:"那你得有一个配合的态度。"

柳东海说:"有,这个没问题。我把整个事情来龙去脉都了解清楚了,咱们再沟通。今天,我还在了解整个情况,这事你们得等。"

此事过后,柳东海和此二人熟悉了,也成了朋友。这是后话。

一番折腾后,电视台的人终于走了,但仍然拍了不少影像资料,不知什么时候会播,播的话可能会有负面影响。柳东海觉得有必要跟分行汇报一下,就给分行陈行长打了个电话,把情况轻描淡写说了一下,没当个事儿。

陈行长却说:"这事挺严重,播出去的话,多影响咱们声誉!我告诉你,小柳,一旦要播了,你就不能干了。"

柳东海的心往下一沉,说:"好,我知道了。"

为了这个事,分行办公室主任出面请《胶湾晚报》《胶湾新商报》《胶湾日报》三家媒体的记者在一起充分沟通了一下,恳求他们尽量不做这方面的报道,但后期还是有少量报道流出。

电视台这边柳东海联系了一些朋友,连市长的小姨子都出面帮他说和。

电视台有个节目叫《新观察》,属于一个曝光栏目。柳东海也找栏目主任面谈了,见面后,主任说:"柳行长,你人不坏,我给你保证两条:第一,尽量不播,能压住就压住,你们内部好好处理该事件;第二,假如播了,我们也会适当剪辑,不会对你们造成较大的伤害。"

柳东海感激不已说:"那好,非常感谢!我们一定对这件事好好检讨。"

国税局随后也约了柳东海,办事人员致电:"你得到国税局来一下。"

柳东海说:"干什么?"

"我们给你做一个税法普及。"

柳东海说:"好吧!"

去了之后,办事员说:"局长不想见你,我们肖副局长接待你。"

柳东海说:"行。"

到肖副局长办公室,对方拿了好几本税法书,小山一样往柳东海面前的茶几上一放，说："柳行长，你翻一翻。"

柳东海说："确实得好好翻一翻，我这方面的知识确实有欠缺。"

肖副局长对柳东海板着脸。

柳东海坦诚道："肖局，你对我的态度应该好点。咱俩都是国家公务人员，我本身并没有违法，我只是代表这个组织，可能是在你所说的这个违法事件中被牵扯到了。咱俩都是出面处理这个事儿的人，应该坦诚相见，大家以后毫无疑问是好朋友、好兄弟，所以，你对我态度得好点。"

肖副局长面露微笑道："我们也没针对你个人。这事儿，一是电视台找个题材不容易，我们没法说停就停；再就是，这事往后是个什么走向，处理上是从轻还是从重，是我们孙局长来定。"

柳东海点点头道："我懂。"

回来之后，柳东海翻遍名片集，想找出能跟孙局长攀上关系说上话的人。打了一通电话后，他了解到胶湾理工大学财务处的处长跟他是发小。正好胶湾理工大学一个教授是柳东海的哥们儿，这哥们儿也是大学办的一个经济实体的老总。

柳东海直接把电话打给对方，开门见上道："财务处长跟你关系怎么样？"

他说："办事没问题。"

柳东海说："没问题的话，你帮我约出来一起吃饭。"

吃饭的范围就确定为柳东海和这个哥们儿，加上理工大学财务处长、税务局孙局长，而孙局长那边需要理工大学财务处长出面约。

对方回复："没问题。"

胶湾这里讲究用高压锅压海参，蒸熟了，直接蘸酱吃，每位客人一顿三四只，这种吃法颇有档次。

柳东海平时请客根本舍不得点这道菜，这次出了血本，请来客吃高压锅压海参。

众人一落座，距离感瞬间消除，态度都挺好，一副要大谈情怀的样子。

孙局长说："这个事在我这儿处理，可以到此为止了，但我们的目的还是追究这个偷逃税款的人。你们这个事儿做得确实不妥当，但也处理不到银行那里。但节目是电视台录走的，由他们决定放不放，我们也控制不了。"随后，他又补充道，"你最好再跟电视台沟通一下。"

于是，柳东海又上上下下找了些人，做了些工作，心想估计没什么事了。谁知，到了事发第五天，又横生枝节。

柳东海在中汇银行的老领导，海西省中汇银行的尹光耀行长一家从秦皇岛坐船到胶湾市，打电话给柳东海。老领导对柳东海一直都很好，也不见外，说："东海，我今天全家到胶湾，你安排个车接一下。"

柳东海说："就我开车接吧！"

柳东海拉来也认识尹行长的高运起作陪，开着车，沿胶湾南路奔向胶湾客运港口。对外开放前，胶湾港是军港，南路是山路，双向单车道，开了大概一个小时，到了客运港。

刚到船港，来了个电话，是税务局的孙局长。原来，那个节目就要在今晚播放了。

孙局长说："这事儿已不在我的控制范围，你赶快看看能不能跟电视台谁说上话，补救一下。"

柳东海说："好吧！"

挂了电话，柳东海感觉天昏地暗。他告诉高运起："接领导的事就得你全力办了，你留在船港把一切安排好。打个出租车，把尹行长一家从船站接到酒店，晚上我再开车过来看领导，接你回去。"

交代完，柳东海迅速启动车子，来时一小时的路回去只用了二十六分钟，面包车都要飞起来了。

一进胶湾主城区，又来了个电话，柳东海只捕捉到关键一句话："完了，已经定档今晚播，撤不下来了。"

柳东海把车停在道边，将电话往副驾驶座位一丢，长舒一口气：播吧，爱咋咋地吧！

当天晚上，柳东海在家里煮了面条，精心烹炸鸡蛋酱，就等着这个曝光节目播出了。

节目来了，柳东海也没把它看得很完整，因为电话一个接一个地响，手机都快爆炸了。

这个电话说："东海，你出什么事了？"

那个电话问："东海，你怎么回事？这事严重不严重？"

柳东海新结识的好大哥江宝原也打进电话："东海，需要帮啥忙？"

柳东海说："没事，没事。"

节目播毕，柳东海心里反而轻松了。他随即开车去看领导，并接回高运起。因为精神放松，开车时，他的精力也很集中。这个脓包既然破了，就完全放下好了。

第二天早晨，柳东海主动来到分行。

到分行一上三楼，就去了男卫生间外面烧开水的房间，这里是烟民们的吸烟房，陈行长很爱抽烟，正好在此吞云吐雾。

陈行长点点头说："东海，你怎么来了？"

柳东海说："我来给您打个招呼，就不干了。"

陈行长诧异："不干了是什么意思？"

柳东海说："辞职呗！"

"为什么辞职？"

柳东海说："不是你说的嘛，电视曝光我就不能干了。"

陈行长笑骂道："这个节目播得效果挺好。咱花钱都拍不出这样的宣传效果。"

柳东海不解："那我还辞不辞了？"

陈行长声调高出八倍："你辞什么辞！你回去该干啥干啥去！"

柳东海很开心，笑得不行。

随后，行里的客户突然增加了好多，电视曝光居然收到了意外效果。

客户都说："电视上拍的是不是就你们这个银行？"

员工回答："是我们这里。"

客户说："你们这个行好，真替客户着想。"

事件中通风报信的那个柜员是个小姑娘，她妈妈在这期间找过柳东海，说："你们不能给她处分，不能对小孩有太大影响啊！"

柳东海说："谁说过一句责怪她的话吗？"进而安抚这位母亲说，"回去跟你女儿说吧，没她啥大事。我不能说她做得对，但这个事也不批评了，让她安心好好工作就是了，多吸取教训，要有法制观念，长点经验吧！"

第十章　各路小鬼

　　柳东海的支行有一个财政金融职业中专毕业的瘦高个子的男生，姓胡名歌。其父是公安局经侦的一个领导，对银行比较熟悉，把儿子送到金融职业中专上学，毕业后，托了关系，融商银行就把他招进来了。当时，银行招聘新人对学历的要求没有后来这么高。

　　进行后，他就被安排到国民银行跑银行票据交换。票据交换是很重要的一项工作。日常工作除了票据交换之外，还要求他每次回行后帮助部门同事做做账，干干力所能及的工作。

　　胡歌年轻贪玩不爱学习，每天晚上都去电子游戏厅玩到十一二点才回家。可每次回家却都告诉爸妈，单位又加班了。父母问他单位干什么总加班，胡歌说："哎呀，我们单位办公室的高运起主任一天到晚就抓我们加班。"

　　胡爸爸很不满，亲自来行里，要见见领导。

　　见到柳东海之后，胡爸爸说："柳行长，你们这个单位怎么那么忙？怎么让我家孩子天天加班？"

　　柳东海说："不可能。"

　　胡爸爸又说："我儿子一星期至少五天都在加班！你们那个办公室的高主任天天逼着他加班，还天天呵斥他，我还想找你们那个高主任谈一谈，干嘛对我们家孩子这么严厉，这么苛刻！"

　　柳东海说："贵公子也不说个实话。您回去跟他讲，就说我告诉您的，他根本没在这儿加班。我都比您知道得多，他是天天去打电游吧！"

　　胡爸爸恍然大悟，说："我回家收拾他！"

　　不久，一个雨天，柳东海没在食堂吃午饭，去外面的面馆吃面。因为雨大，他就多坐了一会儿，等雨稍微停了，便往单位走。路过一个电子游戏厅，刚好是下午工作时间，柳东海便看见胡歌在离门不远的一个座位上眉飞色舞地打游戏。他在胡歌身后站了一会儿，胡歌竟全然不知。柳东海什么都没说，转身就回单位了。

柳东海把胡歌的部门经理吕华叫到办公室，说："吕华，你马上到咱们银行后面的那个电子游戏厅去，马上去一趟！"

吕问："领导，去那儿干什么？"

柳东海说："你别问，只管去，肯定有发现，刻不容缓！"

吕经理也不知道柳东海葫芦里卖的什么药，只能从命。

过了不一会儿，吕华就把胡歌领回来了，直接领到柳东海办公室，对他说："你自己跟领导说吧！"

胡歌头一低，不得不服软："领导，我错了。"

柳东海说："你已经给自己积累了不少毛病，票据交换差错不断，另外，你爸爸回家跟你讲了吧？你天天在银行加班，我们都回家睡觉了，你还在这加班，每天加到十一二点，高主任还天天训你……这是你说的吧？"

胡歌点头道："那是骗我爸的。"

柳东海说："你骗你爸我没法管你，但工作时间出去打电子游戏，而且票据交换连续出现两次传票失误，给行里带来的影响非常不好，对此，我不能无动于衷！吕经理，你看安排谁接替他的工作，赶紧把工作交接一下，一周时间收拾收拾，办好离职手续，回家吧！"

胡歌吓得眼泪都出来了，说："领导，我不能回家，我挺喜欢在这儿工作的。"

柳东海正色道："你喜欢这个工作没有用，问题是这工作不喜欢你。你对工作这个态度，咱没法在一起共事了。如果只是你打个电游，可能还能通融一下。你连续出现两次重大工作失误，又这么不诚实，回家里胡说八道，无法原谅，你就回家吧！"

胡歌还想说些什么，被柳东海拒绝了，并让吕经理把人带走。

巧的是，刚处理完这个事情，柳东海就被派到深圳学习一个月。深圳融商银行总行开办支行行长培训班，在深圳蛇口学习半个月，再在香港学习半个月。

胡爸爸慌了，儿子好不容易有个比较称心的工作，结果一夜之间饭碗砸了。

胡爸爸去银行找高主任。

这次，他不怪罪高主任了，改为恳求："高主任，柳行长不在家，打电话他也不接，我只能求你了。"

但高运起不敢为这事给柳东海打电话，于是，谈话不了了之。

柳东海在学习期间突然接到一个陌生电话。

对方自报家门:"柳行长,我是胡歌的妈妈。"

柳东海说:"啊,您好,什么事儿?"

胡妈妈态度诚恳道:"我儿子工作表现不好,被你给开除了。我想找你,但找不到,都说你在深圳学习。柳行长,我求求您,给您跪下都行,我儿子这么不争气,但一定能改,求你别开除他,再给他一次机会!"

柳东海说:"胡妈妈,没到那个份儿上。您不用给我跪,您帮儿子把毛病给克服了,改正了,咱们再谈。今天我不能跟你说什么,我在外地学习呢,学习期间也不方便谈工作。我只告诉您一句,银行的员工要一半是贵公子这样的,这银行不黄才怪呢!"

柳东海的话说得不太客气,随后就把电话挂了,再打来也不接。

柳东海不接胡家的电话,但接自己同事的电话。高主任和吕经理都给他打电话,让他给个主意,说是胡爸爸天天上门找他们,都找到家里去了。

柳东海不想因为这件事就把一个孩子的前程毁了,但必须要给他一个深刻的教训,让他铭记一辈子。他索性就忍着,不松口,不说行。

胡爸爸的上级是市公安局领导。该领导也给柳东海打了电话,柳东海不能不接。

领导说:"老胡他儿子在你那惹事了?"

柳东海说:"这事也惊动您了?"

"老胡求到我了,说他说话没有力度,让我帮着说句话,你看能不能通融一下?"

柳东海说:"既然领导都说话了,这也不算什么了不得的事儿,等我回去再处理吧!"

一个月的学习结束了,柳东海回到银行。

次日清晨五点,就有人敲柳东海的家门。柳东海透过猫眼向外一看,是胡爸爸。

他开门招呼:"老胡,您怎么这么早?"

他说:"柳行长,可把你盼回来了,你让我进屋坐一会儿吧?"

柳东海一看,对方手里拎着两瓶茅台和两条中华,于是说:"胡爸爸,不方便,我家里人都没起床呢!我一会儿去单位,你想说什么我也知道。你稍等我一会儿,到外面自己找个地方吃口饭,到单位咱俩再聊!"

柳东海坚决没让进屋，胡爸爸心里更没底了。

柳东海到了单位，胡爸爸早早就在大门外等着了，拎着茅台酒和中华烟跟着柳东海上楼了。

到办公室里一坐，胡爸爸潸然泪下，道："柳行长，我真求您了，为了孩子。"

柳东海说："老胡，这段时间不是我铁石心肠，是真的在外地学习。你儿子本质不坏，但是太贪玩。工作了就要学得成熟一点了。之前，你对我们也不理解，就凭你们家长管，我看你儿子也不听你的，回头你还听你儿子的。就当我帮你管儿子了，让他回来上班吧！"

听柳东海这么一说，胡爸爸激动万分，扑过来一下抱住柳东海，然后把带来的东西拿给柳东海，说："这是我的一点心意。"

柳东海说："跟你这么说吧，这些东西你先替我收好。你儿子在这儿，他哪一年评了先进，你就把这些好东西给我送来。我对他没有任何偏见，这孩子我还真挺喜欢的，他就是小毛病多，把小毛病克服了就好。但今天，东西我不能收，收了就太可笑了。"

老胡千恩万谢地走了。

之后，高运起和吕华都过来了，"柳行长，你可把我们解脱了，他天天上我们两家去。"

回头想想，胡氏夫妇如此纡尊降贵，也说明胡歌真的喜欢这个工作，否则凭他爸爸的人脉关系，去别的银行也不是不可能。

派出所所长女儿苏爽在柳东海行里做出纳员。每个出纳员都有一个小箱，用来装日常业务用款，被称作"尾箱"。箱子每天营业终了都要放回金库外面的铁柜里。

一天，经理安利怡偷偷跟柳东海说："柳行长，有个事挺吓人的。"

柳东海问："什么意思？"

安经理说："苏爽的'尾箱'经常短款。今天缺四百，明天缺六百，最多的时候能缺上几千块钱，但第二天你再查它，又够数了。你说这吓不吓人？"

柳东海点头道："钱数虽不大，但这事儿确实不好。银行的钱私自动用视同贪污，这是规矩。你留心一点，看看还有没有这样的情况。"

不久，又抓到苏爽短款了，短款了四百元。

安利怡问她："为什么动钱？"

苏爽嗫嚅道:"男朋友借。"

"你男朋友用来干什么?"

苏爽道:"我开了个网吧,我男朋友在打理。"

安经理很严肃地批评了她,然后把这事跟柳东海说了。柳东海说:"这事咱也别这么不了了之,也不止是一次,属于惯犯,要跟他爸爸说一说。"

柳东海认识苏父,就给对方打了电话,苏父很快来到银行。

"行长,你放心,我一定好好教育她,给她讲道理。动银行的钱就像我们派出所的干警随便动枪一样,不执行任务的时候枪都要统一保管,谁动就是违规违纪。这个事情就相当于我们那里随便动用枪。"苏父态度诚恳。

柳东海说:"道理您都懂,您也是当领导的,闺女这里你要做好工作,坚决不可以再犯。"

结果,又一个周末,安利怡告诉柳东海:"领导,她又犯旧病了。"

柳东海说:"你确定吗?"

安经理笃定道:"我确定。"

柳东海问:"她哪天班?"

"明天周一就是她的班。"

"现在短款多少?"

"短了一千六。"

"能抓现行不?"

"现在就不让任何人动库,明早一来马上查,肯定能抓住!"

柳东海拍板:"那就明早上查,我跟你一起去查。你再安排一个人,咱们三个,不要就查她一个人。同时上岗的几个人抽出两个人,其中一个有她,先查那个人,然后查她。"

第二天一早,开了库,尾箱到了苏爽手里,她端着尾箱走到柜台指定放置检查的桌子,也就十五六米。苏爽穿着长裙,裙子有兜,这么几步走就把箱子打开,钱又完璧归赵了。

缺的钱就在尾箱里,在最上面,明显是后放进去的,但柳东海几个人谁也没看清她怎么放的。大家都很奇怪,不能就这么算了。柳东海就站在苏爽对面,一直盯着她看。突然,她低下头,柳东海立刻说:"苏爽,你是怎么放进去的?我们都清楚,你这也不是第一次了。"苏爽的眼泪流下来,柳东海接着说:"你把这个事,从开始用钱到把钱放回来，整个过程写下来。不需要写太多，写一页就行，视同检讨，写好之后跟你们安经理一起到楼上我办公室。"

柳东海要留有证据，这个事之后要跟苏爽家里说，家人懂事还好说，不懂事再因没有证据来行里面闹事就不好办了。

苏爽写了一页纸，动机还是她男朋友借钱。

柳东海跟主管说："你给她爸打电话。这次肯定是不能要她了，肯定要走人。总对钱动念头的话，银行哪敢用？"

苏父最后也没来，只给柳东海打了电话，说："柳行长，我没脸过来，你也别做什么处理了。我只想跟你商量，希望你别报案了。孩子我领回家，行里别给她什么处分。我让她一个女友过去接她，你看行不行？"

柳东海想了想，说："这个行为非常不好，所幸没给银行造成什么损失，也没有什么外部影响，那咱就大事化小吧！"

第十一章　顺手牵羊

初期的普通自动存取款机只能一张一张往里存钞票，一次能存五十张已是非常先进了。

一次，一个客户拿了一个牛皮纸的文件袋存钱，内装六千元。客户先用一般的机器一张一张往里存，有员工看到了，跟他讲："您用里边的那个存款机存钱，一次可以存五十张。"对方一听，径自往里走，结果把牛皮纸袋忘在自助设备顶端了。行里的清洁工打扫卫生，就把牛皮纸袋扔到大塑料袋里，提出去了。

这都是后来在监控里看到的，当她走出这个范围，就看不见了。

客户回来找，跟银行的人讲："我这钱哪去了？"

员工问："你的钱是怎么放的？"

客户答："放在一个牛皮纸文件袋里。是我自己带来的，但是放哪我忘了，但我肯定带了。"

客户很着急。

员工说："既然带来了，银行里有监控不会丢的。"

录像被调出来，一看是清洁工拿走了。

高运起负责办公室和安保，就把清洁工叫来了，问："你是不是刚才打扫这个地方了？"

保洁员答："打扫了。"

高运起又问："你发没发现有一个牛皮纸袋？"

"不记得了。"

"这些垃圾倒哪儿去了？"

"垃圾放在一楼到二楼楼梯下面的小屋，都放那儿了。"

大家立刻去那里翻找，结果并无收获。

保洁员又道："我想起来了。刚才我把垃圾送到外面垃圾箱里去了。"

于是，大伙儿又到外面垃圾箱翻找，但垃圾箱刚被清洁公司的车拉走了。

银行迅速联系市政环卫部门，说明情况，对方反馈："垃圾都被运到统一安置的地方去了。"

柳东海马上安排人开车去，还好垃圾尚未和别的东西混在一起，可翻腾了半天依然没有找到。无法，只能再问清洁工："你确实没印象吗？"

答曰："真没印象。"

"打扫完这个地方之后，你这一下午都干什么了？"

"我出去买菜了。"

"买完菜呢？"

"回家了。"

"怎么回去的？"

"打车回去的。"

保洁员的家从行里走过去需要十五分钟，她平素生活简朴，那天却很反常，到市场只买了一棵白菜，花了八毛钱，却打了八块钱的车，送一棵白菜回家。

奇怪归奇怪，可无凭无据，也拿她没办法。

高运起把事情的经过告诉了柳东海，柳东海说："你领她到我这儿来。"

见面之后，柳东海对清洁工坦言："我不能说就是你拿的，但现在也不能证明不是你拿的。录像上看到你确实从那个机器上把牛皮纸袋收走了，之后发生了什么，谁都说不准。现在，我只能告诉你，如果真是你拿的，赶快承认，这个事就翻篇了。你不是抢的，也不是偷，只能说是不当得利。但如果真是你拿的，又不承认，我们就只能报警了。"

保洁员反驳："你们怎么侮辱我的人格！"之后，还很激动地骂了很难听的话。

柳东海见状就安排报警了。

不到十分钟，来了两个警察。警察说："我们先看录像。"

看完录像，警察跟柳东海说："柳行长，这个人我们就带回去了。"

他们让其他人看着这个清洁工在门口稍等一下，转身单独跟柳东海说："柳行长，你放心，这事我们有经验，就是她！等信儿吧！"

柳东海叮嘱："有一条，千万别冤枉人家。"

警察点头道："柳行长，您放心我们有准头儿！"

柳东海欣然道："那我等消息。"

晚上下班，柳东海回家吃完饭，心里惦记这个事，就溜达去了派出所。

几个警察还在反复放录像。

柳东海问:"还没破案?"

警察说:"破案了,我们只是回头再看看过程。她在楼上抹大鼻涕呢!"

柳东海说:"果真是她?"

警察会心一笑道:"就是她,全招认了。话说,就她那两下子还干这事儿,也真是不知天高地厚了。"

柳东海说:"那怎么办?"

警察说:"也构不成犯罪,她是捡的,就是起了贪念,不是偷,不是抢,这种情况也只能批评教育。你领回去,自己看着处理吧!"

保洁员出来后,鼻涕一把泪一把地说:"柳行长,我对不起你,我一时糊涂做了傻事。"

柳东海反倒安慰她:"不要紧,不要紧,钱还给人家了就没事儿了。你先回家吧,回家收拾收拾,好好休息吧!"

柳东海和也来派出所的高运起一起打车送她回了家。这个人挺可怜的,离婚了,带着女儿生活,家里真的挺困难,否则也不会一时糊涂起了贪念。但同情不能代替原则,这种人银行当然不能留,把她送回家后,就没再让她来上班。

第十二章　催收欠息

　　银行贷款大多是一年期限的短期贷款，年度内只要按月付息就属正常。一年到期，要还旧借新，这时，企业资金周转上若有问题就会暴露。银行的一般定义是：本金逾期或是欠息即为问题贷款；问题贷款持续九十天以上就变成了不良贷款。出现问题或不良贷款，整天忙于"催收""清收"，心理压力巨大，拓展新客户新业务就少了激情，所以不由得你不重视。

　　融商银行对于不良资产看得特别重。柳东海的信贷部经理从建业银行带来的一个做远洋捕捞的客户，很有实力。胶湾当时有几家大的远洋捕捞船队，主要去印尼、澳大利亚海域和西非海域做捕捞，一般都是捕捞船跟着冷藏冷冻船，冷藏冷冻船主要负责加工和运输，有很多先进的船像喷淋保鲜船，比较名贵的鱼捕捞上来之后必须保证它是活的，总是喷淋一些氧气充足的水或保鲜剂。有一种鱼俗称"黄鱼"，学名"六线鱼"，韩国人和日本人都特别喜欢吃。活鱼卖给他们价钱当然比冰冻的要贵，而且贵很多，所以捕捞上来之后，就用这种喷淋保鲜船运到日韩，到当地市场去卖好价钱。

　　这个远洋捕捞船队是当时柳东海他们做的民营企业中规模最大的。他们有一种捕捞技术，是双船拖网捕捞，两艘船拉开距离拖着网并行。柳东海在蛇口融商银行培训中心学习时，周末没什么事，就买票坐船去珠海，在那一带海面就见过这样的捕捞船在风浪中作业。

　　一次，船队远洋出航，柳东海参加了出航仪式，十几对船，从胶湾出发，准备起航去澳大利亚。胶湾市市长布玉熙参加了出航仪式，这也说明该船队还是挺有实力和规模的。船队在胶湾基地的办公楼顶专门安置了一套全球卫星通信定位系统，每艘船在哪个经纬度上，都可随时掌握。但定位系统功率大，周边居民、楼内的居民恐怕都会受到电磁信号的辐射。

　　柳东海的支行给这个企业做了一千六百万的贷款，企业一直状态正常。捕运回来的鱼更多时候冷冻成一坨一坨，到了一定量，把它运回国内市场，一般都在福州，也有一部分运回胶湾的冷库里。远洋捕捞连海蛇都是成批量的，当然也都是冷冻的。柳东海实地考察过，看见海蛇也有疑问："这谁要啊？把这个东西弄回来干吗？"

老板回答："这你们就不懂啦！海蛇比鱼都贵，就有讲究吃这个东西的。"

他们运到福州或胶湾市场的各种鱼都入冷库，并不是说马上就能卖出去，有时是市场需求少，有时是想压一压货，待价而沽。船上的设备、器具、渔网以及大量消耗的油料都要用钱，工资也不能拖欠，拖欠海员的工资以后就没人给干活了，海员很难招的。货卖得慢，卖得晚，就可能出现周转不灵的问题。

由于了解这家公司的经营特点，他们欠息一次柳东海也不太在意，一般拖一拖都能还上，从福州或胶湾基地，或外地调资金过来也是可能的。一期也就十多万利息，但欠了第二期，柳东海就着急了，等欠了三期，柳东海上火了。

主协办客户经理催收不主动，柳东海慢慢发现，原来他们是被企业搞定了。主办是信贷员何森，收了人家企业一部手机，是柳东海和何森一起在北京参加融商银行举办的一个信贷方面的培训，两人住一个房间时发现的。

柳东海说："你这手机挺漂亮，多少钱买的？"

何森是知道市场价的，如时报："四千多，挺贵的。"

柳东海又问："实话实说，你这手机哪儿来的？我知道才问你的。"

憋了好久，何森才答："是鲁总送我的。"

另一个信贷员协办客户经理家里买房子，找企业借了十万块钱。客户经理跟客户有这样的往来，便公私不分了，能跟银行一条心吗？

柳东海很郁闷，每天都开会安排说："你们去催，赶快去要个准信儿。"每次，他们回来也就带个口信，说三天、一周就还，结果一直都没还，一来二去就欠了五六期。时间长了，分行着急了。分行管理部门和主管行长都打电话来催，这给柳东海带来很大压力。后来，他了解到自己人被企业收买了，原来他们根本没给企业施加任何压力。企业并没有山穷水尽，仓库里有鱼，如果稍低价卖了，还是能及时还上利息的。

此时，柳东海很坚决，不跟任何人商量，亲自找到分行公司部的老总。

柳东海开门见山："你配合我做一个事儿。咱们给这个企业发个律师函，也不算律师函，就发个通牒，以我们分支行联合的名义，你把分行公司部的章也给我盖上，就说要对他们采取坚决行动，一周之内不还利息，查封他们的账户和资产，做诉前保全！"

柳东海为什么事先不敢跟何森实话实说？那时他已经知道他们之间有关系了，担心何森会去通风报信，告诉企业："没事，就是吓唬吓唬你们。"当然，实际也就是要先吓唬吓唬他，看看有没有效果。但这个事如果让何森知道了，企业肯定会有心理准备，事先想好对策。所以，柳东海就黑着脸，始终咬紧牙关一个字也不漏。

柳东海跟分行公司部的老总说："这一周，他们必须把利息还了！欠了五六个月，先还两三个月的利息，然后再做出保证，明确什么时候把后面的给还清，这事儿就可以告一段落。"

做完这些。柳东海就叫何森过来，吩咐道："到分行找分行公司部老总，我打完招呼了，分行表示坚决配合，要对这个客户采取行动！你去，找老总把章盖了。"

何森去到分行，老总也是按照柳东海的意思，黑着脸说："这样的客户坚决不能客气！你们柳行长说得对，咱们强大的融商银行不能让他这么一个小客户掀翻了天！"

何森得到这样的消息有些慌了，回到行里问柳东海："领导，咱是动真格儿的？"

柳东海正色道："这是能开玩笑的嘛！你俩现在就去，打电话约他，把这个东西送给他。送达后，他要签回执的。拿回来，就一周时间，咱们就对他采取措施！"随后，又很严肃地补充，"客户要都这样，咱以后还干不干业务了？三个客户、五个客户的都这么干，咱纠缠不清了。"

企业老总收到最后"通牒"，问何森二人："能吗？"

两人异口同声："能，柳行长很倔，他要是说了真就能做。"

老总还想挣扎："那我没钱啊！"

何森摊牌："你没钱，行里就真该收拾你了，砸锅卖铁，快想招儿还钱吧！"

对方也急了："你们倒是帮我说说情，可不可以缓一缓啊！之前，我那么帮你们！"

何森无可奈何道："我们也没办法啊！柳行长是个行动派，说一不二，我们自身难保，也说不上话啊！"

柳东海不仅让这两知情人去催账，自己也给客户致电施压："你看看利息有没有希望还？"

客户嗫嚅道："这个我也不敢说。我现在也挺困难的，也在一直努力筹钱。"

柳东海紧追不放："你别讲那么多！我就问你能不能还？"

客户迂回道："要不柳行长，咱今晚谈谈行不？我白天有事，晚上约了饭局，饭局后咱们谈。"

"你说吧，晚上几点？"

"九点，行不行？"

"行，我们找个地方去等你。"

晚上，柳东海找了个茶馆，带了几个同事，包括那两个信贷员，大家一边打麻将一边等。等到九点，柳东海给客户打电话，不接。打了六遍，不接。柳东海郁闷道："不玩了，回家吧！"

第二天上班，柳东海让两个客户经理马上开始准备诉前保全的材料。据他了解，企业很怕这个，一旦这么做，该企业信誉受损，再融资就难了。两个信贷员当天就把消息传递过去，客户反过来给柳东海打电话，柳东海没接。这天，对方就打了一遍，没再打。

第二天，客户给柳东海打了不下十次电话，柳东海也不关机，但就是不接。客户就找那两个信贷员，两人跟柳东海说这个事，柳东海道："我知道，他给我打了。我代表的是融商银行，又不是我个人，他代表的是他公司。我还是那句话，我们背后是强大的融商银行，宁肯再花一千六百万，也要把这一千六百万给折腾明白，就这个态度！"

何森把话传过去，客户不再给柳东海打电话，索性让何森传话："让柳行长接我的电话吧，我还钱。"

柳东海同意了。客户给他打了个电话说："柳行长，第一，我还钱；第二，我能不能请你喝咖啡？"

柳东海语气和缓了一些："还钱的话可以。"

客户道："在万国大酒店一楼咖啡厅。你过来好不好，这也不是个什么私密的地方。"

柳东海答："好。"

两人见面后，客户有点不好意思，但仍不失热情道："哎呀，柳行长！感谢您没驳了我的面子。我这几天都睡不着觉，吃不下饭了。"

柳东海还是那句话："你把欠的利息还了，哪有这些问题？人和人之间要互相尊重，咱做生意就得讲个诚信，都像你这么做，要我们银行怎么办？"

客户再三表态："您放心，三天之内，我先还三个月的欠息，然后，您再容我一个星期，我把欠的都还上。我这个时期也很困难。"

柳东海说："你在我们这里贷款，总得讲究点，我打电话六遍，你都不接，你欠着我银行贷款，有你这么做人做事的吗？"

客户点头如捣蒜："您怎么批评我都是对的！"

至此，身边的人都坚信柳东海能够说到做到。

第十三章　以赖治赖

搞海洋运输的侯老板，辉煌时期坐着奔驰600，后来沦落到打出租车。他在行里贷款三百万，用一艘冷藏运输船做的抵押，贷款到期还不上了。行里对问题和不良现象的管理特别严格，零容忍。一开始，此人还过来谈想办法化解或增加点抵押资产之类的。过了一段时间，人都不见了，电话关机，成了老赖。

这是信贷部史经理的客户，怎么办？信贷档案里有他的身份证号，到派出所一查，把住所查到了，家里座机号码也浮出水面。柳东海当即打电话。接电话的是他在胶湾外国语学院学英语的儿子。他要男孩转告其父，他们家的具体情况，包括详细住址、家人姓名、孩子在哪里上学等已被他完全掌握，请他爸务必在10分钟内回话，否则对他们不客气。这套登不了大雅之堂的办法还真管用，侯老板很快就回话了。

柳东海说："欠债还钱天经地义，跑了和尚，你还跑得了庙？你现在马上出来，我们就在银行门口等你。"

侯老板说："我打车过来。"

不到二十分钟来，侯老赖来了。从见着他的那一刻，柳东海就再没放了他，派两个人专门跟着他。侯老板怕给家人带来麻烦索性不回家，到了一个规模不大、设施一般的洗浴中心。于是，跟着他的两个人也开始跟他混桑拿。侯老板自己讲，洗浴中心女老板欠他一百二十万，他去那里用度不必花钱，而且还能给女老板施加压力。

一到中午饭点，柳东海就安排全行上下有时间的人都去洗浴中心，侯老板买单，大家可劲儿造。侯老板理亏，心里不爽嘴上还问喝不喝酒——有啥客气的，当然喝，每次都喝。后来的日子，侯老板天天哭丧着脸。

柳东海支行里的人手不太够，一共才十几个人，除去柜员和女员工不能去，剩下的男员工轮班看着侯老板，可时间一长，也排不过来。于是，柳东海从外面找了两个闲着没事干的哥们儿。每次行里去一个人，其中一个哥们儿就跟着，可以免费吃、喝、洗，不给工钱也合算啊！

都说光脚的不怕穿鞋的，这个损招儿还真有效，也贵在坚持。侯老板天天求着洗浴中心的女老板还钱，别说，侯老板陆陆续续开始有点还款了。

慢慢地，柳东海就把人撤了，最后，侯老板卖了船，把钱还了。如果没有这样的力度，逼得侯老板失去生活常态，估计他还是赖着不还钱。

一天，胶湾外事商贸学院要贷款，找到柳东海行里。这个民营高校老板通过别人介绍，认识了分行的陈行长。他去陈行长办公室聊天，陈行长就讲起自己身体这不舒服那不舒服。没过几天，老板带去一个老中医，把陈行长按在地毯上一顿"吹拉弹唱"，居然还真起了效果，陈行长自觉神清气爽了不少。他觉得老板为人挺真诚，就给柳东海打电话，说："他家这个业务，你看看，能行就做，不能行再说。"从这开了头，一来二去的，这个业务就做了，用学校的宿舍楼做抵押物。

从长期安全来看，应该是没问题，约定收了学费就还贷款，一次贷了四百万。结果收了学费，钱不还了。为什么？盖新宿舍楼自然要巨额投入，买员工通勤的高档大巴车也要八十万，银行贷款就不想按时还了。实际上，银行完全可以灵活一点，做长久的战略考量，当时却因缺乏灵活性，要求学校必须按时还款。

学校不配合，柳东海就带人找上门去。老板在市里有一处办公楼，是民办高校的控股公司。柳东海等人没事就往办公室里一坐，哪有空座他们就坐哪儿，然后从电脑里翻出扑克页面，打扑克游戏。只要公司老总、副总，凡能管事的人在，柳东海他们就去。至少去四个人，打扑克够组合。公司若不还钱，他们就天天在这儿耗着。

柳东海心知肚明，这老板有钱办自己急于要办的事，故意赖着不还银行的贷款。

企业的人陪在屋里的时候，柳东海等人都规规矩矩的，人一出去，他们就四处翻看公司的文件资料。办公室靠墙角有一个直径七八十公分的大瓷缸，里面放的全是字画，一看就是骗人的赝品，均是用来给别人送礼的。每每看到这些，柳东海就觉得特别可笑。

天长日久，企业被盯得没办法，只好四处借钱。柳东海当时给企业划了底线，至少要还百分之二十，剩下的可以展期。柳东海有个体会，少数企业有钱的时候，特别有情意；没钱的时候，毫无诚信可言。所以当时那个情景下，这种最直接的土办法最好用，天天盯着他，不还钱就让他们顾不上干别的事。

终于有一天，老板端起柳东海办公室的茶杯，表达歉意，表示诚意，一直到他的财务部经理在史经理的陪同下办完偿还本息九十万的手续。

老板带走了他执意要送给柳东海，而被柳东海以"太贵重"为由坚决拒收的"名人"字画。

柳东海待客人离开后，贴着史经理的耳朵说了一句，"晚上喊上高运起、于微、丁晶、姜民，一起撸串去。"

"我请客。"史东脱口而出，真心实意。

此事让柳东海还有一番感悟，贷款看对人不如做对事，该抵押的时候，就一定要把手续做到位，真的出了问题，手里掌控可处置的抵押资产，最终的风险还是可控的。

祥云出租汽车公司有六十多辆车，规模不大不小。该公司是先前收过捕捞公司老板手机的那个客户经理何森引荐的，当时觉得他们挺有实力。见客户的主要方式就是喝酒，酒后柳东海知道他们还安排去唱歌，就说："不去了，真的不想去。"明着说是唱歌，实际上就是换个环境继续喝酒。客户就让何森带柳东海去洗澡。跟客户分开后，柳东海没去洗澡，而是让何森送自己回家休息。

柳东海不知道，这个客户给何森拿了五千块钱让他招待柳东海洗桑拿。

过了一段时间，客户经理于微到柳东海办公室说："老大，有个事我不知道该不该说。"

柳东海不容置疑道："说！"

"我昨天参加一个饭局，听着个说法，说你跟一家出租车公司接触过，答应给人家贷款。人家在你身上花了六七万块钱，还送了你四十条小熊猫烟。"

柳东海狐疑道："是吗？你昨天吃饭都谁在啊？"不出所料，有出租车公司的经理。

柳东海继而说："你知道，我也不抽烟啊！小熊猫烟我都没见过，啥样的？六七万块钱我也没见过。"此时，柳东海心里明白，一定是何森打着做领导工作的旗号，拿了人家的钱和烟。

柳东海准备找何森谈话，考虑到要有人证，不能单独跟他谈，就叫了会计部吕经理，让她陪着，只管听就好。

柳东海把何森叫过来说："何森，跟你核实个事。"

何森问："什么事儿？领导。"

柳东海问："祥云出租那个老总姓什么？咱们好像跟他吃过饭。"

何森点头道："对呀！"

"除了吃那顿饭，你印象中我跟他还接触过吗？"

何森摇头表示："没有。"

"啊？那我啥时候抽他四十条小熊猫烟了？"

何森的脸唰的全红了。

"我啥时候拿过人家六七万块钱？你都怎么做的？你把这事儿回去给我写个书面经过，交给我。"

很快，何森写了个辞职报告，表示这些事跟领导都没有关系。

事后，柳东海感慨万千，事业做得越大，队伍越不好带，今后还不知有多少难以预料的事等着自己呢！选人难、用人难，最难的当属管好人。

银行是经营风险的行业，这里有信用风险、市场风险、声誉风险等诸多种，在柳东海看来，最重要的还是借银行的平台谋取私利的道德风险，蛀虫的危害是巨大的，千里之堤溃于蚁穴。这样的事例不胜枚举。

他随后让高运起联系了胶湾市监狱，安排狱中经济犯罪人员设身处地为信贷人员讲违法经历和教训。这样做，为的是防止身边有人因一念之差、一失足成千古恨。

第十四章 辞职风波

　　转眼又过了两年，融商银行总行又安排考核工作组来到胶湾分行，找到各个支行的行长谈话，也找了各个部门的老总谈话，了解实际业务的发展情况、各项工作进展情况，充分听取大家的意见。

　　此时，出现了一个很奇怪的现象：总行领导和每一个人谈话的时间都很长，这就表示谈话并非走形式，而是实质了解情况。第二天就开了一个会议，总行领导说了这次来的意图，他们是针对胶湾分行经营长期低迷的问题，进行工作摸底的，也确实了解到一些具体情况，比如说具体思路不够清晰、工作措施不够得当等，好多类似的问题不一而足。工作组了解了基层的声音，反馈说大家觉得有力气使不上，因为没有一个明确的指导方向。最后，大家反映一把手观念过于保守，没有什么有力度的工作安排。

　　工作组回去后不到一个月，总行就再次派人带了拟好的文件来分行宣布：一把手陈行长提前退居二线。总行派人力部的老总许琪来宣布了这一消息，当时，陈行长痛哭流涕，看得出是舍不得离开自己的工作岗位，毕竟这个决定太突然了。

　　就这样，陈、蔡两位行长一个失魂落魄，一个黯然神伤，先后告别了仕途。

　　融商银行的业务仍然发展一般，但零售业务渐成一枝独秀，这得益于总行策略。"太阳花一卡通"受到普遍的认同与欢迎，ISO-9001质量体系认证明确了零售业务在融商银行业务体系中的重要地位，其中明确融商银行各类存款中，储蓄存款应不低于百分之四十五。如今，融商银行零售业务影响力大，美誉度高，优势明显，安全、精准、便利、快捷，已成大气候，就像绵绵雨季，哪里挖坑都会积下水来。

　　融商银行的观念很开放，柳东海在胶湾分行的时候，有次分行被总行通报批评，原因是胶湾分行在全国所有分行里平均贷款利率是最高的，融商银行认为，贷款利率应该适当，不能竭泽而渔，要和客户利益分享，利率太高就市场来讲也不合理，不是利率高，就说明经营有水平，这在某种意义上讲是没有长远观念的体现，没有很好地培育、养护客户。柳东海认为这个观点是对的，一味追求高利率，是不负责任的。但在当时,这个观点还是挺新颖的。

柳东海经过在融商银行的奋斗实现了个人脱贫。从前是每到周末逛市场,买肉馅回家包饺子改善伙食,现在是逛食品超市不再问价格。年收入二十几万,已迈入相当不错的白领阶层。柳东海自觉这个支行行长做得有滋有味,有板有眼。

一天,他在办公室接到一个电话,对方问道:"您是柳行长吗?"

柳东海说:"是。"

"我是钟诚,东海发展银行的。"

柳东海说:"钟总,您好。"

钟先生轻笑:"我不是钟总,是钟行长。我是东海发展银行的一把手。"

柳东海客套起来:"钟行长,您好,我对东海发展银行研究不多。"

钟行长道:"虽然你对东海发展银行不太了解,可我对你非常了解。你看,你愿意了解了解我吗?哪天有时间我们一起喝杯茶吧?"

柳东海回答:"钟行长,您真是太抬举我了。您哪天有时间,我请你喝茶吧?"

钟行长婉拒:"你别请我。我先请你,以后什么时候你请我都行。"

柳东海道:"好吧!"

钟行长又问:"你今天有时间吗?来东海发展银行一下吧?"

聊到这,柳东海已经明白对方的意思,不过,这样的事情总是要矜持一下的,遂答道:"今天不行,我有事情。"他暂时没有跳槽的想法。

在柳东海看来,当时的东海发展银行的经营并不规范,他们不择手段既抢市场又争业务,是他所不齿的。当然,在后期的发展中,柳东海也渐渐改变了自己的观念。

钟行长又说:"那你看最近三天内,哪天有时间?因为之后我要去上海。"

柳东海回答:"那就明天吧!"

就这样,双方交换了手机号码,约好见面前再打电话。

第二天,柳东海去了东海发展银行。两人见面聊了10分钟左右,钟行长就说:"东海,我叫你来,你应该明白我的意思。我想让你来东海发展银行,换个地方。我们已经注意你一年了,觉得你非常优秀,必须要来。"

柳东海很坦诚:"这件事没那么容易,我不会轻易换地方。"

钟行长点头道:"你不要介意,我再叫一个人,让你认识一下。"

随后,他把副行长辛为民叫了过来,三人一起聊天。辛副行长一直交流业务和工作上的问题,想看柳东海是不是懂业务、认真工作之人。谈话结束后,辛行长主动提出晚上一起喝酒，柳东海谢绝了："这件事情，如果真的要考虑，还有很多细节要落实。现在，我们之间是朋友，一旦真的在一起，你们就是领导了，有些事反而不好谈了。所以，大家不要着急，这件事我们慢慢来，可以一起慢慢探讨。"

从此，钟行长经常找柳东海一起吃饭喝茶；再后来，一些机缘巧合之下，柳东海也想离开了。

胶湾分行一把手陈行长被免职后，融商银行总行从鲁南派来了一位副行长沈奇接替这个职位。沈行长的个人生活非常讲究，每天进办公室身后一定跟着手捧熨烫好衣裤的司机。

看见他第一眼，不由让人联想到融商银行的功勋行长，青城分行的孙为洋老行长。孙行长从当地国民银行行长岗位上退休后，受聘担任融商银行青城分行行长，做出的最大贡献就是把默默无闻的"太阳一卡通"在鲁南做得家喻户晓，迅速普及。同时，他在鲁南繁华街区装修了十家自助银行，在同一天开门纳客，并且在电视报纸上声势浩大地连番宣传。融商银行营业网点又安放了免费咖啡机、糖果、大堂导储员，门口的保安为乘出租车的客户记下车牌号，以防遗落物品，一系列闻所未闻的贴心服务组合征服了鲁南人民，融商银行的"太阳花一卡通"自此名扬天下，完全超出融商银行总行推出该产品的预期，至今仍不失为银行界拓业营销的传奇。

孙老爷子个子低矮，衣着干净整洁，稀疏的白发井然有序，一打眼，很多人以为他是日本人。此人有底蕴，厚重内敛，浑身上下露着精明的气息，行事果断，堪称银行界的军事家。

沈奇东施效颦，但没抓住精髓，最关键的是缺失内涵。他非常瞧不起胶湾人，提到胶湾人就觉得胶湾人奴役性强。当时，鲁南人与胶湾人互相看不惯，胶湾人也有"小鲁南大胶湾"的说法，所以，这位领导讨厌胶湾人也源于地域渊源，他的态度很傲慢，从来不理会支行行长以及各部门的老总，始终一副高高在上的架势。

融商银行在保税区有一家新支行开业，各个支行的行长以及分行部门老总都提前到达现场，大家都在新支行的大厅里等待行长的到来。沈奇来了，却完全无视在场的各位，就像没有这些人一样，昂头从这些人身边走过。大家感觉非常不舒服。这个新行长在开各种会议的时候，不断否定胶湾，否定胶湾分行前几年的工作，这让柳东海的内心产生了动摇。

与此同时，东海发展银行也紧锣密鼓地做着他的工作，很自然地，他们就到谈薪酬谈待遇的环节。东海发展银行承诺："东海，哪怕什么都不做，只要你来，我们保证你挣得比在融商银行翻番还多。"然后，他们又笑道，"话是这么说，可我们也知道你不可能什么都不做。融商银行少给了你什么，或欠了你什么，我们都帮你办好，都补给你。而且你来东海发展银行后，舞台更大，未来更美好。"

一切都谈得很好，柳东海一共提了十几个问题，除了他个人的问题，也包括一些要和他一起打拼的兄弟姐妹们，他们的待遇以及未来发展的问题、客户方向、营销费比例等，所有事情都得到了落实。十几个问题个个都是满意的答复，于是，柳东海就决定去了。

柳东海找了一个风轻云淡的晴天来到分行，找到新行长沈奇，说："沈行长，有一件特别的事情我想跟您说一下。"

沈行长的态度有点不耐烦："你要说什么？没看见我要开会吗？你要是能等就等，不能等就改天再说！"

柳东海说："我的事就一句话，这件事刻不容缓。"

沈行长面露愠色："哎呀！我还没见过像你这样的人呢！"

柳东海一个字一个字地说："我是来辞职的。"

沈行长的态度非常强硬："你说辞职？你说辞职就辞职吗？我就当你没说过这个话，快回去吧！"

这话让柳东海的感觉更加不好，更加不想留在这里工作了。他并没有离开，而是等到沈行长开会回来，又很认真地对沈行长说："沈行长，我年龄也不小了，经历也不少了，不会轻易提出这样的事情，我是很认真地跟您谈这件事情。"

沈行长显然没体悟出柳东海的决心之强，还一味地打官腔："你提这些都没有意义！你个人的想法再多，我要不同意，也是不可行的！"

柳东海笑道："沈行长，您看您这么说就不好了。我来上班是为我自己上班的，也不是为您上班，再说了，您来胶湾也没多久，我们之间并没有什么过节，我走也不存在拆您台的情况，没什么好顾虑的，就是一件简单的事情。您看您什么时候开会定一下吧！辞职报告我已经写了，就一个月时间，这一个月你们如果不安排人接替，我就直接离开，这个工作就放在这了。反正，辞职报告我也交到人力部了，也交给沈行长您本人了。"

这样直言不讳让沈行长觉得很没面子，认为柳东海完全无视他的权威，目无尊长。

沈行长显得更不耐烦，很生气地说道："没见过你这么随便的人！"

柳东海几乎是在结案陈词了："沈行长，我把要说的话都说完了。我的意思您也了解了，我再去跟人力说一下。"

柳东海的辞职报告写得很简短，大概就是说了感谢和山不转水转友谊永恒之类的话。花费心思选个晴天来提辞职，可从那时起，柳东海的阴霾才刚刚开始。

于是，沈行长在各种各样的会上，都公开谩骂柳东海："柳东海是把融商银行当作公共汽车了吗？想上就上，想下就下！今天，我把话撂在这里，他要是敢走，我让他在整个胶湾银行界都混不下去！"

有趣的是，沈行长背后如此诋毁柳东海，可在柳东海面前又是另一副面孔。某周六，沈行长叫柳东海到办公室来，柳东海并不想去，因为前一天喝了酒，头有一些疼，可出于尊重，他还是去了。沈行长依然态度傲慢，坐在自己的沙发里，扬起头，鼻孔对着柳东海讲话："东海，你还是别走了。你要是不走，好事情少不了你；你要是走了，绝对没有好果子吃。"

柳东海很诚恳地说："沈行长，事已至此，我已经不能考虑领导给出的意见了。我是考虑了很久做出的决定，融商银行少了我没有任何影响，可我自己的职业选择将决定我的后半生是否感到幸福，您也要理解一下。在这里的时候，您是我的领导，离开这里，您还是我的大哥，山水有相逢，这样多好呀！"

沈行长又道："你要是这样说，我们就没什么好谈的了！"

柳东海点点头："既然如此，我也不耽误您周末的时间了，我先告辞了。"

这事一来二去拖了柳东海一个月的时间。其间，沈行长安排了一个人接替柳东海的工作，是一个部队副团职转业的干部，人挺好，但他根本不懂银行业务。安排具体工作的时候，沈行长亲自去讲话，整个讲话内容都在含沙射影柳东海。柳东海离开胶湾支行后，那里又换过四任行长，干得都不怎么顺，回想起来，也许是风水问题？这是后话。

话说柳东海离开分行办公室到支行时，从建业银行应聘到融商银行的郭实接替了办公室主任一职。郭实和总行会计部的徐丽荣老总有师生之谊，每次徐总到来，郭实都会约上柳东海、吴哲欣几位好友一同接待徐老师。而柳东海和郭实都曾在财大研究生院就读过EMBA。说起来也算惊心，郭实在考试中途和柳东海按约定时间蹲厕所打手机。柳东海的英文实用能力一般，但特别会考试，逢考必过，两人不属同一考场，互不耽误，双双高分过关。这时，郭实在融商银行高新园区支行任行长，兄弟相处得很和谐。

作为兄弟，郭实见柳东海不开心，就打电话："柳兄，今晚有安排吗？我找几个哥们儿陪你喝酒,给你送行。"

柳东海后来惊奇地发现,这样的"送行"前前后后竟多达十次,后来传为"十送"佳话。送到最后,柳东海向东海发展银行美言了郭实,而郭实则把自己一路送到东海发展银行。柳东海一直为东海发展银行没给他一个引进人才的"伯乐奖"而耿耿于怀。

这之后的一天,沈行长安排办公室通知柳东海去找他。柳东海走进办公室,沈行长说:"东海,我们最后再谈一次。我依然诚恳地挽留你。"

融商银行总行人力部曾经到胶湾分行做过民意测验,民主推荐的两名后备干部中就有柳东海一个。柳东海、郭实,以及吴哲欣,号称"胶湾银行界的三杆枪",当时,打市场这三个人最厉害。

沈行长说:"如果你不走,你就是行长助理兼任国际部总经理;如果你走,这些就都没有了,而且我就不客气了。"

柳东海说:"沈行长,谢谢您!还是希望您能尊重我的个人意见,我的离开既不伤害到您,也不会影响这家银行。我的离开对我来说是一个新的起点,有助于我的个人发展,希望您能够理解。"

沈行长问:"你是打定主意了吗?"

柳东海斩钉截铁道:"是的。"

沈行长又问:"非走不可,对吗?"

柳东海点头。

这时,沈行长对身旁的办公室临时负责人冯静说:"你现在开始记录,我们要向银管局打报告,柳某某离开融商银行,他不可以在胶湾的其他银行任职。我们安排稽核查他,不信他滴水不漏,一定能查出他的问题。"

还柳某某!柳东海生气了,但脸上还是挂着笑容说:"沈行长,这是我最后一次叫您沈行长。我来融商银行工作,一不是蹲监狱,二不是加入黑社会,如果是蹲监狱我会丧失自由,如果是加入黑社会,我要认您做老大,可是偏偏都不是。今天,我也说一句话在这,谁影响了我的政治前程,谁破坏我的生活幸福,我绝不会让他好过!工作不干了又怎样?作为一个胶湾人,我还是能影响带动一批人的,咱们就试试看!沈行长,我们也没什么好谈的了,这就是最后一次了,从此,您再也不是我的领导,也不是我的大哥。您也不要再做任何对不起我的事情。"

说完,柳东海就离开了。

融商银行做的新行服、按照柳东海尺寸定制的皮鞋也不发给他了。这倒让他放开手脚带人走了，姜民、才西、丁晶，连现金柜员小秦都被一起带去新衙门改做客户经理了。

柳东海当年十月份就到东海发展银行工作了。

柳东海为什么如此有底气？东海发展银行已经承诺，无论发生什么，到这边都是好的。当时银行的规模都不是特别大，各方面沟通比较顺利，分行已经和总行沟通好，引进这样一个人才，不管发生什么事都要帮人家处理好，不能让人家为了来这里，在原来的单位白白受委屈。

柳东海去东海发展银行公司部入职，做了公司部的总经理。本以为一切都过去了，12月30日，融商银行发了个文，抄报银管局，内容当中有：柳某某连续多日旷工，予以除名。柳东海在融商银行有十一万块钱的年金，均数被扣，不予发放。

由于沈行长一系列傲慢偏见的举动，融商银行的其他员工也对他非常不满。就在柳东海离开后不久，部门老总以及支行行长前后离开了七位，其中就有吴哲欣和郭实，其他职级的干部，包括客户经理走了接近四十位。大批人才流失使融商银行总行非常着急，遂派了监察室的主任以及人力部的老总到胶湾进行调查。

两个领导主动联系了柳东海和其他离开融商银行不久的老总和支行行长，约大家一起喝茶聊天。相继离开的七个重量级干部都来了，大家一起聊到了深夜两点多。众人将沈行长的所作所为一一尽述，开始，总行监察室主任还站在沈行长的角度说话，后来立场完全站在离开的同事们这一边。总行领导表示，如果继续让他这样下去，融商银行就毁了，又征求大伙意见："如果我们换掉他，离开的各位同事愿意回来吗？"大家纷纷表示回来的事情就不谈了，因为在外面发展得都还挺不错的。

随后，这位从鲁南到胶湾才工作了短短八个月的沈行长，就被退回原分行做副行长了。原分行的行长好不容易把他弄走，结果他又回来了，两人相处得很不愉快。没过多久，沈奇就离开银行到了企业。

他对别人的不尊重让他失去了别人对他的尊重。

沈行长离开后，融商银行总行给胶湾派去了一位新的行长，广西人，姓吕。吕行长来了之后，柳东海想着能否把欠他的年金要回来，于是就带着高运起去找吕行长。出发前，柳东海对高运起说："如果我们能心平气和地好好交谈，你就不用说话；如果这个吕行长的态度仍然很不好，你就帮我骂他。"

到了融商银行之后，柳东海和吕行长没聊几句，吕行长就问他："东海，你就说吧，找我什么事？"

柳东海也很直接："要钱。"

"多少？"

柳东海说："十一万左右。"

话音刚落，吕行长就抄起电话，打给财会部门，说："东海从咱行走的时候，年金没给人家吧？"

电话那边嘀嘀咕咕说了半天，大概意思是之前的行长定下的。吕行长说："我现在正式通知你，东海的卡号一会儿我给你，三天之内把钱打到人家的账里。东海是对咱融商银行有贡献的人，该是人家的钱就是人家的钱。"

钱的问题就这样解决了。吕行长又说："人和人之间讲究一个眼缘，一见面我就觉得咱们是一样的人。来了之后，我也听到了大家对你的评价，今天见面聊一下，觉得咱们应该是一路的人。我们都是干实事的人，又何苦互相为难呢？今天，钱的问题不是问题。你的问题解决了，我也想跟你提提要求。第一个就是，哪天我们一起吃个饭，我请；第二个就是，你可不可以考虑回来工作，和我搭档？"

柳东海想，不能直接回绝，那样太不给吕行长面子了，于是笑着回答："我会考虑考虑的。"

没出一周，柳东海主动约吕行长吃饭，餐钱是吕行长的办公室主任买单，由此还引出吕行长在胶湾推出的"倦鸟归巢"方案，就是要吸引先前离开融商银行的管理骨干和优秀客户经理回融商银行工作，虽然响应的人不多，但还真有几个。

吕行长和柳东海成了频繁见面的茶友、酒友、牌友。他俩没能到一起工作，却阴差阳错地先后与同一个人的工作轨迹重合过，引出了各自的一段故事。

第十五章　老陆的心机

柳东海带的团队迅速成为东海发展银行胶湾分行规模最大的团队。木秀于林，风必摧之。团队一分为二，被拆解成两个独立团队，柳东海的副总陆雨牵头分出去独立成另一个团队。这种安排柳东海和副总陆雨各占一半原因。起初，柳东海对陆雨的要求只知其一，不知其二。

柳东海的部门有三个领导，柳东海是总经理，副总经理叫陆雨，总经理助理是樊舍。

陆雨和柳东海原来都是融商银行的支行行长，东海发展银行当初只要柳东海。脸大顶秃、戴着金边眼镜、面目斯文、说话拿腔拿调的陆雨主动要到东海发展银行，却被拒绝。

陆雨跟柳东海说："你帮我去说说，我愿意给你当副手。你要能帮我说成了，我请你吃香格里拉的日本料理。"

柳东海不是为了吃日料，而是为了哥们儿情谊，就去找东海发展银行的领导说："你们既然认可我，那我推荐一个人，最好把他也要上。我知道你们跟他见过，你们看着不一定满意，让他跟我在一起，不用单独为他安排一个部门，给我做副手就行。"

东海发展银行的钟行长说："东海，你在会客室坐一会儿，我们商量一下，五分钟，行不行？"

柳东海说："好。"

过了五分钟，钟行长出来说："东海，既然你张口了，那我们冲着你也要他，给你做副手。"

中午，老陆就请柳东海到香格里拉吃了顿日本料理。老陆这个人经历的单位比较多，曾经在国民银行、农牧银行、融商银行工作过。老陆有两个爱好，一个是喝酒，一个是洗桑拿。他有一定的社会关系，跟鲁南地区的一些国有企业能联系上，还是有几个客户的。他跟柳东海在一起的时候，对柳东海帮助也挺大。柳东海需要客户,他就经常带着部门员工开车去鲁南,或是其他周边城市。

不过,他们到了东海发展银行做成的第一笔有规模的业务是柳东海联系的,贷款六千万,尔后客户给做了六千万的存款,一个部门从无到有一下子有了这么多存款,大家都欢天喜地的。

客户单位的总会计师带着财务部的经理到胶湾,柳东海就安排在胶湾很著名的饭店五彩渔港接待。柳东海和老陆一起安排吃饭喝酒,但那次兴奋过度了。

客户经理小秦从融商银行跟着柳东海到了东海发展银行。小秦是一个工作很细心的人,如果带她出差的话,她会从银行的角度、客户的角度,该准备的一切东西全都准备好,什么都不落下,做得很精细。

在酒桌上,她喝多了。

柳东海他们一起喝酒是讲原则的,大家一起喝酒,尤其是跟客户,男生要尽力喝,女生要自控,不许喝多。男生喝多,女生照顾还好些,女生喝多了,就不方便照顾了。

那天,小秦喝高了,开始说广东话拉长音了。柳东海碍于环境也没法拦,只能叫人照看着。趁小秦去卫生间的时候,柳东海叫高运起盯住她,回来之后不许她再喝了。

部门的另一位女生才西,大家都喊她"大才",被酒桌气氛感染,也喝高兴了,特别热情,到处跟人碰杯,过一会儿自己站起来,摇摇晃晃上洗手间了。大家都喝得挺热闹,忘了出去的人有没有回来。

这时,服务员过来说:"从你们这屋出去的一个女士倒在厕所地上了,是你们的人吗?"

柳东海赶快安排人去看,没过一会儿,去的人就来回话:"赶快来帮忙,把她扶回来。她倒那了,浑身脱骨的感觉,扶不起来。"

柳东海赶快叫人去帮忙。高运起和老陆都去了,剩下柳东海和小秦应付客人。过一会儿,柳东海恍恍惚惚听见老陆进屋跟他说:"大才喝得不行了,我也开不了车,我打车送她回家。"

柳东海也有些喝晕了,点头让他去送。其他人接着喝,喝到最后走的时候,有人跟柳东海说还没人买单,他就开始掏钱包,掏的时候钱包掉到了地上。

服务员问:"谁的钱包?"

柳东海喝糊涂了,说:"不知道。"然后一脚给踢到一边去了。

服务员说:"好像是你掉的。"

柳东海舌头硬得很:"你们都没有丢钱包?那就是我的。"

柳东海到处找自己的车都找不到,朝四处按遥控器哪都不响。喝得糊里糊涂的他只好打车回家了。

第二天上班,昨天喝多的大才来找柳东海,说:"柳总,我想单独跟你说几句话。"

柳东海说:"啥意思?喝多了回家吵架了?"

她说:"那倒不是。我就跟你讲,昨天我是喝多了,但我心里明白。柳总,我对你很信任的,否则这话我也没法讲,回家我都没法讲,我是有苦难言。昨天回去,老陆一路上对我动手动脚的,我脑袋好使,但手脚都不听使唤,打出租车我俩坐在后边,他做了你能想象的一切!"

柳东海说:"我不想象,我也想象不出来。"他的心情变得很复杂,"这事,让你认清一个人,你说的话也让我认清了一个人。所以,你要为你说的话负责任,因为我跟他也是朋友。"

她说:"我对我说的话负责任。"然后很有限度地给柳东海讲了些细节。

这事让柳东海非常苦恼,自己的兄弟一起工作时都挺卖力的,还真的挺融洽的,偏偏就做了这样的龌龊事,唯一的解释就是酒喝多了,失去了理智。

柳东海回头再想昨天的事情,也有些后悔,觉得不该让老陆去送,而应该让高运起去送。高是办公室主任出身,擅长收拾残局。这么一想,老陆是不是一开始就有这个企图呢?这是老陆第一次给柳东海留下了一个不佳的印象,但他也不能说。之前,大才的手机号还是老陆弄的一个靓号,从那天开始,她再也不用这个号码了,打心眼里腻歪。

柳东海说:"以后安排什么工作尽量让你俩回避点。"

大才说不想在这里干了,柳东海劝她:"如果真的对你构成了严重伤害,那就不是干不干的问题,而是要起诉他,要去报案。如果不是那样的话,有些苦楚,你还真得往肚里咽。"

之后不久,一次老陆很急地跟柳东海说:"我马上要到盘营去,有一个客户联系好了,马上得赶过去,我带个人走行不行?"

柳东海说:"你当然得带人走了,要是你自己去的话,算公算私?"

老陆带着丁晶走了。当天晚上快十一点的时候，丁晶给柳东海打电话，说："领导，老陆不是人！"

柳东海脑袋一下子就清醒了，当时怎么就没问问他带谁去了呢！但对老陆，他也没法说，当时，没办法把这些事说破。

柳东海问："你先告诉我，伤害到你没有？"

丁晶愤愤道："那他做不到！我和他拼命也不能让他得逞。"

柳东海说："有你这句话，我就放心了。现在是什么情况？"

"企业招待吃饭他不参加，非要自己吃，领我去一个小店。他肯定以前去过，找个小包间，墙上挂的都是些不堪入目的画，逼着我喝白酒。一口不喝吧，他是领导，喝的话，我一个女的不得让他灌晕？我就喝了两小杯，没敢多喝。这还不算完。晚上住酒店，刚打电话让我到他房间去，我跟他说这么晚不方便，有啥事电话说，咱要是不着急，明天说也行。结果他说当然是着急了，必须当面说的。我去了之后，他基本就没穿啥了。"

柳东海说："那你没跟他说什么吗？"

丁晶有点激动："我说，陆总，咱别这时候说了，明天再说。他就拦住不让我出来。当时，我真的都拼了，不知道给没给他胳膊挠坏，反正我是拼命挣脱出来的。"

柳东海说："我知道了，这个事你还跟谁说了？"

"我打电话跟我对象说了，他马上要过来整死他！"

柳东海忙说："开什么玩笑！你跟他说一下，别激动，你碰到什么人都可能，但你没受到伤害，我相信你的自我保护能力。你现在心里有谱了，就把门锁好了，早些睡觉。我要是半夜赶过去会让人感觉太奇怪了，你也没啥事，明天一早我带人过来，保护你回来，行吗？"

丁晶同意了，但情绪不是很稳定，还是骂骂咧咧的。她从大学毕业就跟柳东海在一起工作，就像柳东海自己的小妹一样。

第二天早上，柳东海带了姜民，开车过去。到了之后，就换丁晶坐柳东海的车，姜民坐老陆的车。丁晶那时没跟老陆说啥，老陆也还是一脸正人君子相。柳东海准备回来找他算账，一路上都在琢磨怎么跟他谈。

还没等柳东海找到机会跟他谈话，老陆又一次说要去鲁南风机厂："老总约我过去，说想做贷款。东海，你看，我带小秦去行不？"

小秦人长得好看。柳东海心里咯噔一下,说:"你先别着急走,咱俩到外面坐一会儿。"

行里办公室是玻璃隔断那种,要是说话激动了,声音传出去不好。

柳东海说:"附近有一个咖啡馆,咱俩到那坐一会儿,我请你喝茶。"

老陆着急走,不想喝茶,觉得下午就开车去,晚上还能直接和客户一起吃饭。

柳东海问:"为什么带小秦?"

老陆不无戏谑地说:"风机厂那个老总就喜欢漂亮小姑娘。"

柳东海很生气,说:"你说的是人话吗?他喜欢小姑娘,也不能牺牲咱自己身边这些兄弟姐妹吧?你先别着急走,咱俩去喝茶。"

柳东海有些变色,老陆一看这样,就去喝茶了。

坐下之后,柳东海平静了一下,说:"陆雨,我不叫你陆总,也不叫陆大哥了。我说,你这啥毛病?一次接一次的,你就欺负咱自己这些人,人家真要是跟你好,那我不拦着;可是人家不愿意,你这不是祸害人,成了害群之马吗?和谐多重要,一条心工作多重要!你一个一个地去祸祸,你这啥意思?那天晚上,喝酒送大才那一路上,你都干啥了?你自己清不清楚?用我点你几条吗?"

老陆的脸微微红了:"我没干啥……"

柳东海一听气就不打一处来,说了些难听的话,把他此前的一些举动描述了一下。陆雨一听就有点挂不住脸了,脸色红一阵白一阵,最后成了酱紫色,话也少了,音也低了。

柳东海越说越生气:"那天我为什么去盘营?那么老远,我耽误了一天的工夫,我干嘛去了?前一天,你对丁晶都干啥了?"

柳东海不容分说道:"你惦记小秦,我也不是看不出来,可你今天明目张胆要带她出去,却是要拿人家当小姐去。你什么人啊!"

五分钟不到,老陆低下头。

柳东海说了那么多话,本应是他嗓子哑,结果倒是老陆嗓子哑了。他说:"东海,我跟你保证,我没做这些事儿,她们误会我了。"

柳东海一点不客气:"你别这么讲,都是成年人,谁不懂!我还是那句话,人家愿意跟你好,那行;人家不愿意跟你好,你脑袋就得清醒点。大家在一起就是工作关系。"

老陆忍不住诡辩:"我就是想跟谁好,也不能啊,她们长得也不行……"

没等他说完，柳东海就打断他，说："你放屁！鲁南市，你还去不去了？"

老陆说："我得去。"

柳东海说："好，那你收拾收拾走吧！我希望你这趟开车安全，你也平心静气地在路上好好想想咱俩谈的这些问题。你回来给我做个保证，否则，我会主动跟行里谈，不跟你在一块干了。我不谈原因，会给你面子。"

他说："那今天不谈了，不谈了。"

老陆就这么哑着嗓子走了。过了大概一个小时，他在车上给柳东海打了个电话："东海，你刚跟我说的这些话我很震惊，反正有些事我真没做，不过，你也给我提了个醒，我以后这方面也注意。"

柳东海不愿意听他欲盖弥彰，说："别的你就别讲了，安安全全开车去谈业务吧！"

那次是老陆自己去的。

老陆估计就是从这时候开始盘算自己将来怎么办的。甘沙区有一个房地产企业，陆雨通过别人联系上了他们，要给这个企业做七千万的开发贷款。柳东海不太赞成这笔贷款，毕竟这是房地产行业里的小字辈单一项目公司。

分行风控部的老总贾飞跟柳东海关系很好，他说："东海，你是啥意见？"

柳东海说："我真的是不大愿意做这个业务，但这是老陆主导的业务，他现在的情况也比较微妙，我若坚决反对，好像也不太好。你就秉公办事，觉得够稳就批，觉得悬，就不批。"

晚上，柳东海、陆雨、高运起约了胶湾当地最大的建筑公司的财务总监老朱打麻将。老朱是柳东海多年的朋友，柳东海和他的合影照片都摆在这个财务总监家的大背投电视上。老朱的爱人经常要求老朱要交柳东海这样靠谱的朋友。

几个人打麻将，老陆和柳东海从头到尾，没有一句对话。一晚上，柳东海的麻将打得特郁闷，心里纠结于老陆的房地产业务。打完麻将，柳东海和高运起先走了，老陆留下来跟朱总单独说话。

柳东海的这个朋友年龄有点大，经历过生活的不幸，二十九岁时遭遇车祸，一条腿是假肢。他跟柳东海的感情特别好，内心钦佩柳东海的人品。老陆跟他讲柳东海的各种不是，说柳不体谅他，不理解他，还给柳东海编排了和丁晶的绯闻。

朱总听了之后，告诉老陆说："陆雨，你知道我跟东海是什么关系吧！我俩是多年的朋友，我不愿意听你跟我讲他的不好，他的为人我信得过。你要想跟他处，跟我处，你就别整这些没用的。"

一周后，老陆找柳东海谈："东海，你能不能跟行里推荐，让我单挑一个部门？"

柳东海说："行，总跟我在一起，说心里话，你也委屈。咱俩来的时候都是平级的，你就为了来这里才委曲求全，我心里一直觉得挺对不住你的。我肯定跟行里谈，还有什么要求？"

老陆说："部门里有一个小伙子，小孔，我把他带走行不行？我不能一个帮手都没有。"

柳东海说："条件只有一个，他本人愿意。他要愿意，你可以带；他要不愿意，我不会同意动他。"

柳东海很快就跟钟行长谈了。行领导很犹豫，觉得当年要他，就是因为柳东海张了口，不给面子好像不太好，行里从来都没在意过老陆，也了解老陆的过去，现在让他单干确实挺不放心的。

柳东海跟领导说："他年龄大了，如果这个机会不给的话，一辈子可能就没上升的机会了，就给个机会吧！"

行里最终同意让他单干。老陆跟小孔谈了，小孔不想去，拒绝的理由很可笑，说是他跟姜民、丁晶、小秦姐、大才都熟悉了，不跟他们在一起，就不会干活了，跟他们在一起，活才能干好。

小孔跟老陆是这么讲的，跟柳东海也这么讲的。

柳东海说："你这算啥理由？我不鼓励你留或者走，但你这理由也太可笑了。"

小孔说："柳行长，我求你一个事儿。"

柳东海说："啥事？你说。"

小孔说："今天晚上，您要有别的安排我等您。我就想跟您喝点酒，不喝酒，有些话我跟你不敢唠，唠不明白，喝点酒，我能把话唠出来。我想跟您好好聊一聊。"

柳东海说："行，今晚我什么应酬都推了，就咱俩。"

两人找了个小饭店，找二楼一个僻静的地方，点了一箱青岛纯生，喝起。

喝到第四瓶的时候，小孔打开了话匣子："为什么我不跟他去？跟他去，我没有未来，只有风险。当年他干过的单位，我也工作过，他是干不下去才走的，他干那些个东西都是拿不出手的乱七八糟的东西。我好不容易碰到这么靠谱的几个人在一起，让我跟他走，我宁肯不干了。现在，我跟我妈就两口人，我得平平安安的，我妈才能平平安安的。我跟他去了，将来平平安安都做不到，那我妈谁管呢？"

说的都是实在的心里话，柳东海心中一动，脑子一热，说："行了，那就别走了。"

结果，老陆成了光杆司令。

无奈之下，行里安排了两个新毕业的大学生给他。他自立门户后的第一个事就是费尽心机把那个房地产企业的七千万贷款安排了。

三个月刚过，他从东海发展银行辞职了，到甘沙区那个企业做财务总监去了。

老陆有后来，但没有了未来。

银行管理岗位给他镀上一层金色，离开后，就黯然失色了，他的职业生涯从阳光大道走上了一条崎岖小道。他对企业的价值度直线下降，最后跌下悬崖，悔不当初。

第十六章　压缩贷款

2008年,"非典"来袭,东海发展银行收缩业务半径,开始压缩异地贷款。

压缩异地贷款要有策略,也要看企业状况,不能一蹴而就全撤出来,否则企业资金链断裂,人家还怎么过?

地处海西省鲁南市的绥城钢厂经营状况很好,贷款两千万。柳东海和行长还有风控部的老总都谈好了,"这个企业咱们要压缩,但是别一下都压回来,企业经营很好。第一次先压三分之一或者一半,余下的等一年以后再收回来,反正是逐步往下压的。"

领导同意了,风控部老总也说行。

到期日,企业把贷款还了,部分再贷做审批手续的时候,风控部老总贾飞就不签字了,辛行长也不签字了。业内时有这类现象发生,跟企业说好了接着做,等企业还齐了贷款,就不做了,变相骗收贷款。

可此事竟然发生在柳东海这里,而且是他已经做好沟通的业务。

客户经理丁晶回来跟柳东海讲这个事,柳东海非常不高兴,抄起电话,先问风控部老总贾飞:"贾总,你给我解释一下,为啥不签字?"

贾总说:"领导有授意。"

柳东海说:"领导说话应该是前后一致的,对你有授意,为什么对我没有?在这个银行咱们还分亲疏远近吗?你们是一伙儿的,是核心,我们难道是外围?你们是自家人,我们是外人?"

贾总说:"东海,要这么一说,我也惊醒了,这个事做得不好,我马上去找辛行长。这个业务该做就做,按原来咱说的那样继续做,但我特别说一下,咱们没有里圈外圈、亲疏远近的说法。"

柳东海有点愤懑道:"你们现在已经做出来亲疏远近了,不想让大家在一起干的话,敞亮说,跟你干还得防着你,这工作咋推进?"

贾总拦住柳东海道:"你别说了,再多说我更没法解释了。东海老弟,大哥诚心诚意跟你说，业务该怎么做怎么做！大哥这两天请你喝顿酒，跟你道歉。"

"你少给我整这些没用的！"语毕，柳东海就把电话摔了。

之后，分行部门有人给支行客户经理丁晶打电话说，业务可以做。

柳东海告诉丁晶："不做了，让他们知道咱们是一些什么样的人！咱不是那种以贷谋私在客户那里拿了好处，听命于人的人。咱坚持是为了银行信誉，看现在的情况，做不做都无所谓！"

钢铁行业效益好，融资能力强，客户也表示理解，说要是实在为难就算了。

柳东海说："不是实在为难，是我已经告诉分行不做了。"

客户坦言："不做了，我这一下子会紧张几天，我们事先没做还贷计划。我跟集团那边先挪点儿，顶一顶。反正你这边还了，我自己内部想想办法，倒也不至于过不去。"

柳东海进一步解释："不好意思，对不起。我们行总的趋势是异地的业务逐步压缩，原是想你的贷款咱一步一步压，大家都好过。这项工作现在速度加快了，感谢你的理解。"

贾飞三番五次约柳东海一起吃饭。第一次，柳东海不去，心想：没人搭理你，没人跟你们这帮不讲究的家伙相处。第二次，又约柳东海，还是不去。第三次，贾总跟柳东海说："我地方订好了，也跟辛行长说了，这事我做得不好，确实都怪我。但你不给我面子，也是不给辛行长面子。他今天不来，他来了咱也喝不好，就你和我，你不来我就一直等你。"

柳东海觉得也不至于一直和脑袋一根筋的贾总赌气，低头不见抬头见，还要继续工作，于是让步了。

柳东海说："行，谁做事都有不那么拿得出手的时候，但你这事干得真不漂亮！你这一次明显摆出来了，你们是掌控这个行的人，我们是外围被你利用的人，连使用的都不是，这给我的感觉非常不好。"

贾总说："这事也给我一个教训，真不能拿咱自己人当外人，这种做法确实不合适。但是这个事之后，辛行长也好，我也好，都对你竖大拇指。因为有些人要是这么做，他就过不下去了，他吃不好睡不好，他会担心企业去揭他老底，算旧账，自己以贷谋私会暴露。"

柳东海和贾总你来我往，频频举杯。

"我对分行的整体安排是理解的，"柳东海和贾总碰了碰酒杯，"但我们作为银行不能只考虑自己，也要替客户考虑到阶段性承受能力。"

两人同时一饮而尽。

"投放也好，回收也好，应该预先告知合作方，并且要有适当的节奏才好。"柳东海接着说道。

"你说得在理。来，东海，再干一杯。"

贾总在第二天向辛行长转达了柳东海的提议。辛行长听后沉思片刻，"嗯，真正的大局意识在这里。你安排一下，异地贷款压缩要循序渐进，不能再一刀切。"

久而久之，东海发展银行在众多银行中赢得了时时处处为客户着想的好名声，也算避免了一场声誉风险。

第十七章　清收捷报

　　东海发展银行胶湾分行业务初期范围是在华东、华北一带。柳东海当时的团队主要是在华东三省做业务。鲁南市的绥城继电器厂贷了两千万，担保是鲁南市轻合金公司。轻合金公司过去是个军工企业，厂区里有三十到四十公分厚、八十公分到一米宽、四五米长堆成山的铝锭，非常有实力的感觉。

　　这家企业是生产加工铝合金材料的，军工生产的飞机外壳很多都是他们家压轧出来的。过去的飞机为什么不能承受较大压力飞得更高、速度更快？国外当时能做出大块的整张板材，中国却是靠多块拼接。

　　继电器厂贷款刚开始很好。继电器就是配电柜里那些组合元器件。后来，这家企业经营遇到困难，继电器产品竞争能力弱，市场销售差，最后连麻将机都成了他们的一项生产业务。

　　东海发展银行已经开始异地业务压缩，柳东海希望即使不能一次收回，企业先还一部分也好。结果对方一点都还不了，态度还很恶劣。每次去的人都被有职无权的总经理或财务部门的人打发了，就是见不到杨董事长。

　　柳东海索性亲自带人去，直接提要求必须面见杨董事长。

　　工作人员说："恐怕不行……"

　　柳东海说："行不行也必须见，否则，咱们就是一拍两散，我们就要起诉你家了。"

　　那人着急了，说："那我们先汇报一下。"

　　杨董事长接见柳东海等人时，坐在办公桌后面，柳东海等人坐在他对面的沙发上。办公室挺大，还挺有距离感。杨董事长不热情，显得有一搭没一搭的。

　　柳东海干脆把态度表明："杨董事长，本来咱们俩单位合作得挺好，但是贷款到期了，你们还不上，让你们先还一部分你也不配合，我们也承受上级行的压力，回去恐怕就要走诉讼途径，必须要往回收贷了。"

　　"那我也没有办法，你要是想么做就做吧！"杨董事长一副事不关己的态度，对企业很不负责任。

柳东海说:"既然如此,咱就不多谈了,毕竟合作一回,公是公,私是私,咱们还是朋友。"嘴上这么说,心里想的是:你个王八蛋,谁跟你做朋友!

从企业出来之后,柳东海心里很纠结,虽然跟人家讲要诉讼,但东海发展银行胶湾分行的辛行长当时是不提倡诉讼的,他不希望对总行暴露资产问题,也不希望通过法律途径来解决问题贷款。

柳东海征询行里意见,领导果然不同意。

辛行长说:"咱从开业到现在也没做过一笔诉讼,你给我开这个头好吗?"

柳东海说:"领导,现在离年底还有五个月左右的时间,我给你保证在这期间能把钱拿回来,但你得让我诉,不这样的话没有力度。为什么我有这个信心?他企业自身不行,不过是维持经营,但担保单位有实力啊!你不让我这么做,我不能去封他的账户,有钱我也要不回来。"

领导还是不太同意,柳东海就只能多次去说,最后,辛行长说:"那你做吧,但你必须保证年底把钱给我拿回来,否则我就作难了。"

柳东海安排了两个人,高运起和丁晶。柳东海叮嘱道:"你俩先到鲁南去,第一个任务是把他们所有的账户都查出来。"

任务看似简单,实则很难,账户未联网,查不全,系统上能查到一部分,其他的账户要到处打听。

他们就去了鲁南市查,查到借款单位的几个账户,担保单位的几个账户,但都没有钱。借款单位是真没钱,担保单位账户多,但一段时间内没找到有钱的。

这样不行,柳东海就派在海西省中汇银行工作过的在当地有些人脉的姜民前去支援。

柳东海说:"你也去,你跟他俩一起,无论如何把账户都摸出来。"

经过又一番努力有效果了,查到了十几个账户。

柳东海说:"全吗?"

他们不敢说全,柳东海说:"不敢说全就接着查。"

周末,他们跟柳东海说:"我们先订好车票回胶湾,下周再返回来行不行?"

柳东海说:"不行,必须留在那里,什么时候你们任告诉我账户查齐了,再回来。将来一旦发现没查齐,你们有责任。"

他们就腻腻歪歪地天天查,后来跟柳东海说:"我们重新跑了,都是转圈找人托关系，这个行那个行的，八百年想不起来的关系都想起来了。"

当时，企业开户还不受限制，最后，他们里外查了十八个账户，然后说："应该是查齐了。"

柳东海说："查齐了的话，委托朋友盯住，你们就回来吧！"

他们在那做了非常有意义的工作，就是布了内线。企业经常用的开户银行都找到了认识的人，跟他们私底下做了工作，说一旦有钱进账马上发消息。

柳东海这边就跟法院把必要的手续都事先备妥了，跟法官也打好招呼，法官在这之前去了一趟企业，两手空空回来的。法官也说："你们发现有钱的时候，就跟我们说，我们就安排去。"

突然有一天，担保单位的账户里进了七千万。得到这个消息后，柳东海安排高运起、丁晶、姜民马上订机票，陪着法官就去了。两千万的本金，另外扣了七十万罚息和律师费，一共两千零七十万。办查扣手续的时候，担保单位财务老总都疯了，那个女老总张牙舞爪，手几次都快要挠到高运起脸上了。但是没办法，当年他们做连带责任保证的时候，就应该想到会有这么一天，现在他只能是找继电器杨董事长去要自己被法院扣划的钱了。

顺利地扣回了两千零七十万，是胶湾东海发展银行第一笔成功扣划回来的款。法官也很高兴，回来设宴款待他们时说："这么多年都没扣划过这么多款，不骗你们，之前我们到盘营市一家企业，在账上扣了六十万，汇票开了，我们都带走了，半路还是让人家拎镐头、拿锄头的一帮人给我们堵住了。没办法，把钱给人退回去了。"

这个清收业务收回做得很成功，柳东海这帮兄弟们也很尽心尽力，他们长期留在当地查账户，有时没事干了，就客房里一待，天天就是吃面条，回来之后都胖了一圈。

这次清收成功，在行里是开天辟地的一个事儿。

柳东海立功了，去找辛行长。

柳东海说："这个业务往回清的时候，支行花了不少费用。"

辛行长说："花多少？"

柳东海说："前后算起来十一万多。差旅费、招待法官的费用，还有打点当地朋友的费用。"

辛行长说："我也不问你这些了，给你们补贴十五万，行不行？你去找资财部刘总，就说我定的，这个额度拨给你们支行，你安排报销就是了。"

辛行长也觉得这是特别值得高兴的一件事。

柳东海静下心后暗自思忖：工作中不怕遇到困难和挫折，要信念坚定，一往无前，不获全胜决不收兵。困难越大，克服困难的成就感就越强烈。困难面前不气馁、不低头，兄弟姐妹团结一心，凭集体的智慧和力量就一定会取得成功。一次次攻坚克难使团队更团结、更有战斗力，这能保证团队不断从胜利走向新的胜利。

新的历练提升了柳东海的领导力。

第十八章　错失良机

老陆带两个新大学生组建新团队后，也带走了他个人名下原本属于柳东海团队的存款业绩。人员拆解导致存款规模减去一部分之后，柳东海领着总经理助理樊舍带余下的人继续干。

一年后，他们又成了行里规模最大的团队，然后又被二次拆解，拆解后，樊舍去一个支行当行长了。接连的变化对柳东海内心的打击挺大的，也让他失去了做大做强的热情。

总行一位分管业务的万行长带队来胶湾考核干部。万行长是一位干练的女领导，跟其他人谈话的时候都是问"你推荐谁"，或是"你觉得谁可以作为分行领导后备"。

她跟柳东海谈的时候没谈这样的问题，直接问："分行发展到今天，你对行里的资产情况也有数，你说说咱们信贷投放的下一步方向，在胶湾应该有哪几个主要行业？"随后，她告诉柳东海："大家推荐的人比较集中，也不瞒你，就是你，你好好干吧！"

过了两个月，总行党委副书记狄春光又到分行做考核，大家也是意见比较集中，都看好的人选首推柳东海，不过，狄春光很实在地告诉柳东海，这个事最后还是取决于分行的辛行长。柳东海表示理解。

虽然嘴上说理解，但有的事情没办好，柳东海也没表现出对这个岗位有多渴求，轻描淡写的表现耽误了晋升时机。

辛行长感冒住院了，行里只有三四个人知道这个事，也因为办公室主任梁媛知道钟诚和辛为民看中柳东海，所以私下告诉了他行长住院的事。

去看辛行长的时候应该有所表示，但柳东海并没有这么做事。后来，有明白人指点他："当时，要是给人拿一万两万，人家会觉得你对人家还是很倚重的。你拿一千两千过去，哪用得着你去！"

此前，辛行长曾在多个场合明确跟柳东海提过。第一次是年末银行决算日宴会时,当着柳东海团队的人,辛行长说:"你们庆幸吧,能跟柳行长在一起工作。不过,柳行长不可能总管你们一帮人,他要管更多的人,管更多的事儿。"这是在给大家一个说法,也是抬举柳东海了。第二次是请台湾的讲师给全行客户经理集中做顾问式营销培训。晚宴时,办公室让柳东海跟领导和讲师坐一桌,柳东海没去,他跟新入职的客户经理们坐在了一起。宴会中间,辛行长端着杯,走到柳东海这桌,说:"东海,我有几句话跟你说。"他们俩站在大厅中间,辛行长对着柳东海的耳朵说:"钟行长走了,我很快也要走……这个行,将来就是你的。我跟钟行长意见是一样的。"行里本来还有个从农牧银行调来的副行长叫祁英明,钟和辛觉得他软弱,不堪重用。本来柳东海应该热情感谢领导的器重,可他并没有好好说话。宴会未散,辛行长先下楼,让人给柳打电话,约他打麻将。柳和朋友都喝得兴起,拖了半小时才下楼,辛行长坐在车里气得直骂。

柳东海有一个非常奇怪的心态,他觉得自己现在干的活儿挺好的,一年钱不少挣,做个支行行长,有客户,有营销费,每年收入都是百万以上,甚至更多,当什么官呀,一天到晚没完没了地开会。因此,他没在这方面表现出很强的上进心。

钟诚的调令到了,正式调到深圳分行当行长,临走前,他找东海说:"东海,今天晚上咱俩一起喝点酒,好不好?"

柳东海爽快道:"好,我来安排。"

两人在一起喝了一瓶五粮液。钟诚的脸喝得红红的,诚意地对柳东海讲:"你确实是个人才,三个月或是半年之内肯定提升到位。"

随后不久,机会来了。总行实行全国性的整体管理架构改革,分行的副职整体下岗,重新竞聘。当时,副职只有祁英明一个,要分条线聘四个副行长,零售、公金、风控、运营各一个。

风控部总经理贾飞问柳东海:"你打算竞聘哪条线?不会是风控吧?"

柳东海说:"你们都是这个分行的元老,我不会和你们争的。"

柳东海竟然真的没报名,所以,这机会也就过去了。

柳东海为什么不报名?他要报名的话,最合适的岗位是公司条线的营销主管行长。公司条线当时已有两人报名,一个是原公司部的老总许东,另一个是当时资历很深的支行行长韩亮。他们都是辛行长在理工大学的校友,一起摸爬滚打了好多年。结果,他俩之间形成竞争,业务能力强、呼声高,从阳光银行一路追随辛行长的公司部老总落选。从工厂改行到东海发展银行,外号"韩小鬼"的支行行长韩亮，由于在人际关系方面处理得好，竞聘成功。

柳东海一天天没心没肺的，业务资源不愁，手下兄弟姐妹听话又实干，一到下午，就陪着客户到茶馆打麻将了。一天在茶馆，柳东海正打麻将，辛行长来电话了。

柳东海对大家说："你们等一会儿，我出去接。"

辛行长问："你在哪儿？"

"我在外面。"

又问："在干什么？"

"跟客户喝茶。"

辛行长说："你可真是有闲心，我想跟你说一下，这次人选基本确定了。你是怎么想的？"

柳东海说："本来啥也没想，你既然问我，那我就说点自己的想法。第一，辛行长，你真够意思，一条心跟你干的兄弟，你都能替他们考虑，都能照顾，这一条我佩服你；第二条，要论能力的话，我也不比谁差，但我跟他们几个争不大合适，那毕竟都是跟你摸爬滚打多年的兄弟。"

辛行长沉吟："你没把自己当成我兄弟？"

柳东海说："当然是兄弟，但他们毕竟跟你时间久，先可着他们来吧！"

辛行长眼光有些闪烁道："你既然有这话，一年之内，我保证你职级到位，毕竟还有纪委、工会等岗位。"

柳东海轻松一笑："那就谢谢领导了。"

打完电话，柳东海回来接着打麻将，还是没心没肺的，转眼就把这事抛到脑后。

几个新行长上来，行里的管理文化变了，跟过去不一样了。过去都是哥们兄弟在一起，啥事都好说，现在就不同了。过去审贷会之前，柳东海带着支行人去了分行，可以说："我们推荐的项目到了你这里，只能同意；你要是不同意，有问题，把答案想好了，不许只提问题不带答案为难我。"当然，都是因为关系融洽才这么说。以前可以，现在却不行了。

第十九章　二次辞职

吴哲欣从融商银行出来落脚在民众银行。一次聚餐，他对东海说："民众银行正搞事业部制，以后行业事业部相当于分行副行级，我们卢行长和我提起你，想请你吃饭谈谈。"他进而加强语气道，"民众银行有一点特别好，同样的业务，费用高、挣钱多。咱又不是不能干，又当官又多挣钱是不是更好？"

柳东海点头道："可以考虑。"

本来没事，就怕惹事。吴哲欣把与柳东海聊的事情跟卢行长讲了。卢是北京大学毕业的，著名经济学家厉为安教授的研究生。此人非常工于心计，自此三天两头让吴哲欣陪着约柳东海喝酒，一来二去，就跟柳东海说："你也知道咱们在一起喝酒我图啥，你就来吧！"

柳东海也挺爽快："我跟弟兄们商量一下。"

"你要能过来，吴行长就是民众银行的功臣。"

柳东海回来跟兄弟一说这事，姜民、丁晶、才西等人都会有新的晋升机会，大家觉得换换也挺好。为了众多兄弟姐妹，柳东海决定考虑考虑。

柳东海跟东海发展银行提辞职了，辛行长都要疯了，激动到不行："东海，我差你啥？"

柳东海平静地说："啥都不差。"

"那你为啥要走？提拔晚了？你自己不积极，我有啥办法！"

柳东海倒也坦白："和这都没关系。我想来想去，准备在民众银行结束我的银行职业生涯，多体验体验。"

辛行长不松口："这个说法不靠谱，没法跟你谈，你自己回去好好琢磨琢磨。"

回到家的第二天，柳东海刚醒，脸还没洗，提了副行长的哥们儿贾飞给他打电话说："你这是还没醒？"

柳东海说："醒了，脸没洗。"

他说:"哥们儿,辛行长让我给你打电话。我自己也想给你打电话。你怎么能说走就走呢?你在这也有未来,收入也不低,大家对你都没说的,为什么非得走?"

柳东海说:"没那么复杂!如果我对咱行举足轻重的话,也不会考虑动,别对行里有破坏性的影响。现在我走,只是多接触接触、体验体验,没别的。咱们领导,包括咱这些兄弟对我都挺好的,真的没别的。我说不出东海发展银行一个'不'字,只是想再看看别的环境,有好奇心嘛!"

柳东海又说:"那面你也知道,我有哥们儿在民众银行,我过去的话,对他个人进步可能还挺有帮助的。"

东海发展银行反复做工作,真心挽留柳东海,也担心出现"羊群效应",一头羊前头走了,群羊后面跟。

柳东海到奢侈品店买了一双铁斯达尼皮鞋,送给辛行长,说:"本来应该你送鞋给我,我走。现在,我送鞋给你,还是我走。"

对方就说:"东海,既然非走不可,作为朋友,我绝不会为难你。反正后悔的是你又不是我。"

柳东海说:"没啥后悔的。我如果一开始就完全听你的,把有些东西看得重一点,现在不也挺好?但我是一个比较容易逃避现实的人,怕担责任,觉得自己也差点。我发自内心讲,你用的那些兄弟都比我强,真的比我优秀。现在也不差钱了,就是闯荡闯荡,也可能给跟我打拼的弟兄们带来一些机会。"

柳东海说的这些全是实在话,跟他走的那些人到了新单位级别都能提一提,在东海发展银行是助理,到下一个地方就能提成副职。

就这样,在东海发展银行工作了五年后,柳东海来到了民众银行,却只在民众待了五个月。并非他做人不靠谱,是新机会来得太突然。

银·色·阶·梯

中篇

第二十章　新兴银行

这面东海发展银行一路绿灯为柳东海办手续，柳东海也成了互挖墙脚的年代中，民众银行胶湾分行第一个在两个单位之间正式调转的人。

柳东海在民众银行碰见了任职中汇银行期间经常去看望同学的孙亦名。孙亦名几年前从开发区建业银行来到民众银行。

三四个月后的一天，孙亦名对柳东海讲："柳哥，鲁南市商业银行要来胶湾开分行。你有没有兴趣？好像鲁南市那边有人推荐你当行长。"

柳东海不屑一顾道："别扯淡，那是什么破银行！"

孙亦名、杨树林、丁晶、姜民都说："你先看看呗！你写个简历，我们给你发过去，他那边人力部老总知道你，想要见你。"

柳东海笑答："别开玩笑了。"

一来二去，过了一星期，孙亦名、杨树林、姜民又来和柳东海谈这个话题："柳哥，这事是真的，你去吧！你去，我们跟着；你不去的话，别人去了，我们也捞不着啥好事。"

孙亦名跟鲁南市城商总行人力资源部总经理石磊毕业于同一所大学，关系很近，他爱人和石夫人追溯到山东老家，祖辈还是亲戚哩。

说来说去，柳东海也有点动心，可这个事也不太好办，刚来民众银行抬脚又要走，有点不太地道。巧的是，就在这几天，民众银行找柳东海喝酒的卢行长有明确消息说调回北京总行了。柳东海不欠民众银行其他人的人情，吴哲欣是好朋友，是不会计较的。

经不住劝，柳东海释然道："也罢！简历我这有现成的，改一改就行。"

于是，柳东海在一旁指点修改，杨树林敲打键盘，写了一个基本的材料，直接发了过去。

柳东海和民众银行几个刚认识的领导先打招呼通过气，负责信贷审批的副行长说："你去干啥？不就是一个城商行嘛，你在这当支行长、当老总，也比到那当分行行长强。"

柳东海打趣道:"你是过了官瘾了,我还没过着呢!说实话,好男儿志在四方,我还是愿意带兄弟们闯荡一番的。"

过了约半个月时间,有人打电话联系柳东海:"您是柳行长?"

柳东海说:"是,哪位?"

"我是鲁南市城商行人力部石磊。"

"石磊?怎么称呼呢?"

石磊道:"叫我石总就行。"

柳东海说:"石总,你好。"

"柳行长,你明天在不在胶湾?"

"在。听这意思你要来?"

对方说:"是,明天到。我乘中午的航班到。我这次是半公半私,想让孙亦名接我,我们原来是校友,老朋友。到市里第一个想见的就是你。"

柳东海寒暄道:"荣幸之至。需要做什么准备?"

石磊道:"什么都不用。"

"好,明天见。"

第二天,孙亦名接石总,十一点到了,入住胶湾中山大酒店。

客房内,石磊和柳东海聊天,孙亦名在旁边泡茶倒水。柳东海聊一聊基本经历,石磊说一说鲁南商行跟国外银行的技术合作,以及小额信贷的先进理念。

柳东海发现石磊特别健谈,对自己所在的银行倾注了不少感情,这一点令人为之欣赏。

不过,柳东海也有自己的盘算:理念再先进,一个城商行也没啥高大上的东西,全国有一百几十家城商行,管理水平普遍低下,你能好到哪去?

聊来聊去,石磊话锋一转,对柳东海说:"中午咱一起吃饭?"

柳东海附和:"我也有这个意思,毕竟我是东道主,该尽地主之谊。中午简单吃个饭,你下午还有别的人要见。"

孙亦名马上电话订了离中山大酒店很近的千品海鲜舫。三人出了酒店穿过马路,来到饭店,进了个小包间。落座后,孙亦名点了六个菜。

石磊说:"咱喝点酒?"

柳东海说："别喝酒，你下午还有事。你不是跟我讲一共要见七个人选吗？"

后来知道，这其中包括东海发展银行的一个副行长，几年后调到北京分行当了行长。

石磊坦言："我实话实说，见了你之后我的工作就完成了，其他人我也不想见了。我相信，回去能跟行长有个好的交代。"

柳东海说："要这么说的话，我就跟你喝。"

其实，柳东海心里也是犹犹豫豫的，原想着走一步看一步，因为不了解这家银行到底什么样，业务好干不好干，挣钱多不多。

一瓶五粮液三人很快喝完。

石磊提议："再来一瓶怎么样？"

柳东海笑道："喝酒还真没怕过谁。"

于是，又喝了一瓶。第二瓶怀疑是假酒，喝完之后，过了个把小时感觉头痛欲裂。虽然酒不好，但喝的感觉特别好。石总感觉发现了人才，柳东海感觉遇到了知音。

第二天，石磊就回去了。

过了几天，石总来了电话："方便的话，能不能请你到鲁南市来一下？许行长想跟你见个面。"

在此之前，许行长没见过任何人选。柳东海找来孙亦名："亦名，你得跟我去鲁南市，到那里我自己找不着东南西北。"

孙亦名爽快地说："没啥说的，将来你走我得跟着。"

当天晚上，石磊偕夫人出面请他俩喝酒，四个人两瓶白酒，结果喝多了。

第二天早晨，柳东海从热水冲到凉水，脸色缓过来了，但头还是晕，坚持带着内伤到了行里。

八点半，石磊把柳东海送到许金钟行长办公室，介绍完，他就退了出去。

许行长说："柳行长，你坐。"

柳东海就在会客桌边坐下。他扫视了一下许行长的办公室，会客桌对面八九米开外摆放了一个大班台，毫无疑问，这是许行长运筹帷幄、发号施令的地方。大班台右后方墙面有一道半敞开着的门，这应是许行长的休息室。柳东海面前的会客桌上摆了四种矿泉水，他挑了一个五胶湾池的，冒泡带汽的，先缓缓酒劲。

柳东海坐的位置，斜对面是许行长。柳东海抬头看他，正好斜对着窗户，被窗外的阳光一照，柳东海顿时更晕了。

两个人开始聊天。许问柳在哪上的大学，银行工作经历如何，个人爱好等。

这时，许行长的电话座机响了。他没反应，柳东海提示道："许行长，您的电话。"

他说："不用接。"

说着，他还是站起来奔向放电话的办公桌。柳东海想，这家伙口是心非。结果，许行长并没有接电话，而是从办公桌上拿了名片，回过头说："东海，你收起来，之后有事我们可以直接联系。"

许行长又问柳东海："对担保公司你有什么了解？"

房地产业高度繁荣，相关的钢贸行业现金流充裕，从银行的视角看，好做存款，融资价格定得也好。中小型的银行愿意和主推这类客户的担保公司合作。

柳东海说："胶湾现在一共有二十几家担保公司，注册一亿以上的有七八家。我也只是个大概了解，合作过的也就是三两家，很少，不是大范围合作。"

许行长又问："钢贸行业你怎么看？胶湾这个市场是个什么情况？"

柳东海对所有问题的回答都诚实中肯。

许行长有点意犹未尽道："东海，有一个事挺遗憾的，中午跟市里领导约了个饭局，要不中午咱们就能一起吃个饭了。这样吧，中午让石磊代表我招待招待你。"

柳东海婉言："他昨天晚上已经招待了，都喝多了。"

许行长又问了个很直接的问题："你现在一年收入是多少？"

柳东海轻笑："这个我不用说，我给你看，我带来了。"

东海发展银行每年年末会把全年所有收入项目都列在表上，交给员工本人，不包括营销费，偏偏这个是最多的，但即便如此，这个表上也有七十多万了。

许行长看完之后说："你很在意收入吗？"

柳东海很坦白："在意。"

他笑着说："实际上对咱们来讲，一年多挣个十万、二十万，少挣个三十万、二十万的也无所谓。"

柳东海明白许行长的含义，于是笑着半开玩笑说："我不这么看啊，这很重要。"

之前的鲁南市商业银行，一般员工挣八九百、一千多，行长也从来没听说谁挣过十万块钱的，正着手对薪酬体系进行改革。柳东海觉得这个很重要，所以表达得也很清楚。许行长对国内发达地区股份制银行的收入是有所了解的，柳东海是想让他对此更加重视。

诸如此类的问题一直在聊，许行长就是想看柳东海是不是真的懂业务。

这时，楼下的石磊坐立不安。就在柳东海他们聊天的半个小时内，石磊在屋里来回踱步，孙亦名虽坐在一边等，但他也没心思跟孙亦名聊天。

石磊内心更加看好柳东海，头一天晚宴回家后石夫人告诉他："柳东海谦虚和善，男人长得女人相，是个富贵命。"

事后，孙亦名跟柳东海说："他担心你去个十分、二十分钟就出来，那就没戏了，也意味着他工作的失败。你俩聊过半小时后，他就坐下来，眉开眼笑的，开始跟我又喝茶又抽烟的。"

柳东海和许行长到底聊了多久，他自己也不清楚，这还是出来后石磊告诉他的："你俩聊了一小时四十分钟，都聊啥呀？"

柳东海说："也没聊什么太重要的东西。"

中午吃饭的时候，石磊告诉柳东海："许行长说了，人很不错，能力够用。"

许行长和柳东海谈话当中说了他从一个支行一步步发展起来的亲身经历，实际上，整个鲁南商业银行的变化是他个人变化的一个写照，还说这个行从不良率高达百分之六十到完成财务重组，这一系列惊天动地的措施，让柳很受震动。具体到将来的业务，不管是用人还是管理，他的思路都很长远，而且他个人的风格稳健，不张扬。实话实说，其人的个人魅力打动了柳东海，他最终下定了来鲁南商业银行的决心。

第二十一章 遇程咬金

谈话之后，柳东海回到胶湾。之后，传来一个消息，许行长近日要莅临胶湾，和银管局的局长约见。

但出了个意外，这是石磊告诉东海的。银管局白局长打电话跟许行长说了，由他推荐一个人来当行长。来人是谁？竟然是国家贷款银行胶湾分行的副行长江宝原。

这可耐人寻味了。柳东海想，他如何能想到来这个银行？天方夜谭嘛。

原来，江行长因业务审批失误刚受到处分，被免去职务，准备赴异地接受安排。

柳东海去过几次江行长的单位。江行长在国贷行的办公室很大，外面办公，里面休息。内室有大床、卫生间、淋浴房，就这个内室就比一般单位领导的办公室大。

柳东海问："怎么会有这个情况？他已经决定了吗？"

得到的答复是没最后定，因为许行长没看好他。许行长到胶湾，准备跟银管局白局长见见面，这个问题，估计白局长肯定还会再说出来。

石磊试探地问柳东海："能不能这样，哪怕你就找一个市政协的副主席，我们也有个借口把他推辞掉？"

柳东海有些为难："不是我找不到有头有脸的领导，是这事不好办！江宝原是对我有恩的一个人。"

唉，世界就是这么小。

江宝原要是在国民银行、银管局工作，绝对是个好干部，会照顾好多人，不过，他照顾起人来有时会仗义到失去原则。他是非常够哥们儿义气的一个人。

那么，他怎会对柳东海有恩呢？

柳东海当年是海西省中汇银行胶湾分行的副行长，留在胶湾到了融商银行。可柳东海有工作了，他爱人还没有。原来，夫妻俩都是中汇银行的，爱人在家闲了半年。

柳东海通过朋友介绍认识了江宝原。

江宝原是国贷银行的副行长，国贷银行招聘，柳东海的爱人去报名，通过朋友关系找到他，他就给录了进去。

柳东海到商场买了一对西铁城情侣表，四千多块钱，要送给他，他坚决不要："你买这个东西挺好，但是我交你这朋友，比要你这个东西强。我是诚心诚意的，我看好你这兄弟。"

柳东海就说："我请你喝顿酒吧！"然后，找另一个介绍他俩认识的朋友，仨人在一起喝酒，还真是情投意合，喝得酩酊大醉。

柳东海的爱人是中汇银行的会计，挺有经验的，江就帮忙安排到一个支行做主管。他们那里按照副科级、科级、副处级的序列走，要正式任个职务，支行就往分行报个副科长任职请示。江是分管会计方面的主管行长，党委讨论时他说："这么有经验的干部，非常缺，报什么副科长，应该按科长批。"就这么，批了个科长回来。

江宝原对柳东海很够意思，这只是一个事。

柳东海从融商银行到东海发展银行，融商银行给他一个连续多日旷工除名处分。这一除名，柳东海到东海发展银行当老总也好，当支行行长也好，任职资格就不行了。时任银管局的滕局长和江宝原是海西税务学院大学同学。柳东海得到这个消息，第一时间给他打电话："江哥，你在哪儿？"

江宝原答："我在家。"

"你干啥呢？"

"新房装修呢！"

"你把你的装修放一放。"

"你有啥急事？"

柳东海一五一十说了情况："真有急事。融商银行这么一弄，我在东海发展银行支行行长都当不成了，将来就别想还有什么进一步发展了。"

江宝原说："他们也真够讨厌的！你不用上火，正好滕局长他们在外面吃饭，刚才打电话约我我还说不去，我再打电话说我去吧！你等我消息，让你去的话，一会儿你也赶过去。"

柳东海说："好，我等你消息。"

过了一会儿，江宝原让银管局的一个处长跟柳东海通电话，他说："我让他跟你讲这事儿怎么办。"

处长在电话里说："东海，你不用着急上火，滕局长在旁边，他笑着点头呢。你去之后，假如涉及你高管资格审查不过关的话，不耽误，你先做书记，过个三个月半年的，我们就给你批了，这个事就过去了。这你心里有底了吧？"

柳东海感激不已道："谢谢啦！你让江哥再接电话。"

江宝原接了电话，柳东海说："需不需要我过去喝酒？"

江宝原说："别过来，你来别再给说出岔头了，滕局长笑着不吱声，这就是默认了。"

柳东海在鲁南市跟许行长谈话的时候，有三个要求：第一，自己必须是一把手。第二，总行可以派一把手，最多只能干一年，之后由柳东海接手。柳东海内心也希望是这样安排的，刚开始好多东西不那么好开局。第三，假如在胶湾当地选了一把手，这个人一定要是柳东海认可的人。

结果，偏偏一下被柳东海说中了，真的就出现了江宝原。

那几天，许行长去了胶湾，胶湾市银管局的白局长跟许行长说："咱们带上小江一起吃个饭？"

许行长说："别一起吃饭了，就见个面吧！"

吃早点的时候，江宝原穿得西装革履的去找许行长了，许行长也没客气一下让他坐，三言两语聊了几句，就把他打发走了。

江宝原个子矮，秃顶，穿着西服给人感觉就像风衣一样。许行长确实有点以貌取人了，觉得对方面相、谈吐都不太行，因而没看中。

石磊打电话给柳东海说："许行长相中的是你，他想让你干。"

可偏偏出现的是江宝原，换作别人的话，柳东海会毫不客气，但江宝原对柳东海有恩啊！

那么多年了，因为柳东海在融商银行、东海发展银行收入还可以，每年过年都包个红包去看看江宝原。平时，江宝原有些朋友聚会什么的，都叫上柳东海。他跟银管局先前的滕局长、财经大学的校长，还有其他人在一起打麻将也都带着柳东海，跟有些上市公司的董事长之类的人聚会也带着柳东海，能上场就柳东海上，上不了场他俩就一伙，绑在一起，同输同赢。柳东海敬重他，可为什么偏偏就是他？

柳东海很上火，他已经动了要来鲁南市商业银行的心思，偏偏杀出来了一个程咬金。

柳东海心情郁闷，连日兄弟们在一起没事就组织喝酒，喝多了免疫力降低，柳东海感冒了，很严重，躺在那里眼珠转一下都难受。也因为这个感冒，他前前后后考虑很多，后来一想，这未必是坏事，大哥来当行长，自己就给他当副手，他不会害自己，反而，自己图个清闲。虽然挣钱可能不如原来多，但比过去省心多了。自己降低一点标准不是很幸福吗？这是不是就是人们说的"退一步海阔天空"？

其间，柳东海也征求了兄弟们的意见："如果是这样的情况你们怎么想？"

"我们不知道，就看大哥怎么定。"

柳东海说："要不咱也可以去，只要把你们几个的岗位安排好就行。"

柳东海给石磊打了个电话："石总，请你跟许行长说一下，江宝原来当行长，我当副行长也行，但必须是二把手。"

石磊说："那没问题！太好了！这几天许行长都急得不行了，他也不甘心，你不来，我们心里真是没有底。"

总行从一开始就没看上江宝原，这也埋下了一个隐患。

江宝原之前完全不知道柳东海要来这个行，在范行长来之前的一天，柳东海到了他在国贷行的办公室，他热情接待。

"我最近有点变化，你听没听说？"

"我刚听说你受了处分，免职了。今天看你还在这个办公室嘛。你还有啥变化？"柳东海打趣道，故意装糊涂。

"我上鲁南市商行了，没听说咱这要成立个鲁南市商行？"

柳东海说："我今天就是上门来跟你汇报这个事的，我跟你去，你看我去行不行？"

江宝原如实道："人都是总行定。"

柳东海说："我知道，他们都定完了，让我跟你。"

江宝原诧异："这是什么情况？"

柳东海说："在这之前，他们联系过我，我也认识他们，就直接让我过来，说是你来当行长。我今天来就是找你报到的。"

江宝原还没转过来："我怎么一点都不知道？"

柳东海说:"那是他们没跟你说。你都想带谁呀?"

江宝原想来想去,说的两个人都是过去摸爬滚打的兄弟,既能做事,也是酒肉朋友。江宝原想让他俩做副行长。

随后,主管零售的范副行长飞到胶湾,把江宝原、柳东海,还有一个事先运作关系入围的徐尔刚约到一起,来到君悦大酒店的茶吧,喝的是柳东海为招待客户存的茶。

范行长说:"把你们几个叫到一起,咱们就算是筹备班子成立了。"

他们各自都归各自的单位,眼下还都在原单位领薪水呢,现在成了鲁南市商业银行筹备班子,开始筹备工作了。几个人坐在一起,范行长先分别谈了谈工作要求,说了一下总行的希望,然后讲到要加强团结,配合支持,共同奋斗,创建好新分行。

晚餐范行长和三位新人喝了一瓶茅台,徐尔刚满嘴酒气,开着不知从哪里借来的奔驰600把范行长和两位新搭档送回各自的住处。

第二十二章　摩擦生变

　　总行的人不认可江宝原举荐的两人做行领导，认为他们做拓展部老总更合适，当中一位就不来了，但江行长这个人非常义气，想坚持把跟着过来的丁连水改成副行长。于是，分行装修办公室时，多装了一个副行长的办公室，让丁连水坐到那个办公室里，配的是副行长规格的办公桌。

　　本来，江宝原就是争议人物，总行石总来了之后，明确要求那个屋不能他一个人坐，他要在那屋不动的话，必须把其他营销人员的座位也安排进那个房间，言外之意，他不能和行领导一样的待遇。

　　无奈，江行长只能又安排了四张桌子，派进去四个人，这是个很别扭的事，有点疙疙瘩瘩的。

　　江行长非常义气，但有时缺乏原则了。就像他照顾丁连水这个兄弟，总行完全不认可，但他一意孤行，总行不得不强制干预，搞得他处处被动。

　　江行长不是干一线业务的人。原来在国贷行高高在上，属于权力单位，如今到了新单位，品牌效应又差，势必要放低姿态，起码要组织营销，四面八方地去求人，但这方面的业务他又很不擅长。

　　柳东海分管营销，这对他来说也算轻车熟路，但管营销有管营销的困难。柳东海带的这些人听得懂他说的话，但江行长安排带去的那些人喜欢空说空讲，溜须拍马，活干不多少，小报告打得挺频。开业务会议，只要江行长提出一个问题，有两个人就会应声附和，不管实际上对不对。柳东海当然不会站到江行长的对立面，但这让他心里很不舒服，深感活不好干。

　　江行长有一个荒谬的观念，觉得要是谁跟客户走得太近，来往太频繁，就肯定有私心，否则，谁也不会拼命做业务。此想法一出，大家的业务就做得比较有压力。大家都希望新行开业之后，存款快点过一个亿，快点过五个亿，快点过十个亿，尽快形成规模。但开始人手不齐，各种手续、凭证什么的都欠缺，审批上也都跟总行衔接得没有条理。最难的是，联系不到优质客户。

由于分管营销，柳东海对大家说："你们要是觉得某个客户还不错，可以先跟我汇报一下，我陪你们去企业考察谈判。"

开业第一年的正月十五，柳东海陪两个客户经理先到莱州，再到胶湾龙州，然后又去胶湾芝罘岛，相当于在半岛上画了一个大三角，忙忙碌碌一整天，晚上九点多才回到行里，那天是正月十五。

可这个事到了江行长那里就变了样。他觉得用不着这么卖力，那意思就是，无利不起早。这就让柳东海的积极性大大减弱了。

总行的一个安排挺有意思，事先谈好了，一把手柳东海没当着，二把手应该天经地义也该是他。结果开业当天，在开业会场，银管局领导宣布任职干部名单，第一个是江行长，第二个是卢俊龙，总行派去的人，第三个才是柳东海。他当时想，这也无所谓，总行起码应该给柳东海加一个"常务副行长"之类的头衔。结果时间久了，发现不是那么回事，柳东海真的成了名副其实的三把手。

在行里，江行长是一把手，卢俊龙是审贷会主任，管风险，柳东海管营销。柳东海领着弟兄们做的业务要过审查关，要从卢俊龙那过的话，想做成就很难。卢俊龙是会计出身，注册会计师，很有水平的一个干部。一个注册会计师来审贷，想找到合格的企业客户那几乎是不可能的。而在江行长这里，凡他熟悉的客户，他熟悉的关系，他鼓励你做并且特别和卢俊龙打招呼，卢俊龙也会办事儿。除此之外，他都认为你有问题，业务就不好做了，很别扭。

柳东海觉得不太舒服，但那是他大哥，大哥有别的什么事还是会先找他商量，开会要定个什么事，他怕别人反对，都先找柳东海，表示自己是怎么想的，开会的时候提出来，要柳东海配合他说。他们俩还是讲默契的。但业务总做不起来，鲁南商业银行总行就有想法了。

柳东海出差到鲁南市，晚上跟总行许行长和石总在一起吃饭，酒喝得有点急，几口下肚就有点晕，借着劲发泄了一通。

柳东海说："没有你们这么办事的！本来做副职我来都觉得亏着了，现在竟然二把手都不是，你们口口声声跟我讲一把手不是，二把手那是必须的，现在我是名副其实的三把手，分行行长排位，江行长党委书记，卢俊龙纪委书记，到我是党委委员，怎么排我都是个三把手！你们怎么想的？"

柳东海越讲越慷慨激昂，可牢骚归牢骚，都到这步了，一切都既成事实，也不能怎么办了。

发完牢骚没过两个星期,总行人力部总经理助理宗晓元给柳东海打电话:"东海大哥,恭喜你!"

柳东海说:"啥意思?"

"恭喜你,党委会议刚开完,正式任命你为胶湾分行党委副书记。"

党委副书记在各单位意味着实质性的二把手。

柳东海说:"涨钱不?"

"不涨钱。"

"不涨钱也挺好。"

对方又说:"好,那大哥我严肃一下。"

柳东海说:"你咋严肃?"

"我受总行党委委托正式通知您,您现在是胶湾分行党委副书记。"

柳东海说:"行了,别玩了。"

喝了一顿酒,把原先的失误给纠正过来了,纠正过后,这事在全行员工的心目中感觉就不一样了,江行长内心也隐隐有了点异样的感觉。

江行长这个人每天都很忙,天天有应酬,喝酒、朋友们在一起唱歌,偶尔会叫着柳东海。但有十回会叫着柳东海去一回。柳也不愿意去,因为江行长的那些朋友他都不太熟,不熟的人在一起不放松。另外,总喝酒也不行,很多人的习惯都是天天不回家,哪怕在外面吃碗面,也不回家吃。但一天到晚如此真的疲惫不堪,所以有时也不想总那么出去转。而且,柳东海还维护了一帮自己的兄弟,他们有时候还需要他。

有时出席客户宴请,柳东海能学到不少新规矩。一次宴会后,客户送给每人一份礼品,递给江宝原的纸袋柳东海本想替大哥伸手接过来拎着,但被江宝原挡住了。出了客户视线后,他低声告诉柳东海:"人家可能给的是不同的礼品,不要替领导接。"

江行长内心始终没太瞧得起鲁南商业银行,说到底,挺藐视鲁南商业银行的。他到鲁南商业银行总行出差,总行领导比较高抬胶湾分行,在总行食堂小包间吃饭的时候,范行长去了,说是代表一把手许行长,营业部老总梁华、公司金融部总经理于海龙、办公室主任林忠、人力部老总石磊,几个人一起招待江行长吃饭,从阵容上看,挺重视的。

喝酒的时候，江行长说："我要是去当地胶湾商业银行的话，起码也是总行副行长。"话里话外流露出对他们有点藐视，觉得总行有啥了不起的，给在座的人一种不爽的感觉。

江行长又溜出了他的口头语："我在这儿先干了看，要干得还行，我就接着干；干得不行，干一年我就不干了。"

梁华就将他军说："老江，你别这么讲，你要是不干，现在就别干了，我们也不怕你不干。你要干咱就一心一意地在一起干。"

他们听江行长的话不舒服，江行长听他们的话当然也不舒服。

回来之后，江行长跟柳东海学这事，说："东海，你说他们究竟是什么意思？"

柳东海说："他们什么意思不重要，还是你说话不合适。你看你那话谁愿意听？你得敬着人家，供着人家。你到人家一亩三分地上，自己怎么还横起来了？"

后来，他们一起到总行开会，江宝原先去，柳东海后去。江宝原开的会多，柳东海是副行长，开的会少。开完会，江宝原打电话跟柳东海说："今天晚上开完会，林主任要请客。总行有几个头也都去，东海你也参加，你找个车来接我。"

柳东海说："我上哪儿找车？我给你打个车吧！"

就这么打了个车，到总行楼下接江行长到饭店的时候，他一道骂骂咧咧的，觉得总行连个车都不给安排是怠慢了他。

江行长以前做国贷行副行长，舒心惯了，很不适应现在的环境，时常带着这种负面情绪，到后来，也给自己带来了麻烦。

总行做了一次企业文化测验，网上测验的，江行长也答了题。

范行长到胶湾召集几位分行领导座谈时说："咱们围一圈说说事，说说业务的事。"听完几个行长做的简单汇报，范行长指点了几句后出人意料地说："前一段时间弄的企业文化测验，胶湾分行不太行，跟总行格格不入。"

其他几个人都不知道她说的是什么，因为文化测验的事他们不知道。

江行长说："文化测验不就是测验我了吗？你是不是就说我一个人呢？"

范行长说："要是你做的，我就说你呗！"

如此，不欢而散。

过了不长时间，鲁南商业银行经国家银管会批准更名为鲁南银行，许行长升任董事长，范行长正式主持工作，副行长改成主持工作，那就相当于一把手了。

她又来到胶湾，参加一个新经济论坛，江行长带柳东海去接她。原本都很正常，接到行里大家坐到一起座谈，又横生枝节。

范行长说："明天你们的第一家支行要开业，那是胶湾分行的第一个支行开业，我正好明天上午没什么安排，下午才参加那个论坛，上午我也去一下开业现场。"

大家都说："那太好了，总行行长来参加我们这个分行首家支行开业，真是太好了。"

江行长突然蹦出一句话："明天，我参加不了。"

范行长说："你怎么参加不了？"

"明天银管局开一个小企业融资经验交流会，让咱们介绍经验，我得去介绍经验。"

柳东海说："领导，这样的事，你交给我，我念材料读稿子还行。"

江行长在桌子底下踢了柳东海一脚，说："这个事局里要求必须一把手去。"

范行长笑着说："行，那行了。东海，你陪我到你们的支行。"

第二天上午，柳东海陪她到支行开业。揭牌之前在营业厅里，员工站成一圈，柳东海做了个铺垫，范行长讲讲祝贺和希望的话，然后一行人到门口揭牌。

揭牌的时候，柳东海问："范行长，位置怎么站呢？"

范行长嘴一撇："男左女右。"

于是，他们俩男左女右，揭牌，拍照。

结束之后，柳东海说："中午咱一起找个地方安排吃饭？"

范行长表示："我就不吃了，下午还有论坛，中午我也有点事儿，你安排个车给我送回酒店。"

显然，范行长心里不太高兴，挂不住脸儿，毫无疑问，是怪罪分行一把手不肯露面陪她。

安排车送，柳东海说："我去送。"

范行长摆摆手道："不用送，你在这照顾照顾，才刚开业事情多。"

柳东海说："那好吧，听领导的。"

过了不到5分钟，柳东海收到范行长发的短信：东海，你在我住的酒店附近安排个吃饭的地方，你过来，我们两个谈一谈。

柳东海心想：是不是发错了？就回信说：领导，是说今天中午咱俩吃饭吗？

她回：是，安排好发地址给我。

柳东海思忖片刻，就赶到范行长住的君悦大酒店。到了酒店，四楼日本料理，有定食，一人一份的套餐，选贵的，人均198元。

柳东海找了个包间，短信息通知范行长：领导，四楼日料咱简单吃一点，因为下午您还有论坛。他心里琢磨：找我吃饭，这事不好解释，让江行长知道了，不跟我翻脸才怪！

见了面，范行长说："你可能奇怪我为什么找你吃饭。老江不可救药，这个人咱行用不了他，那什么水平？什么素质？我跟你说的意思你也懂，我回去也会跟许董事长反映一下我的意见，他能干就干，不能干不让他干了。"

柳东海不敢接话，江行长是他大哥，现在听上级领导说让他下台，除了替大哥开脱，其他说什么都不合适。

柳东海说："领导，江行长也不容易，他也需要一个观念转变的过程。现在突然让他弯下腰来求人，应该给个时间过渡一下。"

范行长说："你回去跟江宝原说一声，晚上我请你们班子吃顿饭。请吃饭在其次，关键是我们一起吃个饭，然后开个会，我会提提工作要求。"

柳东海点点头道："好，我回去就跟江行长说。"

柳东海回到分行，正好碰见刚回来的江行长。

柳东海跟他说："江行长，范行长让我带个话儿，晚上要请咱们几个吃饭，吃饭吃得简短一点，吃完饭给咱们开个会。"

江行长问："开啥会？"

"不知道，她会跟你说。"

晚上，他们找了港湾广场的渔夫码头饭店。

看人齐了，柳东海问："喝不喝点酒？"

范行长说："不喝酒。"

江行长问："你真不喝？"

柳东海打圆场："喝点吧，难得领导来一回，我现在发现一种酒挺好的，大家尝尝。"

徐尔刚不合时宜地接了一句："你推荐的准没错！"

柳东海笑道："酒挺好的，咱几个人喝一瓶，不喝酒的话有些话不好说，见了领导，一紧张有些情况就说不出来了。"

范行长看着柳东海说："那就喝点。"

江行长在旁边说了一句："东海，领导看来对你还不错，我看看我能干就干，不能干我就不干了，你干。"

江行长是扯惯了，认为在哪儿都能扯。

范行长直接把话接过来："老江，你刚才的话能不能再重复一遍？你把刚才的话再重复一遍，这个事我就先定了一半，你可以不干了。但谁干，是不是东海干，那另当别论，那要总行去选人。"

她这么一说，江行长没法接了，柳东海就赶快打圆场："江行长，您又忘了总行领导在这儿，你跟我们平时总这么开玩笑，这习惯不好。您赶快给领导倒酒。"

柳东海把酒瓶递给他，他就给范行长倒酒。这酒，喝到中途又出问题了。

当天是东明支行开业，支行来电话，打给徐尔刚行长助理："你分管我们，我们今天庆祝开业，你是不是过来跟我们一起喝点啊？"

徐尔刚说："好，好，我马上去。"

放下电话，他请示道："范行长，要不我先走一会儿，东明支行开业，他们让我去。"

范行长面露不悦道："是支行重要，还是我总行重要？总行行长在这，撂下我你走了？"

这饭吃的满是火药味。

柳东海赶快说："领导，不如咱一边吃着饭喝着酒，您一边就把工作要求给我们讲了。要是再换个地方，吃也吃不好，喝也喝不好。"

范行长点头道："那也行，那就在这里说正事儿。"

他们一边吃饭，范行长一边讲加强工作纪律，提高工作效率，加快业务发展。范行长讲话火药味很重。她是管理学博士，内心愤怒却不影响思路清晰。

从那时开始，她对胶湾分行的印象也极度恶化，以至于柳东海接管了胶湾分行后，都经过了一个艰苦的恢复信任的时期。

有一次，她到支行走访，走访所有分行辖下的支行，每个分行所在城市都有十几家。头一天晚上吃饭，柳东海班子招待她的时候，她都在指责柳东海，说什么"当行长的不知道总行怎么想的"一类比较尖酸的话。

第二天，柳东海陪她走了两家支行后，她觉得胶湾的支行管理还是非常规范有条理的，支行员工精神风貌很好，完全出乎她的想象。

把支行都走完后，她说："东海，这些支行的管理还是比较有水平的，和全国性股份制银行比也不逊色，你的这些人都很有心劲儿。"

她说的这些话完全出乎柳东海的预料。柳东海于是借机跟她要新车。

柳东海说:"原来江行长那个车,2.0的配置也太低了,你们来,我用它接送领导都拿不出手。另外,开的时间也长了,折旧期早就过了,能不能给我换台车?"

范行手一挥道:"你买两台吧!胶湾分行接待任务多,你自己买个好轿车,再买个商务车接待用。"显然,她的心情很爽。

江宝原行长在位的时候,去一次总行,不是密切关系而是加剧矛盾,总行来一回人,不是密切关系而是加剧冲突,他不经意间的尖酸刻薄话,都得柳东海给打圆场。

·银·色·阶·梯·

第二十三章　搅局没商量

江行长的不开心不只体现在和总行打交道的时候，分行班子内部通过关系来的徐尔刚也让他头痛。

鲁南银行胶湾分行在开业之初，租用一个房地产开发企业的售楼处，正好人家楼盘都已经卖得差不多了，售楼处用处不大了。但该售楼处在非金融圈内。胶湾有两个金融圈，一个是中都广场一带，是核心金融圈，几乎所有的银行分行级机构都在那里；第二个金融圈是后形成的胶湾广场，那一带因为有胶湾商品交易所，后来好多家银行也到那里去开设分行，形成了第二个金融圈。

胶湾分行偏偏开到了居民区里，是个比较偏的地方，距离中都广场八公里，距胶湾广场六公里。开业之后，一项重要工作就是选新办公楼，必须进到金融圈内，否则分行给人的感觉永远是个支行。

江宝原行长是一把手，这个事他责无旁贷。分管办公室行政的徐尔刚也有热情，也在研究这项工作。徐尔刚推荐他的朋友介绍的办公楼，江行长也有几个朋友来推荐，也希望选自己朋友推荐的办公楼。分行选楼需要向总行报方案。在分行形成买楼方案之前，总行的许董事长和范行长正好到胶湾市，顺便邀请他们到几个备选地点看看。办公室负责安排领导们的行程，徐尔刚分管办公室，就先安排领导们到他推荐的那个办公楼去了。

许董事长、范行长都下了车，进楼里转了一圈看了看，没表态。出来后又到了江行长推荐的位于解放路的办公楼。到楼下的时候，工地的人很热情，那是一个处于施工收尾阶段的新楼，现场负责人拿着安全帽出来了，想让领导们戴上，结果两位领导拒绝了，在楼下看了一眼后，许董事长就表示不进去看了。

不进去看就意味着兴趣不大，柳东海是这么想的。

江行长挺不甘心的，几天后，他准备开个班子会定一下向总行推荐哪些楼。

开会之前，他以兄弟和搭档的身份找到柳东海，说："东海，我有个想法。我想第一推荐解放路上的楼，然后再安排第二和第三个方案。"

柳东海明白，后两个都是他自己安排的，实际就是做陪衬。

江宝原又说："开会的时候我抛这个方案，然后你支持我一下。"

江行长是一把手，柳东海当然支持，选楼的事当然是一把手选了，选哪个柳东海觉得都有道理。

开会了，领导班子几个人落座后，江行长说："今天这个会议就一个议题，就是向总行推荐胶湾分行的办公楼。我这有一个想法，我们首选应该是位于解放路的楼。同时，要给总行一个大的选择范围，所以，我们同时再推荐两个楼。"

几个候选项里自然没有徐尔刚推荐的。

江行长说完之后，柳东海就接过来说："我觉得行，就这么报吧！"

其他几位也附和："行，领导们来也都看了，我们也都去看了，你觉得行，我们就同意了。"

徐尔刚也表示没问题。

因徐尔刚兼任分行办公室主任，江行长就说："你回去马上安排整理，形成个材料，然后报到总行去。"

这类材料形成上报之前，按照规矩应该由一把手签字的，但徐尔刚故意忽略了江行长签字这一环节，材料上报的时候做了手脚，他把自己推荐的楼盘写了进去，居然还写在第二位，他自然没敢写在第一位。

几天后，总行机构发展部来电话，核实这四个楼盘，江行长说："我们推荐的里面，只有三处楼啊！"

总行的人说："但是你们材料里有四个。"

江行长说："这不可能！"

"看看你们自己上报文件的存档不就清楚了？"

江行长放下电话就到分行办公室核实这个事情："把给总行报的推荐楼盘的文件给我调出来。"

办公室工作人员把文件调出来给他，这一看，江行长当时就火了，怒气冲冲地在走廊喊："徐尔刚，你出来！"

见到徐尔刚，江行长大声道："这是你安排的？党委会定的东西，班子会定的东西，你凭什么擅自改动？这个单位有我在，哪轮得到你去搅局？"

徐尔刚倒也坦白："我也没有恶意，不就是让领导们多一个选项吗？"

江行长怒气难平，说了一大堆难听的话，最后说了句没什么战斗力的话："总行一旦选了你弄的，这个乌七八糟的活，我就不干了！"

徐尔刚接茬也快："你干不干关我啥事？"

闹到最后，没理的人倒有理了。

事情的结果比较戏剧性，新楼定了，但不是分行推荐的。

鲁南银行的招聘都是由总行人力部派人到分行，配合分行来招聘。实际上开业初期，总行对分行自行安排的招聘并不是很放心。胶湾分行在江宝原行长做一把手的时期，特别是头三批员工招聘的时候，总行都是按照这个程序安排的。

招聘一般都是分行出人做主面试官，总行的人来做现场组织。面试者来了之后，总行的人会说"欢迎参加鲁南银行招聘面试。下面，我们的面试官会向你提几个问题，请如实回答"之类的话。问题都回答完之后，会说："感谢你参加鲁南银行的招聘。"总行的人会按照这么个程序来讲。

有一次招聘，柳东海做主考官，来了一个老大姐叫张春梅。柳东海想，这么大年龄了，她来应聘什么岗位？看简历，张春梅原来在一家小公司里做业务经理，那她为什么会来参加面试？

面试者是要经过资格审查的，第一关是笔试，第二关才是面试。首先，资格审查张春梅就应该是不合格的，年龄肯定超了，过去的工作经历也不适合银行。如果说教育经历比较好，人又年轻有潜力，这另当别论，但她的年龄很大了。

柳东海心里有很多疑问，因为是副行长，前面把关的是江行长，柳东海又不好在面试现场问他，所以就揣着这个疑问。

柳东海问她："到这个银行来，想做什么？"

"我想做人事管理，办公室一类的工作。"

"为什么？"

"这一块我比较熟悉，银行其他业务不是很熟。"

柳东海翻看张春梅简历的时候，无意中发现，原来她丈夫是海西金融专科学校毕业的，属于鲁南银行体系当中的人，毫无疑问是她丈夫托了关系。但是，和其他应聘者比，张春梅的面试状况就太差了。

面试结束后，中午招待总行来组织面试的人力部老总和相关工作人员吃饭。柳东海说："你们选人的时候，为什么像这样的人都能选？咱们一开始就鱼龙混杂，这个单位将来成分多复杂？"

石磊问:"你什么意见?"

柳东海很直接:"我的意见,这样的人不能要!"

石磊点头:"我也觉得是。"

其他几位也都这么讲。

招聘的名单需要总行核准,名单先到人力部核,这次招聘人力部老总来了,就等于他核过了,那之后,需要总行行长核,董事长再签批,他们都要把关。

让柳东海奇怪的是,名单反馈回来,张春梅大姐竟然在录用表里。柳东海觉得这就是小银行的劣根性,人情味太浓了。整个应聘的队伍里,突然出来一个阿姨!而这个阿姨也没让行里太轻松,后来的匿名信事件有她的参与,还给行里造成了近千万贷款损失。

用人选人,要讲原则,这是给柳东海留下很深印象,让他颇为懊恼的一件事情。

江行长在任的时候,让他不开心的人和事有好多,招聘也是其中一个。

有一次招聘,江行长从报名起就安排了十几位跟他有关系的社会上的亲戚朋友家里的孩子。报名、笔试都由江行长照顾,所以没有问题,面试江行长在场,当然也没有问题,一路绿灯,这些人就都列到了预选名单上,然后,这个名单就被报到总行。

报到总行后,大家就翘首以盼地等,希望名单快点回来,着急用人。平时名单报到总行,一般三四天,最多四五天就回来了,可这个名单一去半个月都没回来。江行长就安排办公室的人反复打电话问总行,终于有一天名单回来了,凡是江行长安排推荐的人都被划掉了,竟然一次划掉了十一个人,非常精准,都是他特别安排的人。

这些信息是徐尔刚私下里跟总行说的。

江行长打电话跟总行直接联系:"能不能给我留下四五个,这几个人关系太特殊,对咱们行将来是有影响、有帮助的,要是不要的话,将来可能人家不高兴记恨咱们,对咱们很不利。"

因为江行长家的亲戚朋友在当地也都是有头有脸的,可总行很坚决,一点也没给江行长面子,十一个人全数被划掉,这对江行长是一个巨大的打击。

后来再招聘的时候,江行长安排人的时候,就变通了一下。他悄悄来找柳东海，说："别说是我推荐的，就说是你推荐的。"

过了一个时期，行里请了国际知名的管理咨询公司来做管理培训，对人力招聘进行了规范。经过培训，柳东海成为合格的面试官。面试时，想了解什么情况、以什么方式来提问、提什么问题、想了解被提问人的什么特性，柳东海心里都有谱了。

比如，想要了解一个人有没有同理心，就问："你到机场，遇到航班长时间延误，你会到柜台去投诉吗？"有的人会说："会的，我会去问一问什么原因。"实际上，航班延误都会通知原因，没有必要再去问，之所以延误自然是有不可抗力的原因，有些东西是需要默默承受的，而有些东西需要以积极阳光的心态主动面对。

再比如，面试时问："一个卖苹果的人看见一个老太太走过来，就使劲吆喝'卖苹果啦，卖苹果了。我的苹果又甜又脆'，老太太扭头走开了，这是为什么？"思维缜密的人会答："老太太愿意吃甜苹果，但是脆的话，老太太的牙口又不行。"做销售要设身处地站到客户的角度去想问题。银行总是讲营销是永恒的主题，各行各业都涉及营销，都要设身处地地以客户为中心，时时处处替客户着想。

对于年龄、学历、工作经历这类基本条件，柳东海职责所在，严格把控，但对个性、特质一类的表现他还是为大哥江宝原着想。谁会一点私心都没有呢？只要以公为主，别偏离太多就好。

第二十四章　接任行长

江宝原决定不干了。

一次接待工作结束到机场送完客人,江行长跟柳东海说:"我已经决定了,东海,你看看,该找找人就找找人,托托关系,看可不可能你来接班。"

柳东海说:"江哥,你别开玩笑了,工作也不是这么安排的,临时抱佛脚哪来得及?我就是有这想法,也没有时间开展工作,来不及呀!"想想又说,"我想都不想,人家爱用谁用谁!"

江行长要柳东海替他保密,柳东海说:"但有一条,你要去的地方好的话,想着给我也谋个差事,跟你去就是了呗!"

江行长说:"这个以后再说。"

第二天,江行长就悄悄飞到北京,去见出差在北京的许董事长了。

走之前,江行长跟柳东海说:"你等我消息,别跟别人讲,谈完我第一时间告诉你。"

他到北京后,当天下午两点多钟给柳东海打了电话:"东海,我都谈完了,跟鲁南银行说拜拜了。我跟许董事长也推荐了你,但我一个要走的人,说话没有分量,人家也没反应,我就跟你说一下。"

柳东海说:"好的,大哥,我知道了。"

当天下午四点前,也就在江行长通完话一个半小时之后,总行卢明启副行长给柳东海打电话:"东海,恭喜你!"

"恭喜我什么?"

"江宝原提出辞职,总行紧急召开党委会,决定由你接替行长这个职务。我先通知你一下,因为我马上要飞到胶湾。去胶湾有这么两个安排,一个是要在行里做一下宣布,江宝原离职,你来接任,行里工作由你全面主持;第二是要联系银管局,去跟银管局的监管处和主管局长打个招呼,说一下我们换人了。你跟银管局也要事先沟通一下。"

柳东海说:"好,我马上办。"

就这样,柳东海接任了分行一把手,准确地说,是副职主持工作。

柳东海接任行长工作的时候,分行的新办公楼正在装修中。新办公楼紧邻中都广场,面积五千五百平方米,三十一层大厦的下面五层。柳东海到工地看了几回,因为他每次从家里到分行初期租用的办公处上班都要从那经过。这次,他稍微拐了一下,到楼上楼下转了转。让他不能接受的一个事实是五千五百平的装修作业面积,一共不到十个人在干活。再一打听,分行办公室负责工程的人很少在工地露面。

柳东海想:这猴年马月楼能装修出来?

卫生间贴的瓷砖,目测就感觉凹凸不平,手一摸也果真错位严重。瓷砖本身质量一般,贴的效果又一般,这俩一般加到一起,整个质量就别提有多差了。

回到行里,柳东海就问办公室:"这都是什么情况?这些材料是总行指定的,还是我们另行采购的?"

答曰:"本来总行有指定的材料供应商,施工方本来也可以有自己的供货商,但咱行的徐行长让买他一个朋友家的货。"

柳东海眉头紧锁,说:"这哪行,要保证质量!材料是谁的我不管,那是你们私下的事,但影响到工程质量,这事我就得管了。"

柳东海不悦道:"卫生间墙上的砖赶快敲掉,必须符合要求!"他随即安排行里马上成立一个装修工作小组。

柳东海的办法很激进,这就得罪了人。

柳东海安排说:"让授信部的老总来牵头负责工程装修。行里选几位有过装修经历的人参与进来。"

授信审批部的老总是总行派来的人,诚实厚道,懂些装修。行里有位年龄偏大的客户经理,原来做过装修这类业务。

柳东海说:"好了,你们几个组成一个新的管理小组,虽然半专业半业余,但我要求你们在不耽误本职工作的情况下,每天都要到工地至少两次。发现问题,解决问题,保证质量,加快工期。"

装修小组成立了,很听话,也很负责任。

但这个安排引起了几方面的不满,第一个是推荐和供应材料的人;第二个就是原来负责装修工作的办公室里的几个人。当时,行里负责电脑、网络的人,因为是弱电工程，也参与了这个事儿，也都不满，觉得是对他们不信任。但也管不了那么多了，一个星期去不了两次，怎么能保证质量？

材料的事又远不止这么简单。走廊顶棚龙骨又窄又薄，一旦需要维修，工人蹬着它，碰着它，立马就塌了，典型的偷工减料。地面墙角用的是黄色塑料踢脚线，用脚踢一下就会出个坑，可能过个一天半天还能回来，也可能一旦变形就恢复不了了。

柳东海一见，气就不打一处来："咱行装修的标准本来就不高，你们又努力要装成胶湾档次最低的银行，是吧？"

柳东海对总行外请的监理方代表说："踢脚线必须换！"

对方说："柳行长，要不你们先对付着开业，开业后再给你换，行不行？"

柳东海说："不行！什么叫对付着开业？宁可晚开业，也必须把这换了。"

柳东海执意要求他们换了。那些天，他的脾气很坏，一切都让人不满意。就这样，柳东海天天都在做着对工作有利却得罪人的事。

当了一把手刚刚说了算没几件事，就遇到一件莫名其妙的事情。

那天，柳东海突然接到一个电话，号段挺整齐，应该是个有头有脸的人。对方问是不是柳行长，得到确认后就说他是×××，是开夜总会、洗浴中心的，就是俗话说的黑社会。说是：最近有几笔贷款，柳东海没给批，这不行，有人托到我，那这事我得帮忙。你家住哪、家里什么情况，我们都是清楚的，你要这么挡人财路的话，就别怪我们不客气，云云。

听完，柳东海很生气，却也不乏机智，随后就给对方提了一个醒："银行行长的电话都是被公安局八处监听的，他们都有监听记录，电话都会被录音的。"

听柳东海这么一说，那边就迫不及待地挂了电话。后来，行里的其他同事也说类似经历，他就教给他们这个办法。柳东海过去自己曾分管的办公室，跟公安局的几个朋友也比较熟，他们也说有什么事可以直接找他们，他们的责任就是保护行长们的工作安全。

一天，柳东海接到一封信，寄自河南，是个黄皮信封，信封上写的字扭扭歪歪。拆开信封后就看到一张打印的信和一张照片，照片上一男一女赤身裸体，在一张床上。

毫无疑问，照片是P出来的。

再看信：我们是一家私家侦探公司，受客户委托对你进行了长时间的跟踪调查，发现你和你家人的一些违法乱纪行为。你马上汇款二十万到指定账户，如在一周之内没接到你的汇款，我们将把这些信息公布到网上，并给你单位寄出录音录像证据，对你进行揭发。

　　柳东海看完之后就琢磨怎么还能遇到这样的事儿？首先，照片中自己的头像是从哪来的？他在网上输入自己的名字，看到自己在胶湾某商会上讲话的一张照片，头正微微地低着看稿子，那个P图头像好像就是出自这张照片。

　　柳东海把吴哲欣行长和郝秀芬行长叫过来，给他俩看了这封信。

　　吴哲欣大嘴一咧，笑出了声："妈呀，这么私密的艳照都看到啦！美女俊男呀！"

　　郝秀芬捂着嘴巴，一脸坏笑："领导身材不错，难得一见啊，哈哈哈……"

　　"滚！正经点。"

　　柳东海随即拿剪刀把信和照片碎掉了。

　　柳东海一般中午吃完饭都要休息一会儿，那天也没休息，用电脑百度了一下什么叫PS照片诈骗，看到好些内容跟那封信说的一模一样。这类东西大多出自某地。这件事也给柳东海提了醒，要注意自己的身份，行事要小心谨慎，即便去洗浴中心搓搓澡也得叫上两个兄弟一起，要不就不去。

　　柳东海当了行长后才发现这活不好干，甚至一度后悔，想来，还是当副行长好，不用担当那么多。可是又没退路了，必须好好干，干好。

第二十五章　绯闻事件

一天，融商银行一个要好的朋友打电话告诉柳东海："有一个不好的消息！"

"啥消息？"

对方说："有人写了你的上告信。"

柳东海说："写给谁了？"

"给你总行写，上告信是你们总行范行长收到的。"

柳东海问："你怎么会知道？"

"我一个担保公司的朋友和你们行领导熟悉。"

总行收到匿名信，之前没人跟柳东海说过。融商银行这个朋友过去是中汇银行国际结算处的，他们也是兄弟。因为柳东海在胶湾工作跟他在一起，有时晚上一起喝酒，喝完酒还去柳东海家打麻将，打个通宵，早上，柳东海再给他做早餐吃。

朋友告诉柳东海："我都知道了，你竟然不知道？"

柳东海说："告我啥？"

他说："告你三条。"

真不少！

一是拉帮结伙。

二是找自己信得着的人管装修。

第三是经常骚扰某女员工，有名有姓的。

柳东海一头雾水，说："还有这样的事？"

告状信中说的女员工小杨就在杨树林的支行，这个女员工和柳东海等人私下都是很好的朋友。

柳东海跟杨树林说："你约小杨下班后到分行旁边的茶楼，你也陪着过去，咱仨在一起，我问问话。"

见面之后，柳东海说："咱都挺好的，怎么会把你和我告到一块儿去？"

小杨说："柳行长，我就保证两条：第一，行长您的名声重要，我的名声也重要，我还没对象呢，不至于傻到那个份上，牺牲我自己来坏你；第二，以我的家教，我也不可能干这缺德事，你一心为工作，咱还是好朋友，怎么可能有这些问题？我现在都莫名其妙，听到这个就大概能猜出背后是什么人传的话，但我也不敢跟你说啥。"

柳东海说："我也不跟你多问，跟你没关系就行。"

第二天上班后，柳东海给总行的石磊打了个电话："听说最近有写信告我的？"

石磊说："你也知道？真有，写了三条，信写给范行长了。我没跟你说，因为没当个事儿。许董事长、范行长和我，三个人到了一起，许董事长表示我们三双眼睛看你都没问题。再说，写那玩意也不着边际。这个事就这么过去了，许董事长表示你再来开会的时候，我们谁有时间跟你简单说一下，让你别当回事。"

柳东海觉得领导们非常够意思，但他心里过不去，留下了心病。

柳东海找了几个朋友在一起，绞尽脑汁分析、破案。分析出来，应是柳东海影响了别人的收入，影响了别人的权力发挥，挡了别人的财路。

比如，办公楼装修的那些问题。

柳东海到总行开会，难免有点抬不起头来的感觉：行长没当几天，工作干得不怎么样，还让人给告了。

晚上聚餐的时候，总行排座很策略，分行几个行长和总行几个领导串开坐，柳东海坐在范行长和石磊中间。

吃饭喝酒的过程中，范行长扭头端起酒杯说："东海，来，我跟你单独喝一杯。"她神情严肃，"我就告诉你一条，要让身边的人有事想、有活干，别让他们闲得扯淡。"

柳东海说："领导，你也知道是谁了？"

她说："用脚后跟儿都能想出来是谁整的事儿！"

柳东海说："领导，你心里有数就好。"

范行长拍拍柳东海的肩膀，说："别在意。"

这让柳东海挺感动的，他端起杯，去敬许董事长。许董事长的酒喝完，开始跟大家以水代酒，看东海过来，他又向服务员要酒。

柳东海说："您喝点水就行。"

许董事长正色道："不行，这杯我得跟你喝酒。东海，两句话：第一，你真的负责任地工作了，所以才会得罪人；第二，你是刚开始经历这样的事情，以前，告我的人直接就告诉我说信就是他写的，让我自己也看看，直接给我送到桌上。所以，你也别在意，这种事就不算事儿。你该怎么干就怎么干。"

这些话让柳东海心里很舒服，很敞亮。

回到胶湾后的一天，江宝原给柳东海打电话："东海，你在办公室吗？"

柳东海说："在。"

"我过来看看你。"

不一会儿，他就来了，说："听说你被告了。"

柳东海说："你听谁说的？"

"你别管听谁说的，反正你是让人告了。"他有点幸灾乐祸道，"还告你骚扰某女员工。"

柳东海自嘲地笑笑："你掌握得还挺确切。"

江宝原说："他们是不会告，就说你经常骚扰女员工，而且不指名道姓。否则，一核实子虚乌有，不就完了？他们是没经验！"

语毕，两人开怀大笑。

这事儿，柳东海已经放下了。

行里又有新的支行要开业，要招标装修公司。柳东海在招标现场对所有人讲了一句话，有点难听："我看哪个敢投那家公司票！"大家都听出来了，说的是把分行装得人人不满意的那个公司。结果，谁也不投他家了，另两家中一家条件比较好的公司中标了。柳东海还挺高兴。

晚上柳东海回家后，总行的电话就来了，是行长助理兼资财部总经理穆清华："东海，我就问你一个事。你们新定的装修公司是不是有什么背景？要是有的话咱就用，比如市里谁打了招呼什么的，要是没有的话……到底有没有？"

柳东海说："没有！我确定没有。"

"要是没有的话，是不是还考虑用原来的公司？"

柳东海一听就火了："凭啥用他！"随后把之前的事情讲了一遍，穆清华就在电话那边一个劲痴痴地笑，笑完之后，又说："东海，我跟你说。那家有背景。他的老板是咱王鑫监事长的同学，他们是在中欧工商管理学院读EMBA时的同班同学，这个同学找了咱领导。质量问题，你跟他们认认真真谈一谈，质量不行的话，不只影响咱们,也影响咱领导。"

柳东海不得已地点点头,说:"好吧,那我谈谈。"

这事好在虽是另一家中标了,但还没签约,于是就又组织相关人员商议,改成之前的公司了。

没过两天,王鑫监事长的同学,那个装修公司的老板找柳东海,约他吃饭。

柳东海很直接:"不去行不行?不想跟你家吃。"

老板说:"你来吧,我今天是作为你们王鑫监事长的同学。你们之间也应该既是上下级也是好朋友,给我个面子,我要跟你讲的是一份保证。以前的事我也听说了,你之所以不高兴,还不是因为我们工程质量不好?这不光影响你们,也影响我们的未来。我是来谈这个问题的,我把装修负责人也叫来。"

柳东海只好赴宴。落座后,他说:"就你们干的那个活儿,还好意思叫我来吃饭?银行是什么样的单位,你们也知道,形象有多重要,活儿就干成那个水平,龙骨往下掉,踢脚线用黄塑料的,卫生间的瓷砖贴得凹凸不平……这种情况怎么让人接受?并排的卫生间,一根横梁下挂几个门,开一个门,其他几个都跟着晃,上厕所都难为情。别以为这是我挑剔!"

老板一个劲地赔笑:"东海,你是一个负责任的人,我今天也跟你做一个保证。我们装修公司的负责人也在这里,我们自己也是要脸的,再干不好,我们也就不干了。我不能就凭着和王鑫监事长的关系,这么不要脸地来揽活,钱不是这么挣的。真没想到我下面的公司竟然把活干成这个水平。我已经安排把项目经理换掉了,以前那个不行,开除。"

柳东海说:"开不开除我不管,不过你有这个态度很可贵,就看将来的合作了。我不是那种无事生非的人,我也非常在乎你跟我领导的关系。就一个条件,按时完工,保证质量。"

从那时起,这家公司非常负责,投标价格适中,装修中途出现什么小问题,公司自己就开始安排人员解决,认真替银行方面着想。

谁料不长时间,又出事了。

行里搞竞聘。定的是下午一点开始,快到一点的时候,柳东海拿着笔记本,端着水杯,从五楼办公室到四楼会议室。一进屋,只见大家鬼鬼祟祟、交头接耳的。

原来,行里每个人的手机都收到一条短信:竞聘高新园区支行副行长的康雅薇是被柳行长潜规则的。

总行有几个好朋友给柳东海打电话，大家都知道了。他们说肯定是柳东海行里的人发给胶湾和鲁南市总行的，要柳东海留心，赶快破案，随后安抚柳东海别介意，可见，大家都挺义愤的。

柳东海对此倒很淡然，权当没有这回事："听蝲蝲蛄叫不能耽误种庄稼，该干啥干啥！"

柳东海现在想的是，最无辜的是女干部康雅薇。她竞聘演讲的时候，柳东海坐在台下，边看着边暗自发笑：她跟没事人一样！看来，她还不知道匿名短信的事，太无辜了！

柳东海安排了几个人，从不同方面去收集信息，后来确定是一个四人小团伙搞的事。他准备分化瓦解此四人，先是保留其中两人原职原岗不动，然后抓住机会处分了一人，还提拔了其中年龄较大的张春梅大姐。

果然，这些人合不到一块儿去了，随后，好多消息出来了，从而印证这事真的就是他们干的。

柳东海自己还做了一件非常愚蠢搞笑的事。他觉得告状的事过去了，顿时如释重负，出去跟朋友喝酒聊天时说："他们也真够能闹的，非得说我跟小杨有一腿！"这就不经意地散布了不恰当的言论，朋友们以讹传讹，无形中对小杨构成了伤害。

一晚，杨树林打电话给柳东海："柳哥，你惹祸了。"

柳东海诧异："惹啥祸了？"

"小杨说你诽谤她，要到总行告你去。"

柳东海一惊："为啥？"

"说你败坏她的名声。"

"我咋败坏她的名声了。"

杨树林说："你在外面讲，说别人告你俩有事，说者无意，听者有心，一来二去就传成你俩真有事了！所以，人家要去告你。"

柳东海一拍脑袋，懊恼道："哎呀！没想到惹这么大祸。这样，你先找小杨谈谈，和她讲道理，能压就压住吧，压不住的话，你再告诉我。"

半晌，杨树林给柳东海回电话："我找她了，人家就是要告你。小姑娘气得不行，有点神经质了。"

柳东海说："她现在什么状况？"

"现在跟她妈妈在一起住，就她俩。"

柳东海问："她家位置你知道？"

"我知道。"

柳东海说："这样，明天上午你到分行，陪我一起到她家去，跟他妈和她一起聊聊。别因为这无中生有结成怨了，多不好。人家是无辜的。"

第二天，杨树林陪柳东海去了小杨家，姑娘气急败坏地喊："柳东海，我要去总行告你去，你败坏我名声！"

柳东海抱歉不已道："你把这事放下吧！我得向你道歉，我是无意之中伤害了你，真的。我是觉得无中生有的一个事当笑话说说可能也无所谓，真没想这么多，我确实是没经验，我是无心的。"

"我不听你这些，不听！我要告你！"

柳东海控制着自己的情绪，尽力平静道："你要告就去告，你想想告完之后会是什么样？是不是反倒会传播得更广？咱们一直是好朋友，就把这事放下，我跟你道歉。咱们再让这个事持续发酵的话，没有意义。别人希望看笑话，可你不希望，我也不希望。这对我也是个教训。"

让人哭笑不得的是，小姑娘门一甩，走了，就剩她妈妈和柳东海、杨树林三人面面相觑。

小杨妈妈说："我听明白了，柳行长，这也不是谁对谁有恶意的。说来说去，还是因为前一时期你让人告了，才出这么个事儿。我家孩子她爸也是当领导的，原来也都经历过这种被人告的事，都理解。我家俩闺女，她姐比她大一点，她姐姐特别乖巧温顺一个孩子，她呢，就是我说话从来管不了的孩子。她爸管她还好使点儿。我跟孩子她爸打电话说一下，让她爸说说，劝一劝，孩子不懂事，你别生气。"

柳东海说："她没做什么对不起我的事，我确实无意中伤害了她。"

第二天，小杨爸爸给柳东海打电话，说："柳行长，孩子妈妈跟我说了说，你别上火。孩子不懂事，您是领导，就大人大量。我以前也遇到过这些事，但没遇到像我闺女这样的。我这两天回胶湾，带她去上海转转，另外去看看心理医生。我不骗你，我不能说我姑娘不好，但我觉得心理上确实有点问题。你别介意，有机会咱们可以见见面，都应该是朋友。"

柳东海说："你话说得这么明白，我也很感动，这个事不能怪你女儿，就是怪我。"

"你别说那么多，没事儿。"

小杨爸爸在海西省内一个城市当副市长，算是有头有脸的人，在鲁南市有很多朋友。

一天，穆清华给柳东海打电话。穆清华是总行行长助理兼资财部总经理，他笑嘻嘻地说："我说个名字你就知道有啥事了，杨××。"

柳东海说："我知道。"

"今天晚上喝酒，偏偏我们碰在一起，在一桌上，就说起他闺女在你那，说还惹你生气了。他说既然咱有这个关系，让我给你打个招呼，别因为这个给人调岗了。"

柳东海说："不能，小孩挺好，我不经意间说错了话刺激到了人家，人家没做任何对我不好的事。你转告她爸爸尽可放心。"

"我就是传个话，放心了。"

小杨平时和杨树林、姜民、丁晶也经常一起出来聚聚餐，被看成柳东海圈子里的人，被有心人借题发挥，拉拢利用不成就弄出这么一个绯闻。虽然后来成了笑谈，但还是给柳东海一个教训，真的是祸从口出，说话一定要注意内容、对象、场合。

第二十六章　新旧搭档

柳东海去总行跟许董事长谈工作，因为感觉徐尔刚收敛了许多，工作还挺配合，也想感化他，调动他的积极性，所以专门推荐他由行助改成副行长。当时确实也没有人能顶替他。

许董事长向柳东海了解徐尔刚的情况，柳东海纳闷：这不你同学么？

后来才知道，徐尔刚入行的时候，托关系找到他的同学。他们同学在一起也有聚会，但许董事长不会和他们聚，其中有同学能跟许董事长递上话，说既然胶湾成立了这个机构，徐尔刚家又在胶湾，是不是能让他来当行长？许董事长说，当行长他肯定够呛，副行长也欠点，最高也就是行长助理，遂给他安排了行长助理兼综合部总经理的职位。

柳东海够大度，努力说服许董事长给他晋级成副行长，许董事长当时还有疑虑。怎知徐尔刚这家伙没有感恩之心，过了好长时间，品行大暴露后他一系列的表现让大家都很反感，总行的领导也对他恶评连连。

此外，柳东海上任伊始，向总行推荐了一个副行长人选——郝秀芬，买一赠一，是个孕妇。她是中商银行公司部老总，做过会计结算部负责人，柳东海看中她有会计结算部的丰富经历，希望有个副手在这方面帮上他，因为他本人多年都是在一线干营销，基础工作这块需要帮手。

虽为女性，郝秀芬却有股打打杀杀的劲头，讲话口齿清晰，条理分明，到位之后，果真没让柳失望，懂业务又勇于担当，关键是坚定地站在柳的一边，全力支持柳的工作。

九河分行的张锋行长饭局酒桌上认识并向许董事长推荐了一位家在胶湾，在九河联通银行公司部做负责人的黄耐。他是一个善于找关系的人，找了银管会人力资源司的一位处长，拐弯抹角托关系递话给许董事长。

黄耐和张锋在饭局上的结识很有惺惺相惜的味道。酒桌上，一家银行的负责人端着酒杯问张锋是处级干部还是科级干部，张锋很尴尬，无言相对时，黄耐给解了围。他说，商业银行在九河开分行，就和其他当地行一样，要么不论级别，要么是厅局级。自此，两人互约酒局，频繁来往。张锋投桃报李，向许董事长推荐了黄耐。

柳东海接到许董事长的电话："东海，有个叫黄耐的人，你熟不熟悉？"

柳东海说："不熟悉"。

"原来他在胶湾融商银行，你不是在融商银行干过么？"

柳东海说："我在的时候肯定没有他，他去的时候肯定我已经离开了，不了解这个人。"

许董事长让柳东海了解一下此人的情况。柳东海问了同行业的几个人，人家都说这个人干活儿还行，别的不好说。可见，大部分人并不了解他。

于是，柳东海给许董事长电话回复："董事长，我简单了解了一下，好多人说不了解他，说是干活儿还行，为人处事这些方面简单一些。"

许董事长说："现在是这样，张锋在九河市接触认识了他，此人又找到银管会的领导，银管会那边打电话商量，他想到咱们胶湾分行来当副行长，你看行不行？"

柳东海说："这个事，董事长您定吧！我没法说行不行，我都没见过这个人。"

"这样，目前先有一个意向，有时间你约他，见一下，感觉感觉。"

随后，柳东海联系黄耐到单位见个面。初见，人都会把自己的毛病问题隐藏起来，所以感觉此人说话做事比较有能力，却没看到他的另一面。柳东海约了黄耐吃饭喝酒。了解一个人就要拎到酒场上看看，偏偏他还特别能喝，这样，柳东海对其有了一个较好的印象，跟许董事长说其人看起来还不错。

那就来吧！许董事长拍板了。不久，黄耐就到了胶湾。

没多久，银管局知道了。银管局的主管局长、纪委邓书记的电话就来了："东海，黄耐是不上你们这儿来了？"

柳东海反应挺敏捷："是啊，正想跟局里汇报呢！"

邓书记说："报什么报啊！你怎么事先不问问呢？你了解他吗？我可是相当了解啊！我告诉你两句话你就知道我是怎么了解他的了。第一，当年我家你嫂子跟他都在联通银行一个部门；第二，他在胶湾融商银行发了个案子是我牵头做组长处理的，这也是他为什么在胶湾留不住出走的原因。"

柳东海很茫然："我哪儿知道？这是别人给我们总行领导推荐来的，不是我请来的。"

邓书记说:"你得跟总行领导说,他不适合在胶湾分行做事,特别是进领导班子,肯定不行!"

发现有问题,柳东海第二天就去银管局。他向邓书记打听到底是怎么个故事。邓书记说:"胶湾融商银行的吕行长为什么被处分调离?就是因为他。他撺掇几个人在一起弄虚作假,为非作歹,最后对吕行长又诬告又陷害的,责任都推到吕行长身上。"

原来,梭鱼湾港当时有一个假仓单质押骗贷两千五百万的业务,牵扯到黄耐,那个企业主跑了,出的仓单是假的。

邓书记说:"案子是我牵头处理的,当时是银管局、公安局、金融局、国民银行几个部门联合调查组处理的。他当时跑了,出去晃悠了几年现在又回来了,此人人品有问题。我这么说并非毫无凭据,反正我现在在这儿分管这一摊,就明确告诉你,他肯定不行!我代表局里说话,你要把我们的意见转告总行。"

柳东海如实转告了总行分管人力资源工作的石行助,然后慨叹:"没想到出了这么个差头。"

石行助说:"现在的情况,就得想方设法做银管局的工作,这个人退回去不大可能,当初的事到底牵涉多深,咱也不好了解。但既然能在九河干,在这里也应该没问题。"

柳东海觉得总行给他安排这么一个工作,如果在当地落实不到位,是很没面子的。说心里话,柳东海对黄耐也真是不了解,但他还是想尽办法做银管局领导的工作,邓书记固然坚决,但还有领导呢!他是纪委书记,局里还有党委书记、局长呢,局里大事得局长定夺。

柳东海托江宝原把白局长请出来,三人一起喝酒。

白局长说:"东海,邓书记既然这么坚决,又有凭有据,我不能一下就否他的意见。你看这样好不好,你们先别任命,先挂个其他头衔,比如工会主席,就是不安排做班子成员,不要参与分工,先挂职三个月或者半年,然后,你在他任职的时间段给他做考核,你若认定他还行,就可以做出评价,然后报到局里,我到时候再说句话。到那时,我可以说这么长时间,分行班子说还行,那咱就支持下商业银行吧!就按我说的办吧!"

柳东海特别感激,把这个意见转告许董事长,许董事长表示同意:"刚好这期间你也继续了解了解这个人。"

柳东海跟黄耐说:"你应该自己去邓书记那儿看看,邓书记的结儿得你自己解开。"此外,还替黄耐准备好了礼品。

结果,黄耐黑着脸回来,说邓书记不给面子,没让他坐就给推出来了,还把礼品放在桌上,推还给他。

柳东海安慰道:"再想想办法,别太上火。"

柳东海按白局长划定的路线,一路顺利走下来,让黄耐得偿所愿。也是从那时开始,黄耐渐渐露出了本来面目,"小白兔"换脸成了"大灰狼"。

第二十七章　苦苦等待

许董事长来电说近日要到胶湾。

柳东海问:"领导,都有什么安排?"

"一个是到行里看看,再一个就是和银管局的领导见一见。"

许董事长对银管局、国民银行这些关系都特别重视。

柳东海说:"那我联系,提前安排。"

许董事长说:"行里不用做什么安排,行里简单,和你们几个分行班子成员见见面,聊一聊。局里约一下,看方不方便一起吃个饭?咱们请人家吃个饭。"

柳东海说:"好。"

许董事长又说:"还有个事,你琢磨一下,看看咱们请吃饭的话都谁参加?我想,白局长、主管局长、股份处的处长,这几个人是肯定要见的,起码三个人,是不是还有更多的?你先问一下。然后,你给他们准备点礼品。"

柳东海说:"好。"

柳东海也没有经验,不假思索地就答应了。

跟副行长徐尔刚商量时,柳东海说:"你说咱们要请银管局吃饭,而且是咱许董事长请,买礼物买什么标准的为好?具体买什么?你先琢磨琢磨,我也琢磨,之后咱俩碰一下。"

之后,徐行长就到离分行办公楼不远售卖高端商品的友谊商城去转。

友谊商城徐行长逛了,柳东海也逛了,但不是一起逛的。逛完之后,柳东海问:"你看买点啥?"

徐行长也问:"你说一人送个购物卡,好不好?"

"说的是买礼物,没说购物卡。"

"买纪念币?"

柳东海摇头:"纪念币?人家能缺那个吗?银管局跟所有银行打交道。"

"买花瓶吧,高档花瓶一个七八百、八九百,还有的两三千的,都是进口的,捷克的、法国的、意大利的……都有，算得上艺术品。"

柳东海说："那怎么送呢？不好拿，个头挺大的，送人的话显得不够精巧。"

徐尔刚又说："还有一样东西不错。"

"啥？"

"双立人厨具。"

"厨具全套好几万。"

徐尔刚说："送一套菜刀，行不行？商场售货员说送菜刀寓意'财到'。"

柳东海摆摆手："拉倒吧！送礼送人家菜刀？刀光剑影的，不吉利！"

两人有些苦恼：这个礼物不好安排。想来想去，柳东海说："这样，咱俩不如先商量一下标准。"

"标准的话，要不就是处长三千，主管局长五千，局长八千到一万。"

柳东海说："我先策略地问问。"

于是，柳东海给许董事长打电话："董事长，礼品不知道准备啥合适，要不按照我们琢磨的标准准备？"

许董事长笑了，说："你先别准备了，等我去的时候再定吧！"

就这样，等到许董事长来，柳东海去机场接他，脑袋里装着礼物的事，请吃饭没有礼品，差点意思。

柳东海主动问："礼品怎么办？"

许董事长说："你给局长买套西服。合适就买，不合适就订制。"

"啥西服？"

许董事长说："你看看Armani。"

这完全出乎柳东海的意料。他又说："那其他副局长和处长呢？"

许董事长说："你看着安排。"

这事对柳东海刺激挺大。徐尔刚说："你说咱俩整得小里小气的。"

到Armani专卖店一看，最便宜的西服近两万，肯定不能买最便宜的，客人取货发现是店里最便宜的，心里会不舒服。买稍微贵一点的，属中间价位的，给主管局长买了个拎包，给女处长买了个手包，就这样，礼品问题解决了，柳东海等人也长了一把见识。

有的时候需要节俭，有的时候需要大方，要分跟谁办事。

许董事长说:"咱们先到行里,你把你的几个搭档,叫到你办公室。"

柳东海说:"好。"

大家都坐到一起,许董事长看着柳东海笑着说:"东海,人讲命运,你说这一切不都是咱们原来安排设想的吗?"

两人会心一笑,旁边的人没听懂啥意思。许董事长和东海心领神会的是,当初定的就是柳东海当行长,却被江宝原阴差阳错地给占去。时间不长,他又走了,如今还是最初的安排。

许董事长说:"东海,你先主持着,争取三个月,三个月后就给你转正。"

银管局也跟许董事长提,不能只让人家主持工作,要在尽可能短的时间扶正,既然没有第二人选就尽快安排职级到位。银管局那些领导对柳东海的印象都不错,此前都有些交往。

晚上,跟银管局的人在一起喝酒,许董事长是一个不太好酒的人,但场面上,他也会努力地喝。银管局白局长很能喝。在柳东海印象里,他们几个一直是齐头并进地喝。柳东海是带着班子里的两个副行长一起去的,但这两个人基本没有说话的机会,都是白局长带着副局长、处长,主要是白局长和许董事长聊天,柳东海在旁边简单补充几句。许董事长喝酒特别讲风范。在海西,红酒都是白酒的喝法,酒杯倒满,整个攥在手里,一抬手,一仰脖,咕噜咕噜一杯干了。可许董事长喝红酒,从头到尾,始终保证是捏着杯子的细把,完全遵循国际范儿来喝。

柳东海注意过许董事长吃饭的几个细节。一个是喝酒从来不变样,再一个就是有次他夹菜掉在桌上,一般菜掉在桌上,大家就夹到一边不会再吃了,可许董事长把它夹起来了,放回盘里,然后吃掉了。

许董事长不讲究那种奢侈的排场,而是保持一种优雅的状态。

许董事长答应柳东海三个月就转正,一晃三个月过去,杳无音信。柳东海打电话问已升级为分管人力的行长助理石磊:"说好的三个月转正,怎么没信儿啊?"

石磊道:"哥们儿,你把这事看得太简单了。要转正的话,先要党委拿出意见,我们还得安排人去考核,民意测验,谈话。最后回来我们提意见,拿方案,总行再开党委会,这是一个程序。还没有人启动这个程序。"

柳东海说:"你是兄弟,许董事长是老板,你说有你俩我这程序还困难吗?你不能总让我干活不给名分吧？"

"咱俩分别再找领导说说。"

柳东海说："好。"

不久，柳东海去了鲁南市，见到许董事长，开门见山道："答应我三个月，现在都快半年了。"

许董事长轻笑："倒不差这一点时间。这样吧，半年给你安排转了。"

然后，半年过去了，依然没转。

许董事长确实是从心里认可这件事情的，但到具体实施的时候，下面办事就慢了。这也说明两个问题：第一，许董事长的工作是千头万绪的；第二，总行的工作效率也有问题。就这么干耗着，一直耗了一年半。

一年半后，总行全行半年工作会议要在外地开，定在胶湾。要到胶湾开会了，还没给柳东海转正。

总行办公室林主任通知柳东海会议如何如何安排。

柳东海抱怨："你们要办事的时候，都要求我们高效率。该给我们办事的时候，你们的效率影儿都没了！我怎么接待你们？就用现在这个副行长身份接待你们？"

林主任把这个话传达回去。在参会大部队到胶湾报到的前一天，总行派石行助打头阵先赶到胶湾，宣布柳东海的任职。

石行助到胶湾后组织召开中层干部会，他说："我代表总行党委宣布，柳东海同志任胶湾分行党委书记，胶湾分行行长。"

大家热烈鼓掌，经久不息。

石行助和柳东海到海边散步，柳东海调侃："没这么玩的！你来宣布，带文件了吗？文件还没做出来，我就是行长了？全是虚的。没有文件，工资能变吗？"

不管怎么说，转正的事情解决了，柳东海在胶湾分行正式做了行长，算是一个新的起点吧！

第二十八章　陷入低谷

　　黄耐之前在九河联通银行做公司部老总，大城市来的肯定有很多见识，加上黄自己多次夸下海口，柳东海遂想，公司业务可以放心交给他管，再开公司条线营销大会，柳东海也不参加了。

　　柳东海告诉黄耐："你放开手脚干吧！回头我会私下了解一下大家对你的评价、工作安排上有什么看法。我会掌握工作动态，日常工作就全交给你了。"

　　黄耐最初的表现让大家以为真的遇到了高人。他每次开会讲话开头都要引经据典，结束时一定也要再来段"乘风破浪会有时，直挂云帆济沧海"之类的古诗词，为什么这么做？他中专学历，有个朋友"毕老师"，农村的一个算命先生，他们之间熟悉多年，大事小情都找毕老师算卦。

　　他回胶湾的事就是找毕老师算的卦。老毕头摆出罗盘又测又算，沉思良久说，头三脚必须踢开，让大家佩服你，讲话的时候必须镇住大家，你一开口就要让大家觉得你有学问，结束的时候让大家觉得你有气势，这才行。

　　于是，就出现了讲话"穿靴戴帽"的情形。第一次开会讲话，大家觉得很新颖，第二次开会套路基本一样，一而再再而三大家就不耐烦了，以后再开会，台下一片嘈杂，大家就不好好听了。他的讲话充斥着空话、套话、大话，他还很辛苦地为此积极准备，八点开会，四五点就起床，带着很充分的讲稿。到后期，大家发现他满嘴跑的全是不着边际的"阔论"，对工作没有任何实际意义，一到实操就强调困难，偏偏他还特别高估自己。

　　班子要分工，柳东海想按照自己的想法安排，让中商银行调来的郝秀芬分管授信审批，做分行的审贷会主任。新的分工要向总行报备，文件发到了总行。

　　过了几天，总行石行助给柳东海打电话："你们班子分工调整了？"

　　柳东海说："对，调整了。"

　　"分工调整，领导好像有点想法。"

　　柳东海问："什么意思？"因为石行助是半公半私地在跟柳东海说这个事。

"你让郝秀芬分管授信审批，领导觉得不太放心。"

柳东海想，可能领导觉得这人是自己推荐调来的，别跟他联起手来做什么徇私舞弊的事情；另一个可能就是徐尔刚私下跟总行沟通过，他想管贷款审批，在他眼里，这可是权力呀！柳东海遂把自己的想法跟石行助简单说了一下。

石行助说："我都理解，但是领导有自己的想法。你听听领导是什么想法。中午抽空你给她办公室打个电话。12:20，她在办公室等你电话。"

柳东海说："好。"

中午，柳东海把电话打过去："领导，关于分行班子分工您有指示？"

范行长说："是。你为什么不用徐尔刚来做审贷会主任分管授信审批？"

"他不合适。他从走出校门后，在多个单位工作过，还做过买卖，倒过冰箱彩电，偏偏没在银行工作过。他没经验，也没有这方面的经历，所以很难形成一个评判标准，大家跟他干，沟通会很困难。另外，他的经历在胶湾银行界也不是什么秘密，他做后勤、总务，都没问题，但让他在一线做业务审批，恐怕不大适合，银行同业也会觉得咱们有点儿戏。"

柳东海的话还没等再继续说下去，范行长就打断了他："东海，别忘了，你是一把手，一把手要有心胸。一把手不能眼睛里只有别人的缺点和不足，要看到别人的长处，没有这个心胸，大家怎么跟你干？"

柳东海听得很不舒服。他都是从工作角度考虑，从员工、从外部市场客户、从社会对银行的评价角度去想问题，但领导不认可。

听范行长的话说得这么不容置疑，柳东海就说："我明白了。领导，您放心，会按照您的意见，马上再做调整。"

放下电话，柳东海心里很郁闷，自己班子的人怎么分工领导都要干预，这说明上面对自己还是缺乏信任的。他心里也有一种赌气的想法：反正也不是我家，单位是你们负全责，好坏也取决于你们，那你想用谁就用谁！爱谁谁！

可悲的是，黄耐跟徐尔刚因一家企业老板多次安排一起吃吃喝喝走到一起。黄耐是骨子里就坏了，徐尔刚则是近墨者黑。徐的为人是唯利是图，想方设法谋取利益，行里装修、招标、采购等都归他管，管得别有用心。

两人臭味相投，徐尔刚管贷款审批，是贷审会主任，黄耐分管公司业务，全行的公司贷款业务就被他俩掌控了。黄耐几乎不支持任何其他人报送业务，只支持跟他熟络的一个小弟负责的拓展部门，业务让他做，营销费用他俩分。

有一笔海船重工的业务，这本是一家大型造船厂下面一个大集体性质的产业。黄耐负责公司业务，徐尔刚负责审批。黄耐隐瞒真相，把不懂业务的徐尔刚讲得云里雾里，后者就同意了。

他们把这个企业一直描述成造船厂的主体，军工企业，生产常规动力和核动力潜艇，照此说法，那该是一个万无一失的企业。柳东海也曾在后期派孙亦名和吴哲欣两位副行长走访，但都被车间保密为由拒绝参观，一直不明真相。黄耐拖上徐尔刚一同到总行去做条线的沟通，总行也同意了该业务。这个企业在胶湾分行业务越做越大，做到近三个亿的业务，一部分是拿港口的土地做的抵押。

套取挪用了多家银行大量资金后，企业还是周转不灵，倒闭了。企业老板也上了法院下发的老赖名单。

业务都是黄耐带自己人主动联系的，徐尔刚是被利用的糊涂蛋。这两个人一个负责公司业务，一个负责授信审批，他们带着部门老总描绘出一幅美好的蓝图，行长不会连自己的副行长和部门老总都不相信，各方面都合乎程序，还能给行里带来几个亿的存款，所以，柳东海同意了。回头想想，当时柳东海的身边何止有猪一样的队友，还有鳄鱼、蛀虫、吸血鬼，吃里爬外。

他俩管控的条线，别人的项目都不批。到了晚上十点十一点，黄耐会单独到君悦大酒店茶吧跟民企老板套人情。

客户私下传来一句话："那两个人吃饭不用事先请，一喊就到！"

徐尔刚和黄耐被有心的私营企业老板买通了，人家随叫他们随到，成了看人家脸色行事的走狗。这两人在酒桌上大言不惭："柳东海不好使，我们俩一个管公司业务，一个管贷款审批，我俩说行就行，总行领导又是我同学，银管会又有朋友，柳没辙！"

两人的牛还是吹大了，柳东海怎么可能外面没朋友？何况还是一把手！一把手有的是朋友，只不过一把手的朋友很多是隐性的。有人学了这话给柳东海听，柳东海笑了：他们自以为是，实则谬以千里。柳东海给大家的感觉挺窝囊的，人家挤一挤他就往边上靠一靠，跟他认真工作的这帮兄弟姐妹，主动投奔鲁南银行来的几乎是零，全是经过柳东海的感召过来的。他把鲁南银行讲得非常好，将未来描绘得天花乱坠的。

大家都挺郁闷，业务没法做，风气一片混乱。刚开始大家还努力做业务，可一上审贷会，问题层出不穷。

纪桂林行长带着客户经理上审贷会，结果在会上吵起来。徐尔刚和黄耐两人霸道地垄断审贷会，频频发难，偏偏对方应对得法，滴水不漏，结果黄耐就说："讲什么讲！你看你那鬼头蛤蟆眼样！"

纪行长一听就忍不住发火了："从小到大，我最忌讳别人谈论我的长相。我是长得不好，但也不该你说！"

柳东海当时没在单位。中午，黄耐打电话问他何时回来，柳东海说在外面吃完饭再回来。那段时间，柳东海不愿意在单位久待，从徐、黄的办公室门口一过，感觉气场都不对，心生不悦——他们根本不跟你合心合意地去做事。黄耐将审贷会上的经过告诉柳东海。柳东海觉得，分行主管行长在工作场合骂支行行长鬼头蛤蟆眼，这明摆着是人身攻击，大不敬的行为。

纪行长气得直哆嗦，等柳东海回来，见面就抱怨："老大，宁可我不干了，也得跟他俩把这个事拎拎清，这是侮辱我人格嘛！"

柳东海安抚对方，说这个事还要忍。

高新园区支行副行长康雅薇带着客户经理上审贷会，黄耐行长拿起案卷翻一翻，说："你这章都是假的！"

康雅薇费解得很，道："领导，我们是认真地收集了材料，公章也是看着人家盖的，怎么能是假的？"

"那他就不能拿假章盖吗？"

"如果说章是假的，就只能由公安局鉴定了，咱们在这说人家假的能行吗？"

"怎么的？我说他假的，他就真不了！你们拿回去，这个项目不可能批！"

康雅薇气得脸都灰了。

离开会议室，康行长给柳东海打电话问："领导，这活我们还干不干了？"

柳东海不含糊："干！业务该报报！据理讲，审贷会大家得讲道理。"

杨树林是河口支行行长，报了一笔小企业业务。

审贷会上，徐尔刚问："你这业务能做吗？"

杨树林说："这都按照要求来的，怎么不能做？"

徐尔刚有点不耐烦道："不能做就是不能做。"说着，他把案卷摔在桌上，材料散了一桌，指着杨树林撒泼，"说你还犟嘴，你给我滚出去！"随后，把杨树林和他带来参加审贷会的主办和协办客户经理赶了出去。

可笑的是，杨树林走的时候恨恨的表情刺激了徐尔刚等人，他们也觉得下不了台,毕竟他们上面还有行长。于是,这个项目竟然批了。

营业部总经理霍迪带人上审贷会,狼狈为奸的两个人说话了:"霍迪,你做这个业务是为自己,还是为行里啊?"意思是人家是为个人利益才去做业务的。

霍迪当然不服气:"领导,怎么能这么说话?这种事为我自己不就是为行里吗?"

"你别狡辩!你信不信能给你送进去?"

霍迪一听,火了:"黄耐行长,你这话说得挺过分的,我还真不服你!"

得,又一次激起群愤。

所有人做业务都做得没了人格尊严,大伙儿全气疯了。

东海老大,怎么办啊?这……这还是银行吗?

柳东海确实得做点什么了,毕竟是一把手。那么,就开一次党委民主生活会吧。会上,他说:"今天就一个主题,研究一下审贷会存在的不正常现象,到底什么该说,什么该做。听了前几次审贷会的录音,发觉有些人确实做得不地道,你们是在工作,还是在搞破坏?"

柳东海严肃地批评了徐、黄等人,也正式提醒他们:"党委书记有组阁权,这个权力一般不用,可一旦用了,你们就只有今天没有明天。要相信我的话,好好调动、保护大家的积极性,理解大家工作的艰辛,支持大家的工作。否则,咱们不可能长久在一起的。"

柳东海觉得,这次仁至义尽了。

全行兄弟姐妹都觉得柳行长窝囊,跟着他受气。但此时柳东海想的一个问题是:任何事情都去计较,上级领导是很难分辨对错的,斤斤计较就会把自己的身价降到和他们一样。事情捅到总行,只能是两败俱伤,搞不好,总行还可能不用你了呢!

路遥知马力,日久见人心。

柳东海坚定了一个信念:小乱不治,大乱大治。

想是这么想,坚持却极难,因为乱象不断。

行里搞干部竞聘,说好一点钟开始。提前五分钟,柳东海就拿着笔记本,端着水杯下楼了。可到点了,徐尔刚还没来。

柳东海让办公室主任去请,结果也一去不复返。过了十多分钟,柳坐不住了,返身上楼。没走几步,就听见有人在那边正理论。

"也不能说不去就不去啊！大家都等你呢！"

"这个竞聘就不合规矩！"

柳东海走进徐尔刚的办公室说："这次竞聘事先开过班子会，党委会也研究过，你都在场，我从来没听你说过有什么不合规矩。"

"我刚给总行领导打电话了，已经把情况汇报过了，领导也说那还得规矩点。"徐尔刚很有底气的样子。

柳东海问："哪个领导？领导和你的说法是一样的吗？"随后脸一黑，对办公室主任彭飞说："通知大家各回各岗，竞聘取消。这个工作，现在开始，徐行长负责规规矩矩地给我办。尔刚，你连起码的规矩都不懂，你还好意思在这个位置上混？这个单位的领导是我，你的领导是我，要请示总行领导的话，也轮不到你去请示！"

徐尔刚请示的领导是石行长，他们都是同一所大学毕业的。石行长只是漫不经心附和了他几句。

"你当你们开同学会呢？告诉你，这个事我就是要跟你较真，就你这样的，我见得多了。我一直迁就你，照顾你，你却给脸不要脸！"柳东海平时不显山露水，一副学者气质，严肃起来也会穷凶极恶。他一边摔门一边骂道。

一下午过去了，临下班的时候突然电话响，柳东海一看是徐尔刚办公室的电话，拿起话筒问："什么事？"

对方说："柳哥，你在办公室？我过来说句话。"

过来一看，徐尔刚的头发凌乱地立着，明显很沮丧："唉，你走之后，我想了一下午，咋想都是我不对！"

柳东海不动声色道："我还在等石行长打电话呢！"

"柳哥，我就是来跟你道歉的。这事我确实做得不对，在这跟你表个态，以后的工作你指东我打东，指西我打西。"

"我知道你说了也做不到。我也没必要跟你这种人计较，但我真得认真提示你一句话，你确实得收敛一点。"

这是一次爆发。

江山易改，本性难移。此后，徐尔刚变本加厉，工作上完全不配合。黄耐呢？他到青城分行参加一个总行召集的营销会，喝完酒后，当着兄弟分行同事的面大骂柳东海。青城分行季行长打电话来说："东海，你在哪儿整这么个活宝？在这儿张嘴闭嘴都是你有毛病。我说东海是我哥们儿，你这啥意思？你得支持配合工作。"

柳东海说："由他去，无所谓！"

胶湾分行的经营已陷入低谷。大家都没情绪拓展业务了。存款到年底距离目标还差一大截。

柳东海必须改变班子的工作状态了。如果大家心不往一块想，劲不往一块使，做什么都白扯。试试吧，试着改变它。先是要求每天上班开晨会，班子成员先照个面，安排一下一天的主要工作。提了这个要求之后，郝秀芬天天到行长办公室来，徐尔刚一个星期能来两三回，黄耐干脆一次不来。

过了一段时间，徐尔刚和黄耐在外面传出一句话："干啥呀，一天跟谈恋爱似的，天天见面。"暗指柳东海和女行长郝秀芬。

其实，这样的安排很好理解，就是要大家知道每天要干什么，做到心里有谱，大家知道行长让他们干什么，行长也知道员工在干什么。单位必须得这样，否则，不透明，没效率。谁知这个决策得不到执行，还弄出个"谈恋爱"的说法，让人窝火。

很长一段时间，柳东海不愿去总行开会，特别怵头。会议结束，脱离总行领导的视线后，心里可敞亮了。

总行看胶湾分行一直处于低谷，也没什么起色，有点失去信心。

2013年年初，总行开年度工作会议，第一项是对2012年进行总结表彰，各分行的支行行长和部门老总视频参会，分行的一把手现场参会。

分行行长们戴着大红花上台，唯有胶湾分行柳东海一人在台下做陪衬当绿叶。

分行全体中层干部通过视频看到这一幕时，全都沉默了。三个分行是卓越分行，另几个分行因有支行获评卓越，行长也作为代表上台领奖。柳东海什么都没有，胶湾分行什么奖都没有得到。

柳东海坐在台下，面带笑容，心里却枯萎了。

晚宴，分行人坐一桌，总行领导坐一桌。宴会开始，大家轮流去给许董事长敬酒。柳东海心想，我业绩不好，场面上表现再好也没用。他的目光与许董事长遥相交会，笑一笑，举起酒杯，就算是敬酒了。按说，敬许董事长就应该走过去当面说几句感谢的话，但柳东海真的没心情。

不久，总行又开了一次非信贷业务创收研讨会，这次会议又一次打击了柳东海：多个分行行长介绍非信贷业务创利经验，唯有柳东海一人从头到尾当听众。

第二十九章　心慈手不软

很快，总行传回一个说法：东海行长人挺好，但是心太慈，手太软。于是，就有人给柳东海带话：慈不带兵！

柳东海心里有数，有些问题必须立马解决。首当其冲的便是处理第一家支行的第一任行长岳剑。他是从一家股份制银行聘过来的，原来职级不高，相当于破格安排，做了支行的副行长主持工作。支行开业，正赶上总行大力推进房抵贷业务，支行的位置就在市房地产交易中心的对面。这类业务有典当的特性，借款人用房子来抵押，虽然形式上也要说明用途，但是基本上都是编出来的，操作起来非常便捷，大受欢迎。

全市有银行支行级的机构一千七百多家，这一家支行竟然代表分行做到了全市房屋抵押贷款新增量第二。当年投放了九个多亿，生意红红火火。但好景不长，问题接二连三出现了。社会上传出胶湾银行贷款好贷的说法，言外之意，想贷就能贷，骗贷容易，而不是服务优良。

大家一传十十传百，于是，支行行长的办公室里人来人往起来。从做业务的角度看，这是个好现象，但他做的是自己家的生意，据说他媳妇开了一个中介公司，专门联系拿房子抵押做贷款的人，他家的生意借着银行的平台越做越大。

系统中一查，岳剑的媳妇名下的房子竟然有十六处在行里抵押贷了款。她大概集中了两千万的资金，去给那些要到银行来贷款的客户"过桥"，就是"垫资赎契"。怎么过桥？好多客户手里有房子，但都是按揭的，别的银行的按揭贷款没还完，不可能拿到另一个银行来做抵押。她就帮着别人把尚未还清的剩余贷款还了，之后，房子就可以拿到行里来贷更多的款。她放的都是按月计息的高利贷，额外还按笔收手续费。

他家的生意越做越红火，行里的客户当中竟然很多都和他家有关系。岳剑联系介绍的客户鱼龙混杂，有的根本不适合做这类业务。房抵贷业务倡导的是用住宅、商用房做抵押，但他把一些工厂的厂房都给带进来了，而且贷的额度还大，更有甚者，一些边远海岛上鲜有生意的小旅馆都当作抵押物收进来了。评估的时候，他有意将评估值抬高，贷款的量也相应放大。最夸张的一次，连海边用做海参育苗池的砖瓦房，房盖都漏雨，也被高评估，拿来做了抵押贷款。

分行安排业务检查发现了种种可疑迹象，进一步实地调查后，结果更加触目惊心，将来的问题贷款、不良贷款势必集中爆发。随后，扩大调查，发现岳剑的业务当中有相当大一部分和他媳妇有关。岳剑一年的违规收入近千万，给行里带来的损失甚至要以亿来计。

对此，柳东海没什么经验。他领着分行全体中层以上干部开了个会，大家以举手表决的方式同意免去岳剑副行长主持工作的任命，强制收回他媳妇名下房产抵押的两千万左右的贷款，中止他家的"垫资赎契"业务。

通过岳剑媳妇介绍到行里的客户，形成了大量的不良贷款，最后大多都成了行里的老大难户，行里投入大量的人力、物力都很难解决。

按说干部任免职的问题应该以党委会的形式决定，但柳东海不懂。中层干部会上，柳东海提议，大家都同意，就这么免了。后来在管理实践中，柳东海慢慢弄懂了党委会、班子会、行务会、专题会等规范程式。行里也借岳剑的劣迹以及对他的处理，开展了一系列廉政教育。

总行向胶湾派了一个交流干部到潍州支行挂职副行长。潍州离胶湾市主城区大概一百公里，副行长单身一人，一天也没什么太多的业余安排，毕竟是在一个县级市。

农贷客户经理小魏是个混社会的人，稍微有一点背景，他妈跟省银管局滕局长的爱人认了干姐妹，两家来往紧密。他能进到这个银行，也是银管局局长说的话。遗憾的是，这小子就是不走正道，天天琢磨着怎么用旁门左道赚大钱，还一身的恶习，吃喝嫖赌一应俱全，只差吸毒。从分行派调到潍州的时候，行里并不了解他的情况，一来二去他就把总行派来的副行长给带进沟里去了。下了班，他们出去喝酒，喝完酒去夜总会，闹腾到后半夜，甚至连分行派去的年轻女客户经理也会被叫出去。时间长了，当然会有说法，行里听到了一些风声。

小魏特别擅长处理人际关系，到分行来后，会特意去看看柳东海，看看其他领导，今天拿一支万宝龙笔，明天送盆花，还说："行长，这屋这么大，花少。"

花，柳东海没法拒绝；笔，柳东海送到综合部充公了，将来做个礼品或奖品啥的。

入了冬，过年前，潍州有一个"杀年猪"的习俗。一到杀年猪的时候，小魏会买整头猪，然后分解成块，回到市里给领导们送过去。他到柳东海家楼下，给柳东海发短信：领导，我在你家楼下小区门口，临近过年，农村杀年猪，我给您带了一块猪肉。柳东海没回复，过一会儿，他就打电话给柳东海，说的还是这个事。

柳东海说："心意我领了，肉什么的我都已经专门订了，还订多了，都在考虑往外送。你拿回家自己吃吧！"

小魏说："家里都足够了。"

柳东海说："家里足够，就考虑别的人，我真不要。"

"要不我放到小区门口。"

柳东海说："你放到小区警卫室，对我影响不好，你要放到那我根本不会去拿，那就出笑话了。你的心情我理解，但是肉真的不要。"

就这么一直软磨硬泡，最后柳东海也没要他的东西，他拿走了。

小魏确实很擅长搞这些小动作，他周围那些小兄弟、小姐妹，包括他身边的那些领导，他都会用小恩小惠去拉拢，他一出招，总行派来交流的支行副行长中招了。

柳东海听说女员工经常被带出去，几乎夜不归宿，就不声不响跟分行的领导们商量之后，把其中一个他们经常拖出去的女员工给调到另一个支行。很好的一个女孩子要在那里待久了的话，可真就坏了名声了。

工作时不讲原则，是最可怕的。

总行要求农贷大量投放，投放再投放。给胶湾分行核定的农贷年投放额度是3.3个亿，通过这个县域支行，必须投3.3个亿。总行农金事业部直接指令各地的支行来做，可以不经过分行。支行直接审批，向总行农金部报备就可以了。

这就奇怪了。柳东海每天一看存贷款日报表，贷款怎么又增了600万？怎么又增了750万？怎么又增了1600万？什么贷款？一查，都是农贷。

柳东海说："这个速度去放农贷，太不谨慎了。"

他安排分行小企业部的人去走访。小企业部的人了解回来的情况让柳东海心头一惊，因为出现了一些怪异的问题。正常在村里放款，应该对该村有深入了解，包括家家户户的生产、生活情况，经济类作物如蘑菇、大棚樱桃、草莓等情况。放款前，还要摸摸张家、李家、赵家、王家的底，赚了钱是不是能准时准点还给银行。可问题是，他们并没有把钱放到这些真正想做事、要用钱的农户手里。

到底放给了谁？大部分放给了农村的一些投机钻营之人，垒大户了。

垒大户？就是那种非常有心机的人，家家户户去借身份证，借到身份证，再拉上本人签字做手续，从银行单笔贷十万。农业种植大棚贷款是一户一个大棚十万。作为回报，要送给出借身份证的人一袋白面、一袋大米、一桶豆油，这是农户的全部所得。以一个农户的名义贷十万块，再以另一个农户的名义贷十万，用村里几十家的名义各贷十万，累积到一起就成了几百万，上千万。

几乎没有真正的农户能把款贷到自己名下，都被那些垒大户的人贷去了。更可恶的是，垒大户的人今天把你领到一片大棚前，说："这是我要贷款的大棚。"过几天，别人再领着客户经理去看同一片大棚，说："这是我要贷款的大棚。"

实际操作上更加诡异：给李家村的贷款，却到唐家村来放款。贷款本来应该是在原地放款，给本人放款，李家村的贷款到唐家村放，就是为了躲闪，不让别人知道真相。

听到汇报，柳东海带着分行风控部和稽核部的人员和主管副行长，一起去了潍州支行。他要亲自去了解抽查一下。

他们看着农户名录表，对应区域地图，跟支行的副行长和农贷客户经理说："直接带我们去这个村子。这个村是不是有十几户有贷款？"

"有。"

"好了，那我们去吧！"

正常情况下，农贷员走街串巷应该是对村村户户都了然于胸，结果他们开着车，竟然找不到村子的准确位置。好不容易找到村子后，到了一片大棚，介绍了大棚里的两口子。温室大棚靠一头修了个简易房，家里人就住在那里照看大棚。

柳东海一看这两口子就是地道的农村人家，便问他们："收成怎么样？"

"还行。"

"银行贷款是什么时候贷的？"

对方如实答："我没贷过款。"

"你怎么会没贷过款呢？我这账上可有你的贷款记录。"

"我没用这钱。"

柳东海问："能给我讲一讲吗？"

"村里有个在外面跑运输的人,他找我们帮他办的。钱都说好了由他还。"

第一户走完,得到的是这样的结果。第二户走完,情况如出一辙。所幸也不是全都如此,有一个种樱桃的,很热情地说:"你们行的贷款,真的帮了我大忙。"可这样的情况太少了,大多数人都没用过银行的贷款,但又确实以他们的名义贷了款。

立刻叫停农贷业务,先清理整顿一番。柳东海当机立断。

行里做了这个决定,当然是柳东海牵的头,却马上遭到各方的反对。

首先反对的是总行。总行农金事业部老总打电话给柳东海:"怎么把农贷停了?今年投放任务还完不成呢!你们3.3亿,刚刚投了7000多万,你这样停的话,任务根本完不成!"

柳东海说:"完不成也不能干了!现在成了往外扔钱了,银行不能这么干!"

"东海行长,你这个观点我觉得不对。领导让咱们投,也没说收不收回的事。"

柳东海非常震惊,领导怎么可能愚蠢到这个程度!信贷投放应该讲究保质保量,但他的说法明显是保量不保质。

柳东海说:"随你们怎么说,胶湾分行既然是我当家,这个节奏就得由我来把握。"

总行的人不高兴,柳东海也不高兴。

贷款被柳东海叫停了,对此,支行也有反应。小魏等人已经答应好多人,要给人家放贷,现在却贷不了了。柳东海觉得要是一户一户放、三户五户放,还是可以贷的,可要是今天600万,明天750万,最多一天1600万,这么放是坚决不行的,一定要有名有姓、有头有脸精准投放。支行做不到,他们的利益链就此断裂。人家要贷款的追他们追得急,他们抱怨的声音自然也大起来,柳东海则不予理睬。

市里的信访办、银管局,经常有人去投诉,说:"答应给贷款,不给贷了。"有人以此给行里施加压力。潍州一带社会上有传言,说行里有人拿了钱、收了东西,事也不给办。

有一个客户,因为支行兑现不了承诺,本来琢磨着自己会拿到一笔钱,大概几百万,已经安排好了下一步的生意,结果跟那边也没法履约了。他心里郁闷,觉得银行既然答应我了,那就必须得给我。于是,反反复复要到分行来找行长,行长不见,安排副行长见,结果就把支行小魏等人收钱给别人办贷款,收自己的钱没给办成的事说了出来。

柳东海要想的不是周围怎么反应，他想的是这7000多万元怎么保全，怎么能到期后正常收回来，这已经很难做到了。

行里组织全行性的会战，到了周五，组织分行所有可以不休息的人，跟支行汇到一起，分成几个团队，下到多个村庄，同一天发动清收，往回要钱。可最后的效果都不理想，因为找人家要钱，但人家根本没用这个钱，虽然手续都是人家做的，但是打死他们也还不出钱，而真正用钱的人，一个都找不到。

那些垒大户的人中，竟然还有吸毒的，所以到最后，分行的农贷投了7000多万元，损失了6000多万元，几乎全军覆没。

停了农贷，柳东海又一次带着分行班子到支行去整顿团队。他把手机和黑皮笔记本放在桌上，听他们汇报情况，可他们竟然都不以为然。

分行郝秀芬副行长问农金业务负责人小魏问题的时候，对方漫不经心，看起来很傲慢的样子。柳东海火了，把本子高高举起来，狠狠摔在桌上，差点把自己的手机砸碎。

柳东海嗔怒道："废话少说！我就算停掉这个支行，也不能让你们在这儿这么败家！"

柳东海点了多个人的名，说："事都你们做的，你们现在唯一的工作就是减少损失，往回清收！胡乱投放，你们真是不要脸了！清收！我没法规定进度，但必须有一个明显的效果！给你们一个月的时间，改变工作状态，改变我们在当地的恶劣影响。如果不能有根本性的改变，一个月之内，支行班子整体就地免职！"

柳东海问其他几位："你们几位分行行长，有没有什么别的不同意见？"

"没有。"大家都同意这样做，算是下达最后通牒。

非常好笑的是，柳东海宣布的最后时限到期前一天，总行紧急把来交流的支行副行长调了回去。

柳东海事后到总行去，总行办公室林忠告诉他："不调回来不行，你小子一发神经，真给免了就收不了场了。"

柳东海说："你们做对了，你不调回来，试试看，我就算自己不干了，也不能让这些坏人在这继续挥霍。"

慢慢地，总行对柳东海有了个新的说法，不是"慈不带兵"了，而变成"心慈手不软"。

支行客户中办房贷的特别多，个别信贷员也受原来行长的影响，想挣点外快，赚点小钱。

各家银行都连着国民银行的个人征信系统。国民银行系统是收费的，收费很低，象征性的。外围小贷公司没有这个便利条件。但是，有个个贷客户经理，把这个事当成了赚钱的营生，他竟然通过这个系统，给小贷公司查询，跟人家收钱，然后装进自己的腰包，"盈利"大概两三万元。

事情后来在行里合规部例行检查中被发现，仔细一查，居然这么大的量。按国民银行的征信系统管理规定，出现此类问题，都能吊销银行使用征信系统的资格。根据总行员工违规违纪管理条例，这类情况是必须予以开除的。

进一步调查后发现，此事涉及不止一个，他竟然还带了两个人下水，那两个做得略少些，大概每人收了几千块钱。

行里要求个金部、合规部、保卫部，三部联合研究处理，研究意见之后，来跟柳东海汇报。

柳东海说："还是让分行班子一起听为好。"

行里的小会议室中济济一堂，全体班子成员和相关几个部门领导都在，对此事各抒己见，说了说处罚依据，然后提出处罚意见。大家都觉得这三个客户经理人都不错，尤其是那两个做得少的。多数人的意见是给予做得多的那个人严重警告、经济处罚，另外两个通报批评。

沉吟片刻，柳东海说："总行如果让你们做一把手，你们都会这么想，这么处理吗？"

大家都不吱声。

柳东海又说："我知道你们都很有人情味，但别忘了，既然单位有制度、有规定、有原则，就要坚持。按照制度规定，就简单的俩字——开除，我也不问你们还有没有什么意见！昨天，有制度不执行的是他们；今天，有制度不执行的是你们。这也太荒唐了！别忘了，我们是做领导的，要维护银行铁的纪律，铁的制度！"

在座的同事顿觉羞愧，都表示坚决支持柳东海的说法。

郝秀芬插话："领导，是不是该向银行业协会报黑名单，不允许他们再到银行就业？"

柳东海点了点头。

事情定了，相关部门和支行通知到他们本人，三人都痛哭流涕。干得最多的那个人把两个同事拉下水，罪有应得。另两个就委屈得不行，不仅把饭碗砸了，还弄了个坏名声，以后再找工作都难。该同情同情，但制度就是制度，没什么好说的。

临下班的时候，总行范行长给柳东海打了个电话。

柳东海问："领导，啥指示？"

"你是不处理了几个员工？"

柳东海说："是，有三个，行为恶劣！"他深知对方对此有意见，他先发制人。

"我也知道是怎么回事，该处理。你看，就干坏事最多那个，他家里人拐弯抹角找到这边省里的领导。我跟你商量一下，你该开除就开除，但能不能不报到同业协会，就别上黑名单了。"

柳东海说："可以，只要开除他就行。"

"该开除就开除。你只要不报，我也还好跟这边领导有个交代。"

"好，领导，就照您说的办。"柳东海心里偷笑，要是不让开除，这事就不好办了，领导做事还是比较通情达理有分寸的。

潍州支行农贷部负责人小魏还不大好处理，他妈妈是银管局局长爱人的干姐妹，没等处理呢，他就找到干妈，干妈就跟干爸说了。于是，干爸给柳东海打电话："东海，小魏怎么样？"

柳东海直言："他真不怎么样，坏事没少干！"

"不是万不得已的话，尽量别开除，责任恐怕不是他一个人的。"

柳东海说："当然不是他一个人，但他在这里发挥的作用最坏。"

省银管局的滕局长跟江宝原是校友，交情甚笃。柳东海因江行长的关系，跟银管局的局长也叫"大哥"，这一句"不是万不得已"就起了作用。柳东海想，不行的话，就安排他干点无关紧要的工作，只要不给行里带来进一步的负面影响就行。

没想到，过了不长时间，潍州当地的几个生意人找到行里举报小魏，说他非法集资后把钱转给了一个高利贷公司，该公司全军覆没，他们全都血本无归。来人是几个出资额度比较大的。

行里这才知道，小魏竟然对外声称自己是调转回市内支行当行长的，所以那些人都叫他"魏行长"。

非法集资2700多万元！对方出示了小魏签字的借条，却找不到他的人，电话也打不通。左来一拨人，右来一拨人，前后投诉的人竟有六七伙。他的那些烂事不属于组织行为，行里可以不管，但借这个事，开除他是没问题了。

柳东海想了想之后，先给银管局滕局长的爱人打了个电话："嫂子，我是万般无奈才给你打这个电话。我知道你们和魏家的关系，滕哥也跟我说不到万不得已留下他，安排一个闲职给他。但现在的问题是，人家都告到行里来了。他在外面做了非法集资的事，高利贷跑路了，现在已经血本无归，他也躲了，别人也找不到他，行里也找不到他。他参与社会非法集资的证据确凿，那就一条——开除。现在，行里方方面面都是这个意见，嫂子，你说我怎么办？"

"东海，你也够意思了，我也够意思了，你滕哥也够意思了，那就开除吧！我们不难为你，我们理解你。"

小魏无声无息地离开了。

第三十章　酒品看人品

鲁南银行酒风彪悍。

柳东海第一次以分行一把手的身份到总行去开会，参加晚宴的时候，就领教了鲁南的酒文化。柳东海一看桌上四个茅台酒瓶，每人面前一个能装二两半白酒的杯子，都倒得满满的。总行分行领导十多个人，不必害怕！柳东海觉得自己酒量还行，便这样安慰自己。

许董事长端起杯，说："开始喝酒！"

大家都一仰脖。柳东海第一次参加一把手的饭局，不知道套路，只喝了一小口，放下一看，人家都喝了半杯，就是一口喝了接近一两半的白酒。柳东海心想：一共就四瓶，也不是几口就喝完，急什么？

结果，过了不到一分钟，许董事长又说："今天有好消息，来，干一杯说话。"

这下坏了，人家都是半杯，"咕咚"一下干掉了。柳东海这里还剩三分之二杯，没辙，领导都说干杯了，只能干了。

这一杯下去，虽然有点酒量，因喝得急，真有点晕了。

大家再站起来为好消息互相走动着敬酒时，柳东海感觉脚底踩了棉花一样，走路飘飘然的，舌头也成了洗衣板。

柳东海记得酒桌上董事长宣布的好消息，却忘了大家约定这顿结束后，再一起去吃烧烤，继续庆祝。他晕晕乎乎的，回到酒店，准备洗洗就睡了。

柳东海来得匆忙，没带换洗衣服，第二天还要开会，于是就把衬衫、袜子都洗了，手上的香皂沫还没抖净，电话就追过来。青城分行的季行长、总行办公室林主任，前前后后，一个接一个地说："东海，你赶快出来，就等你了。"

柳东海："什么就等我了？"

"刚才咱们不说换地方接着喝吗！"

柳东海："我不过去了，行不行？"

"不行啊，今天特殊，今天是为了庆祝！"

柳东海："庆祝什么？"

"你怎么这么快就忘了？刚才吃饭不都说了嘛！范行长由副行长主持工作，市委正式批准她做行长了，是范行长的好消息，也是全行的好消息，咱们要一醉方休啊！"

柳东海："对对对，好的，我马上到。"话音刚落，他才想起来自己出不去，衬衣洗了，袜子也洗了，没的穿呀！于是，他满屋翻，发现酒店客房摆了一套另行收费的内衣，索性套上，外面直接穿西装，光脚穿皮鞋，硬着头皮出门赴宴。

一进包间，就有人喊了一声："东海，怎么这么打扮？"

所有人的目光都投过来，柳东海才发现新内衣在日光灯下散发荧光，贼溜溜的感觉，可已经都到这了，还能怎样？他成了当晚的一道风景、调侃的谈资，让大家在欢声笑语中狂饮出堆积如山的啤酒瓶子。

总行在胶湾开半年工作会期间，柳东海并没有喝太多的酒，但留给大家的印象就是他所有喝酒的机会都没落下，喝得最多。

总行半年工作会要备白酒，原打算用胶湾当地产的"银狐岛"白酒，但之前接待兄弟分行客人时，这酒把人喝得眼前发黑，进了医院。柳东海电话征询过范行长的意见，她说酒要"品质好"。品质最好的是茅台，柳东海和徐尔刚一商量，后者顺口说："我朋友卖茅台，这件事就交给我办吧！"

柳东海提醒："茅台假酒多，要确保买到真货才行。"

徐尔刚说："放心吧，他的货据说是从贵州遵义那边直接发过来的。之前送了我一箱，箱子上还有始发站的胶贴呢！"

柳东海打趣说："你小子受贿说漏嘴了吧！呵呵。"

酒到了。徐尔刚一下子买了八箱。柳东海有点不大放心，告诉徐尔刚："晚上分行班子一起聚餐，先品品酒。"

要有比较才行。办公室主任彭飞到承诺假一罚十的友谊商城也买了一瓶茅台，用彩笔在瓶子上做好标记。

晚餐饭店的大饭桌中间有转盘，彭飞先打开一瓶从徐尔刚朋友处买来的酒，每人倒上一杯，放在转盘上，再打开有他做了标记的正规渠道买来的酒，依旧每人一杯，放在转盘下。每人面前各放矿泉水一瓶。

柳东海发话："先端转盘下的酒，不多不少喝一口，慢慢咽下去，从入口体验到入喉。"

全体表情凝重，滋滋砸吧嘴。

"矿泉水漱口！"柳东海一声令下。

"品第二杯。"

大家端起转盘上的酒，大师一般的神态，缓缓喝下。

"请仔细回味刚刚喝过的两杯酒，感觉一不一样？"

"不一样！"异口同声。

"你们认为哪个是真的？"

"入口时差别不大，但下咽时明显不同。先喝的从前至后都是醇厚的感觉，后喝的下咽时感觉清汤寡水的。"孙亦名抢先回答。

"尔刚，什么感觉？"

"晕，我被忽悠了。我也觉得朋友推销的是假茅台。"

"能退吗？"

"不好退。"

彭飞跟柳东海一起到卫生间，孙亦名追了出来，"柳哥，尔刚竟瞎扯淡，肯定吃了不少回扣！"

柳东海苦笑，"此事不要再提。彭飞，总行会议用酒到友谊商城买吧！"

宴会的当天，柳东海是东道主，跟总行领导们坐在一桌，各个分行分别来敬酒时，柳东海没喝，他们敬的是总行领导。然后，领导们敬酒，那是他们的事，柳东海也躲过去了。这样一来，大家都没少喝。本来柳东海应该各个桌都敬敬酒，但这个环节被略过了，柳东海要送许董事长先走去机场。

把许董事长送到机场回来，柳东海刚坐下要接着喝，范行长又要赶到机场。柳东海前后送了两位领导，把酒都躲过去了。但不知为什么，大家误以为柳东海喝了不少，其实，混乱中大家都喝多了。这次喝酒的氛围也特别好，在胶湾新世界酒店。喝酒的现场，胶湾中层干部站成一排，合唱《众人划桨开大船》，挺励志的歌曲。实际上，歌曲是事先在录音棚录好的，他们就是对对口型，效果特别好。只一首歌就把领导们的情绪调动起来了，范行长上了台，借着酒劲开始跳"秋收舞"，手舞足蹈的样子像是扭秧歌，不像舞蹈。

大家都觉得刚被任命为分行党委书记、行长的柳东海喝酒很厉害，事实上，他虽然是东道主，却根本没怎么喝。

总行对半年工作会的安排非常满意，办公室主任林忠对柳东海说："什么时候你带班子到总行来，好好请一请你们。"

不久，柳东海带孙亦名到鲁南市去参加会议，总行办公室抓住机会，在总行小餐厅招待以他俩为代表的胶湾分行。晚上，总行要选几个勇士陪他们喝酒，其中包括范行长的女秘书小周，据说她的酒量很有杀伤力。

总行办公室主任给柳东海施加压力："今天，小周是代表范行长来敬你，所以小周提酒，你不能不喝。"

这里，能装二两白酒的玻璃杯，每次喝都是大半杯。总行安排小周挨着柳东海坐，至少提议喝了四五回酒，柳东海都没推辞，全喝了。问题是，这一桌人当中大多数都代表总行。林主任在后面指挥调度，先把柳东海带去的孙亦名撂倒，后者站起来一捂嘴拼命往外跑，出去清理回来后，再让他喝，可他一看到酒过来就要吐。

柳东海是超水平发挥，喝了很多，小周都走了，他都不知道。待指挥作战又亲自参战的总行办公室林主任趴在桌上后，酒局结束。

混乱中，电梯从高层下来，一开门发现小周浑身无骨的感觉瘫软在电梯里，旁边两个女保安都架不住她了。

看到小周眼睛都睁不开，柳东海笑着说："小周，可不是我欺负你，你自己舍生忘死总来打击我。"

从此以后，小周跟柳东海结了盟，在任何场合喝酒都合力一处，坚决对外又互相保护。

由此，柳东海名声大振，酒神指数暴涨。

2012年，半年工作会在九河召开，总分行领导再次相聚。

分行行长们在一起，说不熟悉，也熟悉，说熟悉，平时又不在一起。这里面，巴渝的不爱喝酒，九河的喝不了酒，青城的特别嗜酒，蜀都的也很能喝。

晚宴，柳东海的同桌有总行办公室林主任和公司部老总于海龙，以及各大分行的行长。

九河分行招待客人用的是大红酒杯倒白酒，两杯正好是一瓶茅台的量。青城行长坚持要喝点，柳东海反对，反对无效，因为其他人都同意。总行办公室林主任怕冷场，公司部于总喜欢热闹，这一张罗，大家都要喝。

柳东海看着大肚酒杯就愁得慌。彼时，正好是胶湾分行经营困难的时期，柳东海都不爱来开会，台上一公布数字，他挂不住脸，汇报也不爱讲，心情相对抑郁。

酒是非喝不可，柳东海又酒名在外。怎么办？茅台酒盒里带两个小杯，他把小杯拿出来一个，摆在旁边，然后用小勺从大杯里舀出酒液倒进小杯里喝。喝了三四杯之后，痛苦的感觉没了，烦心的事忘了，开始放开手脚了。

柳东海座位后面正好是服务台，他跟服务员不停地要小瓶矿泉水。他清楚地记得，自己喝了七瓶水。多亏那七瓶矿泉水，要不死定了。

喝着喝着，半斤茅台竟然见底了，柳东海再拿酒给大家都倒上，去敬酒。每个人倒了大概一两半茅台，他端着酒杯就去许董事长那桌。许董事长一看柳东海他们围了一圈，说："没法鉴别你们的酒真的假的，先清清杯。"

于是，这一杯全喝了，一人一两半白酒。再倒上，一人又倒了一两半，敬一回酒，喝了三两。前后一加八两了。一人八两茅台灌进肚里。

回到座位不到十分钟，许董事长带队，梁华副董事长、行长、副行长们跟了一群过来敬酒。许董事长端着杯，桌前站定，梁华副董事长倒酒，桌上有一瓶现成的酒，倒了一圈，给别人都倒了半杯。半杯意味着二两半，到了柳东海，剩下的全倒给他了，有三两半。

柳东海脑袋清醒，说："董事长，还有酒吧？给我倒满杯，不差这一点了。"

许董事长哈哈大笑，知道柳东海的意思，一挥手，后面递上了两瓶，给所有人全都满满地倒上了。柳东海心想：挺好的，倒满了就慢慢喝，倒一半，还真得干，这么大一杯，干杯是不可能的。

可后来发现，这是个陷阱。

许董事长说："酒都倒完了，怎么喝？"

梁华副董事长在旁边加油，说："干杯！干杯！"

许董事长扭头问："你喝不喝？"

梁副董事长说："我也喝！"他是真敢喝。

许董事长说："咱们先碰杯。"

大家就逐一同许董事长碰杯，碰杯之后，你看我，我看你，没有一个人敢先动。

许董事长不停地加油打气让大家喝。他向来都这样，跟人碰完杯，等人家喝完，他抿一口，坏笑着走开。

大家互相看着鼓劲道:"喝!喝就喝!"

那一瞬间,柳东海想了许多。曾几何时,他也经历过这样的时刻,那是江中救人遇险。

大学期间,一次放暑假,几个同学约在泰安江边,要从江南去江北,租了一艘小船,五个同学都挤到船上。

小船划到江心,水流特别湍急。江边生活的人管此处叫"流子",就是江心急流处,大概有一两百米宽。一行人正奋力向对岸划着,突然从下游传来沉闷的汽笛声,一声比一声长。船上人扭头一看,下游有一艘大船,逆流而上,正朝着他们这个方向驶来。必须给大船让路,特别是江中心急流处,大船上来,再有大的涌浪,小船肯定是要翻的,太危险了。

大家想着划到江北已来不及了,只能向江南退,但船上人太多,只有一左一右两个桨,船身根本快不起来。情急之下,有个同学喊了一声:"谁会游泳?跳下去往回游,剩下的人再往回划船,船轻了,速度就快了。"确实是这个道理,会游泳的,有柳东海一个,还有另外两个同学。三个人就先后跳到水里,柳东海是第一个跳下去的。

往出发的南岸游,游啊,游啊,觉得江真的很宽,站在岸边的高处并不觉得有多远的距离,但在水里泡着,就觉得怎么都游不到岸边。拼尽了全力,柳东海感觉离岸不远了,一放松,往水里一站,结果"咕噜噜"沉到江水里——原来还很远,没到浅水区。喝了一口江水,晕头转向的,他挣扎出来,再接着往岸边游。又游了大概有几十米的样子,再站的时候,水就到脖子下面的心口处了。水在这个位置,站着的人在水里是摇晃的,呼吸很困难,不像浅水区那样呼吸自如。

正在柳东海惊魂未定之时,只听身后有人撕心裂肺地喊:"救命!"并且传来"噼里啪啦"的拍水声。有一个同学在拼命地求救。与此同时,柳东海看到另一个往回游的同学才到自己刚才站起来够不着底的位置。那个同学比柳东海矮,他要站的话,更够不着底了,遂只能继续往岸边的方向游。

来不及多犹豫了,柳东海手臂一伸,又开始往回游,朝溺水的同学靠近。好不容易游到对方身边,看到他的两只手往外伸,一边拍水,一边拼命想抓住什么,指望有人能拉他一把的样子。柳东海伸出一只手抓住了他的手。没想到,他猛一用力,身体在江水里一个旋转,另一只手一下子就把柳东海的脖子搂得紧紧的。两人搂在一起,迅速向江底沉下去。

·银·色·阶·梯·

柳东海的眼睛是睁着的,平时在水里游泳都是闭着眼睛,要戴泳镜的话可以睁眼,但现在没戴,可依然是睁着眼的。他感觉水里是昏黄的颜色,朦朦胧胧的,可水里的一切又都很透明,看到水草随着水流摇曳着,不见江底,却感到江水的流动,眼前的水都在晃动。

一瞬间,柳东海想了许多,第一个想到是爸妈把自己养了这么大,但是不能照顾他们了;第二个想到上了这么多年的学,读了这么多的书,没有用了;第三个想到是原来人的一生真的可以如此短暂。猛然间,柳东海又想,自己的头脑还这么清醒,干嘛净想些没用的事?为什么不想想怎么脱险?他突然清醒过来。

柳东海两条腿在水里弯曲抬起,两个胳膊开始准备发力,猛地用力蹬,手也用力向外推,一下子就把同学给推开了,两个人几乎是同时窜出了水面。

之前,两人抱在一起失去浮力,都往江底沉,挣开之后,就都一下子浮出水面。同学已经没有气力喊救命了,奄奄一息的样子。柳东海还在想救他,一伸手把他的头发攥在手里,另一只手拼命击水,同时本能地拼命喊救命,声音传出好远好远,很是凄惨。

让柳东海燃起希望火苗的是,他听见有人在回应:"坚持住!坚持住!我们的船来了!"

原来是从江南向江北岛上送面包和汽水的夫妻俩,划着一艘小船,看到柳东海他们溺水,就快速朝他们这边划来,营救他们。船上的人把船桨伸过来,柳东海用一边胳膊把它夹住,另一只手仍紧紧揪着同学的头发。两人都被拖到船边,船上的人拼力把同学拉到船上,他当时已经被水呛得昏迷了。柳东海伸出手,准备让他们拉自己上船,可船上的人告诉他:"你不能再上了,否则船只承受不了,你得自己游回去。"

哎呀!柳东海心里非常失落,非常难过,他从未有过那样的失望,可是没办法,只能扭头再往岸边游。

这一次,柳东海一口气游到岸边,直到肚皮都能贴着泥岸时,才敢停下来。柳东海知道,中间一旦停下来,自己肯定就没力气了,也会失去信念。所幸,同学的命保住了。

事后,同学们说:"咱们别玩了,把船还了,赶快走吧!"

大伙儿让柳东海跟着一起去还租来的船,可此时的他连船都不敢上,只想在岸上,不想再沾水。

没想到，今天又遭逢这样的时刻。柳东海脑中一闪念：自己会不会突然两腿一软，倒下了？已经喝了八两茅台，这下又是半斤，加起来就是一斤三两，从没喝过这么多白酒啊！柳东海用力踩了踩脚底，感觉挺稳。

微微倾斜杯口，先润湿嘴唇和舌尖，屏住呼吸，防止呼出的气息带出浓烈的酒劲儿，咽下第一口，没出现担心的意外，顺势喝下第二口，依旧顺畅，时间是停滞的，耳畔咕嘟咕嘟的喉咙音怎么这么清晰。

这时，总行办公室林主任和公司部于总也把杯子端起来，像喝矿泉水一样，咕咚咕咚咕咚，喝了。

柳东海的眼睛还是很清晰的，精神头尚在。他们和许董事长一起呐喊，围观其他分行行长表情痛苦地一小口一小口地吞咽，直到喝干。

许董事长一行人凯旋似的转身走了。柳东海坐下来，桌上一条三十多公分长的大鱼，他吃了两口，油炸小鱼一大盘子，他吃了几条，一抬头，发现桌旁的人都没了，桌底下到有几个喝吐的。

柳东海站起来，觉得自己还行，索性快跑，最后晃晃悠悠地回到自己的房间。

这一生当中，柳东海从没觉得马桶那么可人，竟抱着它好一顿亲热。

第二天早晨，柳东海八点的航班，六点就必须出发去机场。洗脸的时候，鼻子出血了——喝了那么多酒，本以为吐干净了，实际上酒精都沉淀下来，被血液吸收了。

到机场之后，遭遇胶湾大雾，航班不能起飞。他把九河分行送的会议礼品，一个石头象、一盒薄皮核桃，放在登机口旁的椅子上。他心想：谁拿走就是谁的，谁都不拿，自己走的时候再拿。

柳东海找到一个长条椅，把公文包当枕头，从早晨八点一觉睡到下午两点，醒过来是因为广播在喊："旅客柳东海，请您抓紧登机……"

柳东海起身跑过去，发现核桃和石头象居然还在，遂拎起来登机了。

不久，有家新分行开业，柳东海代表分行去参加开业仪式。开业仪式前，安排了半天时间到鲤鱼湖去旅游。中午，市里的常务副市长请许董事长、范行长、梁副董事长一行人在鲤鱼湖旅游度假区水面上的亭子里吃大锅炖鱼，柳东海跟着一起参加。

吃饭的时候，当地领导推荐喝茅台。许董事长说："东海多喝。"

柳东海说："人家这个酒，据说是特意从茅台厂拉回来的，数量有限，我还是省点，领导们多喝。"

许董事长说："东海喝酒，在咱行是第一号。我们有一回开党委会之前聊了一下，咱行喝酒谁最厉害？大家的意见非常集中，就是你。"

柳东海说："董事长，任何场合我都没比任何人多喝一口，凭什么我就最能喝？"

许董事长："是这样，虽然都喝了那么多，但他们喝完之后，全都不是他们自己了，喝得失态。但你喝到最后，大家的评价是，笑容依旧。"

其实，柳东海喝酒不醉靠的是意志力，他相信人的精神力量是强大的。他有两句酒场名言被广为传播，一是"每次回总行都会饮酒自杀未遂"，二是"喝酒从来都是朋友开心，自己受罪"。

第三十一章　傍大客户

大户对分行存款规模的影响巨大，尤其在开业头几年。第一年，胶湾分行干了一年存款六个亿，开业第二年干到二十四个亿，第三年变成三十八个亿，第四年六十多个亿。这一时期，因总体规模不大，任何一个大户的进出款影响都显得特别大。胶湾保税区财政在分行存款六到七个亿，相对稳定了半年左右，后来留不住走了，对分行打击特别大，上哪去堵六、七个亿的窟窿？如果谁能带来五、六个亿的存款，分行行长助理甚至副行长位置都可以给他。

胶湾亿广集团起家于胶湾市，做大做强后，总部迁至北京。与亿广建立业务实际得益于两方面，一是柳东海手下有一个支行副行长，就是被诬告"被潜规则"的康雅薇。她叔叔是胶湾军港区检察院的检察长，和亿广的高层比较熟悉。她原先在民众银行时，就跟亿广有业务，到了鲁南银行，又把关系带了过来。亿广总能给到一两个亿的存款，但要想做大有困难，一切全赖康雅薇叔叔的助力。

分行要成立个新支行，地点尚未确定。

亿广有一个重要人物——集团总裁张本骁。他实际是亿广集团的二号人物，除了集团实际控制人，就属他了。

张总裁和几个朋友合买了亿广自己开发的一处公建房，面积原本不大，加层后改成了几个八百平米左右的独门单元，希望都租给银行。

一次偶然的机会，张本骁在北京和穆清华行长见了面，就提议把房子租一部分给鲁南银行，旁边的位置租给另几家银行。

穆行长给柳东海打电话："胶湾广场有一个房子，你去看看适不适合开支行网点？"

柳东海第一时间就带人去看了。穆行长安排的事，必须得有执行力。看了周边环境，又看了楼内格局，柳东海回电话："行长，最好作罢！房子在胶湾广场的大圆盘广场，不靠广场而是在广场外围。广场靠海一侧有一条横马路，离开广场得有两百米，闹中取静，所以我不建议租。"

不久，正好穆行长到胶湾，预先让柳东海安排约胶湾银管局局长吃饭。白局长与柳东海的关系没得说，很给后者面子。白局长主动做东，安排在胶湾广场附近的渔港珍珠酒店。

接穆行长去吃饭前，柳东海想带穆行长到亿广推荐的那个商铺去看一下，因为离得很近。但穆行长拒绝了。

他跟柳东海说："有这么一个情况。你最好跟亿广集团合作些业务，做点存款、贷款，应该能弥补一下。"

柳东海一想，是这个道理，毕竟亿广是大家大户，应该好好维护。

柳东海很快就联系了北京亿广总部，带着负责筹建新支行的姜民上京了。

在北京，亿广副总裁孙继勋在亿广自己的大酒店先行出面接待了柳东海和姜民。

聊到正题，柳东海说："贷不贷款我不在意，但是你得给我存款，稳定存款不能少于三个亿。倒不是说这钱放我这就不动了，一旦调用，你想办法调动资金马上再给我补上就行。"

没想到人家挺大度："柳行长，既然你张嘴一回，我保证日均存款不低于四个亿，你的要求我们能做到，看你别的还有什么问题？"

柳东海说："别的就是房价的问题，房租你别漫天要价。"

孙总提了一个数，柳东海说："你提的数当然是我向下讨价还价的起点。"

张本饶亲自出面陪柳东海吃饭，席间，柳东海说："存款再多，房租太高也不行，这是个长久的问题。"

张总端起酒杯道："我想最好和旁边面积一般大小的银行差不多。"

柳东海强调两点：第一，原则上不能高于那几家银行；第二，也不要低太多，那也不合适。

柳东海说："我不知道你给他们存款多少。"

张总裁说："没谈存款。"

"没谈存款的话，那价格可以考虑跟他们差不多，毕竟是生意，我们也不想影响你们的利益。当然，这个价格，我最后要向穆行长汇报确定。"

干杯，意向达成。

几天后，四个亿的存款如约而至，几乎是一动不动，只要一动，柳东海马上就电联张总："张大哥，存款动了，帮我打个招呼。"

孙继勋副总对柳东海说，以后存款的事找他就行，不必回回麻烦张总。一般都是三两天，他就从杭州、无锡其他有项目的地方把钱调回来，而且养成习惯，在动之前，他们会跟柳东海商量，先动多少，多长时间给补回来。

亿广集团成了胶湾分行一个战略合作客户。在柳东海任期内，亿广在胶湾开发的一个项目，在胶湾凌水湾开发的楼盘——海韵公馆，拿二十个亿的房子抵押贷款五个亿，之后基本在该行保持常年不动的五个亿存款。

亿广集团在柳东海心中是一块"基石"。这算得上是穆行长送给他和胶湾分行的最好"礼物"。

第三十二章　行使权力

离开鲁南银行？这种机会多次出现，但柳东海从未动摇。

其实，柳东海去哪都可以，可问题是走了之后，自己带来的这些兄弟姐妹，谁管？不能把人忽悠来了，自己一抬屁股走人了，这像什么话？所以，柳东海只有一条路，就是在胶湾分行坚持下来，尝试改变。

改变首先得从人开始，这是最最关键的。经历了这么长时间，这么多的事儿，终于在北京有了一个改变的契机。

总行在北京金融街Westin酒店组织召开了一个未来五年发展规划研讨会。白天开了一天会，各分行代表都发了言，讲了讲五年后要发展到什么程度，最后总行汇总在一起，提到五千个亿的资产规模目标。

晚宴时，柳东海有意少喝酒，因为他有话要说。正好总行办公室安排参会人员吃完饭到顶楼的啤酒吧继续犒劳大家。

柳东海等到许董事长和范行长独处一处，看他俩一左一右在一个角落的桌旁，就端着啤酒杯过去。

柳东海开门见山道："给我一点时间说几句话，为了说这几句话，我今天晚上没多喝酒。先澄清一下，我说的不是酒话。"

许董事长笑道："东海，你说吧！"

"你们一直希望胶湾分行是一辆能在高速路上飞驰的奥迪车，但你们给我配的变速箱是比亚迪的，所以我总是做不到你们期望的那个程度。"

许董事长说："你别拽词儿，痛痛快快直说！"

柳东海说："班子必须调整。这个分行，我干好不是问题，但班子必须调整。"

许董事长一拍沙发扶手，道："就等你说话呢！胶湾分行党委书记是你，行长也是你，我们不靠你靠别人啊？你那里的情况我们清楚，反正就等你说话了，调哪一个？"

"徐尔刚。"

许董事长说:"一个月之内他离开胶湾,从此不和胶湾有瓜葛。你力所能及地在维系分行工作,这个情况我们也都知道,能忍耐到今天也不简单,所以既然你说话了,咱们就办。我去趟洗手间,你跟范行长再聊一聊。"

范行长逗东海:"东海,别以为就你的班子有问题,我这班子就好吗?"

柳东海说:"领导啊,你可太有意思了!你班子不好,我帮不上任何忙,我班子有问题,你能帮上我,你官比我大!"

范行长笑着点点头:"嗯,也有道理。"

毕竟还有一个月,柳东海这一个月保持静默状态,徐尔刚和黄耐反而更加肆无忌惮。

突然一天,石行助打来电话:"徐尔刚马上调转。总行党委会刚开完,把他调整到总行下属的劳服公司任副总。开会时,许董事长说了让他离开胶湾,别影响一个分行,在一个部门不至于影响大局。我跟你说一下,你先心里有个数,这个文件马上就下发。"

第二天,OA系统上文件到了,柳东海利用中午休息时间召开分行部门总经理助理和支行行长助理以上人员参加的中层干部会议。他宣布了文件,虽然徐尔刚本人在场,但众人依然无法掩饰喜悦之情,干脆溢于言表。

掌声雷动,经久不息的掌声啊!

徐尔刚一走,对黄耐是个不小的震动,一时间老实了很多。总行的调整总归是有原因的。

一番布局后,工作开始有了新的进展,大家都开始动作了。审贷会主任安排郝秀芬牵头,营销这块业务,柳东海算计着把专家型人才、老朋友吴哲欣从民众银行调来。

柳东海找吴出来喝茶。

"咱们现在三天两头在一起,那不如天天在一起。工作的时候在一起,将来退休了,咱们还在一起多好。"柳东海也没多讲,这一句肺腑之言,足矣。

总行这边,柳东海向许董事长推荐吴哲欣,说他做小企业融资是个行家里手,民众银行小企业业务做得比较有特点,肯定会对鲁南有挺大帮助。

许董事长说:"你要看他行,觉得好,什么时候带他到鲁南市来一次,咱现在选人可得谨慎点啊!"

借总行年度工作会的时机,柳东海把吴哲欣带到总行,让他在许董事长秘书那里等。许董事长先见了柳东海,问:"你跟他咋谈的?你答应给人什么职务?你谈的是助理,还是副行长?"

"助理人家不能来。"

许董事长点头:"那我知道了。"

吴哲欣长得敦实,胖脸常被人夸成"有佛相",讲业务头头是道,被柳东海请来当副手,又提拔孙亦名从县域支行调回分行班子任行长助理。大家形成了一个新组合。

黄耐本性难移,里里外外撺掇事,还拉帮结伙。虽然拉不了太大帮派,但小集团特别招人讨厌。改变形象见效最快的就是公司业务,但黄耐是拦路虎、绊脚石,柳东海只能干着急。关键是黄耐当面应承好,背后使反劲儿,这就很难让公司业务迅速发展起来。

不过,不长时间,黄耐自己摊上事了。这就叫,多行不义必自毙!

第三十三章　专案组提示

办公室主任彭飞找柳东海汇报:"领导,公安局经侦的一个专案组来了,牵头带队大队长,正好是郝秀芬行长在财经大学的同学,人家专案组三个人想跟你见一下。"

彭飞原来在市政府发改委综合处当处长,是柳东海约见两次,搭了两碗十五块钱的馄饨,谈事业、谈金钱、谈现实、谈未来,苦口婆心劝导下,毅然放弃公务员身份,追随柳东海来到鲁南银行的。

柳东海和郝秀芬、彭飞一起在分行小会议室跟公安局专案组的人坐到一起。

涉案的是一家担保公司,跟别人有经济纠纷,担保公司的老板在银行有骗贷和违法经营行为,这都已经是定了性的,老板已经跑路了,只能找到他后娶的小媳妇。专案组受省公安厅的委托来办这个案子。

"这个案子牵涉你行里的人,你们行里的副行长私下帮担保公司安排骗贷,这次我们是办这个担保公司,你们银行属于拔出萝卜带出的泥,虽然不在我们处理的目标范围内,但局领导要求跟你们行主要领导做通报。据了解,黄耐在这家拿钱达百万以上。怎么处理我们不管,但要把这个情况按局领导要求跟你们通报一下。"

话说到了中午,既是工作关系也有同学情谊的柳东海、郝秀芬、彭飞主任一起和公安局专案组吃饭。黄耐在行里如坐针毡,一直打听公安局专案组的事,等柳东海吃完饭回来,唯唯诺诺跟到他的办公室,再不是那个趾高气扬的黄耐,"东海行长,你中午怎么跟公安局的人吃饭,有什么事吗?"

"担保公司有问题还牵扯出银行个别领导的经济问题。"

他没法再问了,柳东海也不说了。

回头冷静下来,柳东海纠结了:这种情况,跟不跟总行报告?

柳东海向郝秀芬讨主意:"你怎么想这个事儿?"

郝秀芬说:"是挺难的,这里面还有一层关系,公安局牵头的还是我同学。我带队先想方设法收回咱行的两千万贷款,叫停已经通过审批还未发放的四千万贷款。"

郝秀芬无私无畏,义无反顾。

柳东海点头道："对内我们静观事态发展。"

随后几天，柳东海到鲁南市参加总行培训，休息的时候柳跟石磊一起散步，"哥们儿，现在遇到个难题，不知道咋办。"

柳东海把情况一五一十讲给石磊听，然后忧虑道："如果直接向领导上报，黄耐就毁了，基本没有未来了；不报吧，好像对领导不负责任。"

石行长说："哥们儿，你可别糊涂！他有事没事，自能证明清白，但是公安局跟你这么谈了，你不跟总行汇报，是失职的，属于失职、渎职！一会儿许董事长过来，你跟他说一声吧！"

于是，柳东海将此事向许董事长做了汇报。

"东海，赶快找范行长和石行助，咱们四个人把情况碰一下。"

四个人凑到一起。

"东海，现在有几个问题要问你。公安局是一个人跟你说的，还是几个人？是工作场合还是随意地跟你讲讲？"

柳东海说："公安局是专案组三个人，明确地讲，是受局领导的指派，要把情况通报给咱们。行里是三个人听的，除了我，还有郝秀芬副行长、分行办公室主任彭飞。"

"他牵扯什么状况？那个案子是什么背景？"

听了简单叙述后，许董事长说："这事就可以明确了。回去之后，你先单独跟他谈一下，给他一个机会，收了人家的退回去，如果不好退，通过行里办，可按时上缴对待。这样做不是为他，而是不给行里造成负面影响。给个机会，如果他还不承认，咱们再采取别的办法。"

许董事长想了想，接着说："石行长一起去胶湾解决此事吧！有一件事情咱们可以定下来，他必须走人，别带来太大的负面影响。"

柳东海到分行后跟黄耐谈了，转述了许董事长的一番话。

黄耐很慌乱，一通对天发誓的鬼话。

柳东海说："好，你能这么坚决我很高兴。我希望你没事，你要有事的话对我们银行的名声也不好，咱们在一起搭档，你确实没事就好，我是受总行委派跟你谈的，总行领导还会跟你谈，这是对你负责任。"

石行助到黄耐办公室，谈了有半个小时。谈完出来后，黄耐蜡黄的刀条脸上堆着笑，面部肌肉都在微微抖动。

柳东海送石行助到机场。一上车，石行助直截了当一句话："东海，啥也不用说了，这种事我也算有经验，他绝对有问题，怎么都不会冤枉他的！我跟他谈了，事你都做了，他也不反驳。他乱了方寸，明明和信贷员一起去过那家公司，和老板吃过饭，老板也到过分行，在他办公室喝过茶，他居然说从未见过人家。"

黄耐走之前，总行派于海龙行长助理带着人力部的人到胶湾考核班子，先民主评议，谈话了解一下分行班子成员表现得都怎么样。考核虽然不涉及柳东海，但为了避嫌他除了吃饭陪陪，工作时间都不在一起。于海龙带人谈了一天话之后跟东海说："你怎么摊上这样的搭档？全行干部几乎都在控诉他！这样的人真恶心！"

黄耐离开了，被收买了他和徐尔刚的那个公司接收下来。

那个公司老板随后到银行找柳东海解释，说是黄耐自己没单位落脚，恳求到他，毕竟黄耐也算帮过企业的忙。柳东海口头感谢这家企业，但心里厌恶至极。

郝秀芬私下跟柳东海说以黄耐的为人处事风格，他绝对不会在这家公司干满两年，恐怕过了一年就得换地方，这种人在哪儿都一样，和领导、同事天然为敌。

果不其然，黄耐没干到一年真又离开了。后来，通过他在医院当外科大夫的表弟媳妇找了个原来找她治过病的领导说话，到另一个企业去工作。企业到胶湾分行做人事背景调查，许董事长为这事还特意叮嘱柳东海：说点好话，把他送得远远的。

来人核查时，柳东海说这个人能力比较强，别的没什么要说的。

黄耐给柳东海打电话："我怎么都想不通，想找你聊一聊。"

柳东海答应了，定在转天早晨八点单位旁边的上岛咖啡见。

清晨，咖啡馆没开门，两人就坐在黄耐车里。

黄耐率先抱怨："我怎么你了，非得把我弄走？"

柳东海说："你是自作自受！公安局通过正常渠道通报情况，对你要有所安排。你这个情况，银行能留吗？"

"头上三尺有神灵，人做事，天在看，我真的没那么做！"他满嘴仁义道德。

柳东海劝道："咱们之间本来很简单，我跟你无冤无仇，你到胶湾后我帮你的少吗？银管局资格审核过关是我费了天大的气力帮你办成的，你却一点感恩的心都没有。你再说过头的话，我真的对你不客气了！真把公安局掌握你的事给摆出来，那你可就惨了。"

黄耐说："好好好，咱们以后不再谈了。"

柳东海下车回单位了，从此，两人不再联系。

路遥知马力，日久见人心。兄弟们后来都清楚了，小乱不治是为了大乱大治，是为了根本上解决问题。

第三十四章　调查询证

当行长不可能将全部精力都高度专注于工作，偶尔也会遇到很严肃、很纠结的事情——居心不良的下属会为一己私利挖坑，使绊子。

一个胶湾做粮食经销的客户和异地企业发生了经济纠纷，涉及三千万元，异地企业向公安局报了案。客户的贷款要到期了，续做不续做银行要研究。拓展部老总以往和黄耐狼狈勾搭，联手做过海船重工相关业务，属于私欲重、不阳光的人。他跟行里汇报说，这个纠纷很明了，肯定能解决，贷款抵押物是没有任何问题的，企业经营还在继续，应该续做下去。还说老板被公安局请去配合调查了，现在是他媳妇和弟弟协助经营企业，老板媳妇和弟弟晚上想把情况和行里领导解释一下。

柳东海做业务有一种一往无前的勇气，真的有不良的话，压力太大，对不起上下级，所以就按照安排去见了一面。

当晚，柳东海特别带上了姜民，他要带一个和业务无关，但能说实话、能做证明的人。饭桌上，客户讲贷款业务续作手续没有问题，公章现在在他们自己手里。偏偏拓展部老总跟别人站在一个立场上，穿一条裤子，客户说什么，他就表示情况属实。柳东海当时没做什么表态。

第二天，拓展部老总来到柳东海办公室，催问这个业务是不是必须做。柳东海表态，做不做主要取决于他们对客户的把握，有楼做抵押物，那楼离胶湾火车站很近，位置很好，真出现问题还可以卖楼，贷款不会有最终风险，但要求手续齐全，公司的章要当面盖上。拓展部老总信誓旦旦说这些都没有问题。柳东海要求由拓展部门先拿书面意见，主办、协办客户经理写出一个说明来向分行汇报，拓展部老总签字，征得分行公司部同意，分行公司主管行长拿出审批意见，都要落到纸上，以便体现大家对这个企业的共同判断，共同做出决定。

没过几天，柳东海突然接到一个电话，那边说是公安局专案组的，要求配合调查，并说到行里来怕对银行影响不好，让柳东海把别的工作安排好就过来一下。柳东海问在哪里，那边说在开发区桃花别墅的一个小酒店，要求立马过来。

无奈，柳东海带着彭飞过去了。到了之后，他们不让彭飞在场，只把柳东海一人留在小酒店的客房里。公安局专案组占用了酒店几个房间用于办案。

两个人负责和柳东海谈话，一个打字记录，一个负责询问，说是配合调查，实际和审讯一样，问姓名、性别、身份证号、联系电话、家庭住址、家庭主要人员。又问是不是早就跟这个老板认识；为什么在他已经被立案的情况下还坚持给他做贷款；这家公司的人是不是去过你办公室；几个人去的，你们几个人接待的；他们送了你什么；这个贷款续作之前，你是不是和他的弟弟、媳妇一起吃过饭；是不是当场答应给人家做，云云，每个问题都挺尖刻的。

柳东海耐心给他们解释，说这个客户去过自己办公室，但是是在拓展部老总、客户经理陪同下去的，他们公司也不是一个人去的，也没给他送什么。至于为什么给这个企业做贷款，第一，客户经营贸易的现金流充足，每年的交易量挺大；第二，有优质的抵押物，银行没有最终风险，他们没有理由拒绝。自己干信贷多年，胶湾这些企业基本都认识，说不认识是假的，但是往来都很简单。至于跟老板的媳妇和弟弟一起吃饭，当时除了自己行里还有另外四个人，饭局上不可能拍板定什么事，银行做事是有程序的，需要经过客户经理、主办、协办、部门老总、公司部、授信部、风险会或审贷会层层把关，到行长这里只有一票否决权。行长没有在大家不同意的情况下坚持要做的权力，银行风险防范关口是一道一道的，十分严谨。

柳东海还说鲁南银行不是那种不规范的一言堂银行，虽然也知道涉及经济纠纷，但当时的一切证明显示还是可以继续做的，考虑有优质的抵押物，而且行里也不想这笔业务成为不良，所以才给他家做，审批的手续是齐全的。

公安局的人从案卷里抽出那张有客户经理、拓展部老总、公司部老总和主管行长、主管风险的行长签字的纸，问是不是这个。柳东海说就是这个，并表示要是没这个东西，自己最后是不可能签字的。

中午，柳东海跟公安局办案人员一起吃自助餐，下午又折腾了很长时间，并非内容太多，而是他们打字的速度太慢。

一天的问询结束后，他们把记录全打出来，让柳东海从头到尾看一下。看的过程中，他发现有些与事实稍有偏差的地方，比如说柳东海承认违反了法律法规。柳东海坚持这话不能这么讲。他怎么可能傻到这种程度，这话不能认，这么写是在毁自己，自己不可能去违反基本的常识。公安局的人说，那好就改一下，改完之后多少还有点那个意思。柳东海想想算了，反正自己没毛病，就在记录上逐页签字，逐页按手印，每一页上要按四五处手印，每个段落都要按手印。柳东海默默地数了数，前后按了28处指纹。

公安局的同志解释说，这是一个法律程序，谨防司法过程当中有人伪造、涂改。

柳东海做这些手续的时候，心情非常压抑，有一种被人限制自由、不被尊重的感觉。

完事后，公安局的同志说："根据一天的了解，你很坦然。可我们询问别的银行行长，包括你单位的人时，却感到他们中有些人是有犯罪嫌疑的，他们说的叫供词，你这叫配合调查。"然后，翻出问询柳东海手下——拓展部老总的笔录，没让全看，给看了几段，包括签名。

柳东海回到单位，把拓展部老总叫到办公室，问他是否配合公安局专案组做过笔录，后者矢口否认。柳东海当时内心就清楚了，把情况说给郝秀芬和吴哲欣，他俩一致认为此人不可信任，不适合银行工作，坚决不能再用了。

市纪委来电话，跟柳东海预约工作，说明天中午他们那儿的几位同志要做一个调查。柳东海问调查什么，对方说调查他们行在胶湾做的一个填海造地的开发项目。柳东海说，没做那个项目。那边说，没做是没做，但是要调查，上边有人给总行领导递过话，总行领导应该和柳东海等人打过招呼，柳等人也应该跟人家联系了。柳东海说，前面的事情不知道，后边的这个有，但终究是没做。对方说，那就配合一下，并给了柳东海联系电话。

中纪委一位处长带队，另两位是从海西省纪委抽调的人，配合处长工作。

柳东海回头给许董事长打了个电话，领导说知道了，实事求是就行，反正最根本的就一条——咱也没做。

柳东海和中纪委处长打电话约见面时间和地点。对方要求到单位，柳东海说能否不到单位。对方问为什么，柳东海说："你们身份特殊，到单位影响肯定不好，单位的人还以为自己怎么了呢。"对方语气强硬地说："柳东海行长，这个由不得你，如果真宣布你有问题，还到不了你单位了？"柳东海无奈道："既然非要来，就到我办公室吧！我办公室也有会议桌。"对方同意了，约好了见面时间。

第二天，那边来了三位。柳东海的办公室格局是办公桌对面摆着小会议桌，纪委两个人坐在柳东海对面，柳东海背对着自己的办公桌坐着，纪委带队处长没有落座，屋内各处转各处看了一会儿就出门办别的事情去了。

负责问询的两人中有一个带了一个笔记本，还附带小打印机一部。电脑和打印机上印有一行小字：此设备严禁连接互联网络。

问了一上午，来人让柳东海说明和开发商是怎么开始联系的，哪些领导打了什么招呼，行里如何进行的调查，又为什么最后没给贷款。结束后，又是签字、按手印等一系列手续。

午饭时间到了。中纪委的处长也返回柳东海的办公室，柳东海邀他们一起吃饭。处长说："自己从来不在办案单位吃饭，哪怕熬到后半夜，出去吃碗方便面，也不会在办案单位吃饭，但是你这里不是涉案单位，而且问题说得很清楚，今天就在你这儿吃了。"

柳东海考虑到出去吃饭比较忌讳，到楼下食堂吃饭影响也不太好，就安排人给打了些菜上来，四个人在办公室吃了一顿简餐，三位纪委同志对海菜馅包子和烤地瓜赞不绝口。

吃完工作餐，他们就走了。

柳东海向领导报告，领导挺高兴——为啥？因为没分行啥事儿，否则人家是不敢在这吃饭的。

第三十五章　突破瓶颈

柳东海抓班子团结,要求大家在一起,能够做到拧成一股绳,提出了一个口号:简单和谐,风清气正。本来"简单和谐"和"风清气正"是说不到一起去的,这是结合胶湾分行的现实情况提的,简言之,要把全部精力用在工作上,谁都不要太世故,不要搞社会化的那一套,把全部的智慧用在工作上。风清气正,是指督促对待客户也要行动统一。之前接收黄耐的那家客户好搞一些小动作,送礼品、送购物卡,或是请客吃饭喝酒啥的。班子开会时,柳东海明明白白提醒大家务必与客户保持干净的工作关系,个别企业靠歪门邪道来开拓构建自己的业务体系,不能被他们当成铺路砖、垫脚石给利用了。

柳东海是党委书记兼行长,是班长,就要以身作则。一次,郝秀芬行长找柳东海说:"这个老孙,你说这个人怎么做事,怎么这么不靠谱。"

孙亦名行长是分管公司业务的,郝行长是分管授信审批的,他俩正好是一对矛盾。

柳东海问:"什么问题?"

郝秀芬行长道:"有笔高压阀门厂的业务跟他没法沟通!"

柳东海说:"你什么意思呢?你们两个有这样那样的小摩擦,你觉得把情况都讲给我听,是我跟他谈好,还是你直接跟他谈好?提醒你这么几方面:第一,我们是朝夕相处的伙伴,目标是一致的,咱们共同的想法是发愤图强,把业务做起来;第二,我坚决相信你俩前世无怨今世无仇,是吧?因为工作走到一起来,没什么不可调和的矛盾,够条件、符合标准的业务就做,不够条件、不合标准,他不会同意,你也不会同意。如果他坚持什么看法,就应该好好聊一聊,看他讲得有没有道理;如果你坚持什么原则,也听听他的意见,他说的意见是不是也可能回过头来让你看到自己过于古板教条了。"

沉吟片刻,她说:"我懂了。我找老孙说去。"

"回头把沟通结果告诉我一声。我要给你传话,这矛盾就更深了。有事直接说就简单。"

不到半个小时，郝秀芬回来了："谢谢领导。我去找他，老孙没说什么，我俩聊得很好。"

柳东海说："以后就这样，你给他也做出个样板，将来他有问题也是直接找你。你刚才要不去找他，我就会把他叫来，咱仨在一起，我在旁边听你俩沟通，就这么简单。"

班子简单和谐，风清气正，大家不去沾染社会上那些不良习气，努力做到人人坦荡、事事清晰。

风气慢慢好起来，大家没事就在一起琢磨业务怎么能干好。谁都不是天生做领导的料，到底怎么能做好、怎么做才规范，大家要互相影响，互相带动。

一次开班子会，柳东海问到最近行里的存款情况、客户情况、客户经理情况、同业的情况、兄弟分行的情况、总行要求的指标落实情况等好多内容。结果，问了几个问题后，几个主管行长都说不太清楚，柳东海就火了，把笔记本直接摔在茶几上，厉声道："这个水平，还这么不用心！你们当主管行长的竟然还没有我了解得多，在一个班子里，咱们应该互补，连自己该做到的都做不到，怎么去补别人？跟我在一起搭档，你们真不够哥们儿意思，我这么用心地领着大家做工作，你们却不用心配合我，什么玩意儿！"

几位大气不敢多喘一口。

"回去认真准备，明天重新开会！当领导该做哪些、该做到什么程度，你们应该是很清楚的！"

第二天接着开会，大家分头汇报，由于用心准备了，所以内容丰富了很多。柳东海脸上挂着笑容，心想，千万别像昨天那样口无遮拦了，互相尊重也是必需的！

工作总是这样：你得有目标，然后有方法，有落实！

经过反复分析，胶湾分行要改变困难状况，突破口在公司业务。徐尔刚和黄耐在的时候，公司业务被封杀了，大家因他俩称王称霸，都没了心劲。一番深思熟虑后，柳东海决定搞一搞项目储备和推动，拿出两到三个月时间应该可以改变公司业务现状，改变公司业务现状等于改变了分行的整体业绩状况。当时，公司业务几乎就到地平线了。

他把支行行长和部门老总集中到一起，分析短时间内可以做成授信业务的潜在客户，一下子统计上来三十多个质地不错的客户。看来，大家还是攒着一股劲的。

柳东海带着孙亦名行长和大家一道定了几条标准，符合基本条件的客户要求半个月的时间内必须报到分行，即便有些还要补充调查，起码有二十多个客户是可以马上做的。二十个公司客户啊，要知道，胶湾分行已经很久没什么新公司客户了。

胶湾的公司客户贷款需求在两三千万到五六千万规模的居多。干脆定一个标准，以不小于三千万元作为一个项目储备的衡量标准。按三千万元计算的话，二十个项目意味着六个亿的投放，对利润的影响相当可观，关键是，这六个亿的投放按百分之五十派生还能带来三个亿左右的存款。银行太需要存款了，哪怕一两个亿都是很重要的。

项目储备要求在半个月之内报上来，两个月之内见效。二十天左右，开第二次项目储备会，第二批项目要报上来，形成叠加的业务浪潮。没想到第二批报来的项目更多，大家真是憋足了劲。

几个措施上马后，现状得到改善。过去，下面求上面批，现在颠倒过来了，只要有储备，行长和分行公司部就盯住你了。你这个支行有几个项目，你一露头，就天天来问你，项目进展到哪个环节了、到谁那了、有什么问题、怎么解决。你报了之后不是由你说做不做了，时间由分行行长和几个副行长来控制。

这时，遇到了一个小困难。

风控部的总经理小杜是总行派来的。这个小杜，观念一直挺保守的，光保守不要紧，还多疑，一旦有人一个劲地推荐哪个项目，他就认为该项目必定有问题，要么是推荐人跟企业间有什么徇私舞弊的问题，要么就是推荐人为了挣营销费。他认为分行发展与否和他个人无关，所以，他也不着急，有业务送到他这儿来，他就安排给审批人员，这个给你审，那个给他审，然后就在他们部门内拖起来没完。他们还搞了一个小程序，就是项目由部门员工审完后，攒堆一起给他汇报。他坐在那里像总行首席审批官一样，由他决定这些个项目上不上信审会。

公司业务的主管行长老孙找小杜催办，也不给面子。郝行长是主管信贷审批的，也是主管小杜的行长，又找他谈，他说："那不行，我从总行来的时候，领导打过招呼，说项目行不行别听分行的，我有权力定。"

两个副行长找柳东海汇报，柳东海说，"这真耽误事！把他叫来，咱们仨跟他谈一下。"

柳东海开门见山道："贷款行不行不应由你一人决定，在你之前，公司业务部门和主管行长都已经表示了意见，有级别比你高的人表态，你要尊重，不要因为你是总行派来的，就觉得自己代表总行。在这里，能代表总行的只有本行行长一人。你错误地传递信息，会破坏总行领导和分行干部之间的关系。"

柳东海继续开导他："你将来还要发展呢，这对你的发展影响是很大的。分行要开展业务，不能总在你这被耽搁。大家对你有什么想法，你自己应该懂。如果几个行长都认可的项目，你还认为有徇私舞弊的嫌疑，那不是开玩笑吗？我们都在认真负责地工作，是吧？分行和总行级别上虽然有差异，但不意味着对客户的管理水平谁比谁更高，我们是操作层面，总行是管理层面，在各自的领域发挥着长处。你可以提出不同意见，如果你发现有重大的缺陷、有硬伤，你应该及时跟支行说明，如果不能说服他们，又确实觉得存在问题，你应该找分行主管行长沟通。"

这话听起来很生硬，但就是这个道理。

柳东海耐心地说："项目如遇一般性的问题，你们要一边发现问题一边帮着营销团队来想办法解决问题、应对风险的措施、研究如何降低风险，这样才是既管又服务，如果就你一人说行或不行，那不成权力部门了吗？我们都是一个链条上的，怎么人家都是铁的，就你是钢的？要学会沟通和汇报，把沟通和汇报当回事，别真成了分行发展的绊脚石。"

此前，行里好多人反映过小杜的问题，全行热情高涨做业务，他那却平静如水，冷漠如冰。

分行终于要开审贷会了。柳东海问主管授信审批的郝秀芬行长有几个项目，她说有八个。都多长时间没有一个新项目了，一周内就有八个，能不让人热切期待，心情激动吗？

柳东海说："太好了，你们抓紧开会，下午我得去市政府参加信贷资金调度会，我会关注你们。"

柳东海人在会场心系审贷会，给主管授信的郝秀芬发了个信息，问审贷会结果怎样。

郝行长回复："今天只上会了一个续作的项目，没有新项目上会。"

"为什么没有一个项目？那些储备项目呢？"

"没推上来。"

"……"柳东海说，"你和孙行长下班都不要走，我散会后赶回来，听听情况。"

柳东海回来之后，三人在郝行长的办公室碰头。

"讲一讲为什么？"

郝行长说："这几个项目应该都没有大问题，但是授信审批部提了一些小问题不让上审贷会。"

"授信不是你管吗？什么问题不让上？是你告诉我有八个项目要上会啊！我还以为你们条线认可这八个项目？"

"小杜说那些项目不行，说孙行长同意不上会了。"

孙亦名有点气急败坏道："我什么时候答应不上会了？我都急得什么样了！"

柳东海说："咱们干到今天，应该怎么干工作你俩都清楚。你俩都把小杜当成一个不可逾越的障碍，过分在意了。如果下午不能上这个会，你俩为什么不互相沟通？事先为什么不给我打招呼？"

分行行长没有权力决定哪个授信项目必须做，行长有的是一票否决权，这是银行业为了保证资产安全设的一道防线。但推动提升审批效率是正当权力。

柳东海耐不住了，有点口不择言："你们这两个窝囊废，怎么不尝试解决问题？你们知不知道这是在耽误事？我们都听过相关支行关于项目的汇报，整体上我们都是认可的，人家支行也都是很急迫的，是吧？我们讲起道理来头头是道，偏偏就是做不成事儿！"

痛骂了一顿，柳东海说："看授信审批部提出了哪些问题，今晚就让支行和公司部加班把问题解决到位。小杜的问题好解决，他不能够正常对待工作的话，咱就不正常对待他。就这样吧！"

孙亦名出门先走了。

郝秀芬等孙行长一出门就坐在沙发上号啕大哭："领导，你骂人太狠，嘴太黑！呜……不过，你骂得对！实际上，我们这些人你早该叫到一起多骂几顿，这样咱分行才能好起来。"

柳东海咬着牙说："那行，今天算开头。"

第二天，小杜还是跳出来了，摆出很权威的架势，叫嚣着这个不行，那个不行，都是一些鸡毛蒜皮的东西。此前，已经有支行行长和部门老总跟他拍桌子了，霍迪差点动手揍他。表面上，小杜是拿技术说话，可现在这些企业要都拿技术说话，死钻牛角尖，又有几个企业符合条件？

银行是经营风险的，就看能不能把控得了，有没有应对措施，不是说一发现风险就马上放弃，如果那样，那就啥都别干了。小杜给大家的感觉是，他根本不在乎分行发展，不能和分行领导和同事们同心同德。

　　班子成员议到小杜的问题，说他顽固不化，短时间内不可能解决他的思想问题，不如暂时让他闪一闪。前提是大家在一起都对鲁南银行的事业负责任，他确实成了拦路虎、绊脚石，根本没法沟通。分行急切要发展，怎么办？柳东海说："好吧，明天让他带队去巴渝，公司部出个像样的人和他一起去，不能都是歪瓜裂枣，得有个像模像样的。再多派一到两个人去巴渝分行走访学习。给出个专题，就是考察巴渝的小企业融资业务，至于小企业业务考察什么内容，到那里再现场决定。难得去一次就按一周安排，家里工作由副总来牵头。"

　　然后，他又叮嘱郝行长跟授信审批部的副总小史说，就是加班加点、不吃不睡也要保证审批的效率与质量，把前两期储备的业务做出来。

　　郝行长跟史总做了布置，回头告诉柳东海，史总说请领导放心，保质保量完成任务。

　　公司部和授信审批部的人和各支行一道每天都加班，到夜里十一点左右，周六周日不用要求，他们也会到行里去审卷。

　　全行协同运转，三个月之后，分行有了变化，存款有了明显增长，由六十多亿进而突破到了八十亿，各支行团队也从过去没法工作的局面回到了全力以赴的状态。

　　话说小杜从巴渝回来之后，心知肚明。他是有怨气的，拒绝在业务审批单上签字，说什么你们审的，我不签，我不认。柳东海就对史总说，既然是你牵头审的，你签我们认可，总行没有一个人会为此指责。

　　出差成了小杜的家常便饭，他对业务进展情况变得陌生起来，总行负责审批条线的领导对他脱离实际、打小报告式的汇报渐渐失去了兴趣。他被自己边缘化了。

第三十六章　摘牌拿地

胶湾分行是最先在分行里买办公楼的，随后，其他分行的办公楼一家比一家面积大，装修档次高，胶湾分行建筑面积五千五百平米的办公楼明显不够用了，分行发展时间久了，就显得非常局促。

总行放话，若有合适位置，可以考虑拿地盖楼；如果有合适的楼，就买回来装修改造成新的办公楼。这也是柳东海的一个工作任务。

高新园区支行行长康雅薇跟柳东海说有一个客户在金钻港湾准备搞开发，地已经拿到手，准备开发两栋楼，正好在胶湾最核心的大街——公民路向海边延伸的延长线上，繁华街区，离海很近，风景好，商业氛围也好，国贷行和民众银行已准备各买一幢。民众银行准备买的这栋楼裙楼很大，底座加裙楼四千平，民众银行只要两千平，民众银行从低层往高层要几层。

柳东海说："太好了，能行的话，咱们也要他的裙楼，也要两千平！咱们从上往下要，更气派。"

但这个事得总行定。正好许董事长要到胶湾，柳东海跟房地产企业说："我们许董事长快来了。如果他有兴趣的话，你们介绍介绍地域，介绍一些规划想法、合作意向。"

在机场接到许董事长，柳东海说："董事长来都有什么安排？"

许董事长说："中层干部开个座谈会，晚上我就不跟你们一起吃饭了。今天晚上民众银行的老板马义准也到胶湾，胶湾市委书记要安排个饭局。你不用跟着吃饭，但你得到酒店等我。"

柳东海说："没问题，座谈需要多长时间？"

他说："有两小时够了。"

"别两小时了，一个小时呗？"

他说："你还有事儿？"

"金钻港湾商务区有一个房地产商开发两栋楼，这两栋楼一栋是国贷行意向性定制的，一栋是民众银行意向性购买的。今天，民众银行的马义准不也来了嘛，您跟他一问就知道，他的裙楼挺适合咱们分行的。座谈会结束后，我陪您过去看一看，要感觉好咱就谈，感觉不好就当没这事儿。"

许董事长点头说："那行。"

座谈会紧张匆忙地结束了，柳东海通知康雅薇行长："马上联系你的客户到现场，咱们去看看位置。"

所说的位置旁边已开业了两个亿广集团开发的酒店，一个柏悦酒店六星级的，一个皇冠假日酒店。房地产开发商就在柏悦酒店租了个小会议室，做了一个幻灯片。柳东海带着胶湾分行的副行长吴哲欣陪许董事长到了那里，开发企业满腔热情地给许董事长介绍这个楼的规划外观、内外部设计考虑等，以及如果行里感兴趣的话，民众银行怎么拿，鲁南银行怎么拿，大概会给多高的优惠，等等。

许董事长一直表情冷漠，也不太提问，从头到尾没有任何态度，然后看看柳东海说："东海，就这样吧！"

柳东海说："好。"又跟企业的人说，"谢谢你们的精心准备。"

许董事长一行人和企业的人握手道别。出来后，许董事长说："咱先到酒店住下来，我这有几个电话要打，还要联系几个事儿，其他的事情晚上等饭局结束之后，咱俩见一面再说。"

柳东海说："好。"

把许董事长送到客房，柳东海等人就在酒店大堂坐着，吴哲欣跟柳东海说："没戏。"

"为什么？"

"你看许董事长一点买的意思都没有。"

柳东海笑道："你慢慢历练，许董事长要表示出很迫切的样子，那以后的价钱怎么谈？越要做成一个事，越要表现得很淡定才对。相信我的话，你等着看结果。"

许董事长的宴会结束了，柳东海接到电话后到了许董事长的房间。

柳东海说："董事长，房子的问题你怎么想的？"

"房子的问题咱这么办。晚上吃饭的时候我给老马抛了个想法，我和他讲，老马，你要一半我要一半。"

柳东海说："那人家啥意见？"

"别提了，咱这一弄，把开发商成全了。我一说咱要一半，马义准说这个楼他全要了。他要建一个民众银行胶湾金融中心。"

柳东海说："那咱怎么办？"

"咱这么办。市委书记一看我俩这么说，就说他在金钻港湾现在有闲地，让咱们拿地盖楼，咱们要是盖的话保证是胶湾的地标性建筑。"

柳东海一听，心想，这一定是喝多了吹牛了。

许董事长又说："书记说这事让胶湾市政府的副秘书长帮着联系、打招呼、牵线。她给我留了个电话，你认不认识？"

柳东海说："认识，我有她手机号。霍大姐，她也是金融局局长，逢年过节都走动，平时开会经常在一起。"

许董事长说："你找她，她负责联系。"

"好，那我明天就联系了。"

第二天，柳东海给霍大姐打电话。

"东海行长，这事我也不好太多出面说什么，我给你两个电话你联系。"

柳东海说："好，我联系谁？"

"一个是市政府田秘书长，他现在兼任土储中心主任。"

"我还需要联系谁？"

"再去规划局，但第一步是土储中心。"

柳东海心想，完了，我啥也不会，这是神秘莫测的房地产领域啊！

柳东海说："联系他俩要有困难的话，我找谁协调？"

"你跟中山区黎书记熟不熟？"

柳东海说："比较熟。"

"你可以找他帮着说说话，这算得是上中山区招商引资项目。"

柳东海说："好，反正有困难，我第一个想到的是回来找大姐你。"

她说："行！"

柳东海想了一下，应该先找区委书记，因为区委书记跟柳东海熟，其人交际广、很仗义。他做过团市委书记，做过海岛县的县委书记，还做过市旅游局的局长。

柳东海见了面，就对他说："黎哥，现在这个事让我来做，反正对于政府来讲，这是个招商引资的好事，你得给我提供好的服务。"

"少来这套，你让我帮你做啥就直说！"

柳东海说："我跟田秘书长和规划局何局长都不熟。"

"何局长是咱哥们儿，我一个电话，他得溜溜地给你办。"

柳东海说:"你现在赶快打,咱办事得讲效率,赶快打!"

黎书记抄起电话给何局长打了过去:"何局长,鲁南银行一把手行长柳东海,是我哥们儿,那也是你哥们儿,现在他们行想在咱们金钻港湾拿块地,盖办公楼,找你帮忙,到你那别有困难,回头咱仨在一起要喝酒的。"

柳东海一听他的关系是不错的,于是就在旁边竖起了大拇指。

撂下电话,柳东海说:"田秘书长怎么办?"

"田秘书长,你要是通过我的关系去介绍,干土地这帮人,要是人家知道关系复杂了,他反倒想法多了,你明白我的意思吧?"

柳东海说:"明白,大概明白。"

"那你就直接找他,打电话不一定愿意接,他不熟悉你的号,你直接去敲他办公室门,他的办公室在市政府七楼西侧。"

柳东海说:"那我去闯。"

拿地的事情从头至尾只有柳东海和办公室主任彭飞两个人办,其他人都使不上劲。

柳东海带着彭飞去了市政府,一看田秘书长门口站了好多人,也管不了那么多了,看着有人出来便立刻挤了进去。

"你哪位?"副秘书长是个大个子,瘦瘦的,脸上棱角分明。

柳东海说:"我是鲁南银行行长柳东海。"

"鲁南银行行长找我干啥?"

柳东海说:"拿地!领导,我得坐下跟你说。我这事不需要太长时间。"

"你坐。"对方让柳东海坐下,也没给倒个水什么的。这个屋子,半屋堆的是图纸,半屋堆得是礼品。礼品都是袋装的领带、T恤衫之类的东西,这是柳东海看纸袋猜测的。

"说吧!"

柳东海说:"昨天晚上咱们市委书记跟我们董事长在一起吃饭,讨论的是我们行在胶湾拿地盖办公楼。方位就在金钻港湾,这个事,市委书记是让金融局的霍局长,也就是霍秘书长来帮着协调。霍秘书长把您的电话给我了,说这个事就您老人家说了算,让我找您办。"

"银行这事离谱!你们能搞开发盖楼吗?"

柳东海说:"不是我们盖楼,我们是委托别人代建。有资质的单位出面来办这个事儿,但最后是给我们用。"

"你们哪来这个钱？你知道我那一块地多大？金钻港湾新开发的地都划得很规矩，面积大小都差不多，每块地大概都四万平左右。"

柳东海说："领导，有一条我可以跟您说得准，我们是真心拿地，真有钱，这个事是实实在在要做。"

"我给你一个图，你回去先研究研究。"

整个金钻港湾的规划图，凡是印成红的就说明地已经被别人摘走了，有的甚至楼都盖起来了，凡是白格的就是现在还空着的，大概有那么五六块。

柳东海说："您看我定哪块地？"

"你看看H9。"

柳东海说："我就照这个研究了。土地出让标准是什么？我一共得花多少钱？领导，有一条，今天认识您老人家了，您的麻烦就来了，我什么都不懂，什么都得问，您得指点我做。"

"你不懂。你找明白人指点，我哪有工夫指点你？"

柳东海说："那我现在开始做什么？"

"你现在开始就回去研究这个地块。这个地方之前是煤炭交易中心相中了，但钱没凑够拿不了了，所以你们才有机会。"

柳东海说："我就按这个跟我们领导汇报了？"

"好，回头咱们再联系。"

柳东海拿着田秘书长送的宝图，带着彭主任走了。

柳东海送许董事长去机场的路上给他讲图，其实他也稀里糊涂的，许董事长也没太听明白，但有一点清楚，就是有机会拿地了。他拍着柳东海的手说："好好，能拿到地，这个机会挺好。"

结果，没两天田秘书长主动打电话来说："你是柳行长？"

柳东海说："是。"

"你到我办公室来一下。"

一见面，田秘书长说："那块地有个问题，你们得想一想。"

柳东海说："啥问题？"

"变电房要放在你们地块里。"

柳东海皱眉："先不说噪音和辐射的问题，那得占多大一块出去？"

"反正也不能小了，这个问题你们自己好好考虑，琢磨清楚。"

柳东海说："领导，可不能这么办啊！办一回这么天大的事儿，只能好，不能差呀，不能落下骂名是吧？反正感激您一辈子这样的话就不用再说了，我一定好好感谢您，但眼前怎么办呢？您这变电站安到我们这里，一下减少建筑面积那么多，我怎么交代？"

"不行的话，你再考虑考虑另一块地，E9号？"

柳东海心想，真能儿戏，这么大事你当是开玩笑下棋啊，东挪一个格，西挪一个格！但跟人家不敢说啥，只能说："这块地都有什么缺陷？"

"这块地没缺陷，就是离主干道有点远，离公民路延长线往旁边走一千米，贴着海边。"

柳东海脑子里也想，在市里建了十五六家支行之后，分行在哪都不重要，形象最重要，交通便利就好。

柳东海说："领导，就这块地没变化了？不至于再出问题吧？您别让我今天汇报遍，明天又汇报遍，最后咱们不好看。毕竟私底下讲您是我大哥，我在这跟您混，在那头我得跟总行混，领导看着办个事都没个谱，以后还怎么相信咱？"

田秘书长看着柳东海笑一笑，说："就这块，别的变化不会有。"

"规划要求都有什么？"

这两天，柳东海找懂房地产的人做了些功课，到底得关注什么事，原来是一无所知，现在略知一二了。

"40000平的土地，建筑容积率是5.7，盖多少栋建筑，看你的规划，但不能超过总的容积率，其中必须包括独栋的五星级酒店一座。"

柳东海心里打鼓，这银行盖楼还得开个酒店，能行吗？

于是，他打电话给许董事长汇报，领导说："这个没问题，但土地是公寓性质，和七十年产权的住宅不一样。不是住宅用地，家里可以用电磁炉，接水电都没问题，但不给接管道煤气或是天然气。缺少生活便利，物业管理费也高不少。"

总行想盖办公楼和住宅，解决营业和员工优惠价购房问题。领导说："我安排办公室和基建办研究研究容积率。"

随后，办公室林忠主任代表许董事长打电话给柳东海："柳行长，容积率太高了，能不能研究一下降低点容积率，不盖那么高，那么多？"

柳东海铺开图纸思忖道："我试试。"

他带着彭飞去了规划局。

规划局管理一流，规划局服务一流，从停车到进门登记，一直到引导你去见领导，都特别体贴，一点衙门作风都没有。

柳东海见局长前，跟彭飞说："你在外面等我。"

进屋之后，柳东海问："是何局长吗？"

对方答："是我。"

柳东海套词："何大哥，您好，黎书记说你们是好兄弟，您也会拿我当兄弟。"

何局长一张端正的国字脸，一打眼就是政府官员的标准形象。他笑道："东海行长，你说事儿吧！"

柳东海说："这块地我们准备拿，拿完之后，就是规划的问题了，这都是规划局决定的，5.7的容积率，我们盖不了那么多楼，没有用。能不能把容积率降低一些？"

"降多少？"

柳东海说："我真不懂降多少合适？周边有一些拿地的，保润地产什么的，那些知名企业，他们拿到之后容积率是多少？"

何局长说："有降到4.5的，还有更低的……你想降到多少？关键是你们想盖多少？"

"何大哥，等我回头问一问，我给您发个短信行不行？或者我给您打个电话。"

"你打电话先告诉我，我这再商量。负责这项工作的处长的电话我给你，你自己别去联系她，让你下面的人去联系她，有些事咱就这么办！"

柳东海说："好。"

回来跟总行一说，总行很高兴，原来容积率还可以改变。最后问总行定多少合适，总行办公室和基建办也不知道怎么拍的脑袋，拍出个4.7。

柳东海打电话告诉何局长，对方说："你们定了？"

柳东海说："定了。"

"是明白人定的吗？"

"我不明白，他们应该明白。"

何局长严肃道："这可不是儿戏，那我就跟处里说了。"

柳东海说："说吧！"

第二天早上，总行就变卦了，说还是高，要设法改为3.7。

柳东海说："你们得严肃点，不能再变了。我肯定得让人家训一顿，成不成我也不敢保证。"

总行说："你再争取争取。"

柳东海十分苦恼，不到十分钟嘴边鼓出了水泡，天大的事情真办成儿戏了。不能打电话了，得直接去面见何局长。

果然，何局长不悦道："你真拿大事当儿戏了！咱这么今天调明天调，别人以为咱俩啥关系呢！"

柳东海说："何大哥，我保证调完这次不调了。"心里却想，谁知道还调不调了？

柳东海坐在中山区区委书记办公室喝茶。每次去，书记都把别人送自己的好茶拿几盒给柳东海。

柳东海跟黎书记探讨说："你说我们是银行，非得让我们盖个五星级酒店，但盖完之后谁经营？银行干这事不太合适。那个区域，五六星的酒店不能少了，都得十多家，不差我们这一处吧？"

"你得跟他们谈，什么东西都是可以研究的，你还是得找何局长。"

柳东海说："我去找他，遇到困难的时候，您还得帮我。"

"你去找吧！"

柳东海面见何局长道："何局长，五星级酒店能不能不干？"

"不干干啥？"

"都盖住宅。我们开发的话，对员工还是一份福利，行里不想过度投入，整个五星级酒店，我们也不是干这个的，再说，金钻港湾区里那么多的酒店，还差我们这一个？"

何局长道："这事不大好变通，这是总体规划的一部分。"

"何哥，总体规划不都是您牵头定的？你看看，帮着调整调整，我也不能说什么感激你的话，但办这么大的事咱朋友这辈子是处定了。"

何局长点点头道："你等消息吧！"

一连好几天没消息，柳东海也不抱任何希望。突然，何局长给柳东海发了个短信：你们要拿那块地的规划当中可以取消酒店，但需要增加公寓面积。

这可把柳东海高兴坏了，又办成一件大事！

柳东海把这个消息报给总行，总行说："太好了！办事非常有力度，做得好！"

谁承想，一波未平一波又起。总行又想把四十年公寓用地改为七十年住宅用地，周边要拿地的企业也在做同样的努力。柳东海对何局长采取贴身紧逼战术，十几次磋商后，局里竟然同意了。

为了拿地，一来二去跟田秘书长打交道快七个月了，终于可以安排走下一步程序了。土地出让金按照楼面价计算，每平方米摊进去多少钱。算完之后，土地出让金九个亿。

柳东海说："九个亿，让我们一次付清恐怕有些困难。"

田秘书长说："今天这样，大家也都是朋友，你先付一半，另一半半年之后再付，但迟付的部分要按银行贷款利率计付利息。"

后续工作进展顺利。

市长办公会后，行里委托的代建单位参加了"招拍挂"。在公开市场上挂出来这个地块，因为有意向了，别人也都知道鲁南银行要摘牌，也就没那么高的热情来抢，代建单位比较顺利地把地摘到手了。

当天晚上，代表鲁南银行出面拿地的公司老板说："柳行长，咱晚上是不是庆祝一下？"

柳东海说："应该庆祝，这点事真把我折磨毁了。我这辈子可能就这么一段房地产经历，也挺难得的，咱好好庆祝庆祝！"

老板说："你找饭店我花钱。"

这个事是代表总行做的，这么大的胜利也是总行的胜利，不能过分铺张。柳东海领他们去了一个名叫麻辣百分百的川菜馆，这回是普通红酒，成箱喝。

柳东海给许董事长发个短信：今天我跟合作伙伴在一起，万里长征走完了第一步，我们在一个川菜馆，举行盛大庆祝晚宴。

许董事长回了一个咧嘴露牙的笑脸。

第三十七章　商会言商

江宝源在的时候，鲁南银行是商会的发起单位之一，江宝源自然就是商会的副会长，副会长单位每年要交十万块钱的会费。

商会筹备初期，会长是当地颇具影响力的一位房地产企业的老板，商会有一名专职的秘书长，作为商会常设机构的负责人。麻秘书长的身份很神秘，颇有背景的样子。最初，商会秘书长月收入定的是一万块钱。商会招了三个小女孩作为长期工作人员，月工资都是两千块钱。

商会的人主动联系柳东海，因为鲁南银行在商会里具有一定影响力，鲁南银行的加入会吸引好多经商办企业的人，他们希望能够接触到银行的人，以后有贷款方面的需求会很便利，当然，还有其他别有用心的人，这是柳东海慢慢才知道的。

总行许董事长和柳东海的想法在当时是一致的，就是要积极参与商会的各项工作，希望商会的众多会员能成为鲁南银行的客户。柳东海跟班子几个人一商量，说："我们别当副会长了，干脆当常务副会长。"

常务副会长的影响力毫无疑问大过副会长。

商会根据麻秘书长的个人提议，设了多个层级：会长一名、名誉会长一名、秘书长一名、常务副会长五名、副会长十五名，理事数量不限，会员更不限数量。

一开始，大家都觉得这种设置挺开化、挺大度，有一些单位确实做得很不错，挺优秀的，那么，应该给更多人出头露面的机会。商会从一开始就大力扩招各层级会员，甚至以常务介绍常务，副会长介绍副会长，理事介绍理事，普通会员介绍普通会员，这样拖拉机方式扩张。

适当收费以维持商会常设机构的运转无可厚非，大家对于会长二十万、名誉会长十八万、常务副会长十五万、副会长十万、理事三万、普通会员一万的年缴费标准没什么意见。

时间久了，人们发现这种架构设计纯粹是为了利益，说白了，就是为了钱。商会日常开销有几个方面。第一，以商会名义频繁进行接待活动，接待时经常去秘书长夫人在四星级酒店里承包的餐厅。大家一开始也没什么感觉，觉得菜比较家常，招呼起来也方便，后来发现每次安排都很铺张。

这不大合适吧？柳东海这样想。肥水不流外人田，大家也都默认了。

第二是商会每年搞的年会，一安排都是上百桌，请各地的客人，年会整体预算是非常高的。商会每年需要向会员单位汇报财务收支状况，年会竟然也是一项重要开支，因为既要吃喝、租用场地、接送住宿还要买礼品、奖品等，都是大批量的。

想方设法，巧立名目花钱。私底下，柳东海也听到了这样的议论。

为了提升鲁南银行在商会中的影响力，很多工作他是不推辞的。有两年的商会年会是柳东海主持的。鲁南银行胶湾分行行长主持大会，让人感觉商会的工作是很有档次的。

柳东海还主持过一次会长联席会，但这次会议之后，再也不主持了。

事先，他并不知道会议议题，等议题抛出来之后，他才知道是要给秘书长和工作人员涨工资，这一次的预案是工作人员每人每月涨到五千元，而秘书长的待遇由月薪改成年薪，四十万。

大家当着秘书长的面，没人好意思反对，毕竟低头不见抬头见，作为秘书长给大家忙前忙后的也挺辛苦，在商会工作，他自己的公司可能都没工夫去打理，虽然大家并没有见过他的公司。工作人员提到五千，也算不上太高。商会将来会为广大会员发展助力呢，入会者人人期待。

会上有一项议案被大家否了，就是秘书长提出想买一辆高级轿车办公用，一台考斯特中巴作为商会接待使用。大家反对得很有道理，商会是一个不以营利为目的机构，应该轻资产，会员的费用是维持商会的运转，应该是给会员提供服务，搭建交流平台，建立商业联系，这才是商会真正职能所在。所以，麻秘书长的这个提议遭到大多数人反对。

柳东海心里窃喜，觉得商会这些人还挺负责任，还是有一点正义感的。

再就是，换选商会领袖本是情理之中的事，却让很多会员选择了离开。

商会中本不乏新会长人选，名誉会长是一家商业集团公司的董事局主席，影响力非凡；一家高科技防渗漏公司的博士后老总也明确表示如果没有合适人选愿毛遂自荐；作为鲁南银行胶湾分行行长的柳东海呼声很高，他则以银行有规定不得在社会组织中担当主要负责人为由婉谢。

有人提议秘书长转任会长，麻秘书长毫不迟疑予以拒绝。

商会一时陷入混沌状态。

这恐怕是麻秘书长期待的混乱。其间，几位具备条件的人选都出现了负面传闻。出乎他意料的是，有人私下还传发他和商会女职员的不雅视频。

群龙无首的局面不可持久，麻秘书长危难之际推出解决方案。他提议，以会长联席会议上投票表决的方式选举新会长。参会的副会长以上层级人员由他选择通知。他清楚，这些人中的绝大多数会按他事先安排好的意愿投票。

有备而战，战而必胜。

果然，新会长人选不合情理到出乎所有人预料：一个根本不是胶湾企业家的鲁南人，名下有个海西省内某市的啤酒厂，因每年缴纳两百万元会费的口头承诺，以多票破格当选。他给商会带来了变化：商会接待客人一律喝会长供应的啤酒，不花钱，折抵会费。

随后一段时间，因为忙于银行的工作，柳东海参加商会的活动少了一些。到了年底，听说商会在这期间又开了一次会长联席办公会议，会议决定了一个重大事项，就是给秘书长和工作人员加薪，工作人员加薪到月薪八千元，秘书长的年薪从四十万涨到八十万。

失望之余，柳东海心里也觉得很好笑：即便秘书长自己有八个公司，也不想去经营，都应该放弃了，就指靠商会给他谋福利养老也够了，他真把商会当成了赚钱的好地方。

吴哲欣曾和柳东海一起参加过麻秘书长安排的商会高层聚餐，十几位副会长以上人员，地点当然是四星级酒店了。

麻秘书长带去的人中有三四位是做小额贷款的，端起酒杯明确要求鲁南银行应该给他们提供机会，银行客户资金短缺的时候，给做"过桥"。说白了，就是乘人之危放高利贷。

麻秘书长提出会员企业如果需要从鲁南银行贷款的话，可以三五家联保。

联保这种安排原本不过分，但过分的是，凡有这样的业务商会都会收取会员单位费用，且不低于担保公司担保业务的收费标准，可它自身又不提供任何担保。如此一来，商会又多了一条生财之道。一旦贷款出现问题，他们也是一推了之，扬言跟商会没关系，商会只是帮着推荐客户，对还不了款的情况他们不提供任何帮助。

时间久了，柳东海发现几家有规模的企业跟鲁南银行都是长期固有的合作关系，用不着商会串线，另一些别有用心的人躲都不好躲。

柳东海告诉吴哲欣："吴行长，鲁南商会的工作今后你负责吧！"

吴哲欣说："不合适吧！你亲自去不是显得更重视吗？"

"让你代替我去抛头露面就是弱化我们在商会的工作，我们改任副行长单位。"

柳东海把商会近期发生的事情讲给吴哲欣，吴哲欣点头说："我懂了，也知道该怎么做了。"

吴哲欣代表鲁南银行参加了几次活动，回来跟柳东海讲："咱们不如不参加，这些人都在算计银行。"

听后，柳东海又做一个决定，再次自降名分，派支行行长才西作商会的理事。

麻秘书长很不愉快，但又不好得罪鲁南银行。

当支行女行长才西反映说经常被拉去陪吃陪喝到深夜，柳东海授权她可拒绝商会的不合理安排。到最后，鲁南银行的名字在商会网站上莫名消失，干脆会费都不用交了，也自此远离了这个是非之地。

而少数会员则与财大气粗的麻秘书长套近乎，希望其能帮他们在商会会员中牵线搭桥，做成自己想做的事情。有个卖茶叶的年轻女商人，求麻秘书长把她介绍给柳东海，想借柳的影响力把茶叶卖给银行各分支机构，再转给众多的客户，打开销售局面。

她到行里来会送一些比较精美的茶具，柳东海不想介入她这些营生，但碍于是麻秘书长打过招呼的，起码的面子要给，所以第一次他见了，第二次，柳东海安排彭飞一起见，第三次，坚决不见了。

女商人也有办法，她走访各个支行，到了杨树林的支行，说："我刚从柳行长那里来，他让我来找您，跟您说一声，您就能办，买点茶叶送客户。"杨树林想都没想，就订了四万块钱的茶叶。

女商人非常聪明，又说："你说我要挨家去说吧好像我是骗子，您能不能跟其他支行说一下，我一会儿到他们那去。"

杨树林想，这是柳东海的朋友，就抄起电话："姜民，那茶叶挺好的，你和纪桂林多少买点。"

女商人在五六家支行成功卖了茶叶，有人把这个事跟柳东海一说，柳东海马上发短信通知：本人没安排任何人向你们推销茶叶，如果你个人确实需要可以买，但是，一不准公款，二不准以帮我朋友的名义来买，因为我没有卖茶叶的朋友。

两百万年费还未到账,新会长借商会平台,以盖商会大厦之名,利用市政府对商会的支持,顺利取得繁华地段一块开发用地,悄然离开商会。

柳东海参加麻秘书长拜求他参加的饭局,喝完酒之后有节目,在秘书长爱人餐厅搞个Party。大家你唱个歌,他跳个舞,也有乐器演奏,柳东海不想上去表现,很多人又不是很熟,加上自己又是银行的,总得端庄一点,稳重一点。

不经意间,有人揽住他的胳膊,抚摸他的手背,扭头一看,是那个卖茶叶的女商人,细端详,还真漂亮。

柳东海问:"喝了好多酒吗?"

她说:"我没喝太多酒。"

"咱好好看节目。"柳东海把她的手推开。

女商人借着昏暗灯光,神色幽幽,吐气如兰:"我一个人好几年了……一见您,我就喜欢……"

柳东海忙起身道:"对不起,我着急回个电话,回头聊。"说罢,头也不回溜走了。

第二天,他又发了短信给各位兄弟:坚决不许买那家公司的茶叶。

刚开始,许董事长和柳东海一样对商会有兴趣,希望通过商会来和众多客户建立联系。他们把商会看成是一个重要渠道,但柳东海退出了,许董事长曾问到过此事。

柳东海说:"优质客户跟咱都已经有了联系,其他那些杂七杂八的都是算计咱的,还不如离他们远点。"

谈了几个现象后,许董事长也说:"嗯,退出来利大于弊。"

柳东海跟商会有过唯一一次比较好的合作,也是互相借力。当时,商会成立时间不长,柳东海也刚接任行长,正赶上新楼装修完,分行和商会以战略合作签约的方式搞了乔迁仪式,除邀请一般客户代表讲话外,商会秘书长做了讲话,讲话稿都是事先行里准备好的。那时的合作还处在期望多多的朦胧期,谁知,尚未经历蜜月期,就分道扬镳了。

第三十八章 绿色鸦片

柳东海和一家高尔夫球练习场的老板是老朋友,虽然不常联系。一天,他打电话给柳东海:"我请你们银行的领导到我们会所来吃顿饭,好不好?"

会所有多方面服务,包括教练辅导、高尔夫用品销售,还有餐饮、会务接待等。

柳东海问:"你有什么企图吧?"

"没什么企图,假如有的话,就是你们将来谁要是有兴趣,能喜欢上高尔夫,就到我这里来学球练球,如果没有那也无所谓。"

真正有企图的应该是柳东海。他知道高尔夫会所是银行高端目标客户聚集之处。会所本身有较多的现金收入,既是营销渠道,其本身也是营销目标。

柳东海同意了,约好时间,正好老板不只认识柳东海,还认识班子里的郝秀芬和吴哲欣。

吃饭之前,老板有意安排了两个高尔夫教练,辅导柳东海一行人,让他们接触接触高尔夫。教练讲了一些高尔夫的基础知识、基本动作,还有一些相关的奇闻逸事。饭前大概练了半个小时左右,柳东海觉得这项户外运动挺好,运动方式有技巧,又不太剧烈,产生了不少兴趣。

自此,柳东海开始练起高尔夫,而且一发不可收拾。他花五千元钱,请了一个专业教练。教练打球非常舒展,和柳东海在电视中看到的一样赏心悦目。柳东海这个人比较好热闹,自己做什么事情,希望能带动几个朋友一起,于是,便把姜民、杨树林、纪桂林等人拖过来一起学。

几个人迷迷糊糊就被柳东海带进了高尔夫世界,慢慢也有了兴趣。头几次练习的时候,柳东海笨拙得让自己难为情,但经历第四、第五、第六次后就上瘾了,渐渐能理解为什么大家把高尔夫运动叫作"绿色鸦片",这是一个让人欲罢不能的运动。

柳东海非常痴迷这项运动,即使感冒、头痛,也坚持练习。练习挥杆击球,一个又一个球地接着打,每次练习,大概要打两三百个球,每次额上的汗就跟黄豆粒那么大,顺着脸颊两侧往下滚,一抹额头,手上全是水,累并快乐着。

刚开始打的时候,他的动作不得要领,要么是击球时手掌震得酸疼,要么是练着练着就把自己的后背给抻到了,回家躺到床上,翻身都不敢,如果平躺,就不敢侧身,如果侧躺,就不敢平身,躺下就不敢起来,疼得像战争年代的伤病员,还是重伤号。

跟着练的几个人都有相似的经历,杨树林甚至怀疑自己得了重病,去医院拍了片子。

打高尔夫站立的时候,要求两腿如马步般站立,身体微微前倾作跳水状,提臀,挺背,头向上拔,整个动作就像是背小孩。可提臀的动作,柳东海怎么练都不会,最后,在机缘巧合下,终于顿悟。

一天,柳东海旁边有一个新手,韩国教练辅导,他的女翻译估计也是看新人太笨,着急了,突然翻译出了一句很通俗的话:"腚朝天!"

柳东海听了这三个字,一下就顿悟了,动作立马到位。柳东海用这三个字教会了好几个新人。

打高尔夫的人绝对是有毅力的人,没有毅力的人练两次就放弃了。只有做事坚持的人,才能把高尔夫学会。至于打得好不好,那是一分辛勤,一分收获,熟能生巧,就像西方人使用中国筷子,练得多,自然打得好。

银行高管一般都会打高尔夫,有的银行,像民众银行、中兴银行,就要求分行行长、支行行长和一些部门老总必须学会高尔夫,通过打高尔夫结识高端客户,捕捉商机。起初,很多人也是本着这样的出发点,杀进高尔夫球场。

第一次下场打球,是郝秀芬的老公带着柳东海他们几个去的。他们练得还远远不够,想往前打球,球却横着飞,想要用七号铁杆打出去一百五十码,可能只打出去九十码。击球时,大家很茫然,没有感觉。

有一个术语叫"甜点"。一杆挥出,杆头的正确位置触球,那个击球点就叫"甜点",sweet point。击中甜点的一声脆响,让人心里很酥麻,麻麻的幸福感。柳东海有时候看电视,就为了听击球的那个脆响。听别人击球的声音,他都感觉很幸福。

第一次下场玩球,柳东海觉得这是贵族运动,不清楚有什么讲究,所以有点放不开。跟人家约的是下午一点打球,他们提前一个小时去,路上有些塞车,生怕晚了，怕犯了哪条规矩。

好在郝秀芬的老公全面安排。打球的时候，每人配一个球童，两人坐一部电瓶车。高尔夫运动衫必须有领，越艳丽越好，长沿帽子和太阳镜也是必备。高尔夫运动很特别，男士是左手戴手套，女士是两只手都戴手套，所以，打高尔夫的男士又叫"阴阳手"，因为戴手套的手显得白，另一只手长时间暴露在太阳底下晒得发黑。

柳东海第一次面对绿油油的修剪得特别整齐的球道，居然晕了，晕船的感觉，感觉整个山地、谷地都在晃，就这么晕乎乎地在球场上移动。这种感觉过了两个多小时才过去。一场球十八个洞，需要四到四个半小时。十八洞球场球道的长度合计是七千两百米左右。打到中途，柳东海想退出，郝秀芬老公坚决反对，不让他半途而废。

不知不觉，柳东海非常刻苦地进入了高尔夫的天地。

高尔夫是英文单词Golf的音译，四个字母中，G是绿色（green），O是氧气（oxygen），L是阳光（light），F是友谊（friendship），起源于苏格兰，由牧羊童击打土块石粒演绎而来。高尔夫被认为是高雅健康的绅士运动。

这项运动在总行所在的鲁南市极其小众，在众人心目中那是一个腐败项目、一种奢侈的行为。

借助两个机会，柳东海改变了总行领导们的观念。

一次，石磊在胶湾，晚上吃饭时，柳东海说："酒别喝太多，明早我们去打高尔夫，带你去体会体会。"

石行长说："好，我还没见过这玩意。"

第二天一早，从第一个洞开始，石行长就特别有兴趣，中间把球杆给他，让他试一试，挥一挥，打不着球。没练过的人是根本打不了的。

在球场会所，几个人兴致勃勃地回味刚刚的球局，一人吃了一大碗面条。吃面的时候，石行长说："高尔夫运动太好了。我第一次领略。我们那里没条件，要有条件，说什么也得玩，一辈子没有这么个运动是一个缺憾。"

石行长对高尔夫的印象首先被改变了。此前，他推崇走步，属于每天早上都狂奔型走步锻炼的人。

总行实行干部集中强制休假，休假期间对任职期间的工作进行审计稽核，这是落实银管会的风险防范要求。

范行长对柳东海说:"省内的这些干部和总行机关老总们休假,你给安排接待一下得了。"

柳东海说:"没问题,肯定安排得好,条件就是你出钱。"

"钱不用你出。"

柳东海有意安排了高尔夫。

休假的第一天,柳东海把他们带到高尔夫练习场,让大家接触一下高尔夫。当天活动的冠名是"初识高尔夫",每个人都在场地上练了练球。

反响良好,大家都兴致勃勃。众人几乎没有打过高尔夫的,都只是在电视上见过。体验了一番,大家觉得挺好玩,过去在他们眼中的贵族运动如今变得平易近人,好感度攀升。

范行长听说休假中特别安排了打高尔夫,特意飞过来。

这大姐太厉害了!柳东海平时练球,一天就练两三百个球。专业的选手一天打一千六七百,那都很正常,要打到自己动作定型,基本固化。普通人要那么打的话,最后就得累瘫。范行长来了之后,竟然一口气打了四百多个球。大家都很佩服范行长,太有劲头了。第一次练习,握杆姿势不当的话,手上还会磨起泡来,范行长竟然什么事都没有,真有运动天赋。

此前,柳东海去北京参加总行与亿广集团签署战略合作协议的仪式,和范行长同车去机场。车上,范行长突然问柳东海:"东海行长,你打不打高尔夫?"

柳东海说:"打!"

"你看,我同学在北京,我一打电话,要么她在喝茶,要么就在打高尔夫。她一打电话给我,我要么在开会,要么就在喝酒。你说这显得我是不是有点老土?"

柳东海说:"说实话,有点。"

"怎么能证明你打高尔夫?"

正好在柳东海的旅行袋里面,装了一本高尔夫杂志。那时,他对此特别痴迷,视频天天看,看动作要领,书要天天翻,看动作分解图,坐在飞机上,一张图可以看一路。

柳东海把杂志掏出来给范行长一看,对方说:"看来你真会这个东西,有时间你给我讲一讲他们玩的时候那一包一捆的都是干嘛用的!"

第二天，活动安排全体休假干部直接到高尔夫球场，工作日的高尔夫球场，尤其在上午，打球的人不多，所以几乎成了鲁南银行的专场。

柳东海带着两个人陪着范行长。场上的规则是，打一场高尔夫是十八个洞，每个球洞始于发球台，然后是球道，终点是果岭目标区，把球从发球台开出去到球道上，再打到果岭上，果岭上再用推杆把它推进球洞。球道根据长度、难度设标准杆三杆，有的是标准杆四杆，最多的标准杆五杆，也有六杆的超长球道，不过很少。第一个洞比完，第二个洞，第三个洞，一直打完十八个洞。

从球品看人品。今天来打，明天来打，虽在同一个球道上，获得的也是不一样的感受。高尔夫这项运动挑战的不是别人，是自己，对心态、技术都有很大的影响。高尔夫运动带来的幸福感或挫败感很强烈，对人的身心也都是很好的锻炼。自从打上高尔夫球，柳东海的身体越来越好了。和孙亦名副行长一起参加体检，医生说孙行长"健康"，柳东海是"健壮"。因为长期练习高尔夫球，柳东海丢掉了驼背的习惯，身材挺拔，在外面经常被误认为是警察或军人。

高尔夫球场上，范行长的兴致非常浓，一般三杆洞，范行长能打个六七杆，因为刚学，四杆洞能打个八九杆。柳东海尽量不打，在一旁指点，自己打得那么好，让人看着，心里落差太大，影响情绪。

范行长打到第四五个洞的时候，内急，急急忙忙说："你们都在这等我，一会儿马上回来，一定要等我啊！"回来之后又兴致勃勃地像勤劳的农民锄地一样，打得孜孜不倦。

各小组陆续集中到会所三楼的观景平台。平台上架着六七个大阳伞，大家在伞下坐着，喝茶、吸烟，眺望远处蜿蜒曲折的球道，球道尽头是无际的海洋，心旷神怡。

"在胶湾生活和在鲁南生活相比，你们的幸福指数比我们高太多了。这个运动太好了！"众口一词。

自此，鲁南银行上下对高尔夫运动都有了一个非常正面的评价。

许董事长曾在北京跟朋友打过高尔夫。一次，干部到三亚休假前，他让秘书给柳东海打电话："柳行长，许董事长提醒你个事。"

"什么事？"

"他说,让你去三亚的时候,把高尔夫球包带着。"

柳东海说:"好!"

柳东海想,莫非许董事长要打球?

许董事长不跟柳东海他们一起休假,他在三亚办别的事,正好一起吃顿饭。吃饭的时候,柳东海说:"咱一起打场球吧?"

许董事长摇头道:"我不打,晒得受不了。"

柳东海心想:你是不敢跟我比,嘿嘿!

平时要请客户去好好吃一顿,喝一顿的话,要花很多钱,请客户打一场高尔夫花的钱并不比吃饭多。打完高尔夫,什么都不挑了,离球场很近的羊汤馆,羊肉包子,这样的东西最令人满意。要是打完球再请他去大鱼大肉的话,他会瞧不起,因为这不是高尔夫人的所为。

柳东海把这项运动坚持了下来,图的是锻炼身体。在胶湾的时候,他的班子成员和支行行长都会打高尔夫。柳东海到九河之后,分行班子成员里所有的男士都会打高尔夫。柳东海觉得这也是一个黏合剂。

他打高尔夫有两个原则:第一,不占用工作时间;第二,不花公款。几个人在一起,循环式请客,至于哪个球场,随机决定,钱也差不了太多。总之,高尔夫成为柳东海生活中不可或缺的一部分。

第三十九章　危难之际

　　隆实集团的老板郭迈在胶湾是一个传奇人物。有关于他的各种传闻，但实际上，他只是一个普通的年轻农民企业家。最开始，他在胶湾一个县级市，做金刚石开采，赚了第一桶金。随后，他又买了一大批挖土机和运土石方车辆之类的施工设备，凭借过硬的关系承揽了胶湾站前和新海湾一挖一填两个土石方工程项目。

　　火车站前的商业中心维克多广场是胶湾和台湾的一个合作项目，维克多广场的建设需要往地下挖很深的基坑，产生了大量的土石方。与此同时，新海湾正在做改造，首先将迈兰河改造成双层河，地面是淡水，地下是污水，最后都会汇入海中，没有大的环境污染。新海湾广场项目意在把新海湾打造成胶湾的商务中心、金融中心、旅游中心、会展中心，会展行业也成为胶湾甚至华北、华东地区出众的行业。新海湾东侧有几座连绵起伏的山脉，据传有风水师说这几座山是龙脉，轻易不能动，所以就要从其他地方取土，维克多广场的土石方正好用来填海。郭迈取土和填土两边赚钱，赚到盆满钵满。

　　与隆实集团的业务是担保形式的贷款，1个亿，随后做了全额保证金质押，质押业务有8000万先行到期，还没续作，剩了2000万的全额保证金质押贷款，总体上是1.2亿授信，实际敞口1个亿。隆实集团找了胶湾一个关系密切的企业做担保，互相之间都是生意场上的朋友。

　　郭迈因境外赌博欠下巨债，企业资金链断裂。

　　这时，社会上都很担心隆实这个企业是不是就要完了，银行都很担心贷款会不会出问题。隆实集团牵扯一百亿贷款，涉及各地五十多家银行，大家心里都很慌乱。鲁南银行在其中说多不多，说少不少。

　　柳东海就安排分行相关部门先做手续，准备哪一天可以起诉了，就直接出手。他们也并不是很担心，因为政府一直都在跟各家银行表示，个人出了问题不代表企业就会黄掉，要稳住阵脚。毫无疑问，政府是最可信赖的。

　　许董事长给柳东海打电话问："东海，咱们有多少？"

柳东海说："1.2亿。实际上是敞口1亿，2000万是100%保证金。"

"赶快准备手续，看他们家有什么，赶快处理。"

"好。"

柳东海在接到许董事长的指示后，就立刻带着相关人员，新海湾支行的姜民行长和主管信贷员，晚上一起在集团办公楼下堵到了隆实的财务总监，把他拖到一家烧烤店。隆实的财务总监极不情愿，推脱说银行太多无法特别照顾哪一家，但姜民的疯狂态度逼得他不得不谈。

无论如何都要查出隆实有什么有效资产，虽一时难以起诉，但必须找到些东西补充抵押。

隆实的财务总监反复表示真的什么都没有了，柳东海的人当然不依不饶，熬到后半夜，终于聊出来，隆实还有一千万的胶湾银行的股权没押。这一千万股权别的银行都没在意，做业务的时候遗漏了，这就给了柳东海机会。

柳东海说："那就想方设法，明天办手续，一定要押给我们，否则我们就要率先起诉你们。"财务总监比较害怕被起诉，担心在银行圈里引发多米诺效应。在随后的两天里，柳东海的人穷追不舍，白天晚上追随，天天追着办股权质押手续，第三天，成功在工商局登记，质押了这一千万的股权。按照当时胶湾银行的净资产来算，这一千万股权起码能值四千万。

柳东海长舒一口气，把这个消息报给许董事长。

许董事长说："太好了，这就有回来的钱了。还没起诉吗？"

柳东海说："我们就是把起诉前期的手续都准备齐了，也跟法院相关部门的负责人打好招呼，只要能起诉，我们第一个冲上去。"

就在这时候，传出了隆实集团法人代表郭迈失联的消息。

隆实在全国一共有四大基地，外地的银行率先放弃幻想，他们在当地诉，然后带当地法官来胶湾查封。他们开始动作了，胶湾本地都还不知道，有消息传，也没人信。

这几天里，总行的范行长到胶湾做支行调研，柳东海把督导隆实贷款保全的事交给郝秀芬副行长，自己全程陪同调研。走访结束的时候，范行长要去青城分行，柳东海说："领导，我开车送您去青城吧！正好我也学习学习，调整一下情绪。"

"你就跟我去吧！一起在青城走几家支行，也好借鉴学习。"

青城的季行长得到消息后，排兵布阵，准备晚上大家一起好好喝酒。

车在高速上一路疾驰。快到青城的时候，柳东海突然接到郝秀芬的电话，说外地的银行真的起诉了，也真的有法院到胶湾来查封。外地债权银行都来保全了，本地债权人的权益会受到极大的影响。

忽然接到这个消息的柳东海心里一惊。本来买了好多零食，柳东海和范行长两人坐在后排吃着聊着还挺开心。接到消息后，柳东海就吃不进去了。范行长坐在旁边察言观色，默不作声。柳东海电话遥控指挥手下的人，立刻启动法院诉讼保全手续。

没想到的是，柳东海的人第一个和法院打招呼，最先进门，可诉讼保全却排在了第六位，是第六道查封。可想而知，排在柳东海前面的人到底都做了多少工作。得到这个消息，柳东海立刻冒火，嗓子也哑了，头发都抓得立了起来。

见此情景，范行长说："天大的事咱们也要应对，不要紧，今天就正常去青城。"

柳东海："青城快到了，我肯定要把您送到。但是领导，我今天不能停了，青城的人接到您，我马上就要回去处理这个事。"

在高速收费站见到青城分行的人，柳东海跟青城的季行长说："我必须马上回去，隆实事件爆发了。"

季行长："那也不急这一会啊，都下班点了，吃完饭了再回去处理。"

"真没心情了。反正首长我也送来交给你了，就不多说了，我马上往回赶。"

柳东海返身就上车往回赶，还不断打电话调度指挥，竭尽所能。可这一路上听到的都是坏消息。担保人的家人都追加了担保，所以他家人的房产是可以查封的，但第一道被南发银行查封了，即便查封也要轮后了。柳东海他们选择待定，等柳东海回去商量决定。

柳东海很恼火，不给许董事长汇报，不好，可是汇报的话也没有好消息，只能硬着头皮汇报。

许董事长说："那就想方设法地多查吧，尽可能多地封资产。"

柳东海说："好。"

当天晚上回去之后，分行上下都在等，分行班子成员、相关部门以及支行的相关人员都很急迫，表情肃穆。柳东海很感动，跟大家说："行了，今天晚上咱们也做不了什么，明天上班来，咱们把吴行长的办公室做一个临时指挥部。明天是关键，咱们查资产摸信息，再确定到底要怎么做。"

第二天上班，几位行长就都到吴哲欣副行长的办公室，也约定好，一般的事情打手机也都不接了，专心研究隆实集团这个事情。有支行反映担保单位在莱州市有房地产开发项目，规模挺大，资产五十亿左右。吴行长主动请缨带着几个人开车去，大概一个半小时的车程。

东明支行距离市房地产交易中心最近，通过与分行有业务联系的评估公司关系去查。查到了关联方的一些关联资产，但都被南发银行先行查封了。南发银行先下手为强，占尽先机。

这件事让柳东海想起胶湾机电集团事件。它原本是一家走向世界的企业，但在主业之外搞房地产，还利用银行授信资金去打新股。事情暴露了，被查了，要罚款，流动性出了问题。政府主导成立了一个贷款周转基金，多方面汇集十个亿，用来在各家银行倒贷。

胶湾分行贷给企业八千万，到期了，但没给及时倒贷，资金没打过来。过了一个星期，还是没有动作。

这个时候，阳光银行的贷款到期了，政府先给阳光银行的贷款倒成了正常状态。

这让柳东海非常恼火，逾期之后都很上火，每天都盯着这个企业，结果先到期的没受理，后来的反而先拿了钱。柳东海他们一直都很配合市里的统筹安排，没有采取行动，结果他们竟然这样做。柳东海抄起电话直接打给牵头此项目的金融局的副局长。

"张局长，我今天打电话就是告诉你，鲁南银行从此不再参加由你牵头组织的任何协调活动，你的话我们不听了，因为说话不算数。"

柳东海把情况跟他一讲，张局长支支吾吾的，只好说："东海行长，你别激动，我马上协调这个事。"

"你早干什么了？现在要协调了？"

"请你等我回信。"

"今天就是通牒，你也太不拿我们当回事了！我怎么跟总行交代，那是我们东家！"

张局长唯唯诺诺道："这个是很严重，我马上协调！"

柳东海很不开心地把电话挂了，又给银管局白局长打电话，报告这个事："我跟他们说一周之内不解决，就全面查封他们，您不能挑我的理吧？"

白局长说："哪有他们这么办事的！你先别着急动手，容我先打电话协调一下，咱们道理在，能解决。"

"好吧，那我等您消息。"

没过十分钟，市政府副秘书长霍大姐给柳东海打来了电话，说："小柳，你别激动啊！这个事吧，我不知道，他们确实办得不漂亮。政府现在让我牵头处理这个事，我就跟你说，咱们一直都配合得不错，我保证，三天之内把你们行的事情解决，再也不发生类似的情况。"

柳东海说："大姐说的话我信，但是这个事情要是没解决，不是我为难领导您，您也不能让我在总行那边为难，鲁南银行把这里交给我了，我要对总行负责的。"

"我懂我懂，你做得是对的。"

第二天，他们就开始调集资金，把这个事情解决了。之后再有事情，都不会把鲁南银行放在后面。

这个事情，再结合隆实的事情，柳东海觉得，做工作很多时候还是要少一些顾忌，该冲一冲的。

吴哲欣副行长带人到莱州进行调查，发现隆实的担保单位当初是拐弯抹角投资的房地产开发项目，没有直接体现担保企业的投资，没办法查封，线索断了。

事情就是喜欢赶在一起。在临时指挥部，柳东海接到银管局的电话，要求所有银行的一把手去参加银管会视频召开的金融形势通报会。没办法，柳东海不得不去，安排其他人继续跟进。

开会期间，柳东海坐在会场中间的位置，手机突然嗡嗡震动起来，许董事长的电话来了，他只能出去接。

等他走出去电话已经挂了。柳东海给许董事长回过去："董事长，您给我打电话了，什么指示？"

许董事长说："我还是问隆实，咱们确定就是一亿？"

柳东海说："一亿两千万，两千万全额质押，我已经安排从他们的保证金里扣划回来了。"

"那这一个亿，咱们除了一千万的股权还有什么？"

"还有担保单位，他们账面资产十一个亿。好消息是这个担保企业没给其他银行业务做过担保，在处理手续上，咱们家是排在首位的。现在还在查他们家的资产，看哪些能处置。"

许董事长表示："好，那就赶快查，能查封多少是多少。"

"好的，我会尽力的。"

话是这样说，但因为事情没有什么进展，柳东海跟领导汇报起来没什么底气，很郁闷。

第二天，许董事长秘书给柳东海打电话，让他飞去鲁南市，跟许董事长当面说一说情况。

到了鲁南市，见到许董事长，说了十多分钟，讲的还是之前的内容，确实没有其他进展。许董事长就让柳东海回去抓紧跟进。柳东海很无语，这一趟折腾得实在没什么意义。

从那天开始，柳东海就在办公桌上放了张纸条，把随时掌握的情况一条一条地写上，只要总行有人打电话询问，他就按照纸条上面讲。

这段时间，柳东海心理压力很大，都有点神经质了。饭吃得没滋味，晚上在自家楼下小区里散步，灯光下的柳绿花红不再是美景，而是万千愁绪，满天的星星不再是绚丽多彩的光影，而是数也数不清的烦恼。

忙乱中又过了几天，姜民报告说找到了贷款企业一笔可以查封的资产，说的是艳阳财险公司股权。这个公司的大股东是隆实，但查封股权要到深圳去。于是，柳东海安排风控部的老总小杜想方设法做通法官的工作，带着法官去深圳。而能买到的最早的航班是晚上的红眼航班。

阴雨天的航班晚点，到了那里已是深夜，立刻安排了住处，住的地方是离办理查封手续的地方最近的宾馆。他们克服阵阵袭来的倦意去了做查封登记的地方认路，做好了万全的准备。去时的那架飞机上，一共有四家银行的人是去查封股权的。大家争先恐后，压力山大。

第二天，小杜一行人抢到最前面，完成查封。随去的法官都很感动，因为他跟别的银行打交道，遇到过互相推卸责任的，可鲁南银行的员工都很有担当，爱行如家，非常负责。

柳东海寻机和担保企业的老板见面，可总找不到人，打电话一直不接。好歹查到他家的地址，就到他家去堵。

老板家在南山区富人街，是一个三层的别墅，有一个大院子，院子里面有一套桌椅一体五六个人能面对面坐的摇椅。柳东海他们坐在那里不走，老板没办法只好现身陪他们谈。说到这个担保的事怎么办，老板说："没办法，我没钱。"

柳东海说："那我们就要查封你公司的资产了。"

"你要是能查就查，反正我没钱。我就没见过你们这样的银行，别的银行你看谁敢来？"

这期间，柳东海或主动或被动去过鲁南市多次，有一次许董事长问了柳东海一个莫名其妙的问题："这笔业务是哪个支行做的？"

"新海湾支行。"

"行长是谁？"

"姜民。"

"他个人会不会有什么道德问题？"

"不会。"

"你怎么这么有把握？"

"他要是有问题，我就有问题了。这个人是我带来的，一起工作很多年。这个业务我前前后后都知道，企业当时发展不错，而且他们积极配合做全额存款，成本已经很高了，不可能再给他个人什么了。更何况，做了存款，他个人挣营销费，不比挣其他的任何东西都平安吗？肯定不会有问题。"

"我信你。"

柳东海因为这个问题感觉不太好，都这个时候了还怀疑这些，姜民更是畏畏缩缩像只小绵羊，心理脆弱极了，柳东海都不敢如实转达许董事长的意思给他。

可是后来许董事长说的一番话又让柳东海很宽慰。

许董事长说："东海，想来想去，也不多，就一个亿，咱们现在也承受得起。实在拿不回来你也不要有太大压力，只要想方设法往回弄就好了。"

范行长也说："东海，不就一个亿嘛！实在不行，之后你每年多挣个几千万，不就回来了？不要太有压力。"

这两个领导在重大事件面前很大度，不把柳东海当外人，这让他心里很舒坦。

郝秀芬整理了一个表格，像敌我双方态势分布图，每天添加新发现的线索或机会。

随后，临时指挥部收到消息，担保企业在胶湾市政府办公楼对面有一个典当行，全额出资，注册资本两千万，房子也是他们家的。得到消息后，柳东海立刻安排人查封。这样一算下来，也差不太多了。

又有重大喜讯，隆实集团一直暗地里和担保企业合作，为防意外，隆实把胶湾隆实足球俱乐部的股权不为人知地零代价过渡给了担保企业。

这对柳东海他们来说是个天大的好消息，因为别的银行没法查，只有他们能查。柳东海毫不耽搁，安排人查封了全部2.17亿股权。柳东海想，实在不行银行就自己开个足球俱乐部。

查到这么多，柳东海心里敞亮了，再给领导打电话时腰杆也硬了，也不用担心领导觉得自己的人徇私舞弊了。柳东海很开心，这些一起工作的兄弟姐妹都是让人敬佩的人。

查封手续做完之后，又到担保企业的老板家。老板说："真是受不了你们。要不这么办，我跟你们透个底，隆实当初确实过渡给了我们一些资产，你们也查了我那么多的东西，我现在这么说就是想要你们早点滚蛋，别天天折腾我。这一个亿，我解决，你们把那一千万银行股权给我，典当行和足球俱乐部也都给我解封，我也不跟你们玩了。"

柳东海心里也不想跟他们玩，有了这些话，希望就来了，就开始谈还款的问题。

柳东海问："那你看，一次还款还是分期还款？"

"一次还款怎么可能！谁家也不是印钱的，哪有那么多钱？"

"那就先还四千万。"

还是不行。一直谈，老板家不管饭只管水，一直谈到半夜，最后约定第一笔先还两千万。老板去别的地方筹资，再转过来给鲁南银行收贷。

从这天开始，柳东海天天睡不好，吃不好，就盯着还款。

第二天没有，再谈。

第三天没有，再谈。打电话没人接就去家里堵他。

老板终于放话："柳东海行长，别再来烦我，明天就把这个钱给你打过去。"

"我怎么才能相信你，见不到钱我没办法相信你。"

"用我的人品和人格做保证。"

柳东海心想：你哪有人品和人格？嘴上却说："说这些也没用，我就明天等你还款了。"

第二天上午，款没来。

打电话，老板说安排人去调度了。

下午三点，还没来。

又打电话，老板说他再问问自己安排的人，催一下。就这样，柳东海手下好多双眼睛都盯着担保单位的账户。四点半的时候，还是没有。

马上要到五点了，钱到了！柳东海立刻让人收贷。

第一笔现金两千万元，成功收回！

柳东海特别开心，感觉阴天下雨乌云后面的太阳都可以看见了，他开心的都没想起来给总行报告，直接给郝秀芬副行长打了电话，叫上姜民和风控部的小杜，这几个人，是最大的功臣。约好不能声张，怕别的银行知道情况。

四个人低调地找了胶湾市比较贵的一家饭店，人均消费三百八十八元，喝酒，不醉不归。四个人直接用瓶子喝青岛啤酒，喝呀笑啊，一直到相扶着晃出饭店。

第二天，柳东海没去上班，起床后就去了高尔夫球场。打球期间，电话一直在响，从球童那里接过手机，一看是许董事长，柳东海就赶快往远处走，避开打球的声音，走得直喘粗气，接了电话。

许董事长问："你干啥呢？"

"我出来登山了，锻炼锻炼，喘口气。"

"上班时间你登什么山？"

"好心情，我正要给您打电话。"

"你打电话什么事？"

"隆实的钱，两千万现金收回，昨天下班前已经到账了。"

许董事长听到这个消息非常激动，在电话那端喊了声："太好了！"

"是啊，这个头一开，我就有信心收回后面的了。"

"太好了，太好了，那我就不跟你说了。我刚要跟你说什么事都忘了。"

许董事长和柳东海一样，很重视这个事情，事情得到了解决都很开心。

这之后，柳东海他们没有松劲儿，继续跟进，前前后后一共分了十七笔，最少一次一百一十万元，大概三五天、一个星期，最长两个星期回来一笔钱，最终，一个亿全都回来了。最后一笔收回来的那天，柳东海把所有参与这项工作的人叫到一起，大家一起吃了顿饭。柳东海含着泪对所有人表示感谢。小杜在此关键时期，表现出了前所未有的正义正气。

柳东海拿了盒海参去鲁南市看许董事长："董事长，我来看看您。"

"你啥时候不来看我？这次怎么这么特别？"

"给您拿盒海参。"

"贵吗？"

"对您来说不贵，对我来说挺贵的。"

"这话怎么说？"

柳东海如实道："表达心意就贵嘛！这个事情完成了，我心里也踏实了，否则我都怕你以后戴有色眼镜看我。"

许董事长赞许道："我从一开始也没跟你说过别的，不过，这个事你干得真的很漂亮。"

"谢谢您这么夸奖。"

"年末考核的时候，你找资产保全去要奖金，这个必须奖励，各方面讲这都是好事。"

年末的时候，总行为此项业务奖励了柳东海的分行十七万块钱。钱不在乎多少，关键是成就感啊！

第四十章　抢滩计划

业绩源于付出，尊严来自实力。对此，柳东海是有切身体会的，业绩低迷的时候，到总行或兄弟分行都被看成弱势群体，等你做起来之后人家就说"真不简单"。

分行存款过了八十多个亿再次停滞，又上不去了，还总往下掉，感觉不知哪天会掉到七十几个亿。横向比较，兄弟分行的业绩都不算低。

柳东海认为自己是最纯正的干股份制商业银行出身的，应该算是见多识广，其他分行行长要么从所处区域金融相对不发达的总行委派，对新的市场环境缺乏了解，适应也需要一个过程，要么是从银管局调转过来，当官没问题，但面对客户做营销欠奉经验。所以，柳东海对自己要求高，有压力，经常冥思苦想。

光想没有用，要有一次改变！

维持八十个亿很困难，要给自己定八十五个亿的目标，还是一个维持，就像打仗一样，军事上最好的防守是进攻，那就放开手脚，不想着怎么维持存款了，只能一心一意向上突破。

这些年，柳东海不知不觉养成一个好习惯，自己坐在沙发上闭眼去想一些问题的时候，能把事情理得很清楚，得到一种豁然开朗的感觉，突然就醍醐灌顶，一下子想通了：目标就定一百个亿！

一百个亿有号召力，目标感强，真的实现的时候大家都有成就感。

但距一百个亿还差二十亿呀！几个亿都这么费劲，怎么能做到？大家必须统一思想，统一行动才行。

对，设计一个活动方案！目标要高，要切合实际，而且最关键的一条，必须得保证实现。如果推出的目标不能确保实现，一次又一次证明自己无能，没有前瞻性，时间长了，谁还给你去努力，谁还信服你的方案？所以，每战必胜才行。

想好之后，柳东海留郝秀芬在行里照看业务，起大早把其他几位行长和几个业务部门的老总带上，又选了两个比较愿意琢磨事的支行行长一起离开分行，前前后后三辆车直奔离主城区一百七十公里的龙州市。

走之前，柳东海和大家说好，这次虽然走得不远不近，但当天肯定不回来，至于几天能回来也不一定。专心研究业务方案，研究明白了，第二天就回来；研究不明白，就什么时候研究明白什么时候回来。需要三天就三天，需要五天就五天，一项一项去研究，怎么研究柳东海有数，但能研究出个什么结果，他心里也没谱。

经过第一天务虚讨论后，次日上午，大家到龙州支行开会。柳东海如此安排，一是为让大家做到专注，同时也为了让龙州支行的行长受到感染和熏陶。憨厚的郑行长先前是龙州农牧银行的副行长。支行开业前几天，柳东海到支行视察筹备工作，面对面站着说话时无意中发现郑行长扎的Dunhill腰带的字母竟然是大头朝下颠倒着的。柳东海哭笑不得道："不懂英文还不认识汉语拼音吗？该哪头朝上都不知道？"

"我媳妇找个修鞋的给安上的皮带扣，我也没细看。"郑行长有点无辜道。

柳东海气不打一处来："哎，别跟人说你是我兄弟啊！怎么就一不小心门没关严，让你溜进鲁南银行来了？"

柳东海亲自到友谊商城买了条万宝龙腰带，让人转送给郑行长，只叮嘱一条：别把它系反了。

在龙州支行的会议室，第一个话题是定目标，以一月为期，存款达到一个新高度。大家从八十三亿、八十五亿、九十亿、九十五亿说了个乱七八糟，没一个提到一百亿的。

讨论半天，柳东海说，"这样吧，咱们就定一百个亿！"

吴哲欣立刻接话："不可能完成吧？"

柳东海说："不知道，一会儿再说。咱们这个活动应该有个冠名，叫'抢滩计划'吧！正值分行开业第五个年度，活动主题就是：抢占百亿新高地，携手五载谱华章。"

"抢滩计划"在柳东海脑海里已经成型：一是滨海城市，跟大家讲和海有关的东西大家容易认可；另外，柳东海本人喜欢看一些军事类电影和小说，对军事比较感兴趣。于是，目标确定了，就一百个亿。

"活动冠名'抢滩计划'，以存款总量超百亿为主线，辅以'追梦、倍增、成长'三项使命。"柳东海一锤定音。

他进一步解释："追梦，即实现储蓄存款与神州银行同行，和南发银行共进，同星业银行比肩，这样说不会引起银行同业的反感，如果用'赶超'这样的字眼就显得咄咄逼人了；倍增，即实现客户数量大幅度有效增加，加强经营发展的客户基础；成长，即实现员工业绩增长，为晋级提档创造条件。"

这个提议贴合实际工作，又充满诗情画意，大家的情绪被感染了。

柳东海循循善诱，引导大家一起分析，现在做这项活动到底具备哪些优势。柳东海多次参加管理培训，抛砖引玉，引导大家列出了近三十条优势，有些不靠谱，最后，整理出如下五条：

一、分行已在胶湾市场健康发展近六年，在客户和业界都树立了良好的口碑，影响力今非昔比，知名度有很大提高。

二、目前分行已有包括十三家支行（含营业部）和三支拓展团队的十六支营销队伍，机构覆盖市内各区县。服务覆盖胶湾市全境，并可延伸至环渤海区域。

三、分行员工已四百余人，全员营销理念深入人心，特别是2013年新进员工三十余人，目前还没有建立业绩基础，业绩增长空间很大。

四、分行目前对公客户近三千户，小企业客户近两千户，个人客户近十万户，大中小客户众多，挖掘潜力巨大。

五、通过客户倍增等营销计划的推出和落实，新增客户可带来存款大幅增长。

把优势都说完之后，大家觉得好像有信心了，但还不是完全信服。

接下来研究的是影响活动成功的重要因素。

确定"劈波斩浪踏新程，百亿存款踩脚下"为活动宣传口号，然后是从启动动员大会到庆功大会的所有重要推进环节，要实现这个目标，必须想到做到的关键事项。

这几步做完，大家感到这些因素若得到有效把握的话，实现存款超百亿应该没有问题。

紧接着研究确定应该如何实施正负激励。统一的认识是，要有力度，正激励包括奖励突出贡献人员赴欧洲旅游。这些事项研究完，大家信心十足，没有一个人说不可能的。

商量了一上午，基本框架都有了，中午饭点到了，谁都不想吃，支行安排人到羊汤馆买了羊肉包子，还是没人想吃，都想一鼓作气完成方案设计工作。

群情振奋、出谋划策、各抒己见，直到下午两点，对方案的有效性、公平性、压力均衡分解等方面进行了反复论证、评估，大家觉得都讨论透亮了，下一步就是将方案整理成型的问题了。主体工作顺利完成，剩下的回去交给秘书团队做就得了。

可以打道回府了。

龙州会议是发挥集体智慧和全员力量、实现业务素质和营销业绩全面提升的里程碑式重要会议。虽然所处时代和讨论内容不同，其作用和影响力堪称胶湾分行的"遵义会议"。

大家心情格外轻松，似乎已经看到分行存款超越百亿关口的那一天，坐在车上吃着羊肉包子，返程一路欢歌笑语。

战争年代要抢滩的话，首先你得登上陆地、登上滩头，否则死路一条；然后要攻上滩头高地，把红旗插到制高点上，否则也是死路一条。因此，全行各个团队务必都得上去。柳东海的管理要求是，分行的总体业绩必须完成，必须尽可能多的团队齐头并进。绝不是分行整体完成了，就靠三个五个团队，胜利必须是大家共同的胜利，要的是团队精神，正所谓"抢占百亿滩头，共享胜利喜悦"。

动员部署大会开得气势如虹，有点像传销大会。各部门、各支行依次上台个性化地表达决心，举牌匾的、拉横幅的、摆pose的、喊口号的，气氛热烈。

姜民和纪桂林两位支行行长率先约定PK，引起全行支行间比学赶帮超的热潮。

支行白天走访客户，晚上加班加点搞分析，做报告。最过分的是，两家县域支行竟然有加班到凌晨的记录，理由是为第二天早早向分行报送业务案卷。员工人身和银行办公场所的安全是头等大事，分行紧急要求限时加班。

每隔三五天，分行条线都会公布业绩进展。

柳东海耳闻目睹这一切，内心荡漾着幸福的波浪。何德何能，怎么就修来和这些可敬可爱的兄弟姐妹们并肩打拼的缘分？

这世界再没有比全情工作更精彩的大戏了！

一个半月的努力，2013年6月末，一切都在预料之中，分行存款如期顺利突破了百亿关口！

最为神奇的是，自从胶湾分行存款过了一百个亿后，再也没回落到一百亿以下，非常扎实！特别稳定！

庆功会在胶湾国际金融会议中心举办，这是一个滨海五星级酒店。全行上下一派喜气洋洋，人人脸上挂着笑容。分行办公室印制了庆祝存款突破百亿关口宣传图册，会场用塑料泡沫在台上做了大大的"1"，后面十个"0"的标识，准备了几把锤子。庆功会开始，柳东海带几位行长上台，把这些东西叮叮当当砸了个稀碎，美其名曰"打破百亿"！

庆功会结束，会议桌换成餐桌，会场变为宴会厅。举杯同庆，喜悦之情溢于言表，酒店的啤酒不分瓶装灌装，不分冷冻常温，被喝到精光见底。

百亿分行，胶湾分行进入规模发展新阶段。

年末，胶湾分行被评为总行的卓越分行，几家规模居前的分行中只有胶湾分行一家，只有柳东海一个人戴大红花上台，其他分行做了绿叶。

晚宴时，兄弟分行的行长在一起祝贺胶湾分行，柳东海一边谦虚一边回味，这些年的委屈和压抑总算过去了。

班子中几个成员柳东海、郝秀芬、吴哲欣、孙亦名坐在一起开会时说到团结就是力量。柳东海发自内心感激这几位心无旁骛的好搭档，动情道："咱们几个奖励一下班子，也就是我们自己吧！你们来提一下，怎么奖励？"

一阵热切沉默后，女行长郝秀芬先说话："领导，要不你就每人奖励二十万。"

"大家什么意见？"

再度沉默。

"二十万就二十万！"柳东海一锤定音。

阳光的心态、闪光的业绩，这样的收获不是花钱可以买得到的。

银 色 阶 梯

下篇

第四十一章 巴渝奇遇

几个要好的分行行长,互相约定,一起到巴渝市小聚一下。柳东海带了几个人从胶湾出发,航班经停九河时遇见了九河分行张锋行长和随行人员,七八个人汇在一起,一下子热闹了许多。

下了飞机,柳东海在出站口碰到前来迎接的巴渝分行行长和办公室人员,老远就听到了亲切的巴渝口音。

飞了一上午,正赶上中午的饭点。机场附近一个以巴渝小面和地方菜闻名的饭店成了主客双方初到一处的交流场所。

简单而不失热情的午餐后,大家有说有笑地走出饭店,十几个人前呼后拥,往停车场的方向走去。饭店和停车场之间是一个开阔地带,冬日的阳光下,人来人往,熙熙攘攘。

迎面过来一个高高大大、面方头圆、气度不凡的僧人,单肩背着军挎包式的布袋,分开众人,径直走到柳东海面前,双手合揖道:"你我有缘人。看您面色红润,印堂发亮,三天之内工作肯定会有变化。"

柳东海愣了一下:"什么变化?"

"提升。"

柳东海说:"谢谢你!我喜欢听你这样说。"

僧人摘下手腕上的一串念珠递给柳东海,"这个送给你。"

巴渝一位女同事掏出一张五十元面额的钞票递过去,僧人抬手拒绝,转身扬长而去。

柳东海听完莞尔,没往心里去,觉得就是一个玩笑。

巴渝的朋友高度热情,第一天起就安排游览。一辆中巴车载着南北各地来的几个分行行长的随行人员,从市内的朝天门、磁器口、红岩村,一直游到远郊的大足石刻。

柳东海没去游玩,他和巴渝、青城、蜀都几位行长正好是一副牌搭子,从到的当天起就闭门研习麻将。

晚宴被淡化,"血战到底"最重要。

血战到底是一种蜀都麻将技法,牌中剔除东、西、南、北、中、发、白,仅留一百〇八张牌,听牌仅限两色牌,清一色加番,杠牌加番,可碰不可吃牌,可点炮可自摸,先胡牌者歇牌,待四方胡了三方牌局方可结束,故名"血战到底"。此种战法不拖泥带水,简洁高效,计算快捷,输赢立见分晓。

相聚不容易,次日的麻局继续,午饭改简餐,餐后不休息,坚持战斗。

正沉浸在鏖战中,柳东海的手机响起来,忙里偷闲扫了一眼,是总行分管人力资源的于海龙副行长的座机号。

柳东海扣下牌,对三位麻友说:"海龙行长的电话,你们稍等我一下。"说罢,转到另一个房间,接通来电,"你好,海龙行长。"

"东海哥,你在巴渝切磋麻将呢?"

柳东海略诧异:"你怎么什么都知道?"

"我有眼线。"

柳东海:"这我相信,有啥问题吗?"

"没问题,我也想去玩。有个正事儿跟你说,许董事长让我问你,工作交流去九河行不行?"

柳东海没有丝毫意外的感觉,并不觉得此事突然。

银管会有规定,各家银行自身也有制度,高级管理人员尤其分行一把手在一地工作原则上不能超过六年,到期应异地交流。柳东海内心已经有了这样的预期。

"我考虑考虑,不能马上给你答复。我得跟家人商量,不同意的话就不去了。这个时候,你们能管我一半,家里管我一半。"

"理解。"

柳东海说:"现在别让我急着回答你,好吗?晚上你几点能回家?"他知道于行长几乎天天有应酬。

"八点以后都可以。"

"八点以后我打电话给你,专说这个事儿。"

"一言为定。"

柳东海和于海龙是很要好的哥们儿,不管天南海北哪里遇见,总要认真喝上一顿,喝完白酒还要换场地喝啤酒。可能是平时工作压力大需要发泄的缘故,于海龙喝多时会笑嘻嘻地摔啤酒瓶寻开心，有时会把一同喝酒的女士抱起来，让人家站到茶几上唱歌，有一次还把人高马大的柳东海也抱了上去。

柳东海心里有事，回去再玩就止不住开始输钱。

晚饭后，大家意犹未尽，还要战斗。柳东海推说不玩了："确实有点重要的事情要和人联系，你们先找别人玩吧！"

事情没最终确定，他不能和朋友摊牌。

柳东海回到酒店客房，倚靠床头，开始反复思考去不去九河，去的利与弊，去的话，提什么条件。

当领导的时间久了，他锻炼出一个能力，就是静静独处，去思考一个问题，找到豁然开朗的感觉，再把所有的事情考虑周全，排布妥当。就像每次打完麻将，柳东海躺在床上会把所有胡过的牌过一遍电影，从一筒到九筒，从幺鸡到九条，从一万到九万，所有的排列、组合都会在脑海中浮现，胡牌的快乐心情也会重新体验一遍，全部复习完，才美美地进入梦乡。

对于这次交流的事情，他想到了几个事儿：

第一，柳东海离开胶湾，胶湾分行势必要提拔接班人选，且要提拔两个，一个书记、一个行长。为什么有这样的想法？既然自己腾出了空间，跟随自己的郝秀芬和吴哲欣要获得成长机会。

第二，去九河工作要带一到两个习惯了自己工作风格的人，这对迅速启动工作有力，何况自己初去，人生地不熟，连个交流思想、说话聊天的人都没有，岂不苦闷？

第三，胶湾分行的班子要充实，支行有三名下派锻炼的骨干要回到分行进班子。这三个骨干中，丁晶和姜民是多年跟随他的人，另一个是柳东海动之以情晓之以理从市政府发改委副处长位置上请来的小兄弟彭飞。

表针指向八点。

柳东海给于海龙打了电话，说了所有情况。

于行长说："东海，虽然我分管人力资源，但这些事我定不下来。我马上把你的意见转达给许董事长，他什么意见告诉我，我第一时间再转达给你，你看行不行？"

柳东海说："行。"

"你这些条件都是非做到不可的吗？"

"也不能那么讲，咱商量。"

第二天早晨刚刚八点，柳东海正在酒店电梯里，于海龙行长的电话就打进来了。

柳东海说："电梯里不方便，出了楼我就打给你。"

"好好好，我等你。"

一直出酒店大堂，柳东海拨通了电话："领导什么意见？"

于海龙故弄玄虚："你猜？"

"我才不猜呢！"

"都同意。许董事长听我转述你的话后就笑个不停，他说了，东海一是为工作着想，二是没给自己提任何要求。"

柳东海略感意外："既然这样，我也同意去九河，不能不讲组织原则啊！"

这是临近2014年年末的时光。此时的穆清华、石磊、于海龙都已上了新台阶：由行长助理改任副行长。

第四十二章　双城模式

　　总行年度工作会在2015年元月中旬召开，柳东海从胶湾乘高铁和即将接任的吴哲欣一道到了总行。吴一路上对柳恭敬有加，原本炮筒子性格的人说话竟一反常态地低声细语，看得出他对柳东海的栽培是心存感激的。

　　第二天早上开会前，范行长和许董事长分别约见了柳东海。

　　落座后，范行长推过来两份协议书，一份是岗位变动审批表要柳东海签字确认，另一份是廉政自律保证书。

　　签完字，范行长说："东海，有什么特别要求吗？"

　　柳东海："啥要求都可以提？都能满足？走到今天这一步，不考虑给我提提级什么的？"

　　范行长笑了："可以呀，但干部的事我说了不算，一会儿你可以跟许董事长谈。"

　　柳东海和许董事长谈的时候，许董事长身边坐着人力资源部的总经理张蕾，公事公办地话说了几句："你原来在胶湾干得不错，九河这个地方需要一个拿得起放得下的人去当一把手。"

　　之后，许董事长转过头对人力部总经理说："张蕾，你先出去一下，我和东海行长单独说几句话。"

　　许董事长对柳东海说："听海龙行长说你提的那些要求，我看没一条是为你自己讲的。你现在可以提提自己有啥要求，就咱俩，你敞开了说。"

　　柳东海也不含蓄："是不是可以考虑给我提提级？"

　　"这个要求不过分，这件事我们来考虑。"

　　"具体什么时候？"

　　许董事长道："这和你在九河的时间一样，一年到N年。"

　　柳东海半打趣道："一年可以接受，N年别太长。"

　　"不至于，但我觉得，将来你再回行里没有什么意思，不如安排你去我们战略合作单位担任高管，比方说，信托、基金、保险，等等，职级和收入都比回行里要好，你也愿意接受。"

柳东海点头道："行，领导能替我的未来着想挺好，谢谢您！"

许董事长语重心长道："东海，你去九河有三项使命：一是把业务规模做上新台阶，毕竟那里是直辖市，资源丰富；二是分行班子要实现本土化，你要为分行带出一个面向未来的新组合；三是解决分行办公大楼，九河分行当前办公面积三千多平方米，我们要从长计议，买或自建一万平米左右办公用房。"

柳东海说："好的，我知道了。"

"九河分行的状况你还不是很清楚，但我心里有数，你会遇到一些意想不到的困难，要有充分的思想准备。"

柳东海说："我有信心，您尽可放心。"

许董事长："会比你想象得更难。"

"这倒不怕。我在胶湾经过了这前后八年的锻炼，可以说是老中医了。过去处理工作，只是凭感觉、凭猜测，大概知道是什么病因，试着用药，现在能做到对病因一目了然，可以准确诊治，药到病除。"

许董事长被东海逗笑了，还是补了一句："这个说法挺贴切。困难一定会有，但我相信你，一定全力支持你。"

许董事长就是许董事长，对此柳东海后来体会深刻，九河分行非同寻常，许董事长早就了然于胸。

年度工作会上，柳东海按总行办公室的预先提示，代表九河分行上台与总行范行长签署了责任状，有点被绑上战车的感觉，一点归属感都没有。座谈会前，看到标示胶湾分行的座位上已经坐了人，还以为人家坐错地方了，感觉一切都不真实了。

第四十三章　终有一别

　　总行年度会议开完,总行副行长石磊代表总行到胶湾,他带了稽核部陈莎莎等几人,主要是安排分行班子调动问题:柳东海到九河工作,吴哲欣担任胶湾分行行长,郝秀芬担任党委书记。

　　开中层干部大会,宣布调动安排。四楼大会议室里,柳东海几个人坐在台上,石行长宣布的时候,四下一片寂静,全体表情忧郁。石行长讲了几句夸赞柳东海的话,说他在胶湾带领分行走出困境,做出了卓著的贡献、成绩斐然,等等,然后把话筒转给柳东海,让他说几句。柳东海正要张口,抬头看到下面几个女老总,其中一个在那里抹眼泪。一看有人掉眼泪,柳东海在台上也是一激动,哽咽着说不出话来,停顿了半分钟左右,才坚持说了几句,感谢总行多年的关心支持,感谢兄弟姐妹们这些年一起打拼之类的话语。再想多说些什么的时候,是真的说不出来了。石行长和总行几个人,深受感染,大家感情真挚,同心同德,同甘共苦的战斗情谊日月可鉴。

　　下午,石行长说要到支行去看看,刚就任的吴行长安排在河口支行。河口支行是胶湾分行最开始成立时分行所在的位置。柳东海和吴行长一起陪着总行的领导到支行转转。

　　到了支行,大厅里的氛围就不对,支行行长竟然汇集到一起,所有人都在一楼列着队,摆着阵型,大厅播放的竟然也是忧伤的音乐。柳东海的眼泪有些抑制不住。

　　石行长对柳东海说:"让吴行长和郝书记陪我,你跟你那帮兄弟们去坐一会儿吧!"

　　胶湾分行把这些安排事前偷偷跟石行长说了,但没告诉柳东海,想给他一个惊喜。

　　柳东海到了支行三楼康雅薇行长的办公室,这是当年分行开业时柳东海的办公室,这也是大家把活动安排在这里的根本缘由。

屋里有鲜花和水果，大家都落座了，但都不说话，可实际上，又不知道该说什么。说工作，没滋没味；谈感情，本来天天在一起，突然要分开，不知该谈什么，所以什么话都不好讲。柳东海逗着大家说了几句笑话，之后自己也觉得不好笑。

晚上，分行还要招待石行长和陈莎莎等总行客人，也要给柳东海开一个送别宴会。柳东海就提一个要求，坚决不去大酒店，一切从简。最后，选了一家主打羊肉的饭店，兼做海鲜，名叫"花自在"，名字挺有诗意的。饭店处于偏僻街区，外观看着不起眼，但里面还真有两个挺大的包间，挺私密的地方。

有了这样的安排，在河口支行就要早一点解散，不知谁说了一句："还没照相呢！"事先设立的程序里要合影，大厅里面要拍照，大门外面也要拍照。大厅里，大家站成一群，这时都还好，你谦我让的。等到出了大门口拍照片时，有两个人就拍不了了，年龄最大的男行长——龙州支行的郑行长，痛哭流涕，脸都在抽动，弄得大家都很激动，根本就没法拍。

晚宴时，石行长想着别去那么多人，就几个领导一起，但支行行长都坚持要去，两个包间坐不下，只好在外面拼桌、加凳。

喝酒的场面热闹非凡，似乎每个人都要把自己灌醉。大家用喝啤酒的方式喝白酒，敬酒时不管别人喝多少，自己都是一饮而尽，被敬的人也不管谁来敬酒一律"感情深，一口闷"。菜动得不多，酒哗哗地一个劲儿消耗，空气中弥漫着酒精味和忧伤离别的情绪。

这时，柳东海还不忘提示向他敬酒的人别忘了多敬敬石行长。

很快，姜民和几个支行行长醉倒了，嘴里几乎嘟囔一样的几个字："喝……干杯……老大……"

大家被车送到一个四星级酒店，个个浑身瘫软，扶也扶不起来，最后是用推行李的车把他们抬到车上，摆布整齐运到房间。

大家第一次知道行李车还有这用途，摆放整齐，一个车能推两个人。此事后来成了特别开心的一个笑谈。

2015年元月下旬的一天，柳东海启程赴九河。石行长率队亦从胶湾出发，一是把柳东海送到九河，再一个是宣布张锋行长离职，以及总行的新任命。

胶湾分行的人商量后觉得班子里的人不能一下子都去送柳东海，就分成两批，即刻去九河送柳东海的是郝秀芬书记、彭飞、杨树林，杨树林此刻已是办公室主任。第二批人员由吴哲欣行长带队，一周之后到九河看望柳东海。

就这样，一批人跟石行长一起浩浩荡荡去机场了。

贵宾候机厅的门一打开，石行长一边退后一边说了句："哎呀，我受不了了……"

稽核部陈总探头往里看了一眼，捂着瞬间溢满泪水的眼睛扭身躲到一边。

谁都不知道还有这么一个惊喜！

行里所有的部门老总都在贵宾厅内，每人拿着一枝玫瑰花，列成一排，眼含泪水一起合唱歌曲《感恩的心》。要命的是，歌声里充满了忧伤，大家一边流泪一边唱。

这一幕，让柳东海不由自主想起当年大家一起实现"抢滩计划"后，受奖励游欧洲的七人团队在巴黎凯旋门前拉起一个条幅，上面大字一排：东海行长，我们爱您！

握手，拥抱，流泪。

第四十四章　情怀犹在

　　飞机到了九河上空，胶湾分行的郝书记趴着眩窗往外一看，脱口而出："哎呀，九河扑扑拉拉这么一大片，好大！"

　　从机场出来，中等身材，一身略显肥大西装的张锋行长率队迎接。大家见面握手后，九河分行曹咏副行长挤到柳东海身边，把柳东海拉到旁边说："柳行长，非常不好意思，您看有笔四个亿团湖支行的业务，现在总行那块批不回来，您看这怎么办呢？"

　　柳东海脑袋懵懵的：团湖是啥？谁跟谁啊？谁做的？联系谁？这大姐可真有毛病，我刚落地，还没宣布我任职，你就给我派活了？不过，转念又想：这曹大姐是真有正事儿，九河分行的工作作风如此严谨，做事还真挺雷厉风行。柳东海内心划过一丝感动。

　　仿佛在梦里，这就到九河了。

　　此前两天，柳东海跟胶湾的吴行长和郝书记交接工作，有些话要叮嘱，加之喝酒又喝得很激动，疲劳得厉害，他感觉浑身酸疼，就想找张床躺下休息。可这里又有总行领导，又是刚到新单位，马上休息显得不妥。

　　开会宣布完之后，石行长当天下午就要到空港支行去看看。张锋行长可以不陪了，可柳东海是新任行长，礼节上要陪，正常情况下他也想去，尽快和大家接触认识总是好的。

　　柳东海还是跟着去了，座谈的时候谈了什么都不记得了，谈完之后站起来要走的时候，柳东海突然眼前一阵发黑。会议室靠里面那排凳子后有一个圆柱子，柳东海就扶着柱子站了大概有三五秒，等神志清醒了，才跟他们下楼。没有人注意到这一幕。

　　当年在京都上学的时候，每次从家到学校，都是到九河换乘列车，柳东海对直沽河的印象就是石头垒的河堤，挺破败的，杂草此生彼长，特别是从火车站出来一过胜利桥，道路两旁角落处还有人随地大小便，脏乱不堪。

但这次来九河，他的第一印象是九河变得比以前美多了，干净多了，景观和建筑大气高雅，旧貌换新颜。

交接工作的时候，柳东海拿到一套九河分行员工花名册，里面详细记录了该分行下设多少部门，负责人是谁，员工是谁，年龄、学历、从哪个单位来的、职级状况等。有时，柳东海在办公室就翻开这些信息表，但翻完之后谁是谁也对不上号。

刚接触新工作，柳东海的活动范围很小，行长室在三楼，从自己的办公室到走廊另一头栾莹行长的办公室是他走过的最远距离。

栾行长的茶海上有普洱茶，还有榛子一类的坚果。彼此不是很熟，坐在那看着想吃，也不好意思动，每次去都是坐到一起喝几杯茶。

五十九岁的栾行长端庄漂亮、心直口快。她给柳东海讲了几个故事，也形成柳东海对她的第一印象。她是正规财经院校的毕业生，经历过好多单位，当过制药厂工人，后来进了银行，到鲁南银行之前是安平银行的副行长。她说来到这里完全出于偶然，有几次去市里开会，张锋行长和她邻座，会前他俩在一起聊了聊，挺投缘。张锋行长邀请她："不如你到我这儿来工作。"

刚开始两个人是这么聊的，后来聊得更深入一点，张行长又说："你要来工作的话，将来可能还有机会做一把手。"

栾行长说，自己出于想帮助创业初期特别艰难的张行长，所以放弃了高额年薪和几百万年金义无反顾地从安平银行来到鲁南银行。她在九河市中心区域买了几套房子，经济条件非常好，按九河的说法就是：房姐。

柳东海刚来的时候，几次班子会，他都会事先认真准备，但讲的话不多，总不能下车伊始就指手画脚吧！但栾行长对柳东海的评价是：我们能听懂您说啥，都在点子上。您说的都是单位管理层面的东西。"

柳东海觉得自己应该给她留了个好印象，也可能是她为了让自己高兴才这么讲的。

栾行长进而说："关于九河分行，柳行长，您慢慢就知道了。我们这有几个怪现象，一是奖金分配，一是干部提拔。张峰行长提拔干部的时候根本不开班子会，直接组织材料报总行，他提的个别副总和老总都是在这个行进步神速的。提拔唐文丽，我和其他班子成员就是后知道的。"

柳东海说："过去神速，现在可能还要继续。我来之前张行长除了唐文丽没提到过任何人，而且张峰行长还和总行领导打过招呼，推荐过她。"

"这个人可真不能提。我的话您慢慢体会。行里一些违规违纪的事儿，比如不良贷款，好多都是经过她的手批的，甚至她推荐的项目，贷款放出去之后，没过几个月直接就变成问题贷款了，到月利息都还不上，最后本金都没了。"

柳东海眉头一皱道："会吗？单位做任何业务都是有程序的，任何人不可能左右一切。"

栾行长意味深长道："您慢慢体会，咱们行有一个说法，张锋行长在这有东西二宫。给你讲两个笑话。第一个就是单位所有的女同志要是到张行长办公室的话，他对面屋就有人给计时，谁去了多长时间都能准确无误地知道，每超过十分钟就会有人捧着文件夹敲门——行长室有套间不放心啊！"

柳东海说："这么有意思？"

"为了平衡两个人，张锋行长还给她们买过包。"

"'包'治百病，哈哈！"

这些碎碎念，柳东海权当笑话听了。

这就是栾行长，对自己认可的人特别热情，把心里的话和盘托出。

曹咏给柳东海第一印象是机场一见面就谈业务，安排工作。后来，她也会经常找柳东海。

曹行长六十一岁，肤色偏黑，风韵犹存，年轻时肯定特别漂亮。她讲话时，眼睛瞪得溜圆，语速特快，一口九河话听得柳东海有点蒙。她每次找柳东海谈，至少半小时，柳东海都听得云里雾里的。看得出来，她每次都讲得很努力，可柳东海大概只能听懂一半，关键不是听不清口音，而是她说的那些事儿都让柳东海摸不着边际，涉及的人和事，柳东海一时全对不上号，但她讲得都很认真，所以柳东海听得也很认真，可效果却不理想。

曹行长的客户资源很好，过去很长一个时期都是她和栾行长带来的人对行里业绩形成支撑，包括自贸区支行的行长章韬。

曹行长身份特殊，张锋行长在的时候她已经退休了，张锋行长返聘她回行里工作。

曹咏和栾莹是多年的交情，栾莹开玩笑说别人都说她俩像同性恋，特别好的姐妹，形影不离二十年了。

过了一段时间，柳东海对行里的人和业务依旧不熟。突然一天，办公室主任程念瑶给柳东海送来一封举报信，是从银管局转过来的。柳东海看了一下，举报信写得挺有水准，里面就讲一个人——曹咏。事实罗列得特别清楚，用了好多排比句。可见，写举报信的人一是了解情况，二是表达能力很强。

信中说曹咏已经退休了，却还享受副行长待遇，在行里行使副行长的职权在业务审批单上签字，开会时还坐在主席台上，日常还占用副行长办公室，等等。

信写的大部分都是事实，可这个事又不全是曹咏的责任，行里返聘嘛！举报信不适合直接给当事人看。柳东海知道曹咏和栾莹行长的个人关系，栾行长跟柳东海聊的话又多，介绍的情况也多。柳东海就把举报信拿给她，委托她看完后口头转达给曹咏，让曹行长有一个基本判断和考虑。

柳东海说："我人生地不熟，你就是跟我说是谁举报的，我都不知道那个人是谁。"

没一会儿，这姐俩儿就来到柳东海办公室把分析结果说给柳东海听。讲来讲去，她们认定是原来自贸区支行的一个干部干的，过去因为客户业绩分配、营销费划分，他就闹过意见，毫无疑问就是他。

柳东海说："这个事，我不可能仅凭对匿名举报信的猜度，去处理一个支行干部，毕竟是猜测。此事留待以后再处理，要先考虑眼前怎么办。"

办公室主任程念瑶告诉柳东海，2014年银管局先后转给鲁南银行的举报信有八封，有说业务操作违规问题的，有说支行行长、客户经理以贷谋私的，还有针对个人生活作风的。那些热闹事柳东海都不清楚，他现在要做的是处理好眼前这封举报信，如何安排曹咏大姐合适。为此，柳东海先找了栾莹，想听听她怎么说。

栾行长说："柳行长，您刚来不知道。咱行这是惯例，年年都有人告状。过去还有人在网上发帖，把唐文丽和张锋行长的私生活编排到一起发了个帖子。事后查出来是唐总部门的一个人用部门电脑上传的。"

栾行长说曹咏现在管的事比较多，比如曹行长签字时，本不合规，为了合规，就请在职的行长再签一下，做两遍手续。

柳东海说："听起来倒是说得过去，但既然曹行长没必要签，就别让她签了，还挺麻烦的，将来还得担责任。"

柳东海认真思考了这些问题，觉得还是要切实做一番整改，不能让人后续再举报。另外，曹咏大姐确实退休了，现在柳东海也来了，还要从胶湾带干部过来，没必要再让她去承担那么多。

栾行长说:"实际曹咏也早就不想干了。柳行长,我跟您说实话,她心里两个事儿放不下,第一是她石油大学毕业的儿子佟洋在咱行里的职务安排,张峰行长临走的时候开了一次党委会,把她的儿子定成总助级。"

柳东海说:"跟总行打招呼了?兑现了吗?"

"没有,内部定的也不好使啊,心急也调不了。"

柳东海开玩笑说:"行,这个事只要有这想法,我帮张锋行长实现。"

栾行长说:"第二个就是放不下她拉来的存款。她愿意走,但是担心营销费可能不给她,或者少给她。"

这事曹咏曾经跟柳东海提过:"柳行长,我退休之后才知道,钱真的一下子挣得少了,关键我每个月要还月供,原来按揭买的房子按月都得还,钱是真紧了。"就这件事来看,曹咏对营销费还是很在意的。

柳东海最后跟栾行长确定:第一,曹行长不再签字;第二,办公室也没必要在分行,更没必要留在这里找心理平衡。儿子的问题柳东海帮她解决,收入问题柳东海来保证,曹大姐就没有必要继续在行里操心、上火,被举报,天天有人瞄着,还不知道是谁。

柳东海来九河前曾跟许董事长谈到两位大姐,许董事长让柳东海看怎么合适怎么安排,柳东海也跟许董事长表态,肯定会照顾她们,让她们满意。

栾行长:"那我跟曹行长说一说。"

曹咏大姐欣然同意。

柳东海给曹行长安排了很有意义的纪念品:专业度很高的单反相机,意在留住美好记忆,还在三楼会议室搞了一个茶话会,会议桌上摆满了鲜花、水果、糖果、花生,墙上挂的横幅是:曹咏,我们永远的好姐姐!

新老员工代表畅叙友情,让曹大姐热泪盈眶。

曹大姐愉快地退休回家了。

柳东海来九河之前就认识曲迪副行长。一次九河、胶湾两地在九河搞联欢,华北、华东聚在一起。那一年是九河做东,胶湾分行来做客。来的时候,柳东海就见到了曲行长,当时,他是个瘸子。

曲迪坐在轮椅上给柳东海讲腿是如何受伤的。他是去见一个大客户,在门外台阶上等客户回来,挺远的看见车回来了,就疾步下台阶,结果一脚踩空,摔着了。

当时还不知道，可能疼痛过度没感觉了，跟客户又握手又寒暄聊天的，等和客户见完面、说完话之后，突然觉得自己疼得受不了了，到医院一查，重度骨折。伤筋动骨一百天，让柳东海就看到了曲行长瘸腿的形象。

曲行长老家是江西的，大学本科在九河科技大学，后又到财经大学读的硕士，最后是九河大学的博士。博士这个头衔还是很闪亮的，因为在鲁南银行系统里只有两个博士，一个是总行的范行长，北京农业大学的博士，一个是曲博士，但曲博士确实有点不修边幅。

曲行长个头不高，这不是毛病，但他一天到晚在办公室穿着一双布鞋，鞋后跟都踩在脚下，像穿拖鞋一样。这双布鞋一看就是很长时间没有洗过了。每次，他都穿着布鞋在办公室里走动，见来访客人或请示工作的下属，等他回到自己的办公桌，索性把布鞋脱在办公桌外面客人可以看到的位置，将脚丫子伸到桌下。

柳东海对他的第一印象不太好，邋邋遢遢、拖泥带水。

曲迪行长天天穿着酱紫色的羊毛衫，柳东海从来不知道那竟然是名牌。他的衣服穿得应该很久了，领口袖口都微微泛着油光。柳东海也跟曲行长提起过："曲行长，你衣服一年到头就这一件吗？"

"不是，我是两件一样的，换着穿。"

柳东海笑了："你那什么破衣服啊，天天还舍不得放家里，总得穿！"

曲迪有点争辩的意思："领导，我这衣服挺贵的！"

"贵到什么程度？"

"七千多一件。"

柳东海问："什么牌子的衣服？"

"爱玛仕。"

柳东海真是想都想不到，哭笑不得道："真白瞎这衣服了。"

曲行长的办公室里，物品摆放也很乱，别人送他的工艺品、茶叶，要么堆在窗台上，要么堆在衣柜脚下、办公桌旁边，就像开杂货铺似的。

正因为看到他这么混乱，所以柳东海要率先整治全行员工着装和办公室环境，不允许他们随性而为，没有秩序，好像天天日理万机似的，实际上是乱得稀里糊涂。

其实，曲迪的外在表现反映了他从前的内心世界。

曲迪跟柳东海在一块时间久了，接触多了，就跟他说了一些心里话。柳东海慢慢发现，这是一个经过点拨，提升境界，可堪重用之人。

曲迪说："柳行长，您来了，工作上您用我了。在这之前，我基本是想干啥，都干不了，索性就不干了，人家也不用我干。你看，我是审贷会主任，可哪个业务能做、哪个业务不能做、哪个什么利率、哪个多长期限……这些内容事先都是授信审批部的唐总和一把手行长沟通。项目到了我这里，我不说还好，要说了，保证要被调整。比如那些我坚决同意的，一定会被调整。审贷会上，如果事先领导没点头的项目，或者领导不在家的话，审贷会都不能开，开完之后回来肯定变。这个行里有好多事情，我说出来，你也许会觉得我这个人挺窝囊，可没有办法。在行里，我、曹咏、栾莹，我们几个要想知道有什么重大事项安排，要问唐文丽，要问程念瑶。张行长商量事情只找她们，事务找程念瑶，业务问题找唐文丽，曹、栾两位大姐能比我好过些，但也好不到哪里去！"

"不能上下级联手破坏制度，这样没有底线吧？"

"只要唐文丽多弯腰低头，少系一两个纽扣，再蹭蹭领导桌子，可不就没有底线了嘛！"曲迪脱口而出。

"你怎么可能知道这些！"柳东海略惊。

"张峰不胜酒力，喝多的时候就会口无遮拦……"

柳东海来到九河分行两三个月的时间，栾行长很认真地跟他说了一句："柳行长，您来了之后曲行长变化很大。以前，在我眼里他这个分行行长也没什么作为。但您来之后，他变了，说话不像以前了，也开始踏实做事了。"

柳东海跟这些人不是很熟，不能像在胶湾时那样，他一吆喝，大家就懂是什么意思，然后吴哲欣、郝秀芬作为得力副手，可以把事情执行到位。在九河，这一套行不通。毕竟，他对九河没什么功劳苦劳，一时又没有得力帮手，所有的事情他必须亲力亲为。柳东海发起工作，就得照看到最后，否则，大家也没法相信柳东海。

所以，不管让栾行长、曲行长做什么，柳东海都陪着一起做，直到看到最后的成功。

曹大姐超龄退休了，九河分行领导班子中缺了一员大将。

柳东海想到接下来就是栾大姐了，毕竟也已经五十九岁了。曹大姐目前在一家金融新技术公司继续发挥余热，这家Fintech公司是她牵的头，既然有这样的好机会，肯定也忘不了自己的好姐妹。

第四十五章　渐入佳境

柳东海在岗位交流之前，曾提过要带两个人过来，总行也答应了。这两个人，一个是中等身材少白头、肤色黝黑的杨树林，是胶湾分行办公室主任。提到这个人选时，许董事长起初有些想法："东海，到九河带办公室主任去干什么？"

柳东海解释："杨树林在当办公室主任之前，在农牧银行时做不良资产清收，到了鲁南银行，先后做过两家支行的行长，管理方面是比较有经验的。"

柳东海看重其不良资产清收方面的专长。许董事长和柳东海都知道，九河分行有相当大量的不良需要清理。另外，杨树林是一个受过良好教育的人，湖南财经大学读的本科、研究生，在那上过七年学，基础素质、工作经历，各方面都还是不错的，在精细化管理方面还是有一些独到的想法的。

许董事长听了柳东海的汇报，点头认可。

另一个要带的人是纪桂林。此人一打眼有点其貌不扬，个子不高，眯眯眼儿，面皮萋萋，头发稀稀，但浑身上下散发着工作激情，是一个正能量传播者，偶尔耍点小聪明，会搞点应景的动作，正因如此才越处越有味道。这是一个酒桌上用茶杯代替小酒盅喝酒的爽快人。他和柳东海认识之前，是胶湾银行某支行负责公司业务的副行长。到鲁南银行之后，江宝原安排他筹建高新园区支行，他把高新园区支行带的业绩出众，分行考核的各项指标，始终不出前三名。柳东海把他提到分行行长助理级别，派到龙州支行去当行长。龙州支行从一个在分行整个体系当中落后的支行一跃到了前列，季度考核、年度考核，又成了数一数二的支行。

偏偏这两个人个性鲜明，是吴哲欣和郝秀芬眼中的另类，不愿重用。

带这两个人到九河，从工作角度讲，柳东海希望在这里有懂自己的人，能给自己的工作助力，因为有好的想法，他不可能总是自己一竿子插到底，全做到位，但由能读懂自己的人来做的话，工作效率会成倍放大。另外的就是出于一点私心。柳东海孤身一人到九河来，工作是为生活，却不能把这几年全奉献给工作，有可心的伙伴在身边，就没那么孤单了。

当然，柳东海不能因为自己的考虑，就把人家拖出来，让人家撇家舍业、离乡背井的，他也替他们做了考虑。杨树林提职到分行行长助理级别，他原来只是分行办公室主任；纪桂林原是行长助理级，到九河后，晋级到分行副行长。

柳东海的这些想法不是凭空去说的，他跟许董事长都做了沟通，后者表示支持。但在他们来九河的时间上，许董事长提出不同意见："东海，你想一想，如果你去了，他们马上到，九河上上下下的干部员工会怎么想？你一个人去，谁都不会讲什么，但你带了人同时去，大家会想，九河难道没人了吗？人家会有一种很抵触的情绪。"

柳东海也同意："是这样，会的。那怎么办？"

"分两步：第一，不急于他俩现在去，可以稍晚两个月；另外，先去一个，另一个再晚个三五个月去。"

董事长是很有策略的。

柳东海说："可以，那就让杨树林先去，他做过办公室主任，好多东西能帮我去推动落实。"

就这样，杨树林首先来到九河，只比柳东海晚到一个多月。柳东海春节前来的，春节后，他跟柳东海一起来了，再就没回去。

也真像许董事长预料的，九河员工当中，尤其中层干部当中，真有一些议论。本来柳东海来，人家就说："九河没人了？从胶湾来个行长！"话音还没落，又来一位，传说还要进班子，就又有声音："真当咱九河没人了？"大家的抵触情绪从日常表现中就可见一斑。

柳东海跟班子几位成员讲："杨树林来了之后，下一步是党委委员，是工会主席，所以，我们要么喊他杨主席，要么喊他杨行长都可以。"

但毕竟总行还没开过党委会，没给过什么正式的批准任命，所以他还是部门总经理级别的干部。柳东海不能直接拿他当行领导，也不能给他安排行领导的分工，那怎么办？正好在这之前，分行存在一个人兼好几个部门总经理职务的现象，柳东海就让杨树林先接任风险控制部的总经理。

柳东海在很多场合，有意喊他"杨主席"，但行里有一部分干部坚持不改口，只喊"杨总"。柳东海明白他们的心态，自我安慰：不着急，这些事情急不得。

柳东海跟总行提的要求包括胶湾分行三个在支行挂职锻炼的分行助理级干部都要回到班子里。纪桂林也一道回到胶湾分行班子，但他人在曹营心在汉，每天照常工作，心里却总在想：我什么时候去九河？

一个月过去，两个月过去，三个月过去，胶湾分行的吴行长和郝书记分别跟他谈话，这二位很团结，刚搭档在一起，彼此还都小心翼翼："不可能让你去九河了，你想柳行长有多大能量？说让你俩都去，你俩就都去了？"

纪桂林很苦恼，打电话跟柳东海说："柳哥，真去不了了吗？"

柳东海说："真能来的，很快了。杨树林已经平稳着陆了，下一个当然是你了。但我希望你来的时候，既解决你自己的职级问题，总行任命的时候直接就给转成副行长，同时也带着杨树林的问题一起解决。"

柳东海跟许董事长联系，对方说："你非得那么急让他过去？"

柳东海说："来吧！我在这一晃都好几个月了，工作着急要开展，再加上一个大姐退休了，另一个大姐也有要退休的迹象。"

"要让他去的话，只能是先去，后调职级了。"

柳东海说："您已经答应的事，我怕什么？那就先把人办过来，我跟人力部打招呼？"

许董事长说："行，你打招呼吧！"

就这样，纪桂林欢天喜地地来了九河。

人员到位后，柳东海研究分工，要发挥每个班子成员的长处。杨树林不能分工，他在合规部，但柳东海让他兼管办公室，这就等于行务管理、人力管理，整个都掌控起来了。纪桂林来了之后，发挥他的长处，让他负责公司金融业务。

九河分行附近有一家烧烤店，叫"岁月留痕"。柳东海他们三个，基本是下了班就到那去坐坐，喝着啤酒聊着天。柳东海给他俩派了一项不能公开讲的任务，要他们三天两头招呼部门老总或支行行长，没有特殊目的，就是今天找几个，明天找几个，在一起吃吃饭、喝喝酒，一是为了和大家熟悉，二是了解一下大家的思想，三是打破当前九河分行这种互相之间缺乏信任、不相往来的局面。

这些被叫到一起的人回头还琢磨："怎么把我们几个人弄到一块儿来吃饭呢？"实际上不为什么，在一起的时候也不讲任何有深度的话题，就为两个字——熟悉。要做好任何事情，了解是第一步，不了解的话，怎么建立信任？怎么互相支持？他俩正好平时也没什么事，就经常安排这些活动。柳东海也不愿单独一个人回住处，所以也经常跟他们在一起。

有一回约了六七个人，先是在一家杭州菜馆喝白酒，柳东海带头喝，大家不好意思不喝，之后，又一起到欧罗巴风情街的巴伐利亚酒吧。挨着正街这边人太多，他们坐在后院，比较静。柳东海站起来，给大家唱了一首英文歌；安保部的老总打了一套军体拳，连滚带爬的；纪桂林跳了一段街舞，大家开怀畅饮。

后来成为柳东海得力助手的黎曼和苏沛珊都说："九河分行以前从来没有过这样的事。"

柳东海心想：这在胶湾都是很寻常的事嘛。

杨树林的工作做得很扎实、很仔细，纪桂林也是冲锋陷阵，跑支行，跑客户。柳东海推行的项目储备会，第一次他本人领着开，第二次他组织，第三次就交给纪桂林了。对于纪桂林和杨树林的工作，柳东海给他们一个提示："九河是个新环境，不光是面孔新，有很多新东西，业务也新，不可否认，有好多东西是咱们没有见过的。他们当中有好多人可以做咱们老师，所以谦虚低调是第一要求，多看，多听。开会的时候，不要急着讲，做定论，让人家先讲，听大家说，真的明白了，你再去拍板做决定。"

九河同事渐渐懂得了注入激情的工作是一种享受。

第四十六章　反贪局专家

　　本以为胶湾的事情与自己不再相关，可还是有麻烦事找了过来。柳东海接到胶湾某区检察院反贪局的电话。

　　胶湾银管局有一个监管员，叫韩彤，经常给银行介绍客户，给柳东海下边的高新园区支行也介绍了一个客户，资质还不错。从网上查，这个企业是国家级农业产业化的龙头企业，生意兴隆，贷款以厂房土地为抵押，抵押率也适中。

　　可没想到，韩彤在介绍贷款过程中，从中拿取回扣，不到三千万元的贷款，他跟人要两百多万元，真够黑的。公司做水产品来料加工，赚钱回来，再购原料，再加工，再出口。企业想发展，想到钱好赚，生意不难，要扩大生产规模，又盖厂房，又买设备，这一来资金就紧张了。资金紧张，找银行增加贷款，但抵押物是一定量的，哪个银行也不会轻易增加贷款。企业找韩彤，其实老板本人不想找，但老板女婿气不顺，觉得就给帮忙介绍一下银行，竟然要那么多钱，能不能给退回来一部分，就算借回来用，等资金转开后再给都行。

　　韩彤不同意，老板女婿去找去吵，一来二去彼此间就很僵。这事慢慢传出来了。

　　反贪局的人向来敏感，也可能这中间有什么人举报了，反正银管局的韩彤突然在一天下午给抓走了。

　　调查中发现公司给他钱的时候都直接转账，有凭有据，一半转给他老婆，另一半转进他本人名下的银行卡。韩彤用这钱买了三十多万的大众轿车一辆，又拿出一部分做首付买了一套住宅改善生活，余款有的提现金，再存，再提现金，再存，折腾到查不到踪迹为止。

　　检察院反贪局的人抓到韩彤本是立功的事，但在查他的时候发现还有一百一十万元让他来来回回提现金找不到了，而且他一开始嘴也很严，所以反贪局在案情分析的时候就在想这钱会不会给了银行行长。这么大的利益会不会是合谋的，如果是合谋的话，这个银行行长得多可怕，一笔业务能拿百万元，银行贷款都百亿元计，这银行行长得是多大一条鱼！

检察院的人马上组队去了鲁南市，去查柳东海。到总行、到当地的检察系统里查，看柳东海有没有什么劣迹前科。

调查的结果是曾经有人写过柳东海的举报信，举报其女结婚时出现的两个问题：第一，柳东海发动全行参加婚礼；第二，银行所有贷款客户都参加婚礼随礼了。这就荒唐得很了，以上两条都是柳东海当时明确规避的情况，根本不成立。柳东海以前不知道有这个记录，是许董事长后来开玩笑时说才知道的。

反贪局工作组在系统调查完之后，又到鲁南银行总行，查询柳东海属于哪一级干部，是不是市委组织部任命的干部。如果是的话，抓条大鱼功劳会更大。他们原本是胶湾某区的检察院反贪局，但传来传去成了胶湾市检察院，带队的原是区检察院副处级检察员，也被传成是胶湾市的副检察长，工作组四人传成八人。

总行领导都很担心。那天，柳东海在九河一家支行调研，回来时车走到半道，总行监察保卫部老总罗知众打电话给陪同调研的杨树林，杨树林让司机把车停到一边，示意柳东海下车接电话。

罗总在电话里说："检察院来查你知不知道？"

"不知道。"

"胶湾市银管局韩彤出事了，说这个事关联你，所以来查你，来了八个人。马上把工作撂下，手机扔九河别带了，到外地待一段时间。我们想想办法，等事实澄清了你再回来。"

柳东海有点不乐意："问题是我没事儿！要躲的话，人家就会以为真有事。"

罗总把情况跟许董事长一报告，许董事长说："以咱们对东海的了解来看，应该没问题。"

柳东海知道后，说："许董事长能说这话太够意思了！"这种说法体现了巨大的信任。

没人知道柳东海那天有多郁闷。检察院反贪局的人打电话问他能不能马上回来一趟，否则就得派队伍去了。

柳东海说："你不用派什么队伍！这两天我安排一下工作再回来。"

连续几天，柳东海心里非常不舒服。在此期间，检察院又打过电话，甚至说他们可以行使十二到二十四小时的审查权，此事认真严肃起来可以往前查五到八年的经济往来。

柳东海跟郝秀芬通了电话，对方说："我们不怕折腾，但是折腾这事挺烦人的！"

柳东海从九河返胶湾头一天，郝秀芬来电话说，这世界太小，约谈带队的是她高中同学，区检察院副检察长，说没柳东海啥事，现在看也就是找你把手续过程走一下。

柳东海飞回胶湾，郝秀芬接站后一起去了君悦大酒店。

柳东海、郝秀芬和副检察长仨人一起吃午饭。

副检察长说："没你事儿，你要有事我敢跟你吃饭？那样的话，我得担多大责任！没有任何证据证明你和此事有关。监管员韩彤张嘴闭嘴总说你为人好。"

柳东海忽然想起那天早上在九河，自己住那么高的楼层，二十三楼，突然窗台上飞来两只喜鹊，叽叽喳喳一阵之后飞走了。难道这是郝秀芬和副检察长的化身？

吃完饭，下午两点柳东海到胶湾市中山区检察院报到。专案组借用的审讯室，他以前在电视里见过，前面像教室讲台一样高出约二十公分，四位反贪局干部坐在台上一排，和台下保持四五米的距离放了一把椅子，椅子带扶手圈，正前是一块横板，提起横板，被审询人坐进去，再把这个横板放下，一锁，人就在里边不能站立不能动了。

柳东海被指定坐到那儿，虽然横板没锁，但内心很不舒服。他把手机往横板上一放，并没有人收缴。后来听他们讲，审讯嫌疑人的时候，嫌疑人手机是直接被收走，拿到台上，台上有个铁盒，手机放到里面，里面所有数据信息都会被采集走。

照例，先核实身份。

台上的检察官，一人发了一瓶矿泉水，有一人问柳东海喝不喝，说他有这个权利。这话在这种情境下怎么听都不对劲。

开始询问。柳东海被告之询问可以持续十二到二十四小时。于是，一连串的问题此起彼伏，柳东海实事求是，一一作答。检察官又问柳东海都对监管员做过什么、逢年过节跟他有没有来往。柳东海说，喝个茶是正常的，送盒茶叶，拿两条烟这是有的，别的没有。

又问："在银管局，韩彤都帮了你们什么？"

柳东海答："帮我们的多了，批机构，检查少罚款。这是他职责范围内的事儿，因为熟悉，效率就高。平时看，人还确实不错，对我们挺好的。"

四十分钟询问结束。

副检察长中间来电，柳东海在空寂的审讯室中隐约听着了。对方说，柳行长人不错，你们可不能吓唬人家。这些人一开始都很严肃，后来语气变缓和了，改成聊天方式。

最后，还是签字、按手印，走程序。

有人问："柳行长，一年收入能不能超过五十万？"

柳东海如实道："那不止。"

检察院的人说："以你们的收入没必要搞歪门邪道。"

柳东海很认同："你说得很对！"

"问你个题外话，你今晚原来安排的是什么活动？"

"总行有个副行长刚好在胶湾领着开业务研讨会，计划晚上陪总行副行长吃饭。"

检察院的人说："你的心挺宽的。"

柳东海说："我没事，为啥心不宽？"

检察官点点头："也是。"

柳东海客气道："要不你们留在这，今晚请你们，我自己的领导可以放一放。"

他们连连推辞道："那哪行！过几天咱可以在一起吃顿饭。"整理完材料，又说，"行了，柳行长，没你啥事，忙你的吧！谢谢你配合调查。"

一场虚惊落幕。

第四十七章　好花不常开

九河分行辉煌过。柳东海在胶湾的时候，曾经两次派人到九河取经学习，研究九河分行为什么每年的利润都做得那么好。彼时，九河分行的利润年年都高过胶湾分行，在全部分行当中位居第二。最开始的时候，第一是九河，第二是巴渝，后来巴渝第一，九河第二。巴渝领先得益于占用资源多、信贷投放量最大，以及总行特殊配给了八十亿元的营运资金做票据业务。

取经带回的信息是九河分行的投行同业业务做得好。可到底怎么好？人家都做了什么？派去的人没有取到真经。柳东海到了九河才知道，九河分行当时私底下研究好的，不把真实情况讲给胶湾分行听。

实际上，总行有好多项目落地在九河。在北京、上海这样的地域做的一些大的投行同业类项目，都委托九河分行来做。九河分行管理总行的投行资产一度达到三百个亿，远远超出当期分行自身正常信贷资产水平。而且在当时，投行业务收益都在百分之十左右，有的甚至还更高，利差大，体现的收益度就很高。总行不跟分行利润分成，利润就都落在分行。九河分行有得天独厚的优势，兄弟分行谁也没有这个机会，望尘莫及，连个荤腥都看不到。

柳东海虽然不清楚九河分行到底都做了什么，但清楚地知道一条，就是巴渝、九河投行同业和票据业务带来了大量的利润。胶湾分行过去没有投行同业部门，柳东海就和吴哲欣行长一起研究，黄海银行有一个投行同业团队，是从民众银行去到黄海银行的，他们比较熟悉；神州银行还有一个投行同业团队的负责人，柳东海也认识。黄海银行和神州银行都在一个分行里同时设几个投行同业团队。做投行同业业务，特别是一些通道业务，在当时大的经济环境下，收益一度超过银行正常的表内资产业务。银行要是放一百个亿贷款的话，表外投资比一百亿还要多，这部分业务要是欠缺的话，就比别的银行少了太多赚钱的机会。

把损益表拿出来，发现胶湾和九河、巴渝做比较，差距最大的就是投行同业，也包括票据贴现利息收入。

柳东海下定决心，宁肯拆掉两个支行，也要把投行同业业务做起来。

功夫不负有心人，他们做通了两家银行两个团队的工作，但最后只要了黄海银行的团队，这个团队是吴哲欣联系的，神州银行的团队是柳东海联系的，柳东海采纳了吴哲欣的意见，就要一个团队，让这个团队有高度的热情，感觉到行里对他们的重视。柳东海原本希望有两个团队，引入竞争机制，比着干，但吴哲欣负责这个条线，柳东海便尊重了他的意见。该团队也比较争气，当年给胶湾分行增加收入八千万。这是胶湾分行原本没有的，从无到有，从少到多。

在九河的市场上还有一个优势，钢铁生产企业和钢材贸易企业在很大程度上支撑了九河分行的发展。

九河区域是中国北方最大的钢铁生产和钢材集散地，黄海钢铁集团位列世界五百强，河北省众多实力强大的钢铁企业，邯钢、唐钢，甚至曹妃甸的首钢集团，都在这个区域内。

九河分行给黄海钢铁集团授信二十六个亿，其他一些钢铁企业零零散散的也有很多授信。团湖地区有一些钢铁生产加工企业，有一个全国闻名的大泊庄。大泊庄民营企业发迹主要是靠钢材压延、机械加工类的生意，都是紧密围绕着钢铁。北启区是九河最大的钢贸企业的经营集散地。九河分行在团湖和北启都设了支行，在区域内都发展了大量客户，尤其是北启支行，很短时间内，贷款就超过了八个亿。

当时，银行对钢铁行业研究得非常透彻，进行了全环节、全流程的授信，原料、生产、销售、运输、仓储，等等，所有环节都设计了不同的授信方案。非常著名的一种授信方案叫"保兑仓"。

"保兑仓"是以银行信用为载体，以银行承兑汇票为结算工具，由银行控制货权，仓储方受托管货物，承兑汇票保证金以外金额部分由卖方以货物回购作为担保，由银行向供应商及其经销商提供以银行承兑汇票为结算方式的一种金融服务。

钢贸行业各个环节都充分融资，甚至是过度融资。

钢贸行业给九河分行带来了繁荣，贷款大量投放，利率还非常高，让分行赚取了好多利润，存款增长的特别快，一个北启支行就迅速突破了十个亿的存款，团湖支行也很红火，好日子过的时间也不短。

但是，钢贸行业出了问题之后，形势急转直下，北启支行贷款大量损失，八个亿的贷款有六个亿成为完全的不良，剩下的两个亿也是极度困难的状况，其中还有近一个亿是给一家粮油企业，那是九河市最大的粮油公司，贷款也是以百亿计的。他们在印尼买了数十万亩的土地,做粮油相关的桐油种植,谁料事与愿违,出现流动性危机,无法正常经营。

北启支行的贷款几乎面临全部损失的局面,存款落花流水。团湖支行也陷入困局,他们做的好多都是钢铁企业以及与钢铁密切关联的机械加工企业,日子也都过不下去了。一些企业玩"脱壳游戏",背负银行债务的公司留在这,资金都抽走了,另注册公司。银行因诉讼保全不及时,只能无奈地面对留下的空壳。

如果能及时把控局面,银行损失还可以更少一点。但问题是,这些不良就像人身上的毒瘤,没能及时把它切掉,没有控制,迅速恶化了,扩散了。

第一笔不良出现的时候,北启只有六千五百万,但这六千五百万扩散蔓延了。行里安排找团湖的一家企业配合转化,把贸易企业身上形成的不良,让这些本就艰难维持经营的企业来承担,给这些企业两倍三倍地增加贷款。本指望增加贷款能给这些企业增强承担转化不良的能力,慢慢消化,但承担转化不良贷款的企业也接二连三地倒闭了。二次风险出现,原本的损失就成番论倍扩大了。

与此同时,总行落地九河分行的投行业务。因为有的客户过于庞大,所以,总行出于风控考虑,决定把它分散。这一分散,原来九河一家分行承担的业务就变成五家,甚至六家分行分担。九河分行原来那个"天上掉馅饼"的局面发生改变。这给九河分行最直接的影响就是账面收益大幅减少。

九河分行过去的辉煌一落千丈。

如今的北启支行本身倒不是最困难的,因为好多不良贷款都分散到其他支行去消化了,由于消化他们的不良,引发了更大范围、更大量的不良。别的支行成了困难户,北启支行反倒相对轻松了。

续做业务的时候,经常会听到大家如是汇报:"这是当时帮行里化解不良的客户。"支行把这一条当成条件来跟分行谈,但分行的态度很明确,不能把过去的事情拿过来做今天业务安排的代价。

九河分行真是"成也钢贸,败也钢贸"。

当初,分行要求各个支行把化解钢贸企业的不良当成政治任务来做,支行应该明确反对,但支行只顾了眼前利益,给客户翻倍增加贷款,企业又配合做存款业绩,这些业务几乎没有任何阻力地做下去了,这种策略上的失误造成了对全行的伤害。

第四十八章　不该如此

运营部总经理林晓禾和主管行长黎曼一起来找柳东海汇报:"领导,咱单位出事儿了。"

柳东海说:"出啥事了?"

"海西银管局到总行去做非现场检查的时候,查到九河分行有虚开银行卡的情况。"

"什么情况?"

"发现有单人名下开卡超过百张的。"

柳东海诧异道:"不可能吧?这个情况你们自己摸没摸底?"

"摸了,摸完底之后才害怕了,来跟领导汇报。我们马上组织内部查了一下,这一查要命喽,发现团湖支行以两个保安的名义,竟然开了两千多张卡。"

两千多张卡!一个保安名下开了一千多张卡!

柳东海说:"这是什么情况?了解原因了吗?"

"唯一的解释是,当初行里为了扩大发卡量,增加客户数,利用年末年初,给企业做了一些奖金分发或是礼品卡。"

柳东海还是难以置信:"发奖金、发礼品可以按企业提供的人员名录,也不至于说用两个保安人员开两千张卡,我觉得问题没那么简单。"

"当初分行个金部要求全行每个员工都要多开卡。各个支行都要多开卡。很普遍的一个现象就是单人名下几十张、几百张。"

"这种情况主要集中在哪几个支行?"

"所有的支行几乎都涉及,但更多集中在团湖、文清、滨海。单人名下三百五百张卡的情况在他们那挺多的。"

柳东海说:"马上回去查,单人名下十张以上卡的一共有多少。可以明确,单人名下十张以上卡,毫无疑问都是虚卡,没有实际意义的。然后再延伸查单人名下五张以上卡的存量是多少。"

第二天,这个数字就汇总上来,单人名下十张以上卡的共三万八千张,单人名下五张以上卡的共五万六千张。

真够晕菜的！

柳东海想：这是银行吗？银行有这么干的吗？这个事情如果在银行界曝光的话，真是颜面扫地，是一个非常、非常、非常荒唐的事件。

不能让问题延续下去，要解决。但是要解决就是违规解决，销卡和开卡一样，都应由申请人本人签字，这一条毫无疑问做不到，开卡时都没有真实的签字，销卡时肯定也没有——怎么可能有呢！绝对做不到。

虚开了如此之多的卡，在一个银行，单人三张以上就可以想象基本是没有用的卡，谁没事开那么多呀！谁闲着没事把自己家的钱堆堆儿玩啊！

柳东海问黎行长和林总："该怎么处理？"

"要凭咱们自己，恐怕不好处理，必须得跟总行运管部打招呼。"

柳东海质疑："跟运管部打招呼起什么作用？"

"让他们能够想办法在系统上做一些调整，起码得对咱们开放一点权限，这样，我们可以主动去销卡。从现在开始，相关的支行就得加班，安排专人来销这些卡。"

柳东海说："行！"

如此处理也是没办法的办法，表面看是违规，但却有利于银行长期健康的发展，决不能带着毒瘤发展，如果将来因此事给行里造成商誉损失的话，后果是难以估量的。

总行稽核部副总陈莎莎带队到九河分行来检查零售信贷业务，检查到第三天，分行合规部配合检查工作的苏沛珊告诉柳东海："陈总想单独见你一面。"

来的时候，柳东海已经礼节性地见过这位长发飘飘的美女老总，现在要很正式地单独见柳东海一面。

柳东海说："欢迎，请陈总来我办公室。"

陈总过来之后先套近乎："东海行长，这次是石磊行长派我们来的。我知道你跟石行长关系很好，石行长是我们部门的主管行长，对我们也特别好，所以现在我以朋友的身份对东海行长做个提醒，你在九河工作得格外谨慎小心，这个地方太乱了。"

"怎么讲呢？"

"我们调阅五十份零售信贷档案，竟然有六份无处查找，丢了，根本都调不出来，这是不可想象的事儿。信贷档案能丢说明管理混乱到了何种程度！作为朋友，我得提醒你，你刚来，真的要小心又小心。"

柳东海说："明白，谢谢你关心我。起码从现在起必须要求到位，检查到位，过去的东西能找就找，能补就补。我马上安排合规部组织专项检查，查一查我们的档案管理到底有多少问题。"

查的结果把柳东海吓得一哆嗦，所有档案清查一遍之后，发现信贷档案缺失数百套，包括公司业务、小企业业务、国际业务、零售信贷业务。

这是大事件、大事故。归结出的原因是多方面的，最根本的，是过去的档案管理本身就责任不清，有章不循。更衣室的柜子上面居然都能捡到档案，以前离职的那些拓展团队，人已不在岗了，可他们空着的工位上还能捡到档案。还有一个原因，就是有好多档案在支行，在客户经理手里没有上交，按照规定，业务了结后，档案都应该集中管理，但没人收没人缴。

合规部马上对全行提了要求，在OA和微信里发布，要求大家在一周之内把手头该交的档案必须全数交上来，但行里人已养成懈怠的习惯，反应一点也不主动、不积极，一副无所谓的态度。

柳东海在合规微信工作群里发了一段措辞严厉的催办指令，明确要求全行必须严肃对待这个工作，之后是要毫不留情专项处罚的。

他安排苏沛珊组织合规部迅速制订了分行档案管理流程，设立了周转库、长期存放库。

年中，柳东海在广州参加剑桥大学领导力和客户中心化培训。会议中间休息的时候，他把许董事长拖到一边，说："董事长，我跟您说点事。第一个是开卡的问题。海西银管局非现场稽核，发现九河分行有乱开卡的情况。乱到什么程度，我举个例子，两个保安名下开了两千张卡，单人名下三百张、五百张比较多，员工个人名下都能开三十张、五十张、七十张。"

许董事长说："这么多！"

柳东海说："核查的情况是单人名下十张以上卡的三万八千张；单人名下五张以上卡的共五万六千张。"

"这是不是太荒唐了？五张以上怎么可能是有效的！"

柳东海又给许董事长讲了档案的问题，之后，许董事长的手直接拍在身边的桌子上，桌子直晃，响声让附近的人以为他是对柳东海在发火。

柳东海听到许董事长透过牙缝愤愤地说道："这基础管理也太差了！"

柳东海说："我不是来说谁，告谁的状。这些事我都担，都来解决，但已超出我的权限。我肯定多多少少要有一点违规，比方说销卡授权方面，档案很多都是需要补的，补的东西都不是原始的。这活我都干，但你别赖着我，别将来谁说这事，你以为是我干的，我不会干这么荒唐的事！"

荒唐的事还不止这些。

问题和不良贷款到了什么程度？柳东海召集全体支行行长到分行来开会，安排了一上午，专题听不良资产汇报，听了一家，再听一家，坚持听完三家，柳东海感到很痛苦，随即中断支行汇报。

"咱们先休会，什么时间复会，等我通知。"

柳东海回到自己办公室，烧了一壶水，泡了一杯茶，等茶微凉些，把茶喝了，冷静了一会儿，又回到会议室。

"今天的会就开到这里，后半段什么时候开，等通知。"

柳东海在想：怎么会是这样一个状态？有问题不要紧，我们都该有及时应对的策略，偏偏同事们很漠然，束手无策，讲起来不痛不痒的，好像都不是自己的责任。

柳东海曾问过程念瑶："行里新人入行时，行员编号可以自选吗？"

"不可以。"

"为什么九河分行员工编号到了五百四十多，但眼前员工实际上只有三百零几人？还应该有一百四十几号人呢？"

"都辞职离开了。"

这么大的人员流失，着实把柳东海吓了一跳。

分行部门老总人少，好几位老总身兼数职，有身兼三职的，有身兼两职的。唐文丽任授信审批部总经理、兼任风险控制部和合规部总经理，程念瑶是分行办公室主任兼任运管部副总经理。肯定有人以为这样会大幅度降低人力成本，但实际情况是，这些同事的个人素质和岗位需求的匹配度低下，严重影响了管理效率和分行发展。严肃的工作被当成了儿戏。

柳东海把几个业务条线的老总集体约到办公室，跟他们聊业务，跟他们要行里的一些月度、季度、年度的分析材料，但资料都是片段，没有成体系的东西，这弄一个，那弄一个，凑数。柳东海发现他们用心度不够，经常一问三不知。

看来看去有用的信息不多，只好慢慢来了。跟各个部门老总基本熟悉了，柳东海决定去支行走一走，到一线看一看。

第四十九章　"土八路"兄弟

正值春节前夕，也做不了什么其他事情，干脆走访支行吧！

规划了一番，柳东海对办公室主任程念瑶说："去北启支行。"

路上，柳东海想，这是要离开九河了吧？虽然北启是九河的一个区，可怎么感觉离九河市中心好远好远？过了一片楼，又过一片楼，楼群和楼群之间有好多大片的空地，完全不是一个连成片的城区。

到了北启支行第一个问题就是：这里原来是什么区域？

答曰：原来是王街镇三队。

柳东海说："原来真是个农村区域！为什么选在这里开支行？"

讲出的道理还真的是可以接受的。

他们说："这个地方看着比较偏，居民少，商业氛围差，但北启是九河最大的钢材贸易集散地，九河市的绝大多数钢贸企业，都落户在北启。设北启支行，初衷是为这些钢贸企业来的。"

进入营业大厅，感觉有点冷清，没什么太特别的感觉，格局上还不错。拐弯抹角上到二楼，支行薛行长问柳东海："领导，咱们是到会客室，还是到会议室？"柳东海看了看会客室，旁边介绍说是从廊乡一带买的仿古典家具，乳白色的沙发斑斑污痕，窗台下的墙面有一大片渗水的痕迹。

柳东海说："还是到会议室吧！尽量多几个人。"

一行人挨个办公室参观了一遍。走廊的墙面上，有一个业绩标识板，柳东海非常惊讶地看到一组数字：贷款2.1个亿，存款1.2个亿。

柳东海转了一圈，跟员工打了一遍招呼，就到了会议室。柳东海边目光巡视边想，起码在会议室靠一端的墙上，应该有行里的Logo，在另一端墙上，应该是一些文化提示，如"打造国内一流的小企业伙伴银行"，或"创建有纪律、能战斗的团队"这样的标语，要让大家天天接受氛围的渲染。另外，还有一些设施需要维修，要让人感觉这是个有人照看的单位，是一群有心人工作的环境。

柳东海问:"北启支行现在规模怎么这么小?咱们开业几年了?"

"2010年开业的,五年了。"

"怎么这么小的规模?"

"原来这个行是咱们分行体系里发展最快的,开业很短的时间内,贷款就做到了八个亿,存款突破了十个亿,都是钢贸企业的存款。那个时期和兄弟行相比,是相当牛的。"

柳东海说:"说说现在为什么这么少。"

"钢贸行业破败了,客户大部分跑路了。"

"那也不至于就到这个程度了,10个亿变成1.2个亿,这不没了吗?"

"领导,您不知道,我们现在一天到晚要干的活就是处理过去的遗留问题。平时好多时间都要去派出所、公安局、法院。"

就在说话的当口,支行薛行长的电话响了,是派出所的人。

不经意间,柳东海发现薛行长说话的时候总闭着嘴,始终用不露牙齿的方式跟柳东海说话。

柳东海问:"你的牙有什么问题吗?"

薛行长一张嘴,少四颗牙,上下各缺两颗。

他的语气有点失落:"唉,这都不好意思讲。我前一个时期跟消防队几个朋友一起喝酒,喝多了,出了饭店门,在门口不远的地方摔倒了,撞在路边消防栓上,弄得满嘴是血。打出租车,把司机吓了一跳,赶快把我送到医院。大夫一查才知道,掉了四颗牙,那个时候才知道疼。"

柳东海同情道:"你可真够惨的!抓紧治,不能这个形象,一个银行行长,多掉价!"

"我都约好了,也正在陆陆续续做前期治疗的准备,准备种植牙。"

柳东海点头道:"好好好,抓紧治吧!等钱挣多了,镶口大金牙。哈哈哈……"

不知不觉就快到中午了,北启比较偏远,柳东海说:"中午在你们这吃饭,不回去了。"

"那我赶快定个饭店。"

"不去饭店,去你们食堂。"

"我让食堂再加两个菜。"

"可以,但不要弄太讲究的东西,还是家常一点,咱们也可以多聊一些。"

北启支行食堂给柳东海的感觉不是太好。普通人家都会收拾得干净利索，但北启的食堂，稍微讲究一点的人，在那恐怕都不愿意吃饭。

吃饭前，柳东海去洗手间，面对洗手盆身后是马桶，马桶的冲水箱上摆了两个洗发液的空瓶，地上还掉了一个沐浴液的空瓶，这些瓶子上都已经落满了灰尘。面前洗手盆旁边放了个香皂盒，盒里放了两块快用到最后的香皂片，香皂盒上都是灰垢，香皂片本身也已经被灰尘包裹起来。柳东海只好用水简单冲冲手，甩甩水。

柳东海带了笔记本，没记听到的东西，记的是亲眼看到的应该改变的东西。他感到分行系统管理上有问题，或者从他的角度说，要改变的东西的确太多了。

北启支行有一个人让他印象深刻，关维。

此人对自己的荒唐经历已经没有了羞耻感，竟然自己讲给柳东海听。

从前，他是支行的一把手，被降职为副行长。

他在饭局上认识了一个有能量的朋友，介绍个黑人朋友给他认识。黑人朋友跟关维讲，他爸是阿拉伯联合酋长国的一个酋长，家里很有钱。但国内政局动荡，为了保全家产，他爸就把几个亿的美金转到了美国驻北京的大使馆。他不愿把美金总放在大使馆里，想拿出来用，可以做投资让钱生钱。黑人承诺，钱拿出来之后，结汇成人民币，可以全都存在关行长的银行。几个亿美金啊！不用多说，三个亿美金就是二十多亿人民币！叹为观止啊！

哪有天上掉馅饼的美事儿？可关行长信了。

他们经常在一起，吃饭喝酒，黑人和他的中国朋友还经常编一些奇怪的故事讲给关维听，后者深信不疑。

黑人朋友说："这笔钱要拿到你这里先期可能会有些小的花销。但是现在，我手头没有可以花的钱，钱都在大使馆，如果可以的话，请关行长先把这些费用给垫了，将来钱取出来后，可以结成人民币，大量转到你那里，还要数倍地还你出的钱。"

关行长喜出望外，毫不犹豫地先后拿了四十万。这还不算完，黑人和他国内搭伙的那个人又商量一个办法，跟关行长说："钱马上要拿出来了，但出现一个新的障碍，这是最后一个障碍。"

关行长问："什么障碍？"

"钱在大使馆，是用铁箱子密封起来的。铁箱子密封用的是一种特殊的胶。要打开这个箱子，必须从美国大使馆买一种药水，这种药水可以除胶。秘方是美国的高科技，别人谁都弄不了，这还需要十几万。"

关行长一想，四十万都投了，差一步就成功了，又把二十万就给了人家。

动家里的钱，媳妇跟他闹，她的脑子还是清醒的。关行长开始还跟媳妇去讲，去解释，后来，索性啥话都不说了，把家里的存款悉数拿出来。等他把钱全给了人家，黄皮肤和黑皮肤的两个朋友瞬间就消失得无影无踪。

一个多年苦熬出来的银行行长被这么简单的一个骗局给骗了。媳妇和他离了婚——谁跟傻子过日子？张锋知道这个事后，也觉得太离谱，一番调查后，对他进行了处分，留了情面，免去他支行行长的职位，降为副行长。

这样荒唐的故事，让人笑掉大牙。真应该把关维劝退了，这事若传出去，对银行的影响是很负面的。

一次，北启支行请柳东海和一个重要客户吃饭。酒桌上，关维又要旧事重提，刚讲了开头，柳东海说："打住，我不想再听你这个事了。"他是绝不允许他在客户面前讲这样的事情，太有损形象。

利用春节前的时间，柳东海想要尽量多跑一些支行，为年初的工作会议做准备。年初总行的工作会议已经开过了，但分行自己的年度工作会还要准备。

上午去一家，下午还可以去一家。柳东海决定抓紧时间，甚至想把全部十三家支行都走完。所以，从北启支行出来，他就去了空港支行。柳东海是分不出东西南北的，他让程念瑶安排，车拉着他去哪儿算哪儿。

到空港支行见到三个年龄偏大的支行班子成员。四个人围坐一圈，柳东海从他们那里听到、看到和感受到的是消沉的情绪，让人感觉特别值得同情。

支行行长办公室里的茶海，除了靠沙发一侧的几个杯子是比较干净的之外，其他的都蒙了一层灰。柳东海笑着问："客人在你这里喝完茶是不是还得喝点消毒液？"

柳东海问业务状况，赵行长说："业务不太好，现在做不了任何新业务，规模也非常小，也就两个多亿的规模。"

"为什么会这样？"

赵行长说："因为现在只能往回收贷，不能往外放贷，分行把贷款权给取消了。"

柳东海："犯什么错误了？"

"出了一笔小企业的不良贷款，相关的客户经理也成了待岗员工，留行查看。"

赵行长，赵炎曾经被提为正职，也因为不良贷款被行里降级为副职主持工作。

柳东海说："你新接触、想推荐的客户质量怎么样？"

"都是很不错的。"

"讲几个我听一听。"

赵行长介绍了三四户。

柳东海说:"这样的客户行业、规模、现状、前景都不错,应该做,有问题不要紧,不能因噎废食,发展才能解决问题,停步不前,最后问题也得不到解决,事业还都荒废了。"

大家频频点头认可。

柳东海又说:"我希望在你们这里看到的是今天两个亿存款,明天四个亿,后天八个亿,甚至超过十个亿。在一年的时间里,你真的把存款做起来了,不良贷款解决了,存款恢复到七个亿以上,你的正职我负责给你恢复。"

赵行长眼前一亮道:"领导,这是真的?"

"是真的。"

"但是,行里原来做的规定能改吗?"

柳东海说:"今天是我当家,我只做我认为对的,刚才说的就是我想做的。"

"太好了!能做新业务,同时,再给我一点时间,现在的不良我也都能解决掉。"

"那好,就看你的了。"

一行人在楼上楼下各办公区转了一遍,转到公司客户经理办公区,很封闭的一个房间,没有窗户。推门进去,昏暗一片,抬头一看头顶的灯,三分之二是坏的,本身装修的时候亮度就不够,又坏了很多。这些客户经理真能在困境中挣扎,真有忍耐力,要是柳东海的话,早就头晕眼花受不了了。

柳东海把这些情况一一记下来了,现场也提示了环境上存在的问题。银行大门外有一个玻璃罩围着的ATM机,玻璃外面贴的宣传画经风吹日晒雨淋,已经走了模样,破旧不堪,加上大堂里的灯光又昏暗,所以从外面一看,还以为这个银行黄摊歇业了。

柳东海一直在想,九河分行的管理确实有点差劲,别说新加坡的银行,就是任何一个在华的外资公司、外资银行,灯全都是亮的,整洁明亮。中资机构该学习外资机构的环境管理,九河分行更应如此。

吃了定心丸后,几位支行负责人就愿意跟柳东海讲更多的东西。柳东海跟他们讲上午刚去了北启支行,听到一些开心的事,包括北启支行行长请消防队吃饭在消防栓上磕掉门牙的故事。

"北启支行还有个稀奇事儿,领导您听说过吗?"赵炎说。

柳东海说:"什么事,给我讲一讲。"
"当年出过灭门案。"
柳东海禁不住十分好奇。

北启支行的公司部负责人看到钢贸企业做得风生水起,钱赚得很容易,就想跟着发点财。他跟企业联手,从行里骗贷三千万,分别放在五个钢贸公司里,这样,五个钢贸公司做生意时就都有了他的份额。开始还真赚了一些钱,但万万没想到房地产行业大滑坡,拖累钢贸行业走向衰落,实际上在南方长三角、珠三角一带,特别是上海及周边区域,早已出现了风险征兆,CCTV新闻当中都已经说到一些规模很大的钢贸企业倒闭,老板自杀或跑路的,但北方银行反应迟钝,没有采取及时有效的措施。市场是无情的,就像温水煮青蛙一样,等意识到风险的时候,已经脱不开身了。五个钢贸企业一夜之间全跑路,人都找不到,钱当然也踪影皆无。

跟企业联手从行里骗贷,企业可以跑,他没法跑。钢贸企业大部分都是东南沿海来的商人,可他是本家本土的,天塌下来,走投无路。两口子商量好,给十五岁的儿子喂了药,趁儿子昏迷,把他掐死了,他俩上吊自尽。

舆论认定这一家人中儿子有心脏病,夫妻二人患有抑郁症。

柳东海听得毛骨悚然,说:"还能有这样的事!"

柳东海听说分行办公楼所在的位置当年是洋人的火葬场。这是在跟路边一个老人聊天时得知的。分行现在的准确位置是当年洋人的停尸房。

哇!这太吓人了,偏偏买的办公楼都在阴面,没有一间房子可以见到光。只有上下班路途上这一点时间才能见着阳光。一旦到冬天,昼短夜长,就只有早上能见到一点阳光。阳气不足,多可怕!

柳东海把听到的这些事情串联到一起,觉得要想想办法。

跟另外几个行长一起吃午餐的时候,柳东海说:"咱们是不是得想点补充阳气的办法?这样好不好,安排人去给咱们每个人的办公室里买一面关公的碟盘画像,这是忠义威猛、法力巨大的神,什么妖魔鬼怪都镇得住。"

程念瑶是个有执行力的办公室主任,迅即做了安排。

柳东海每天进办公室都会行注目礼,在办公室里吃什么好东西,也会拿到关公面前晃一晃,先孝敬一下他老人家。

春、秋、冬三季，柳东海都会出去散散步，到附近五马路中的柳林道花园里，坐在长条椅上晒晒太阳，补充阳气。

五马路是外国租界区，实有六条大道沿东西向并列，其中一条未贯通，故称"五马路"。平整的街道两旁是错落有致、风格迥异的小洋楼，矮墙上大都爬满了青枝绿藤、鲜花簇簇，咖啡馆、茶吧、西餐厅、九河菜精品、日韩料理一应俱全，充满浓厚的文化底蕴和小资情调。

漫步五马路，柳东海总有穿越到从前的感觉，脑海中模模糊糊浮现历史人物画面，越发感慨唐代诗人崔护在《题都城南庄》中的诗句："人面不知何处去，桃花依旧笑春风。"

团湖支行的莫行长是个秃顶的老同志，从前是一个非常能喝酒的人，一顿饭要喝一斤多白酒，后来得了脑梗，住院期间同病房接连死了三个病友，吓得再也不喝了，满世界地劝人不要喝酒。

莫行长一口团湖口音，柳东海听得很艰苦，对方说得也特别辛苦，两人鸡同鸭讲的感觉。返回的路上，司机跟柳东海说："领导，莫行长给您拿了不少东西。"

柳东海说："为什么拿东西？拿什么东西了？"

"莫行长说要过年了，给领导带点年货。"

柳东海说："什么年货？"

"有瓜子，有花生，还有当地出的老醋。"

柳东海觉得拿什么都不好，脑子里突然有一个念头：要过年了，不能再走支行了。这个时候走动，给人家心理带来负担，总想着要给自己带些什么年货、礼品之类的。

走过的支行都是分行体系里相对偏弱、偏差的，确实让柳东海看到许许多多的问题。全部十三家支行中，只有章韬支行长一家存款在十亿以上，这对于一个开业六年的分行来讲是不可思议的。

开年会前，柳东海坐办公室里不出去了。

办公室拿出的年度工作报告只能作为柳东海的一个参考，因为总结不重要，关键是部署年度工作。发现了这么多问题，工作报告就可以比较有的放矢了。

会议定在一个周六。

周五晚上，柳东海很晚才睡觉，坐在饭桌旁，写他要讲的东西，一边想一边写，整理出了一个体系。

第五十章　推行新政

　　年度工作会在全体干部热切期待的目光中召开了。柳东海提出了分行年度行动纲领："优化结构，提质增效，打造健康发展新格局。"

　　优化结构。考虑到分行有好多欠缺，营业部没有按照支行进行管理，只是一个服务柜台，要并入支行体制；兄弟分行都有票据业务中心，可是九河没有；管理架构还需要优化，那么多干部交叉兼职，一个人做一个岗位能把工作做好就很不错了，这还要大幅度提升个人素质与岗位需求的匹配度。柳东海只是先提出一个调整想法，因为人都还不熟，用的人要是不合适，还不如不调。

　　优化结构包括优化资产结构。过去的信贷投放几乎没有明确的方向，柳东海提出三个方向：一是门当户对的国企。大的国有企业集团，"儿子"公司、"孙子"公司全找出来有上千家，但哪些能合作？最好的不会跟行里做，最差的行里不想跟他做。二是优质抵押的民营企业、上市公司。三是小型优质"物贷通"。哪一类商铺是"物贷通"业务目标呢？像租给保险公司、证券公司、银行、连锁超市的，这一类是主要目标，租金收入作为还款来源，风险低，安全度高。

　　提质增效。解决历史问题的同时，增加一些优质资产，稀释过去的不良。把利润做出来，努力了要得到回报。

　　这当然也包括分行硬件环境的整治。柳东海从分行二楼男厕所说起。分行二楼的厕所，两个男士小便器长期以来用塑料袋包裹，用胶带缠绕。安保部老总告诉柳东海："修不了，动不了，要修就得拆墙。"

　　柳东海的要求是：拆楼也得修！

　　很快，小便器修好了，墙也没拆。

　　分行楼内通风不好，新风系统开关在二楼走廊墙上挂的一幅画后面，近六年时间竟没人知道；知道了也没用，因为换风口接在二楼消防楼梯间里，根本不可能换来楼外新风。偏偏有好多人还喜欢吸烟。最初，要求不得在办公区吸烟，却发现电梯间和洗手间烟雾弥漫，随后要求严禁办公楼内吸烟。柳东海的副手杨树林就喜欢吸烟，被柳东海抓到两次，罚了两次钱。一开始只罚了一千块，可又被柳东海抓了现行。柳东海告诉他："如果再让我看到你在楼里抽烟，银行界就会出现一个笑话：银行行长因办公区吸烟被免职。"

柳东海说到做到，现在楼内没有抽烟的了。

打造健康发展新格局。这是根本要求，健康才有未来，否则今天再怎么做得轰轰烈烈，明天也会是烂摊子，那是在破坏，不是在建设。

九河分行开业到现在，大家第一次听说还有自己的工作主题。配合工作主题，组织开展营销活动。提出的营销口号是"火力全开"。柳东海觉得这个提法挺响亮的，有煽动性，所以年度内营销活动都以此做活动冠名。

开会时，柳东海注意到一个现象，在他讲话之前几位副行长发言的时候，大家在底下还有交头接耳的情况。柳东海讲话期间，从头至尾所有人都聚精会神地听，因为他没讲什么废话和空道理。在全行中层管理干部面前的第一次亮相效果不错，大家也好奇，这究竟是个什么样的人？

柳东海切合实际，言之有物。

他怎么知道这么多？

黎曼跟柳东海谈："过去，我们开会拿着本去，好多人在上面画画，根本没记开会讲的内容，因为没什么好记的，一个本从年初用到年末，自己看都不看一眼就扔一边去了。"

这话也提示了柳东海。他一直是这样的认识，会议必须是一种有效的管理方式。会上，柳东海还发现，几位副行长讲起话来都滔滔不绝。请他们上台讲话，一是出于尊重，另外也是在考察这几位的表达能力、组织能力。但柳东海发现大家已经习惯了一种文化，就是"讲正确的废话"。

中午在食堂吃饭的时候，柳东海开玩笑地给他们讲起胶湾分行解决领导讲话长篇大论不求实效的故事。

吴哲欣刚到分行做副行长的时候，柳东海已在台上做了总结讲话，然后客套了一下："各位还有没有什么要补充的？"大家都摇头，没想到吴哲欣说："我还有一点要补充。"结果，他又讲了七八分钟。

开完会，柳东海私底下把他叫到办公室，说："你连起码的规矩都不懂？会上领导已经做完总结发言，你算老几，在领导之后还要讲？该讲的时候不讲，起码的规矩都不懂！"

再开会，柳东海问大家还有什么别的要补充，就特意盯着吴哲欣，他赶快使劲摇头。

　　一次开营销动员大会，要求所有分行领导都到会场的最后一排，别人都坐着，领导们站着，只有讲话发言的行长在台上。

　　核心发言的是主管公司业务的孙亦名，约定的时间是十分钟，没想到孙行长一下刹不住闸了，讲啊讲啊，二十分钟了还无边无际。站在最后一排的郝秀芬副行长一直举着手腕，指着手表给他看，他却没有任何反应，最后，一直讲了四十分钟才结束，大家都听得云里雾里的。

　　中午吃饭的时候，柳东海还没说话，几个副行长就开始抨击孙亦名："老孙，你怎么脸都不要了？一把手也没讲这么多呀！这工作都是你讲出来的吗？"

　　郝秀芬说："我在后面一个劲儿举手表给你看，一个劲儿指手表，你为什么不停？"

　　孙行长满脸歉意道："我眼睛都花了，根本不知道你们在那干嘛。"

　　能把自己眼睛都讲花了，这讲话能有什么好效果吗？能不让大家觉得反感吗？以后行里搞活动，谁愿意参加会议？谁愿意听领导讲话？

　　从那时开始，行领导的讲话时间就被逐步压缩，十分钟，八分钟，五分钟。

　　工作天天都在组织，都在管理，开会的时候要提纲挈领，讲的东西必须深入人心，一口气讲四十分钟，别人都不知道台上的人在胡说八道些什么东西。

　　柳东海把故事讲给几个行长听，大家都不好意思了。再开会，柳东海明确要求，每个人限时十分钟。再开大型会议的时候，柳东海又要求："我本人讲话在八分钟左右，不会超过十分钟，你们几个只负责一部分工作，限时五分钟之内，事先想好工作要点，轻重缓急，再去讲。"

　　通常，柳东海讲完之后，就会走到全场最后一排坐下，体验一下。一次，柳东海体验之后发现，会场的音响系统失效了，坐在后排根本听不清台上领导讲什么。

　　这会开的有意义吗？特别是他从胶湾带来的纪桂林行长，一口海蛎子味，根本听不清楚他在讲些什么。

　　深入实际，就可以发现问题，就可以找到解决的办法。

　　柳东海要求："会场的音响系统必须做到说的和唱的一样好听。"

　　行里干部员工感受到了一种新气象。柳东海十分确信现在大家不会像以前那样，遇到大会就很打怵，坐在那就盼着快结束，现在不用盼，结束得都很快。

　　意犹未尽最好！

第五十一章　正事正做

　　柳东海跟大家提出效率问题，强调服务，不管上下级、平级之间，都有一个服务的概念。以前，行里的一线员工要找领导签字很不容易。领导屋里有客人，领导在接电话，领导在开会，都不能进去。曾经发生过这样的事，前公司部的老总在屋里正接电话，有人敲门后推门进来，他放下电话给人家臭骂一顿。

　　柳东海要求，一切以业务优先，任何人来找领导签业务，他背后都牵扯了好多环节，都是为了客户，可能这个环节没过，这一天这个业务都做不了了。有时候就因为不及时签字，一周之内这个事都完不成。柳东海强调，领导再开会、再讨论、再忙，都是为了客户，为了把业务做好。一线人员做业务，领导要是成了耽误事的人，怎么能行？

　　要求容易，大家做到难。柳东海到其他行长办公室聊天发现，有人敲门，这些行长就会因为柳东海在屋里坐着，而不喊"请进"。这时，候柳东海会喊："请进。"等人走了，柳东海会说："咱不是都讲了吗？业务优先。"

　　项目储备会，是柳东海发现行内官僚体制严重，权利意识太强，为了打破这种局面，做出的安排。

　　信贷业务，几位副行长都不如授信审批部的唐总说了算，甚至形成一个体制，审批贷款时，部门审完之后，要开一个规模很大的会议，要求支行行长、主办客户经理、协办客户经理都来接受现场提问。部门这个会要是过了，分行的审贷会就是个形式，走一下过场就得了。所以，大家都对授信审批部心存敬畏。

　　这一关一般人过不去。任何客户、老板都需要由支行带着，到授信审批部来见见唐总。部门岗位职责边界不清，授信审批部是大家眼中最高业务权力部门，唐文丽比分行副行长说话都好使。

　　柳东海作为分行一把手，有一个重要的工作，就是把这些都理顺。工作流程不顺的话，大家要做业务就更难了，在外面联系客户是第一关，托好多关系，经过好多努力与客户走到一起是第二关，终于把业务谈出个眉目，结果回到分行，比在外面还要难数倍，还得不到尊重，经常受到误解，谁还愿意做业务？

于是，柳东海建立了项目储备制度，把制约业务发展的多个环节打通，变成一个顺畅的通道，一是发现业务机会，二是从柳东海的角度来帮助各个团队、各个支行推动业务。

柳东海在行里的中层干部会上说："支行行长都是我哥们儿！"那时，支行没有一个女行长，清一色全是男行长。柳东海说："我哥们儿兄弟的事，如果到分行有困难，你们给设置障碍，那就是跟我过不去。"

实际上，柳东海是给他们加油打气，他们的项目不好，柳东海也不管，但项目好，柳东海真管。

分行这边柳东海谈了三次。第一次，是把负责授信审批的曲迪行长叫到自己办公室谈："现在这个体制得改。公司部和授信审批部各该审什么要明确，不要重复审核，把环节复杂化，形成阻力，要发挥审贷会的作用，最后做不做放到真正的权力机构审贷会去决定。"

这件事并不容易，柳东海跟曲行长谈的时候，他也非常认同柳东海的说法，觉得那是多年形成的不正常状态。

第二次，柳东海把曲行长和授信部的唐总叫到办公室来谈。柳东海不会一张嘴就让人反感，不会做那么傻的事。他说："有这么个想法，你们回去考虑一下，如果你们觉得好，咱们就变，如果觉得不好，你们把理由讲给我听，别急着现在跟我反馈。"

柳东海看得出来人家不愿意，不愿意不要紧，这才是第二次谈。

也不能等太久，做工作得务实、高效，发现问题马上解决，别把问题装兜里，导致浑身上下都是问题，最后问题成堆。

第三次来谈的时候，柳东海说："把你们的想法讲给我听一听。"

唐文丽提出了一系列反对的理由，说支行行长的能力普遍差，客户经理的水平低，风险控制能力有限，如果她们不多承担，不从严管控的话，恐怕资产质量会有更多更大的问题。说了很多，把自己摆在很高的位置去评判其他人。

柳东海不动声色，心中暗想：这是聪明，还是傻呀？

柳东海知道曲行长的意见，因为事前跟他沟通过，现在，他让曲行长来冲锋陷阵："曲行长，说说你的意见。就从管理效率这方面来考虑，你觉得怎么合适？"

曲行长当然明白柳东海的意思，就按照和柳东海沟通过的意思说出来。

柳东海说："那就这么办！公司部就该审行业准入、客户贡献度、材料的真实齐全，其他的不归他们管。他们应该想方设法去推动市场拓展，鼓励大家去发现客户、培育客户。你们授信审批部，应该从几个维度去把控，但像行业准入、客户贡献度，这类东西你们就不要管了。你们自己部门的小会就内部商讨，不可以像审贷会一样，把支行行长、客户经理都折腾来。各个部门都是有职责边界的，不能重复混着做。"

苦心构建的权力平台被拆解，唐文丽心里不是很愉快，但脸上必须得挂着笑。行长是新人，她心里也清楚新行长的安排是对的，过去她们的做法破坏了这个行的秩序。

柳东海注意到了几个人，在这些人当中是鹤立鸡群的，一个是投行同业部总经理黎曼，跟她谈业务不吃力，她谈得明白。柳东海从其他几个行长嘴里听到她的过去，大家都说此人很有能力，但她工作不够投入，也讲了好多原因，反正过去多干，也没有好处，不干了也没有坏处，那是单位的风气问题。过去，她想多干，也干不了，她是投行部老总，逢年过节对总行投行部走动的时候，张锋行长避开她，安排公司部的老总去打点。但是，黎曼在所有部门老总当中，业务能力出类拔萃，关键是柳东海交给她的工作任务都能不打折扣地完成，说话做事都在点子上，这是一个难得的好干部。

柳东海看好的另一个人是自贸区支行的章韬。走完所有支行之后，柳东海发现章韬的支行规模做得最大，存款和贷款都比较多，几乎没有不良，一两笔小企业贷款有点小问题，但都由国营担保公司担保，不会给行里带来最终损失。这个人起码符合许董事长提出的"干干净净干事业"的用人原则。

柳东海到总行去推荐他们两个晋升职级。

不过，还有一个人，柳东海没办法不管，就是授信审批部的唐文丽。这是张锋行长离开的时候，千叮咛万嘱咐一定要安排的一个人。

柳东海非常矛盾。他跟张锋行长是朋友，又是自己的前任，既然张了嘴，不办也不好。柳东海征询栾莹的意见，栾行长说："她可真不行，咱行过去的不良资产，有多少都是经过她的手审批发放的，很多客户她都见过，都有交际。"柳东海也问过曲行长，曲行长用胖手拍着桌子不客气地说："她都应该进去！"

"她和我一起随支行见过一个假扮的贷款企业实际控制人。她们心知肚明，却把我一个人蒙在鼓里当傻子。"

"后来怎么知道的？"

"看了纪桂林带苏沛珊与真正客户见面的微信图片才发现真相。说出去让人笑话呀！"曲行长咬牙切齿的。

柳东海跟范行长汇报的时候，把这个情况说了。柳东海问："怎么办？"

范行长说："张锋不是一直推荐这个人吗？级别可以给，但是如何用，还是由你安排吧！"

柳东海对年轻干部的提拔是出乎众人意料的。一个干部被提拔，他自己都会感到很惊讶：为什么会是我？

两个孩子妈妈的苏沛珊，一年半的时间里被柳东海接连从营业部、运管部、资财部，一直换到第四个岗位——风险部，显示出了她超强的业务适应能力，并且在不忽视家庭的同时，摔打成了熟悉多岗位的多面手。

还有休完产假刚回到财会岗位的林晓禾。她的性格与其瘦若闪电的身材迥然不同，工作上表现得成熟度也远超出她的年龄段。在资历问题上，曾有过异议。三十三岁怎么了？柳东海本人就属领导力早熟的，巴不得有更多人和他一样。

员工调整薪级时，班子定了两个原则：一个是长期踏踏实实、默默无闻、无私奉献的员工；另一个是虽然工作时间短，但贡献突出的人。符合这两个条件的不能忘掉，按照这些原则给近五十名员工晋级，全行没有一个人投诉。

第五十二章　客户的叹息

柳东海打了四个月的提前量，带队去盛亚市约见贷款十亿、张峰行长在时协助转化两亿不良贷款的万顷田集团老板于木生。于老板名下有六大产业，包含物流、航空、旅游地产、农业肉牛饲养、餐饮娱乐、金融股权投资。难能可贵的是，六大产业均呈健康发展态势。现金流是企业的血脉，这么大的摊子，流动性是大问题，四个月后十亿贷款到期，企业很难轻易退出。

鉴于企业经过两年合作期后资产实力显著提升，柳东海的团队也希望继续合作，让企业配合银行多转化些不良贷款。

双方心理都很微妙，柳东海率先发声、主动出击。毕竟这算得上是分行年度经营中的一件大事。

晚餐在于老板投资的六星级酒店一楼的中式院落里，精致的海鲜火锅餐。

白天陪同柳东海一行参观考察各处投资主体的海南公司何总请柳东海在主宾位落座后，自己坐在柳东海斜对面，指着中间的空位说："于老板先接待一下贝能集团的客人，稍晚一会儿过来。"

柳东海说："好的，能见面谈清楚业务就行。"

何总问旁边的女服务员："红酒醒好了吗？醒好了就给我们倒上吧！"

服务员刚要拿起旁边备品桌上的醒酒器，一扭头看见了于老板和他身边的两个人。她一边快步迎向门口一边对何总和柳东海这边说："于董事长来了。"

柳东海出发前做过功课，了解了一些于老板的情况。此人年龄六十三岁，一米七十的身高，微胖的身材，面容紧致，身着时下流行的雾霾蓝T恤，声音爽朗："东海行长，见到你高兴，我没管别的客人，专门陪你来了。"

柳东海起身握手，手掌感觉到了于董事长的真诚。

"这是我们集团副总裁，我儿子小于总。"

他又指着随同过来的一位三十多岁的年轻人，"这是我的办公室主任。今天的会面，对我们来说很重要，所以我就带他们一起来了。"

于董事长与柳东海面对面坐下，待柳东海把同行的纪桂林等几位同事介绍一番后，于董事长特意询问柳东海的身世、工作经历等。看得出，这是一位思虑周全、做事周到的长者。

"东海行长，喝点什么酒？"

"备了红酒，都醒好了。"何总插话。

"红酒行吗？东海行长？"于董事长话里有话。

"您的意思？"

"好久没喝白酒了，也没遇到合适的人，今天想喝点，东海行长行不？"

"那就喝点儿。"

"好啊！"于董事长一脸兴致，马上吩咐，"小顾，全换白酒酒具。把我存的白酒拿出来两瓶。"

"东海行长，小顾是我的御用服务员，就在这个小院，就是您坐的座位，好多大咖在这里都是吃一样的东西，但我只有今天才喝白酒，小顾可以证明。"

小顾媚笑着慌乱点头。

"机会很难得，我也很荣幸。"柳东海笑着对身边的三位同事说，"吃好喝好是底线要求，呵呵！"

其实，于老板是想借酒消除陌生感，迅速切入正题，解除隐忧，缓解公司周转压力。柳东海知道自己的酒量，也想借机对于老板的内心世界一探究竟，了解他的创业、发展的全部故事，做点对风险控制有利的事情。

出发点都是善意无害的。

于老板连敬三杯，东海行长回敬三杯，尴尬全无，全面激活畅聊细胞。

话题从银行与公司各自的发展转移转到银行融资，随后又讲到公司股权转让增加现金流，获取更大发展。东海行长在这方面的建议和见解让于老板很开心，父子俩专就这个涉及公司未来发展的资本专题和东海行长共饮一杯。

人多力量大，频度又高，两瓶不够，又来一瓶，竟然还有人中间穿插用红酒敬酒。

于老板终究是久经沙场，喝得一点不少，但信念坚定，不忘初衷。他面对一帮灯光下面红耳赤的家伙，侃侃讲了番让柳东海瞠目结舌的故事。

马上要到期的十亿贷款，按约定公司只用了八个亿，另两个亿替行里转化不良贷款了。这使得公司的融资成本高达百分之十七到十八。

一是因为在当时公司确实周转困难，二是算计从银行接受的两亿债权应该有一部分实现清收，如此，则可以较大程度降低财务成本。为此，他邀请了原本在公检法系统工作过的三十几人组成了一个清收团队，心中期盼着五到七千万的清收战绩。

搭了人情，搭了成本，但辛辛苦苦忙碌两年，结果令他大失所望。

两年一共才清回来十五万元！

于老板感慨万分："东海行长啊，您怎么不早来呢？你们银行都赶不上我这民营企业创立初期的管理。债权全是空的，人跑了，又没有可供处置的资产，我们清理到最后，统一的认识是这个银行管理混乱到无法想象，尽是损公肥私、吃里爬外的人。你们贷款是凭什么放的？"

柳东海听得心里绞痛，神圣的使命感、责任感也油然而生。

于老板举起酒杯，邀儿子一起敬酒："儿子，你我要交东海行长这样的朋友，对朋友真诚，对事业忠诚，我们之间的业务就依东海行长的提议做。"

柳东海一一碰杯："二位于总，合作愉快！"

第五十三章　诺言非戏言

　　九河的工作慢慢进入了状态，一转眼，柳东海来到九河两个多月了。大家仍对他将信将疑。柳东海开始启动业务，想找一个薄弱点做突破口，九河分行最大的薄弱点是什么？

　　储蓄存款。

　　九河分行三百多名员工，柳东海看各条线员工业绩表的时候，发现全行有三分之一的员工可以说是没有业绩的。名下有几百块钱、几千块钱、几万块钱，原本都不能算是业绩，更有甚者，还有好几十号人业绩为零。

　　柳东海想，储蓄业务起步应该是最容易的，这么多人都没有业绩，如果把这些人都调动起来，上一个大的台阶不是问题，他有这方面的经验。所以，他就把第一次活动定义为"火力全开——把二十亿踩在脚下"。

　　柳东海在班子会上给大家讲，这就是一次营销的热身活动。他给大家传递了几个方面的信息：第一，他了解到九河分行在过去是花钱买业绩的，每次花了好多钱，存款上来了，钱被大家拿到之后，存款又下去了，留不下多少，要改变这个怪象；第二，营销热身活动这是小菜，不匹配费用，真正要做的大事在后面，今后只要做得好，钱不是问题，但是花钱必须得讲对价，投入、产出要成正比。

　　班子成员在想：柳行长提出把二十亿储蓄踩在脚下，我们在十七个亿上都晃了好几年了，活动只有半个月的时间，上三个亿，靠谱吗？

　　柳东海后续讲的话，又吓他们一跳："二十个亿踩在脚下，是说这个活动结束之后存款不能再回落到二十个亿以下，从此告别二十个亿以下这个区间了。这意味着我们要增加稳定存款三个亿，为防回落，就至少要增加时点存款五个亿以上。"

　　你看看我，我看看你，大家比较怀疑。

　　柳东海说："这样吧，具体的东西我也不跟几位行长讲了，晚上下班，个人金融部全体都留下，我们一起开会研究具体方案。"

　　晚上开会，大家都不太敢说话。他们跟柳东海也不熟，柳东海引导大家："目标定了，我可以跟大家讲，保证能实现，你们只管相信我。"

没人跟柳东海搭档过，没一起取得过什么成功，所以没有信心是正常的，第一次搭档，必须得吹这个牛。

柳东海说："咱们先一起来分析一下，九河分行要把这个事做成，咱们现在有什么优势？"

大家脑子里想的都是困难，柳东海让每个人发言，结果说的都是困难，包括个金部金总。

金总自此跟柳东海在一起策划了两次活动，事后发自内心地佩服新行长。她跟柳东海说过这样的话："跟您共事，一开始觉得完全不可能的事，做到最后却都变得轻松愉快。真的，我现在心态都变了。以前真是你要一说什么事，我就想，那怎么可能？现在你说啥我都信。"这是后话。

让大家分析优势，没分析出来，柳东海抛砖引玉说了两条："第一，咱九河分行不是第一天开业，已经成立七年了，有十几家支行，还有这么多的员工，每个员工都可以看成是一个移动网点；第二，我们现在有这么多的存量客户，过去是我们不能想象的，现在这么多公司客户，小企业客户，零售客户，既可以深入挖潜，还可以以旧带新。"

大家点头认可。

柳东海说："今天就讲这些，你们回家可以自己想，可以跟家里人商量，也可以电话跟同事商量，看看咱们行都有什么优势。明天早晨，你们到分行上班，把重新整理出来的优势汇报给金总，让她整理到一起，拿给我看。"

大家回去很用心，虽然汇集了一堆乱七八糟的东西，柳东海看完之后也挺开心，即便不在点子上，毕竟开始用心做事了。又把他们召集到一起研究，然后交给他们再去整理，形成方案。柳东海提了一个要求，说："记住我的话，作为分行的一个部门，从现在开始，你们每次推出的方案，必须保证全面完成，要通过一次次的活动来树立权威，要用一次一次的成功来建立大家的信心，来实现目标。不能以一次一次的失败反复证明咱们是言而无信的笨蛋。"

他们听得挺开心。其实形成方案的过程就是统一认识的过程，在柳东海心中，把二十亿踩在脚下根本不是事儿。

毕竟是热身活动，没有奖励，这个事要想成功，就得让大家思想统一、行动一致，所以柳东海跟他们讲："中间有一个很重要的环节，就是宣讲。"宣讲是什么？

就是鼓动，就是忽悠，你得把大家的心劲忽悠出来才行。柳东海说："第一场宣讲我来做，我给你们打个样。随后的宣讲就由主管行长和金总来做。"

中午在四楼会议室，分行机关人员吃完饭回来，柳东海开始宣讲。

台上摆着麦克风，柳东海没去台上坐，他在台下前后来回走着给大家讲。他讲了些很浅显的道理："我们要清洗钱包，现在每个人把钱包掏出来，看看你到底有几张鲁南银行的卡，再看看你钱包里有多少张别的银行的卡。作为鲁南银行的员工，你都把钱存到别的银行了，你都不热爱这个行，你还在这里工作个什么劲头？回家看看你的亲戚、同学、朋友，他们也都把钱存到别的银行，你是什么心情？是不是你的影响力不够，起码你没表现出对这个行的忠诚和热爱，你怎么也要让他们把钱都存到咱们行才行！"

柳东海也讲了"众人拾柴火焰高，众人划桨开大船"的道理："我们现在三百多号人，就算三百一十个人，一个人如果增加十万存款的话，就是三千一百万。一个人拉十万存款难吗？谁都能做到，不难，这就可以解决一个客户经理的业绩。一个人如果一百万，就可以解决一个支行的业绩，就这么简单。如果在规定时间内，你拉不来这一百万存款，就让你饭碗砸了，岗位丢了，我坚决相信，谁都能做到，除非他不热爱这个岗位。我们这个行里，大家岗位不同，柜员如果拉一百万的话，客户经理凭什么也是一百万？你可以是三百万，客户经理如果三百万的话，管理干部不该是五百万，甚至更多吗？要是这么算下来的话，几个亿不就是不费吹灰之力的事情吗？"

柳东海给大家讲了一个故事："胶湾分行原来的零售团队四十个人。第一次给他们开会的时候，发现他们全部的业绩加到一起是多少呢？四千两百万。这中间还有一个小男生，女朋友给他拉了一千七百万。那就意味着，这四十个人中的绝大多数在这个单位纯属寄生虫，是这个单位的包袱。但看到这种现状，没觉得这不好，倒觉得潜力无限。这四十个人一人增加十万，就是四百万，一个人一百万，就是四千万，一个人一千万，就是四个亿。偏偏在民众银行、东发银行、融商银行那些同岗位的员工，人家管理的资产都是两个亿、三个亿、四个亿。人家名下的存款都是七千万、一个亿、两个亿。我们的人要是做到跟人家相同的业绩，哪怕是人家的三分之一，这都是不得了的。四十个人，一个人三千万，就有十二个亿出来……就是这么值得期待！所以，我们开展这项工作，就要打人民战争，全员参与。"

活动要求保安、厨师、司机、保洁都参与进来，他们只要做出业绩，同样给奖励，但正式员工做出业绩，因为是热身赛，不谈奖励。

栾莹行长到阳光银行转回来两百万元自己名下的存款，办完之后跟柳东海说：

"您都这么说了，我也不能不行动，全行都动，我也得动。"

柳东海借她这个事迹去宣传，曲迪行长在他行的四十万存款也拿回来了。

连续多日出现全员行动、天天向上的好局面。

活动结束，储蓄增加了七个亿！

九河分行从此告别了储蓄二十个亿以下的时代，在总行的储蓄排名也从名不见经传变成正数第三。

活动不能像一阵风，吹过就没了，业务不持续不行，还得有一些配套的举措。柳东海在行里推行了员工业绩底线要求，不同岗位、不同职级的员工有不同的业绩底线要求，达不到的取消年度评优晋级资格。

同时，又搞了一个员工业绩晋位排名奖。每个季度，全行员工不分岗位、不分职级进行排名，鼓励大家在原来排名基础上超越上升。这挺公平的，进步最多的前五名，行里安排奖励，还要大张旗鼓宣传。

每个月还要召开一次业绩落后员工的恳谈会，全行条线角度，排名业绩倒数的，一个月来开一次会，面对面地交流："为啥？怎么想的？业绩怎么改变？"

行里定下的不是让大家难以企及的指标，实际九河分行员工承担的指标并不高，用柳东海的话讲就是体现对本行的热爱。

柳东海、纪桂林、杨树林哥仨在"岁月留痕"喝啤酒聊天的时候，杨树林笑嘻嘻地说："柳哥是衣兜、裤兜，左兜、右兜全是怪招儿。"

柳东海要的是调动大家的心气儿。一个单位要想发展，只靠这个是不行的，必须要有这个氛围。全行员工都在意业绩了，都重视业绩了，"业绩为王""业绩论英雄"的进取意识和理念就出来了。关键是，大家都有业绩了，收入无形之中也就提升了，增加了营销费之类的可支配资源。

第一次营销活动是"火力全开——把二十亿踩在脚下"，作为一个热身活动，顺利实现了目标，让大家建立了信心。紧接着就要考虑把整体存款向上推动，通过推动存款规模增长可以带动其他业务齐头并进。总要有一项指标是要冲在前面的，存款就是抓手，就是纲举目张。

第五十四章　再接再厉

马上就要进入第二季度了,柳东海想确定第二季度的工作要点。他把几位分行副行长、部门老总聚在分行四楼会议室,大家一起开会研究。

柳东海让大家先讨论讨论,却发现大家都讲不出来。于是,柳东海抛砖引玉,讲了一些自己的想法。

他提出要把九河分行的工作分成两大板块,一个是规模增长,就是发展;第二个就是不良压降,解决历史遗留问题。因为只发展不解决历史遗留问题是不行的,没前途,根烂了的树长得再高也得倒下。业务必须要发展,不发展,问题永远那么大,要是发展的话,问题就被稀释了,就有更强大的能力来解决这些问题。

柳东海发现大家不会主动做工作,不知道该想什么、做什么。他把大家分成了两个组,一组由栾莹行长领着,研究业务怎么发展,一组由曲迪行长牵头,研究不良怎么解决,给一个小时时间,柳东海不参与任何一组讨论。纪桂林参加一组,杨树林参加另一组,他俩像柳东海的特务,实打实的信息就靠他们两个了,别人跟柳东海不熟悉,很难问出直接的、实实在在的内容。

这一个小时,柳东海在自己的办公室里思考、整理,到底第二季度该怎么干?

时间到了,把大家又重新召集到四楼会议室,听两个方面的汇报。栾莹行长讲了十多分钟,汇报他们小组讨论的成果。柳东海听完之后,心里在想:都用不上,讲的都是对的,但都没有实际操作意义。

曲迪行长这边说:"大家争论得很激烈,但没归纳出什么东西。"这一组连个像样的记录都没有。

柳东海不好说什么,暗暗思忖:本来也没指望从你们这儿得到太多的东西。

柳东海说:"好吧!那我就继续抛砖引玉。"

以研讨小组的形式开的会变成了柳东海的专题报告会。

之后,柳东海又找了几位分行行长和部门老总,在他办公室,经过三四稿,写出了第二季度工作方案。这个工作方案,几乎全部是柳东海的心血。

第二个营销方案是"火力全开——收复123阵地"。

叫"阵地"不叫"高地",是因为九河分行在上年末虚冲时点,最高冲过145个亿,就因为得而复失,所以柳东海安排这个活动叫"收复123阵地"。

为什么不提145呢?在一百零几个亿的存款中,还有二十个亿的协议存款,协议存款近百分之七的高息,偏偏在第二季度活动期间都要到期了。

实际只有80多个亿起点,到123个亿的话,要新增40多个亿。以前,近六年才干到100个亿存款,这一个季度就要增40个亿,超乎所有人的想象。柳东海提的活动方案,推出了就必须成功,阵地一旦拿下来的话,绝不可以再失手,必须永远掌控在手里。

方案推出之后,大家不是很有信心,柳东海考虑了好多因素,其中一条是费用资源,热身活动时能增7个亿的储蓄,也只是给清洁工、司机、厨师等人小小的奖励,正式员工这里一分钱没花。"收复123阵地"的话,柳东海决定掏出100万的费用来推动这次活动。钱就是这样,越花越有,但是花完之后必须要有效果,如果柳东海真把规模推到123亿以上的话,再搞活动,大家毫无疑问会一呼百应。

压力均衡分解很重要,柳东海要上40个亿的存款,不能只靠少数几个人,要用分行全部的力量,应该每个人都各尽所能,形成一种效应,让大家都觉得:自己该做,自己要是不做,就会掉队,被别人落下。如果都有这个心态,觉得做这个事光荣,为的是集体的荣誉,良性效应就产生了。

"火力全开,收复123阵地"活动开始的时候,柳东海要求分行班子成员必须养成一个到支行去走访的工作习惯,一个月必须走三次,一个季度不能少于九次。

支行的感觉是分行班子的风气变了,包括栾莹行长都跟柳东海说:"柳行长,我跟您说心里话,你看曲迪现在这工作热情,都不知道哪来的!还有黎曼,以前是多一点事也不管,你看现在工作热情多高!"

她说的黎曼,真的是说到做到,积极联系同业弥补协议存款缺口。这一切,柳东海都密切关注,一直到最后一笔落实到位才长舒一口气。黎曼以二十亿的非银同业存款及时置换了先后到期的二十亿协议存款,利率降低两百多个BP,为分行大幅度降低了成本。

柳东海也走了多家支行,因为很多指标当面去跟人家进行切合实际的沟通,便会心悦诚服地接受。

第二季度全行成了加满油、隆隆作响,不断前行的高铁列车。

季度末，分行存款破天荒地提高到了186个亿。

柳东海抑制不住内心的喜悦，连续多日像轻度精神病一样总想大笑几声。

九河分行的兄弟姐妹们是能做事的。能做事，就是好事，经营管理当中的问题都可以在努力中解决，这么多年，很多人的工作热情没有得到有效激发和释放。最关键的是，有了这一次活动，柳东海安排的下次活动，谁还会没信心？

一鼓作气，柳东海着手策划第三季度活动。不能让大家感觉疲惫不堪地去做，要让大家感觉又轻松又有乐趣。

第三个活动又甚有新意："火力全开——突破三零屏障，攻克188高地"。这次不是"阵地"，不是"收复"了，是"攻克"。已经拿下186个亿了，怎么这次目标还定得那么低，才188亿？

总行下达的全年存款指标中，九河分行是187个亿啊！关键是，虽然现在过了186亿，但还有波浪回落，还需要踩实。不过，存款123亿这辈子肯定是成为九河分行的历史了。

柳东海这次的活动是"挑软柿子捏"，依旧是拿储蓄下手。

在大家心目中，九河分行储蓄存款从没超过三十个亿的时候。三十个亿多难？分行旁边的廊乡银行各项存款一共才三十多个亿。鲁南银行是一个异地城商行，现在储蓄想要过三十个亿，这既是心理屏障，也是业绩发展过程当中一个重大的里程碑。不管怎么做，苦干、实干、巧干，必须过这一关。

方案制定没那么复杂，柳东海领着大家研究了两次就成型了。借着前几次活动，柳东海教育公司部、小企业部、零售部负责人，要么别去做方案，要做就必须能实现的！目标要合理，不能一伸手就够着，要跳起来能够着，通过努力能实现。用柳东海的话讲："不能通过一次一次的活动证明我们无能，必须通过一次一次活动来建功立业！"

第三次活动动员，柳东海有意安排在郊县文清开会，叫"文清会议"。这是九河分行发展史上的一次重要会议。

文清会议第一项就是宣布新的工作方案："突破三零屏障，攻克188高地"。随后又进行了九河分行的财务分析，九河分行要更好地实现利润，应该在哪些方面做调整，做改善。半年经营分析发现，分行五级分类正常类贷款中，竟然大部分划分在一至五档中的后三档，分行从未对此做过明确要求。新投放的贷款本就该划分在一档。要知道，一档计提百分之一减值拨备，三档百分之三，到第五档，则按百分之七计提，对年度利润的影响是以数千万计算的。

坏事变好事，这成了分行一个重要的利润调节阀。分行自此安排授信审批部和合规部两道关口把控，再无随意现象。

柳东海要求分行上下全面均衡完成指标，从分行条线角度衡量，要有百分之七十以上的团队完成活动指标，从支行自身衡量，要有百分之七十以上的员工达到要求。

中午，文清宴会。

栾莹行长跟柳东海说了好多实话："咱们分行这种大家在一起吃喝热闹的场面不多，你看今天大家都多尽兴，都是发自内心啊！"

曲迪行长左推右挡，还是喝多了，下不来车，独自在车里睡了一下午。

第三季度工作进行时的那些天，柳东海都在看报表数字。

活动结束，不是突破"三零屏障"，是把"四零屏障"都给突破了，储蓄一越到了四十二个亿。分行公司存款加个人储蓄超越两百亿大关，达到两百三十七亿。

这给大家带来的是无比振奋的心情，这个团队有了无往不胜的信念和勇气。

第四季度就不再疯狂了，要稳一稳。柳东海把营销工作目标改成"火力全开，完美收官2015，胜利挺进2016"，组织各支行做项目储备，做内部的一些管理改善，组织干部培训，派团队到兄弟分行去交流考察，这实际对大家也是个奖励，出去放松放松，回味难以忘怀的经历。

九河分行有史以来第一次在第四季度干着下一年度的事，到了年末不需要艰难冲时点。

九河分行，从恢复信心，建立信任，消除工作中的权力现象，到全方位加强基础管理工作，最后形成了自己进取向上的文化。大家有了自豪感，每天有做不完的业务，忙不完的客户，上班愿意早来，下班愿意晚走，只要柳东海号召大家做什么，不管多难，大家都相信，肯定做得到！

第五十五章　银行要有文化

柳东海觉得大家精神层面缺少一些东西,提出"阳光心态,闪光业绩",后来又加了半句,"工作因你而不同"。这句话首先是从分行班子提起的,告诉每个人对分担的工作应该力所能及地做到最好。一个人有积极向上的心态,才会做出好的业绩。有了好的业绩,心态就更好了。

一直以来,九河分行不只是业务方向不明确,就连大家的行动都不统一,单位要安排集体活动,很难把人统一完整地组织起来。柳东海提出:"打造有纪律能战斗的团队。"

组织支行行长聚餐,两个支行行长提出有事来不了。实际上,不想来的人不止他们两个,好几个碍于情面,勉强来了。

这两个不来的人怎么处理呢?

定下规矩,凡集体活动不参加的管理干部,不论什么原因,一律罚款一千块钱。

不来的两个行长,一个是团湖支行莫行长,说家里老丈母娘坏肚子了,另一个北启支行薛行长,说媳妇过生日。

柳东海说:"没问题,家里有事都可以去安排,但是罚款肯定要收的。"

一听说真罚款,两个人都来了。

大家由心疼钱开始,到后来慢慢培养了一个意识,集体活动必须到位。特别是到年末了,分行开年度会的时候,缺席的干部不只罚款,奖励也要取消。

分行要加大不良资产清收力度,精心准备后通知召开一个专题会。北启支行薛行长给柳东海发来微信:"领导,我朋友帮忙约了一个重要客户,约了两个月才安排好下午见面,下午的工作会我可否不参加?"

柳东海心里很恼火,他希望薛行长能自觉领悟、主动参会,便回:"请与分管你们支行的分行领导商量。"

十分钟后,柳东海到黎曼行长办公室笑着问:"黎行长,北启支行薛行长刚刚向你请假了吗?"

"给我打了电话。"

"你怎么回复他的？"

黎行长说："我要求他按时参加会议。我告诉他柳行长让他和我请假就意味着领导不允许缺席会议。"

这才是正常人的情商。柳东海满意地点点头。

中午短暂休息了一会儿，柳东海到楼外散步晒太阳，抬腕看表，离开会还差二十分钟，返身回到楼内。

在行长室门口等候的薛行长见柳东海回来，迎上前去："领导，我能不能先参加会议，中途退场去见客户？这个客户真的很重要。"

柳东海走进办公室，转身问道："重要？是你定义的，还是分行定义的？"

缓了缓，柳东海盯着薛行长说道："一年三百六十五天你都不紧不慢，不急不慌的。分行有重要活动安排了，你就有重要约会了。这种时候不该有这样不合时宜的表现吧？"

话说到这个份上，柳东海干脆更近一步："分行的统一安排你想缺席，统一的部署你不想了解，你想脱离这个战队吗？没有看齐意识，哪来的步调一致？这些道理你懂吗？"

薛行长悻悻地退出柳东海的办公室。

会议进行过程中，柳东海从台上扫视会场，薛行长边听边记，聚精会神。

嘿，又从心理上治好了一个病人。柳东海暗自窃喜。

不可想象的是，九河分行从来没有微信工作群，互相之间也没有什么密切联系，大家的感觉好像跟这个单位都很有距离感，但这是大家共同的家啊！

柳东海开始着手建立微信群。他发现团湖支行莫行长还在用非智能手机，从衣袋裤袋里掏出三个古董：摩托罗拉、爱立信、诺基亚。有的干部，虽然用的是智能手机，也从来没用过微信，不知道还有这样便利的联系渠道。

首先建分行班子工作群，分行党委工作群、各单位一把手工作群。随着业务的需要，有时遇到特殊事项，化解不良也好，大额贷款投放也好，都专门设一个临时工作群，业务终了，再把这个群解散。

刚开始群里发消息，大家都没反应。那就实行罚款，还是罚款最管用，超过一个小时不回复，罚款一百，在群里发红包。

从对群里信息反应的速度看，有的人就是低效率的人。除了莫行长，还有那么几个人，有时白天的事，到半夜了，他回一个"收到"，因为别人已经把那个信息删掉了，他收到啥？谁也不记得了。有时第二天早晨，忽然在群里回个"收到"，但这个事早都过去了，也不知道他收到啥了。

办公室督导，通报罚款。

曲迪行长有个习惯，他的微信群都是响铃提示，跟柳东海坐在一起喝茶、谈工作的时候，手机一直在响，都是信息提示，他无动于衷，一眼不看。怎么解决这个毛病？班子群、党委群，柳东海提要求，超过半小时不回复的群里罚款，发红包三百。曲行长经历过大家都在群里欢声笑语等他超时发红包，他自己什么都不知道。罚了四五回之后，他也开始学乖了，把其他的群都设成了免打扰，把重要的工作群，留的是响铃，之后铃声再响，他就翻开看了，习惯就改过来了。

大家都在展示个性，但是共性的东西太少了，柳东海就着手做一些文化传播的活动安排。

有一次，柳东海在机场接客人，在机场书店看到了《辣道至简》这本书，写的是老干妈陶华碧。柳东海翻了翻，挺有意思的，讲的是管理方面大道至简，通过老干妈的事例告诉大家，别把管理说得太复杂。柳东海觉得这本书对人意识方面的改变很有帮助。这是一个积极向上、创业型的故事，人家的管理没有那么高深的学问，看最后就管得那么好。

他给全行的管理干部都买了这本书，要求大家都看，看完之后亲自领着大家共同学习。柳东海讲了书里一些精彩片段，一些经典的管理要义，发现大家很有兴趣。从那时开始，《褚时健传》《万达哲学》《刘强东传》《格力真相》《周鸿祎自述》《苏宁为什么赢》《保险皇后刘朝霞》《孙正义传》《雷军传》《马云大传》《中国新首富王传福》《史玉柱的坎》《财富女王周群飞》……源源不断，一本本组织大家读。感谢这个开化的时代，好人和好书数不胜数，每季两本，一直坚持。

开始时，大家都觉得很奇怪，读什么书？这是工作又不是上学，有的人还很反感。每次开讲述会时，要求大家带书，发现有很多人的书是崭新的，还没翻过，但也不乏认真读过的人。柳东海把黎曼读过的书拿过来一看，从前到后画了好多标识。柳东海坚持认为，他选择的书都是积极向上的内容，都是事业有成者的传记，对大家的工作应该会有很好的启发。

柳东海说："书里都是他们一生的经历，透过他们的眼睛看世界，我们就看到了原本自己看不到的世界，我们的世界就更大了。"

一次，这种说法把一个人感动了，那是一个胶湾市的企业家，亦是个收藏家，藏品中古董、书画、奇珍异宝包罗万象。按他自己讲，他至少收藏了价值十个亿的东西。柳东海到他的博物馆，里里外外参观之后，跟他说："非常了不起，不管你这些东西实际价值多少，但是有一点，精神方面的价值无法估量。你收藏的所有东西集中到一起，想一想，你对这个世界增加了多少你原来不可能有的了解？你的世界比很多人都大了很多。每一件藏品背后，都有一个你收藏它的故事，加上它背后还有自身的故事，所以，你的精神世界真的很丰富。"

那个人说："让你这么一说，我做得太值了。"

柳东海就想让大家多读书，做有文化的银行管理者。

读书还有一个原因，行里的管理干部素质参差不齐，有的人讲话粗鲁，像个原始人，或肤浅的小学生。柳东海从不讲什么高深的话，亦不讲管理学方面的专门术语，这些"土八路"讲的话，连柳东海都觉得修养很差，这也促使他要领着大家读书，后来是逼着大家读书。

为了让大家用心读书，他还特意安排了考试。考试用的是最简单原始的办法，柳东海把书从前至后挑出一些段落，然后把一些地方做成填空，现场开卷翻书找答案，逼着中层干部在现场把书从头到尾再看一遍。如果之前翻过，答的时候会非常顺畅，很容易找这些答案；如果之前没翻过，就会手忙脚乱，还找不着地方。可考场上行里的同事互助很踊跃，彼此抄答案，柳东海又把考题变成AB卷，把题的顺序前后大幅度调整，让挨着坐的人互相帮不上，相邻两个人答不一样的卷。再穿插一些特殊的激励方式，开读书会的时候现场提问，两三个问题倘若都能回答上来，柳东海就感觉他真的仔细看过这本书，那就可以免试。考试答对题数量最少的三个人，每个人罚三百块钱的红包，发在群里。大家也不是舍不得这三百块钱，可能更在乎面子，所以答题时都挺拼命，努力争取超过别人一点。

林晓禾告诉柳东海："以前出去跟朋友一起喝咖啡的时候，不敢讲，张不开嘴。现在觉得别人讲的自己怎么都知道，就是因为看书看多了。"

工作日志，是柳东海对全体客户经理和管理干部做的一种特殊安排。上午想什么、做什么，下午想做什么，都要记录，体现工作的计划性和前瞻性，形成自我约束和督导。工作日志既是工作安排，也是学习笔记，柳东海要求大家眼观六路，耳听八方，纵向看总行，横向看兄弟分行和同业其他银行。

年初，柳东海把上年度几位分行领导、十几个支行行长、十几个部门老总的工作日志都收上来，逐个审阅。

他让程念瑶把审阅过的几十本工作日志放在会议室桌上，请分行领导们翻看。

十分钟后，他连珠炮般劈头盖脸一通话，把大家批评得灰头土脸，甘愿受罚，心虚的大气不敢多喘一口。

"你们身居要位，不能以身作则，不执行工作要求，不谦虚谨慎，不能有计划、前瞻性地安排工作，愧为领导！"

"如果觉得本人安排不当，你可以光明磊落提出来啊！"

"我不需要作风不扎实，担不起重任的搭档。你要改变，要成长，别自定标准衡量自己，自以为是。"

"工作日志没有认真写，说明你这个人没有思想，没有专注于自己的工作。"

"写得最差的罚款两千五，稍差的人罚两千，行不行？"

声色俱厉，没人敢反对。关键是，柳东海的要求是对的。

不怪柳东海发火。

纪桂林的工作日志是大字号的，跨行书写，每页不到一百个字。北启支行薛行长的工作日志后半部分是女生的笔迹，这是程念瑶和柳东海比照分析出来的。

工作日志配上业绩诊断是柳东海落实管理的一个独门绝技。对管理干部做诊断，支行行长都有哪些业绩？哪些客户支撑着支行？支行前一个考核期和最近一个考核期都有哪些变化？不能三个月没有进展，半年没有进展，那就是不作为了。

对全体客户经理做诊断，也对客户做业绩诊断。A客户对行里的回报是多少？B客户回报多少？D客户的产品交叉销售做得如何？如果客户回报很低的话，这种客户还考虑去续做吗？

九河分行有人才，说句心里话，柳东海自感身边多了好多老师，好多业务不是柳东海带着他们做，而是他们带着柳东海在做。好多业务的考核都是他们引导着柳东海，柳东海一边学一边去考核别人。他要求管理干部要有两个能力：一个是领会能力，听得懂领导的工作要求；一个是贯彻能力，能把事情执行好。

柳东海做得最成功的事，就是在经过一年的紧张工作之后，年末开了一个让全行上下惊喜连连的总结表彰大会。

总结表彰大会要求各单位在短时间内都要准备节目。大家的热情出乎柳东海的预料，从节目的效果来看，行里有很多很有才华的人。

大会之前，柳东海悄悄安排："准备一个短片，把一年的工作认真做一番回顾，拿一些亮点的事件来展示一年的工作成绩，让大家在这个短片当中看到自己，回忆起做过的一切。还要印一个宣传册，要在秘密的状态下准备。宣传册和短片都要在总结表彰大会当天跟大家见面。"

这些，通过努力都做到了。

短片和宣传册是牺牲了多个中午吃饭的时间，在三楼会议室，柳东海和班子成员一帧帧画面、一句句台词编排出来的。

第一份准备的东西没有主题，有些凌乱、拼凑。不过万事开头难。研究确定的主题是年度的工作主题"优化结构，提质增效，打造健康发展新格局"，顺序就按照"火力全开"营销活动的顺序，中间穿插着这一年内做的几件突出的大事，像档案管理工程、网点靓化工程，还有员工培训工程，等等。年内还搞了一个"有这样一支队伍"品牌建设活动，要求各支行、各团队，不管前台后台，大家都展示自己最美好的一面，拍了好多艺术化的照片，很多员工看了这些照片之后说："原来不知道自己这么漂亮！"宣传册中也有多幅这样的照片出现。柳东海特别喜欢自贸区支行的一幅照片：章韬行长前面一手竖着大拇指一手背在身后，大家摆成一个钻石状的队形，劈波斩浪的姿态，精神风貌特别好。

每个中午都是从头到尾一点一点地看短片，研究画面怎么安排，该怎么措辞，内秀的杨树林在这个工作中出了不少力，很多台词都是他编改的。经过大概七八次反反复复的调整，柳东海觉得说得过去了，就这么着吧！

分行总结表彰大会前一天，柳东海在总行参加年度工作会，领到了"卓越分行"奖牌，领奖的画面拍照传回分行。会议过程中，他也想好了分行2016年的工作方略。

总结表彰大会是和文艺表演穿插进行的，对全行是一次心灵的涤荡。

宣传册是提前就摆放在表彰大会每个人的座位上的。大家一进会场先翻看宣传册，看到自己心里都很愉快。当然，宣传册印得质量也很精美。

总结表彰大会开始之前是三段充满正能量的暖场歌曲：《步步高》《超越梦想》《众人划桨开大船》。

世间自有公道付出总有回报
说到不如做到要做就做最好
……

让生命回味这一刻
让岁月铭记这一回
……

一支竹篙呀，难渡汪洋海
众人划桨哟，开动大帆船
……

年度工作回顾的短片，是租用电视台十几米宽的LED大屏播放的，效果一级棒，超级震撼。

柳东海坐在那里，心潮澎湃：人均创利超百万，存款实现百亿跨越，干部员工精神风貌焕然一新……

短暂的静默，意犹未尽，震耳欲聋的掌声。

总结表彰会结束后，坐在车上，司机跟柳东海说："柳行长，我们几个司机没什么事，就想上楼去看一眼，这一眼看完之后就走不开了，我们一直把这个晚会从头到尾都看完了。"

柳东海说："感觉怎么样？"

"特别哏儿！"

原来我们这么热爱集体，这个集体原来这么美好！如果说一年的工作是画龙的话，最后的总结表彰大会就是点睛。偏偏在那一年，大家想都没敢想的事情是，九河分行竟然拿到了总行的"卓越分行"称号，短片结尾就是获奖的场面。

不声不响，不知不觉，从干部岗位调整做起，竟没有任何人预想到最终的颠覆性效果，柳东海实现了积小胜为大胜，从量变到质变。

第五十六章　将才帅才

由于柳东海的存在，九河和胶湾的地域感被弱化了，这也和吴哲欣有关。他继任后，在分行大小会议场合总愿把胶湾和九河比较比较。

吴哲欣是一个非常自负的人，从来都觉得同事中自己专业能力最强、水平最高。他的确属于"专家型"干部，优点很多，非常踏实肯干，什么事情都是亲力亲为。但也有明显的缺点，在他眼里别人从来都是一身缺点，别人跟他谈业务、汇报工作的时候，他都会自然地对别人说"不对"，然后一番高谈阔论，说到最后还经常是别人说的那些东西。这个习惯不太好，也让很多人感觉不舒服，只不过在柳东海手下，他不得不收敛。

吴哲欣做副行长的时候，经常给柳东海提工作建议。私底下，以朋友的身份，他跟柳东海探讨，这个事要怎么做可能更好，那个事怎么做更好。柳东海都是笑容面对，时间长了，就跟他变脸了，告诉他："你一边待着去，哪来这个毛病，站着说话不腰疼。你知道在我这个位置上，看问题和你的角度是不完全一样的，处理问题也不像你想的那么简单。"

话虽这么说，吴哲欣心里还是有些不平衡。恐怕在那个时候他就想了：有朝一日，我要是当了一把手，我一定做得更好。

这个机会来了。

柳东海离开胶湾的时候，跟总行谈的条件之一就是把吴哲欣推为书记或行长。实际上，柳东海的本意是推荐他为书记，推荐更年轻的郝秀芬为行长，但总行开党委会的时候，领导们认为吴哲欣是一个"专家型"的干部，是一个业务篓子，当行长更合适。最后任命下来了，郝秀芬是书记，吴哲欣是行长。

好了，这下成了吴哲欣的天下了，应该一展雄风了。

吴哲欣信心满满，马上推行了好多自己的新政，废掉过去柳东海在任期间一些现在看还比较务实的做法。

柳东海最擅长的是激发集体智慧，调动团队的力量，动员全行齐心协力来推动指标，可按吴哲欣的说法是，用不着这样做，几笔大业务就把规模和利润推上来了，不用全行一起干。他领两三个支行或部门就干出来了，大家就干一干零七八碎的指标就行了。

吴行长真的就这么做了。

柳东海在胶湾时，支行和部门负责人可以随时来见；柳东海离开后，这里的管理"规范"了，行长、书记办公的五楼要通过秘书预约方可踏入，偶尔会有远道来的支行行长等了大半天得不到会见，悻悻返回。如今，只见行长，怕书记有想法；只见书记，又担心行长不开心。干部员工和行长书记之间，兄弟姐妹变成了"君臣关系"。遗憾的是，没有出现"提携玉龙为君死"的理想状态。

"简单和谐"本是柳东海从胶湾带到九河的管理思想，吴哲欣和郝秀芬都有切身体会。柳东海和他们在一起时，甚至讨论过星云大师的"和谐拯救危机"、古希腊著名哲学家和数学家毕达哥拉斯的"和谐就是一切"，直至"团结出干部"。而眼前，明明白白的事被明明白白的人给破坏了，"士为知己者死"也不复存在。

吴哲欣自己做得非常辛苦，客户都亲自去联系、去谈，把主管公司业务的行长撇在一边。所以，每到汇报工作的时候，不是他听下级汇报，而是他汇报给下级听，毕竟他知道的比别人多。

柳东海离开胶湾的时候，胶湾分行稳定存款一百五十个亿，利润在分行当中排第二，整个分行已经进入一个稳健发展的时期。储蓄存款更是遥遥领先，其他分行无论拿出哪一家来比，胶湾都在他们的一倍以上。当初九河十七个亿的时候，胶湾分行已经是近四十个亿了。

说起利润，2016年第一季度，胶湾分行还是领先的。过去柳东海组织的各项活动，挖掘储备项目、抢滩计划等，打下了良好的基础，可以保证胶湾分行持续稳健发展。但吴行长内心从未想过这是吃老本，不继续努力添砖加瓦就会坐吃山空。分行开各类会议的时候，都要拿胶湾分行和九河分行来做比较。因为柳东海在胶湾分行的时候，跟大家打成一片，深受爱戴，吴哲欣出于心理平衡的考虑，想树立自己的威信，最直接的办法就是要做得比柳东海强。如果通过工作、通过业绩证明自己确实比柳东海强，大家自然会更加爱戴他。吴行长非常得意、自信满满，逢开会就慷慨激昂，讲一些大家无法记录的高大上的道理。

久而久之，分行班子成员，中层管理骨干都在行长和书记面前事事表态说"行"，汇报结果时耷拉脑袋装怂。

没想到的是，因为工作策略问题，吴哲欣废掉了柳东海推行的好多业务推动方式，自己也没有一些替代的好方法，又比较个人英雄主义，只带几个人去拼拼，于是，资产出现了结构上的偏差，大多数支行和部门没法干了，他们推荐的业务都得不到支持。吴行长单纯地以为只要自己做出一些大业务就什么都有了，可全行上下都要过日子啊！

从2015年下半年开始，分行出现了整体下滑的趋势，等到年末决算那天晚上，总行领导与各分行的班子成员开视频会议，总行领导以情况通报会的形式听取大家汇报一年的收获。

吴行长按总行要求把班子成员带到会议室，还自作主张把参加年终决算宴会的支行行长和部门老总们都带到了分行会场，想让大家一起感受一下分行的成功，然后继续喝酒庆祝。

胶湾分行的情况他了解，但是吴哲欣不了解其他分行的情况，结果各家分行业绩展示出来之后，胶湾分行根本不在前列。最让他心里不平衡的是，九河分行竟然在他前面。

九河分行的存款越到胶湾前面，相差不止五十个亿。他本想利润或许还是一根救命稻草，能挽回一些颜面，结果仍是不如九河。吴行长非常沮丧，初衷是想让大家觉得脸上有光，自己得意，结果却给大家带来无尽的失落。

酒局散了。

吴哲欣和郝秀芬聊到柳东海。

吴行长说："你看我对你一直都挺尊敬的，东海行长在的时候，还经常对咱们恶语相向，我什么时候像他对咱们那样对待过你？"

郝书记说："他对你、对我都是有恩之人，怎么做都不为过。你凭啥？他说什么我都是心服口服地接受，你凭啥？"

吴哲欣从和柳东海认识起，在外面就愿意讲一句话："东海是帅才，我是将才。"但他内心不是这么想的。

自认为情商最高的人，往往情商是最低的。业务需要专家型干部，专家型干部未必适合当管理者。柳东海更加理解总行把干部分成技术和管理两个序列的科学性了。

于海龙副行长私下和吴哲欣说："胶湾分行在总行的评级一步一个台阶下滑，

人家九河分行是遥遥俯视你呀！柳东海这个人你应该最了解，为人谦和、务实，我们都是好哥们儿，你得向他学习。"

吴哲欣手下足智多谋的零售部老总黯然离职，去了南方一家高科技公司参与筹建民营银行。聪明能干、客户众多的营业部总经理霍迪去了黄海银行。柳东海也替原来的那些兄弟姐妹们觉得惋惜。行长、书记可以只在乎当前，可大家更在乎的是未来呀！

胶湾分行与九河分行逆向交叉发展。几年前，九河向下，胶湾向上；近几年，九河向上，而胶湾向下。

柳东海在总行2016年工作会议期间琢磨好了新一年度的工作方略："建人才园地、创品质分行"，意为抓好队伍建设，让干部员工伴随事业发展获得个人成长，创品质分行可直接翻译成要当"卓越分行"。

年度营销活动以"履职超序时，胜利大会师"冠名，"履职"即发挥好主体责任，"超序时"即按时达成计划指标。

上半年基本完成全年主要经营指标。年末蝉联总行"卓越分行"称号。

转眼又是一年。柳东海筹划2017年的工作主题是"提高健康度，提升满意度，做大做强，跨越发展"，这算得上是在多家银行负增长的困难局面下有魄力的安排了。

"健康度"说的是资产质量，满意度是多维的，员工要有成就感和自豪感，家属要满意，客户要满意，各级政府要满意，监管部门要满意，分行不同的岗位间配合支持要满意，总行要满意……

前两年都实现了百亿增长，这一年当然要让"神话"继续演绎。

年度营销活动冠名为"摘星揽月"系列活动。

柳东海以客座教授身份给闻名全国的九河大学商学院一百五十名MBA和EMBA学员做讲座时，把前述内容定义为"体系管理"。

让大家欣然接受的解释是，"星"既是员工创造的业绩，也是创造出业绩的员工，"揽月"是要实现"卓越分行"三连冠。

半年刚过，柳东海就在组织全行"向存款四百亿发起总攻"了。

柳东海推荐的干部并不都是吴哲欣这种风格的。

有一次，柳东海到机场接许董事长，坐在车上往市区走的时候，许董事长随口问了分行管理骨干的情况，感慨了一句："东海，你人选的都不错。我评价你，应该是'刘备式'的干部。"

柳东海打趣问:"好还是不好?是说我没能耐?"

"不是那个意思,但可不可以这么来解释——就是你不是武艺最高强的,但比你武艺高强的人都愿意跟你干,给你卖命,这样你愿意听吗?"

柳东海说:"行!说到最后还算是有能耐。"

吴哲欣入行前接受许董事长面试的时候,他俩也有意无意谈到了柳东海。他跟许董事长表示:"我愿意过来跟东海行长干,他是帅才,到这个行来,我是冲着他来的。"

柳东海曾对吴哲欣说:"我当一把手的时候,咱们一起出去打高尔夫球,挥杆之前,脑海中可能会突然出现好多工作场景,大多是烦心的事,静不下心。你还记得吗?我跟你讲过,当了一把手后,你用不了多长时间,球会打得很烂。"

如柳东海所预言,吴哲欣打球的时候满脑袋闹心事,再和柳东海打球,他总是输得不成样子。

十万大军指挥出十二万大军的战绩才是将帅之才。有胜有败也是兵家常事,但屡战屡败就是将帅失职了。

吴哲欣痛定思痛,知耻后勇,依旧一马当先,杀开一条血路,避开了年度内总行的"戒免"谈话。

这个老吴同志,就是战争年代大刀队的,不亲自上阵砍砍杀杀总觉得辜负了自己这个"人才"。当团长、当师长都会这样,本色做人,倒也难能可贵,不失为柳东海心目中的英雄。

第五十七章　民营银行诱惑

　　柳东海在九河工作的时候还是挺有乐趣的。他愿意在工作之余出去旅游，周边各处转转。柳东海坚信见多识广，相信旅游能让人开阔视野，增长见识。他想利用在九河工作的机会，好好体验九河周边的环境。总行许董事长也给柳东海这个授权："知道你的掌控能力，你也用不着天天在那里盯着。"

　　有一次，柳东海开车直奔定州。事先设计的路线是经定州到清西陵。

　　开车跑高速犯困，柳东海就到中途的一个休息站洗脸清醒清醒。就这么一会儿的工夫，他接到一个老朋友的电话，是胶湾一家民营企业的老板娘。柳东海在东发银行的时候给他们做过授信，也帮过别的忙，成了很好的朋友，夫妻二人跟别人讲起来的时候都说："东海行长跟别的银行行长不一样。"

　　柳东海跟这位太太来往得多，跟她老公来往倒很少，她老公在公开场合见面的时候开玩笑，说："我都不知道你跟我家老谢是啥关系。"他家"老谢"是1973年出生的，岁数并不是很大，两口子之间却以"老尹""老谢"相称。他们产业做得很大，跨化工、房地产、商业等多个领域，年利润三十亿以上。

　　两口子结婚多年无子女，始终是个缺憾。于是天南海北去检查，找偏方，终于真诚感动天地怀上了，生了个女儿，当然是含在嘴里都怕化了的掌上明珠。一次，柳东海和老谢通电话问："怎么样，闺女挺好的吗？"

　　老谢玩笑道："挺好的，长得越来越像你啦！哈哈！"

　　柳东海被憋得没有下句，哭笑不得。

　　柳东海在高速公路休息站，听见她在电话中说："柳行长，我有点事跟你说。"

　　"什么事儿？"

　　"你还非得在现在的银行干吗？"

　　柳东海眉头轻皱道："你说什么事儿。"

　　"我们有一个银行，需要人，需要你。"

"什么情况？"

柳东海只知他家入股过一家地市级城市的商业银行，现在是该行的前三大股东之一，遂以为她指的是这个银行。他心想：就那破银行，想都不想！这么说是因为那家银行的知情人曾跟他说过，那里有好几个支行行长都是司机出身。这样的银行怎会有好的发展？所以，柳东海接着说："跟你讲，我没兴趣。"

老谢说："不了解情况，你先别下结论。你肯定会有兴趣。"

柳东海想尽快结束这个话题："那回头再说，我在高速上开车呢！"

"那你想着，到地方一定要给我回个电话。"

一路上，柳东海一直琢磨：就那个破银行，谁稀罕！

毕竟是老朋友，还是要给人家回个电话的。于是，柳东海打电话说："谢总，你刚说的是你家入股的那个银行吗？"

"我说的是一家民营银行，我家是发起股东，注册是三十个亿。民营银行你知道吧，第一批是全国五家，都开业了；第二批是十二家，咱位列其中。"

"是吗？"柳东海说，"你家还真本事，真不错，那其他那些股东呢？"

"其他股东还没最后敲定。"

"你这是八字还没一撇呢！"

"现在就差高管，有合适的高管，我们就可以报批。现在就是要确定高管，筹备班子。合格人选确定之后，必须市长带队，到银管会去汇报。这是银管会审批的一个必要程序。市里早就把这个事列成全市年度经济大事第一位了。所以，这不是开玩笑，现在万事俱备，只欠东风，咱谈一谈。"

柳东海说："不想跟你谈，我现在工作挺好的。你也知道，创业没有那么容易。"

"你就不能放开眼界，非得当个分行行长？当总行行长不好吗？"

"真不想，不是说不帮忙，你会有更好的人选，这种机会挺难得的，你公开招聘的话，可能会有更好的人，你不可能找不到。"

"你来的话，就是董事长。"

后来，柳东海知道这话她真没跟自己老公商量。

柳东海还是没倾心这个事。谢总跟柳东海联系没结果，她老公就让手下的财务总监给打电话。柳东海有财务总监的电话，但平时也不联系。财务总监跟柳东海说："柳行长，你什么时候回胶湾一趟？哪天回来你说一声，我们尹老板想请你吃个饭。"

"跟你们老板说,我跟老板娘都讲了,我不能去,也别折腾你们,肯定不行。"

"行不行咱都见个面呗,都是老朋友。"

柳东海说:"我真去不了。我没有那么强的上进心,别把这事交到我手里,再给耽误了。"

"你好好考虑,给个面子。"

柳东海还是没答应。他在胶湾当分行行长的时候,跟市领导是有接触的,市里头有位副市长是不错的朋友,经常是三五个人在一起聚一下,喝个小酒,有时候用普洱茶代酒。

副市长打电话给柳东海:"你看你又不损失什么,这面子你得给,人家能托到我这来,就想跟你谈一谈。"

他都这么说了,柳东海就不好不见了,只能说:"见一面儿没问题,你都说话了,我安排时间回去一趟,咱们再一起见见。"

"你直接跟尹总见就行了,我可不是说逼你做什么,你自己定,我只能说希望你能为家乡经济发展做贡献,这个角度我得站高一点,邀请你回来谈。"

柳东海说:"行吧!"

就这样,柳东海周末回了胶湾,事先告诉了谢总。

柳东海跟谢总说:"你家老尹非要约见面,市里领导又打了电话,那见一面吧!我帮你们出谋划策还是可以的。"

谢总笑道:"好,你跟老尹直接约,还是我安排?"

"你安排吧!"

他们家重视得不得了,第二天要见面,上午早早就来电话,定好时间,老板提前一小时回公司等。问柳东海在哪里,要派车接,柳东海表示不用麻烦,自己开车过去。等柳东海到了,楼下有人接,帮他停车,热情周到。

尹老板是个性特别强的人,在公司说翻脸就翻脸,说骂人就骂人。和下属在一起谈工作,发火的时候能把文件夹摔到别人脸上,但他干事业是个拼命三郎,也有一批死心塌地跟他在一起干的人,所以事业做得很大。

尹老板很热情,知道柳东海要到了,特意下楼来接。企业在一座二十八层的楼内办公,整个大厦都是他家的,上面是公司总部,下面是一个四星级酒店。

柳东海说:"哪用得着这么兴师动众!"

尹总客气道:"那不行,见你比见天皇、巨星都难。"

柳东海笑而不答。

楼上有专用会客室,会客室套着小餐厅。尹老板给柳东海介绍说他这里有好茶:"别人来,是不可能喝这个茶的,但你来了有这待遇,你走的时候我还得给你拿两盒。"柳东海也没敢拿,拿了的话对人家的工作邀请就不好拒绝了。

尹总把从知名会计师事务所请来的财务顾问做的一个银行规划方案拿出来给柳东海看。这恐怕都是他的想象:总行,下面有些职能部门,再在允许范围内开几个分行;然后北京、上海、深圳这样的地方,再开一些像事业部之类的机构。柳东海一看就知道他不懂银行,帮他出谋划策的人也必定不是业内人士。他预想的机构设置上有好几个互联网金融事业部,线上线下够新潮的。

柳东海问:"是谁帮你做的?"

"会计师事务所来的人弄了这么个东西。"

"挺好。"柳东海不想贬低别人,只好随意说说。

尹老板说:"咱话入正题。我就是想请你来做总行行长。"

"可你家老谢告诉我,是董事长。"

"董事长是我。"尹老板很直率。

柳东海说:"董事长是你,谁能给你去当行长?"

尹老板说:"咱谈谈。"

"今天找我来都想谈什么?"

"先告诉你为什么会盯住你。你干得什么样我们都知道,这么多年咱都了解,你又有九河这一段摔打,那不一样了,视野不同了,所以找你。我跟你开玩笑说董事长我当,实际另有其人。董事长咱请的是一个能帮咱做点事的人。"

他谈了当时星业银行总行的一个临退休的行领导。如果他能把这样的人请来做董事长,柳东海做总行行长不掉价。

尹老板接着说:"盯住你还有一个原因,是因为你在这里的时候,好多人鞍前马后都听你的,你要能过来的话,这些人你要谁,谁就能来。但你让我找,我就找不来。一听说我这要开民营银行,来报名的人不少,托关系找门子的,都是来解决个人工作的。真正能帮我做事的,没有几个。这都是实话,你开条件吧!"

柳东海说:"我也没说来,开什么条件呢?再说,也没什么条件可开。你要真想请谁来的话,可以比照现在已经开业的那些民营银行,按照人家好的待遇办。舍不得孩子，套不着狼。"

尹老板说："这你放心，不差这个。我也不图这个银行一年、两年、三年干多大。我家孩子小，才六岁，等我孩子大学毕业了，能上班的时候，这个事业做成规模就行了。"

柳东海觉得这个想法倒是比较容易让人接受，急功近利是很多企业的通病，便说："这样，你可以聘我做你的独立董事或外部监事，你给钱一年也不过几万块，你要不给钱我帮你也没问题，因为我帮你也会影响一些人到你这儿来。现在的工作我也放不下来，我觉得我的工作还挺好，挺顺手，也挺省心的。到你这毫无疑问要吃苦耐劳，我干两年可能得老五岁，干五年我得老十五岁。我知道你这里挣钱多，可我要这么多钱干什么？这不是有没有志向的问题，是没有什么意义。"

"你别那么想。不光是年薪收入的问题，还有股份；再说，作为一个男人，一生能成就一番事业多幸福！"他抛出又一个条件诱惑柳东海，但让柳东海心中一颤的是最后一句话。

谈到最后，柳东海仍没有态度。尹老板早已安排人准备了饭菜，柳东海一听准备吃的了，说："真的不在你这儿吃，晚上我约了人，等我呢！我就是来见一面，聊一聊，帮你出出主意，没想更多。"

第一次见面，柳东海就明确表示不去。不去的原因有几个方面，不是待遇问题，待遇不能谈，一旦谈就上钩了。第一，民营银行初创时期，品牌影响力几乎为零，很难干的；第二，尹老板的个性太强，朋友就少，很难找到像样的股东，真要是有几个好的大股东，起步就容易多了，几个股东企业就把银行抬起来了，但他很难做到；第三，老板的参与意识太强，这个银行什么样，他讲的似乎比柳东海还明白。

两人聊天的时候，柳东海逗他："听你说来说去，你对银行倒很上道，很专业。"

尹老板也会谦虚："这个时期真的是看了不少书，学了不少东西。我是怕跟你这样的人在一起说话，你瞧不起我，觉得我啥也不懂。"

柳东海说："听你这一讲，你比谁都懂。不过不客气地讲，你讲那玩意，一听就是皮毛。"

尹老板总给柳东海发微信，财务总监几乎天天给柳东海打电话。柳东海的电话都躲着别人接，话题太敏感了。老谢没事也给柳东海打电话。出于礼节，柳东海不能不接。

柳东海和几位行长正在开会，手机震动起来，一眼瞄去，竟是胶湾市中山区黎书记的电话，不能怠慢。柳东海一边和搭档们打手势一边接通来电："您好，黎哥！"

"哦，我不是黎市长。"

怎么回事？黎书记的电话，讲话的不是黎书记，还蹦出个黎市长？

"是这样，黎市长请您接电话。"片刻，电话那端传来熟悉的声音："东海行长，别来无恙啊？"

柳东海问："啊，黎大哥！啥时候变成黎市长了？"

黎市长说："还好意思问我，一点都不关心大哥。大哥当市长你觉得不行吗？我前不久进的政府班子。"

"恭喜黎哥！事业有成啊！"

"别提了！东海，言归正传，这几天我带队去九河，专门为你而来。你该明白了吧？"

"该不是尹老板家的事儿吧？"

"对，民营银行筹建是胶湾市年度十件大事第一位。人家知道我帮过你，通过市长把这个当说客的差事转交给我了。"

"你来九河我热烈欢迎，但最好不是为这件事。"

"东海，你承不承认欠我一个人情？大哥帮你时讲过条件吗？害你的事儿我不会做，于人于己都有利的事儿你该考虑考虑。不多说了，准备好好招待我吧，再见。"

电话挂了，柳东海眉头紧锁，有了心病。

曲迪关切地问："柳行长，没事儿吧？"

柳东海淡然一笑："继续开会。"

黎市长来了，随行只带了市金融局副局长和秘书两人，这让柳东海轻松不少，但他贴着柳东海耳朵说的一句话，给了他巨大的压力。

"我是代表市政府来的，大哥的面子就攥在你手心里了。"

谈过后，柳东海有点心动了，主要考虑：一是终究要叶落归根，这样可以早日回到家乡。二是他要是去的话，没什么了不起的，目前国内所有开业的民营银行，柳东海都在网上反复研究了，上海的、温州的、九河的，等等。柳东海分析自己有多重优势，如果他回胶湾的话，几个好的银行，他一挥手就能拉来一批人。三是这样就真没退休的限制了，干多少年都行。四是确实收入会更好，将来要在九河五马路买洋楼都会梦想成真。想到最后就是，这件事，柳东海完全有能力干好，就是干不干的问题。回去谈谈条件看吧！

尹老板一听柳东海又肯见面了，高兴得不得了，事先强烈要求，晚饭必须在他那里跟他一起吃，柳东海答应了。

就他俩吃，也不喝酒，菜做的都是很家常的。尹老板生活习惯很好，不吃大鱼大肉，讲话也挺实在。

柳东海说："了解你个性的人，谁会跟你搭档在一起干？天老大你老二，别人说话都不好使，你不懂装懂别人也得说你是对的，人家懂反倒是错的。"

尹老板说："你得分谁，分什么事。你要是对的话，我能非得坚持自己错的吗？再说，我是民营企业，对的我不做，非得照错的做，我不有病嘛！"

柳东海说："是这个道理。"

后来，他们谈的多了，尹老板说："我也奇怪，就你说这些话我愿意听。这要是别人，我早翻脸了。"

柳东海说："你翻个试试！我没这两下子也不跟你谈。你家大业大的，但债务更多，一个超级打工仔有啥了不起的！"

说到条件，肯定有柳东海的股份。尹总说："咱的股份多，三十个亿注册，三十亿股份，这里面五百万股，钱不用你掏，我先垫着。将来咱做得好，真的上市了，或者说有人溢价收购转让出去的时候，你再把本钱给我就行。"

柳东海说："股份不多谈，还是谈眼前的待遇。"

尹老板说："你得给我出个价，你不出价我直接出，出低了瞧不起你，出高了我还怪心疼的。"

柳东海说："干这么大个事儿，你就别小气，什么钱请什么人！"

柳东海后来把现在单位公开发行的年报拿给尹老板看，许董事长的年薪税前是490万，监事长的年薪税前是450万，穆行长税前年薪是410万。

尹老板说："咱们是民营银行，只能比那高不能比那低。"

初步定下，年薪500万。

柳东海说："我要从现在单位走的话，损失还有一系列的，行里每年扣我10%的风险金、10%的忠诚金，每年还有市政府退税，有政府小企业贷款奖励，反正乱七八糟一算，还不少钱。"

尹老板问："大概算算有多少钱？"

"300万是有的。"

"我先补你600万，行不行？"

柳东海说："税前还是税后？"

"税我解决，先解决你的后顾之忧。"

尹老板后来把额度提到八百万。廊乡银行有先例，廊乡银行的行长林春丽从西湖银行副行长的岗位上下来，到廊乡银行主政，人家把五年的薪水一次性付给她了，年薪五百万，一次付给她两千五百万，林春丽义无反顾地来做行长了。随之而来的是廊乡银行的业绩腾飞。

有这样的先例，同时，尹老板有一点看得明白，老板、老板娘都有一句话："这才哪到哪？真的把银行做起来，这点钱都是有数的钱，是让自己人得了，不是别人得了，这样更有心情来做事业。"

谈完待遇之后，柳东海也在做一番准备，他在想如果他来掌舵操办的话，其他人都不缺，但缺两类人，第一个是电子科技方面的，这必须得有个硬手，第二个缺的是有总行视野的，有总部工作经历的计划财务专家。其他的一些市场营销、运营人员，都不缺。这两个人要是能找到好的，那就立于不败之地了。

第一个找的是做计划财务的人，柳东海的目标锁定在某财务公司做财务部的老总，一个走街上回头率百分之九十以上的漂亮女士。柳东海是跟她老公先认识的，约她谈，没想到出乎意料的顺利，她说："柳行长，我们了解您，我也跟我家那位说了，他说了，跟柳行长在一起，是没错的，肯定行。我现在唯一的困难就是跟现在的领导张不开嘴，因为我去那里是奔着人家去的。"

柳东海说："真正要做事的时候，我们都会有这样那样的顾虑，你不做牺牲是不可能的。你也不要说回去考虑，咱就别考虑了，这个事，我还没下决心，等到真正下决心那一天，就必须得有你。"

她思虑再三，点头同意了。

至于电子科技这方面，柳东海厉害，他把鲁南银行总行科技部的老总杜守志说动了心。

柳东海给对方打了个电话："守志，有这么一个机会，胶湾要设立一家民营银行，你在网上都能查到信息。他们邀我去做行长，我想邀你跟我一起去，先不说让你去干嘛，但我保证你年收入在两百万以上。"实际上，柳东海可以给他更高，但暂时不能说过了头，"你是不是考虑一下？"

杜守志说："东海行长，我现在北京往鲁南市走的高铁上。我听明白了，到家我商量一下就给你回信，好不好？谢谢你这么信任我，我现在跟你说一句话，你干的事，我信得着，我就是跟家里商量一下。虽然平时咱俩没怎么谈过，但我佩服你。"

柳东海还真不知自己平时给别人的印象这么好，就说："那说准了，今天我等你回信，否则我就得谈第二个人选了。"

柳东海没有第二个人选，这是个策略。

当天晚上，柳东海和几个朋友在外面吃火锅，杜守志来电话了："东海行长，这事我跟媳妇商量了，我跟你干。"

柳东海说："我可跟你讲，这是创业，收入不会有问题，但是会非常艰苦；另外，你也得撇家舍业，重新过单身的日子。"

"什么困难都能克服，你放心，只要你去就行。"

柳东海挺受感动的。

这些充足的准备，也是后来为什么尹老板承诺给柳东海补偿到八百万的原因之一。柳东海没告诉尹老板这些重量级人物具体是谁，但他说了自己手头有什么资源，假如现在开始干，他可以一步到位，几十个人的骨干团队马上就可以搭起来。换其他人那是很难做到的，企业自己是找不到这些资源的，所以后来柳东海决定不干的时候，尹老板急迫得不行。

柳东海心里长了草，他其实也挺有挑战欲的，真要是干了，也是一番事业。

总行穆清华行长到九河调研，座谈之后，他说："东海，咱俩单独说说话。"到柳东海的办公室聊天，聊着聊着就说到了将来。

柳东海抓紧机会说："我有点干够了。"

穆行长说："你这干得挺好的，现在这个分行有模有样的，咱俩实实在在说，我清楚这里原来啥样，你看你来之后变化多大，干部员工的精神面貌都不一样了。"

柳东海很实在道："我想跟你说一个事儿，银管会已经报备了，短时间内能批，胶湾要开一个民营银行，给我发了邀约，让我去做行长，收入很高。"

没想到，穆行长很诚恳地说："好机会！真的，实话实说，真是好机会！但那肯定是遭罪受累。"

柳东海说："不过，这事分谁干，如果关系简单，大家都集中精力于事业的话，也没啥了不起的。民营银行会有更多的股东干预，但是股东就是股东，所有权和经营权，将来必定要清楚划分的。"

"但是东海，在一起这么多年了，咱们也是朋友，我不希望你动，也不希望你走，有啥要求咱们解决。"

柳东海说："没啥要求，我来的时候，领导们承诺，要给我提级提职的，不过提得慢了一点是真的。"

穆行长说："现在有这么几个机会，你的事我们又不是不议，只是没定，没觉得你会着急。"

"我不是拿这个当条件来跟行里要代价，不是那个意思。确实现在我有一点心动，关键一条，我可以回家了。"

穆行长说："你看现在就有几个机会，中小银行金融联盟秘书长现在是空缺，得有一个专职秘书长，这是一个副行级待遇，咱们还要在北京设立基金……"穆行长跟柳东海讲了好几个机会。

柳东海说："我可不是这个意思，你也理解我，你也觉得是好机会，我现在是说有点心动，不光是为了钱，但钱也挺重要的。"

"东海，你别着急，你这个事回去我跟许董事长说一说。你知道，人的事，都是许董事长定，但你的事我还是方便说的。"

他们俩这么一聊，穆行长回去毫无疑问跟许董事长汇报了。

石磊副行长带队来九河，柳东海和他说话更随便。九河的工作结束之后，石行长要去胶湾分行，正好临近周末，柳东海陪他一起坐飞机飞胶湾。柳东海在飞机上拿出一本《公司治理》，讲的是董事会、监事会、经营班子责权利之类的内容。

石磊见了问道："你怎么看这个了？"

柳东海说："正想要跟你说呢！民营银行要我去筹建，我现在有点心动，在这行干的年头也不短了，想给自己找一个好的去处，也成就点事。"

石磊听了柳东海说的事情，说："真挺好！这事得琢磨琢磨，但是也别轻易动，你要动的话,对这个行影响太大,你一动毁两个分行。你说九河分行班子,你一走,肯定得带走几个,这里刚好转,风气弄不好又得变。胶湾分行呢,你回去了,那些人不都跟你一窝蜂去了?"

"从个人发展角度讲,你替我想想呢!"

石磊坦言:"我倒真觉得是好事。"

下了飞机,胶湾分行来车接的时候,石行长竟然对随行的总行人力部的女孩小高开一句玩笑:"柳行长下一步要到民营银行去当领导了,你去不去?"

小高说:"柳行长,你要不要我?要我我真去,我就冲着人好挣钱又多。"

石磊回到鲁南市,也跟许董事长谈了柳东海的想法,他更多说的是对两地分行可能造成的影响。

柳东海跟老尹夫妻保持接触,回到胶湾,肯定见面谈一些东西,甚至帮着设计了一个薪酬体系。

柳东海不能光谈自己,他要带来的兄弟姐妹都要有职务安排,他们的收入状况也要确定下来,这样在跟这些伙伴谈的时候,心里才更托底,否则把人弄来了,最后东家不同意给那么多钱,不是把人家给骗了吗?

柳东海也把筹建和开业时期的一些工作要点,都给人家讲了,就算朋友帮朋友。

柳东海问尹老板:"你这事儿,到底靠不靠谱?进展到什么程度了?"

尹老板当着柳东海的面给银管会负责这方面事务的领导打了个电话,那是周末,这边尹老板是免提:"兄弟,你在哪?"

"我跟朋友家一起出来到北京郊外,吃农家饭来呢。"

聊了几句闲嗑,尹老板切入正题:"你再给我指点一下,现在高管我也有了,紧接着该怎么进展?"

"你抓紧安排,把高管的个人资料该报的报了。我们审核一下,如果基本符合条件,那就得安排一次聆讯会,你们就得市长带队到我们会里来。"

银管会的这个领导柳东海曾听许董事长说起过。

第五十八章　梦在明天

凭着职业精神，柳东海以饱满的热情组织开完2017年度总结表彰会，又和相关人员连续几天加班甚至熬了一个通宵，把年度组织绩效发放到了每个人的账户里。

只剩不到一周的时间就要过年了。休假到外地过春节的员工已经陆续出发。总行稽核部的几个同事还在九河分行坚持工作，柳东海说好中午陪吃午餐。

到了食堂，发现五人的稽核小组变成六个人。

柳东海问："怎么回事？马上要过年了，陈莎莎怎么又来啦？"

陈莎莎晃着一头由披肩秀发换成的飘逸短发笑嘻嘻地说："领导，看见我是不是眼前一亮？"

"是眼前一黑。"

陈莎莎眼睛瞪得大大的，愣住了。

"看见你一激动，心跳加速，血涌上头顶，晕了。"

哈哈哈哈……

众人捧腹。要过年了，该说过年话了。

稽核团队增加力量是为了春节前完成正进行的项目。这种敬业精神让柳东海感动。

柳东海和稽核团队的同事关系密切，鲁南银行2016年在香港联合交易所主板上市，为配合保荐人和会计师事务所的"尽职调查"，这群稽核团队的人真的忙成了狗。

平日里他们对分行的稽核是"支持"和"保护性"的，与分行同心协力改善经营质量。一年到头，稽核战线的朋友们大部分时间游荡在各地分行，这里一个月，那里两个月的，家和在总行的办公处却成了旅馆和驿站。这就不如柳东海了，他交流到九河工作，九河就是他的根据地，多多少少有植根的感觉。

说到上市，柳东海内心有个幸福的小缺憾。

上市后，范行长改任监事长，穆清华已升任行长。上市为总行增加了一百亿资本金。总行座谈研究"上市该带来哪些改变"时，柳东海向许董事长、范监事长和穆行长提议上市应该和员工的切身利益息息相关。

出乎意料的是，上市庆功晚宴上，范监事长致祝酒词，说了一句让全场沸腾的话："经大家提议，党委研究，董事会同意为全行每一位员工晋一级薪档。"

柳东海作为"卓越分行"的行长，总行已按规定奖励一档，上市又带来好运，他获升两档，工资升了近五千元。但随后不久，总行的一项新规却让他空欢喜一场：取消各分行一把手的车补。这比两档工资还多两百元，算来算去，反降了两百元。拣台自行车，丢台摩托，呵呵！

更多的人幸福了，柳东海也没什么可纠结的。

柳东海、杨树林、纪桂林和总行六位同事一同返程，九河机场分手，各自回家过年。

回到胶湾，柳东海向许董事长、范监事长和穆清华行长微信报了平安，发了节日祝福。三位领导也向柳东海做了节日问候。穆行长还专门打电话，说了几句让柳东海心绪难平的体己话："东海，你下一步的工作安排刚刚许董事长和我商量完了。我不能告诉你具体干什么，但我相信你会特别满意。呵呵，过个好年啊！"

穆清华行长待柳东海始终如一，这么多年不管他在哪个岗位上，对柳东海的事情有求必应。

趁本地人未外出，外地人回到胶湾的时机，江宝原在千品海鲜坊安排了饭局，请的客人以银管局白局长、邓书记为主，大家到一起算是一场春节团拜会。

胶湾银行界"三杆枪"悉数到齐，此时都成了一方诸侯，郭实已是黄海银行青城分行行长。

席间，江宝原一次次倡导大家举杯畅饮，互致问候，当话题说到陆雨时，免不了一番唏嘘。

陆雨离开东海发展银行投奔房地产企业后，企业第一时间送他一台八成新奔驰600，又许诺了很高的年收入，但他跟东海发展银行这边的贷款就没戏了，这笔贷款肯定是要往回收的。于是，到期就要收一些，慢慢地，他在那边的价值度就降低了，从别的银行给企业也弄不来贷款。后来，那个企业以再给他一套房子的代价劝他另谋出路，他觉得不亏，就离开了。

陆雨到了青城一家房地产公司在南京开的分公司。分公司在南京当地拿了地盖楼，他到那去做管理。一天到晚也没什么事，也没什么朋友，天天就是和建筑工地几个包工头喝酒。一天，他和几个人约到一起喝酒，喝多了。别人把他送到楼下车里，他在车里因为醉酒就睡过去了。第二天，到了上班的时间，九点、十点、十一点都找不到人，打电话，电话响没人接，大家就想这人哪去了，问昨天他都跟谁联系了，就像公安局破案一样，一点一点把跟他喝酒的人找到了，当中有人回忆起把他送到车上了。

公司的人到停车的地方，居然找到了他，还在车里，已是昏迷状态。立刻把他送到医院，才知脑出血！在南京的医院里住了两个月，植物人状态。第三个月，他竟然奇迹般地苏醒了。

老陆自己不敢开车了，出差旅行只能坐大巴，走台阶、过门槛都需要一点一点地挪脚步，说话也不再拿腔作调，大脑迟钝，笨嘴拙舌，可怜兮兮的。

柳东海想借长假思考一下自己的未来。

大年三十晚上，柳东海在众多贺岁微信中看到栾莹大姐长篇幅大段落的信息：

东海行长：

首先祝您新年快乐！

我今天心情格外激动，刚和曹咏通过电话，她也是和我一样的心情。有些话藏在心里很久了，借今天这个机会说出来。

今天运营部林晓禾、空港支行赵炎，还有自贸区支行章韬到我家来看望我，章韬还带了几名支行员工。说到行里的变化，感慨万千。

她们都是我从安平银行带过来的，一度情绪低落谋划离开。但今天她们一致的说法是幸亏没走，您改变了这个行，让大家看到了未来，有了自豪感。我们的发展超过了多家银行。

支行员工当中，两个在年度内得到了晋级，另几个也觉得今后一定有公平获得的机会。

昨天行里发了年度组织绩效，今年的奖金怎么这么多呀！人人都说自己得到的比往年多。大家体会到了您说的事业发展与员工成长同步，您深深感染大家的是强烈的事业心和责任感，大家佩服的是您的策略和坚持，怕的是您是不是会从这里离开。

· 银 · 色 · 阶 · 梯 ·

  东海老弟,请允许我这样称呼您。您让我长期以来对带到这个银行来的兄弟姐妹们的负疚感消失了,治愈了我的心病。
  真心地说一声:谢谢您!我亲爱的弟弟!我敬重万分的领导!

  柳东海看罢,内心涌起了波澜,眼角被薄雾迷蒙了。他走到窗前,外面不绝于耳的爆竹声,伴着闪烁的光亮,绚丽的烟花在盛放,此起彼伏。人生需要绽放,但不能像烟花爆竹,只作昙花一现。
  穆行长几乎明确告诉他将被提拔到一个理想的位置。
  民营银行发起人已经把律师逐字逐句审核过的"关键岗位人才引进基金协议"交到柳东海手上,只要签字,真金白银会即刻落在柳东海名下。
  胶湾和九河的兄弟姐妹们关注着他的去和留。
  和家人一道旅游需要更少的工作担当,更多的闲暇时光。
  赏识、诱惑、留恋、向往……
  领导的期望,民营银行的期待,朋友们的期盼,家人的期许,是向左?向右?还是向前?
  未来注定美好,但这个春节柳东海注定不会过得那么轻松。